EVA A
Os

CW01512694

Weitere Titel der Autorin:

Kalter Grund
Engelsgrube
Blaues Gift
Grablichter
Tödliche Mitgift
Ostseeblut
Düsterbruch
Ostseefluch
Ostseesühne
Ostseefeuer
Ostseetod
Ostseerache
Ostseeangst

Ostseemorde
Ostseelüge

Dornteufel

Titel auch als Hörbuch und E-Book erhältlich

Eva Almstädt

OSTSEE-JAGD

Kriminalroman

lübbe

Dieser Titel ist auch als Hörbuch und E-Book erschienen

Originalausgabe

Dieses Werk wurde vermittelt durch die
Literarische Agentur Thomas Schlück GmbH, 30827 Garbsen

Copyright 2017 by Bastei Lübbe AG, Köln
Titelillustration: shutterstock/Harald Lueder; shutterstock/Daniiel;
shutterstock/Dudarev Mikhail
Umschlaggestaltung: Christin Wilhelm, www.grafic4u.de
Satz: Urban SatzKonzept, Düsseldorf
Gesetzt aus der Garamond
Druck und Verarbeitung: GGP Media GmbH, Pößneck
Printed in Germany
ISBN 978-3-404-17510-9

3   5   6   4

Sie finden uns im Internet unter
www.luebbe.de
Bitte beachten Sie auch: www.lesejury.de

»Lieber Jäger, lass mich leben,
will dir meine Schwester geben.«

1. Kapitel

Die Morgenluft war feucht und überraschend kalt und vertrieb den letzten Rest von Müdigkeit und Bettschwere. Den Widerwillen gegen das, was er tun musste, beseitigte sie nicht. Robert Jensen zog den Reißverschluss seiner Laufjacke über dem runden Bauch nach oben und die Strickmütze tiefer in die Stirn. Die Nebeneingangstür des Hotels hatte er sacht hinter sich ins Schloss gezogen. Seine Frau Stine und seine Tochter Jessika waren schon aufgestanden, aber er wollte nicht riskieren, ihre zurzeit einzigen Gäste, zwei ältere Paare aus Wuppertal, zu wecken. Sie waren in den Appartements im Seitenflügel untergebracht. Wahrscheinlich konnten sie ihn sowieso nicht hören, doch das ständige Rücksichtnehmen war ihm schon in Fleisch und Blut übergegangen. Einer der Gäste hatte verkündet, morgens Vögel beobachten zu wollen, und sich als wahre Morgenlerche gepriesen. Er musste zusehen, dass er dem hier draußen nicht schon über den Weg lief. Jespers Holzbank nahm Jensen nur aus dem Augenwinkel wahr und vermied es wie immer, richtig hinzusehen. Stattdessen fiel ihm auf der Terrasse das leere Bierglas auf, das ein Gast auf der Balustrade hatte stehen lassen.

Er stieg die Außentreppe hinunter und folgte dem Plattenweg zur Uferstraße. Jensen überquerte die Straße und die Grünfläche mit dem Kinderspielplatz, um zum Strand zu gelangen. Das Gras war noch klatschnass vom Tau. Er kreuzte die um diese Uhrzeit menschenleere Strandpromenade und stapfte durch den weichen Sand in Richtung Wasser. Eine Möwe segelte über ihn hinweg und schrie heiser. Jensen atmete tief durch.

Vor ihm lag die bleigraue Ostsee, über die sich ein weiter anthrazitfarbener Himmel spannte. Er konnte die Horizontlinie schon ganz schwach vor sich ausmachen. Der Strand schimmerte feucht, ein Schwanenpaar schaukelte auf dem Wasser. Es dämmerte bereits.

Doch Jensen hatte keinen Sinn für die Schönheit des Morgens, wenn er trainieren musste. Er wandte sich nach rechts, ging in strammem Tempo am Wassersaum entlang, wo der Sand fest, aber nicht zu nass für seine neuen, lächerlich teuren Sportschuhe war. Die Muschelschalen zwischen dem angeschwemmten Seetang knirschten unter seinen Schritten. Er atmete den Geruch von Meer, verrottenden Algen und Fisch ein. Sein Arzt hatte ihm zu regelmäßiger Bewegung geraten, wenn er seinen sechzigsten Geburtstag noch gesund erleben wollte. Er hasste den Mann.

Nach ein paar Minuten tauchte rechter Hand das Hotel *Baltic Pride* auf, dessen geschwungene Fassade mit den ausgedehnten Fensterflächen er während des Frühsports ebenso sehr hasste wie seinen Hausarzt. Die Fünf-Sterne-Herberge hatte im letzten Jahr neu eröffnet. Bekannte hatten ihm gesteckt, dass die Geschäftsführung neuerdings einen renommierten Koch aus Hamburg engagiert hatte. Verdammt wollte er sein, wenn er sich von dem ausstechen ließ.

Jensen beschleunigte seine Schritte, sodass er zu schnaufen begann. Er würde wie immer bis hinter den Jachthafen gehen, doch heute erschien ihm seine übliche Tour anstrengender als sonst. Unter der dünnen Trainingsjacke brach ihm der Schweiß aus.

Am Hafen verließ er den weichen Sand und ging auf dem Pflaster und dann dem geschwungenen Holzsteg weiter. Hinter dem Hafenbecken wurde der Geruch nach Fisch und Algen wieder intensiver. Vor ihm lag nun der unbewachte Strandabschnitt mit der Steilküste. Hierhin verirrten sich hauptsächlich

Naturliebhaber, Wanderer und im Hochsommer FKK-Anhänger. Rechts befanden sich auf einem gepflasterten Areal mehrere Grills und ein Holzhaus für die Touristen. Dahinter stieg das Gelände zum Steilufer hin an, durchsetzt mit Büschen und anderem Grünzeug. Jensen blieb stehen und lauschte. Es war windstill und die Ostsee so ruhig wie ein Tümpel. Keine Menschenseele weit und breit, nicht einmal der Vogelfreund aus seinem Hotel war zu sehen. Und das war auch besser so.

Er stieg den beschwerlichen Pfad vom Strand zum Steilufer hinauf, der im Dämmerlicht besonders tückisch war. Oben angekommen, versuchte Jensen schnaufend und mit einer Hand auf der Brust, wieder zu Atem zu kommen. Doch er keuchte auf.

Die Frau auf dem Boden war nicht zu übersehen! Sie lag neben dem Abfallbehälter, wie Müll, der einfach weggeworfen worden war. Jensen stand nur da, unfähig, sich zu rühren. Er starrte auf die reglos daliegende Gestalt, nahm jede Einzelheit wahr und wusste, dass sich das Bild dabei in sein Gedächtnis brannte. Trotz des schwachen Lichts sah er, dass sie eine dunkle Hose trug, schwarze Stiefeletten und eine hellgraue Jacke, doch ihr Kopf ... Ihm wurde schwindelig, denn dort, wo der Kopf der Frau hätte sein sollen, befand sich eine Plastiktüte. Der Kopf steckte *in* der Tüte, die mit den Farben und dem Logo eines Discounters bedruckt war.

Jensen wurde bei dem Anblick heiß und kalt zugleich. Das Gefühl, dass hier etwas sehr Unwirkliches geschah und er möglicherweise gleich in Ohnmacht fiel, beschlich ihn. Irgendwie schaffte er es, sich zusammenzureißen, und ging mit zittrigen Beinen auf die Tote zu. Die Frau musste tot sein. Er war sich sicher, dass sie tot war. Ihre Glieder waren unnatürlich verdreht, die Kleidung nass und schmutzig. Er fasste sie vorsichtig am Jackenärmel, der grünbraun verschmiert war, und hob ihn an. Der Arm ließ sich kaum bewegen, war steif wie ein

Ast. Leichenstarre! Voller Grauen, doch gegen seinen Willen auch fasziniert, starrte er auf die teilweise zerfetzte Plastiktüte über dem Gesicht der Toten. Er erahnte die Konturen von Stirn, Nase, Mund, Zähnen. Nichts schien am richtigen Platz zu sein. Da waren viel zu viel geronnenes Blut und wirres Haar, eine kaum definierbare Masse, die unter der schmutzigen Plastikfolie hervorlugte. Er würde nie wieder etwas essen können, was in so einer Tüte transportiert worden war.

Jensen taumelte rückwärts. Er keuchte noch einmal und zog dann sein Mobiltelefon aus der Jackentasche. Nichts stimmte mehr an diesem Morgen. Es war alles falsch. Er wankte ein paar Schritte zurück und drehte sich in Richtung Meer. Die Aussicht beruhigte ihn so weit, dass er die Nummer eintippen konnte.

»In Dörnitz hinter dem Jachthafen, oben auf dem Steilufer am Wanderweg, liegt eine tote Frau«, sagte er zu der vertrauenerweckend ruhigen Stimme, die sich in der Einsatzleitstelle meldete. »Nein – ich kenne sie nicht. Das vermute ich wenigstens. Aber ich kann ... Ich kann ihr Gesicht nicht sehen.«

Durch das Fenster des Cafés *Frøken Wildhagen* blickte Pia auf die unterschiedlichen Fassaden der Häuser in der Beckergrube. Treppengiebel aus rotem Backstein mit Sprossenfenstern wechselten sich mit Nachkriegsbauten ab. Sie lehnte sich in die Rückenkissen der langen Bank zurück und genoss die entspannte Atmosphäre. Durch die Straßen der Lübecker Altstadt wehte an diesem Mittwochmorgen ein kühler Januarwind, doch im Café war es warm. Der Geruch von Backwaren und Kaffee, leise Musik und Stimmengemurmel erfüllten den Raum. Fast alle Tische waren besetzt. Nur gut, dass Lars reserviert hatte.

Von ihrem Platz aus überblickte Pia das Lokal und auch, was

sich draußen abspielte. Ein paar Autos, die in die Straße An der Untertrave abbiegen wollten, rollten vorüber. Eine junge Frau schob einen altmodischen Kinderwagen, und ein paar Schulkinder gingen an der Schaufensterscheibe vorbei. Lars saß Pia gegenüber und studierte die Karte. Die Sonnenstrahlen fielen auf sein hellbraunes Haar, das noch von längst vergangenen Sommertagen ausgebleicht war. Er hatte die Ärmel seines Sweatshirts hochgeschoben, und die blonden Härchen auf seinen Armen schimmerten. Er passt gut in dieses skandinavische Ambiente, dachte Pia, die ihn müßig betrachtete.

»Ich nehm das Luksus-Frühstück mit Caffè Americano«, sagte er. »Luksus mit ›k‹. Und du?«

»Ich nehme das Smörrebrød und den hausgemachten Vanillequark mit Kirsch-Crunch. Und ebenfalls ganz viel Kaffee.«

Er lächelte. »Sag noch mal Kirsch-Crunch, bitte.«

»Erst wenn ich bestelle.«

»Wollen wir einen Sekt dazu?«

»Ups. Gibt es etwas zu feiern?«

»Vielleicht – später.«

Lars legte die Karte auf den Tisch und sah Pia mit seinen blauen, grau gesprenkelten Augen unverwandt an. Was war bloß heute los? Seine rechte Hand, die sogar im Winter gebräunt war, strich leicht über ihre. Die Berührung löste so etwas wie einen Stromschlag in ihr aus. Pia schluckte. Sie sah auf ihrer beider Hände auf dem Tisch, seine kräftig und mit winzigen Narben, wohl von den vielen kleinen Unfällen, die mit handwerklicher Arbeit einhergingen, ihre schmal, blass und glatt. Beide ringlos. War das wirklich nur ein harmloses Frühstück zu zweit? Sie zumindest war auf nichts anderes vorbereitet.

Frau Wildhagen, die zu ihnen an den Tisch trat, rettete sie. Und Pias Telefon, das in diesem Moment vibrierte. An der angezeigten Nummer sah sie, dass es dienstlich war. Sie hatte beinahe reflexartig befürchtet, der Anruf käme aus dem Kindergarten und hätte mit ihrem Sohn zu tun, doch so oder so musste sie das Gespräch annehmen. Pia machte eine entschuldigende Geste und meldete sich.

Lars bat die Cafébesitzerin, einen Moment später noch einmal wiederzukommen. Er musterte Pia mit zusammengezogenen Augenbrauen und ließ den Blick dann durch das Lokal schweifen.

»Das ist jetzt gar nicht gut.« Pia steckte ihr Telefon wieder ein. Sie spürte einen Druck in der Magengegend, der nichts mit Hunger zu tun hatte.

»Was ist los? Ist was mit Felix?«

»Nein, das war nicht der Kindergarten.« Pia seufzte. »Es war Manfred Rist. Sie haben einen Leichenfund an der Ostsee, ein nicht natürlicher Tod«, sagte sie gedämpft, um nicht gleich das halbe Lokal zu informieren. »Ich muss sofort los.« Als sie die Nummer ihrer Dienststelle auf dem Display gesehen hatte, hatte sie sich schon so etwas in der Art gedacht. Pia Korittki arbeitete als Kriminalhauptkommissarin bei der Bezirkskriminalinspektion Lübeck, im K1, der Mordkommission. Heute war ihr freier Tag. Ihre Kollegen, allen voran der Leiter der Mordkommission, Manfred Rist, riefen sie nicht aus Jux und Tollerei an, nicht, wenn es nicht irgendwo brannte.

»Oh, dann war es das schon mit deinem freien Tag?«, fragte Lars in einem so neutralen Tonfall, dass die Enttäuschung dahinter umso deutlicher spürbar war.

Pia registrierte es zwar, wusste aber nicht, wie sie die Situation retten könnte. Ihre Gedanken galten schon der Organisation ihrer nächsten Schritte. »Tut mir wirklich leid. Ich hatte mir das auch anders vorgestellt.«

Am Nebentisch wurden gerade Quiche und »French Egg« serviert, und der Duft zog zu ihnen hinüber. »Du solltest hierbleiben und trotzdem was essen«, sagte sie. »Es sieht wirklich großartig aus.«

»Pia, darum geht es nicht. Ich wollte etwas mit dir besprechen, aber … egal.« Er schüttelte resigniert den Kopf. »Soll ich dich schnell mit meinem Auto zum Polizeihochhaus fahren?«

Lars hatte sie mit seinem alten Landrover abgeholt. Ab und zu bestand er darauf, das abenteuerliche Gefährt auszuführen. Pias Wagen, ein unauffälliger Kombi, stand vor ihrer Wohnung in der Adlerstraße.

»Nein. Ich soll direkt zum Fundort kommen. Ich bestell mir ein Taxi nach Hause und fahr von dort aus los.«

»Unsinn! Ich bring dich zu deinem Auto.«

»Und das Frühstück?«

»Allein macht es keinen Spaß. Wir versuchen es eben an einem anderen Tag noch einmal.« Er ging an den Tresen und erklärte die Situation.

Die Betonung lag auf »versuchen«, was Pias schlechtes Gewissen noch verstärkte, obwohl sie nichts dafürkonnte, dass das gemeinsame Frühstück geplatzt war. Mit einer Polizistin befreundet zu sein barg eben gewisse Risiken, und sie fragte sich nicht zum ersten Mal, ob sie ihm nicht zu viel zumutete. Ob sein Verständnis von Dauer sein würde.

Als sie unter dem Getöse des alten Landrovers in die Adlerstraße fuhren und Lars in zweiter Reihe neben Pias Wagen hielt, hatte sie das Ziel ihrer anstehenden Fahrt schon in ihr Mobiltelefon einprogrammiert. Dörnitz war ein beliebter Badeort an der Ostsee, nur etwa eine knappe Dreiviertelstunde Autofahrt von Lübeck entfernt, zumindest, wenn man gut durchkam. Pia hoffte, dass die aktuelle Baustelle auf der A1 keinen allzu großen Stau verursachen würde.

»Tut mir leid, dass das mit unserem Frühstück nicht geklappt hat. Doch wir holen es nach. Bestimmt!« Pia sah Lars in die Augen und unterdrückte einen Seufzer. Sie kannte diesen Gesichtsausdruck: Er war sauer und enttäuscht, fand es aber unter seiner Würde, es sich anmerken zu lassen. »Ich melde mich, wenn ich absehen kann, wie lange es heute dauert. Und danke fürs Fahren.« Sie beugte sich zu ihm hinüber und küsste ihn.

»Sei vorsichtig, Pia.«

Sie stieß die Autotür mit dem etwas hakeligen Schloss auf und sprang aus dem Wagen, nicht ohne sich dabei noch einen Schmierölfleck vom Türschloss auf ihrer Jacke einzuhandeln. Sie lernte es offenbar nie. Pia sah Lars noch einmal an, bevor sie die Beifahrertür schloss. Er nickte ihr zu und fuhr schwungvoller, als sie es dem betagten Gefährt zugetraut hätte, davon. Sie sah ihm nach, bis der kantige Wagen, der sich in der afrikanischen Steppe besser gemacht hätte als zwischen den Jugendstilhäusern und parkenden Mittelklassewagen, hinter der nächsten Kurve verschwunden war. Zurück blieben Pias schlechtes Gewissen und der Geruch nach Diesel.

Sie kramte ihre Hausschlüssel hervor, um sich noch schnell für die Arbeit umzuziehen. Als sie vorn um ihr Auto herumging, stutzte sie. Sicher, der Wagen brauchte dringend mal wieder eine Wäsche, am besten auch eine Innenreinigung, doch das war noch lange kein Grund, auf dem staubigen Lack der Motorhaube herumzukritzeln.

Ich krieg dich, Schlampe!, stand da in ungelenken Buchstaben.

Reizend, dachte Pia. Welcher Idiot ...? Ihr Blick wanderte weiter zum Kühlergrill. Dort hing, mit einem Kabelbinder befestigt, eine tote Amsel. Das schwarze Gefieder war struppig, die Augen gebrochen, wie offensichtlich auch das Genick des Vogels. Erste Maden hatten sich des Kadavers bemächtigt.

Pia schluckte. Sie wusste nicht, was ihr mehr zusetzte: die verbale Drohung, der tote Singvogel oder der verwendete Kabelbinder? Obwohl es im Moment vollkommen windstill war und sie warm angezogen in der Sonne stand, wurde ihr bei dem Anblick eiskalt.

2. Kapitel

Das Ostseebad Dörnitz wirkte friedlich, die Bürgersteige sauber gefegt, die Gärten und Häuser unter dem makellos blauen Winterhimmel gepflegt. Es waren kaum Menschen unterwegs. Die kurze Weihnachtssaison war vorüber, und die Osterfeiertage lagen noch in weiter Ferne. Pia folgte der Beschilderung zum Jachthafen. Unten am Strand regelte ein Kollege in Uniform die Zufahrt in Richtung Hafen und damit zum Tatort. Pia wies sich aus und durfte passieren. Sie fuhr die in sanften Wellenlinien verlaufende Straße am Hafenbecken entlang bis zu ihrem Ende. Zwei Streifenwagen, mehrere Zivilfahrzeuge und der neue Mercedes Bus der Spurensicherung parkten rechts der Straße. Rot-weißes Absperrband, Männer und Frauen in Uniform, Menschen in weißen Overalls, überhaupt viel zu viele geschäftige Leute störten die winterliche Beschaulichkeit des Badeortes. Links schimmerte die Ostsee – unbeeindruckt, schoss es Pia durch den Kopf – im Licht des Vormittags.

Die Aktivität im abgesperrten Bereich konzentrierte sich auf das Steilufer hinter einer Art Grillstation unter freiem Himmel. Der Grillplatz bestand aus zwei gemauerten Grills, Holzbänken und Tischen davor und einer Holzhütte rechts davon.

Pia ließ sich von einer uniformierten Kollegin zum Tatort führen. Dazu mussten sie hinter dem Grillplatz ein Stückchen Strand überqueren und dann einen ausgewaschenen Pfad die Steilküste hinaufsteigen. Der Weg war vom Regen der vergangenen Tage und von den vielen Leuten, die ihn schon begangen hatten, rutschig. Pia gelangte auf eine kleine Wiese oberhalb des Steilufers. Seitlich rahmten hohe Büsche den Platz ein, und ein Stück verkohltes Holz verriet, dass dies wohl ein recht beliebter Treffpunkt war, auch um ein Lagerfeuer zu machen.

Die Tote, die sie alle hierhergeführt hatte, lag am Rand der Wiese neben einem Abfallbehälter aus schwarzem Kunststoff mit einem blauen Müllsack darin. Pia war spät dran. Die erste Untersuchung vor Ort war offensichtlich schon beendet, und die Leiche wurde gerade in einen Leichensack gehoben. Der Wagen eines Bestattungsinstituts fuhr unten am Wendehammer vor. Sie beneidete die Männer nicht, die die Tote irgendwie hinunterbringen mussten.

Pia begrüßte die Kollegen und ließ sich von Heinz Broders, mit dem sie zumeist ein Team bildete, informieren, womit sie es hier zu tun hatten.

»Weibliche Leiche mit einer Plastiktüte über dem Kopf. Auf das Gesicht wurde durch die Tüte hindurch mit einem harten Gegenstand eingeschlagen«, berichtete Broders. »Wahrscheinlich mit einem Stück Holz oder einem Stein.« Er blickte zum Naturstrand hinunter. »Gibt hier ja ein paar mehr davon ... Wir Holsteiner sind steinreich.«

»Wurde die Frau mit der Tüte erstickt?«

Er zuckte mit den Schultern. »Die Todesursache steht noch nicht fest«, informierte er sie. »Wir haben übrigens eine neue Rechtsmedizinerin aus Kiel hier. Frau Doktor Jette Fitschen. Frisch von der Uni, würde ich sagen.«

»Warum kommt unser Enno Kinneberg nicht?«

»Ist wohl im Urlaub. Daher übernimmt das Institut in Kiel.«

Pia zog die Augenbrauen zusammen. Es wurde schon länger gemunkelt, dass in Sachen Rechtsmedizin über noch mehr Einsparungen nachgedacht wurde. Ein Institut für Rechtsmedizin statt zweien, wo sich die Arbeit dort eh bereits stapelte. Ein unangenehmer Gedanke, wenn es sich dabei um Leichen handelt, ging Pia dann auf.

Sie beobachteten, wie die Tote in einem Zinksarg davongetragen wurde. »Dieser Weg ist doch sicher nicht der einzige zum Tatort«, sagte Pia.

»Stimmt. Es gibt noch einen Wanderweg hier oben. Zu Fuß ist der auch kein Problem, aber für Autos ist er zu schmal. Ein paar unserer Leute haben schon versucht, von hinten über den Acker hierher zu fahren, doch die Wagen sacken zu tief ein, und der Boden ist rutschig wie Schmierseife. Wir bräuchten einen Panzer.«

»War weiter vorn nicht auch noch eine Treppe?«

»Ja, aber die liegt etwa dreihundert Meter in Richtung Ortschaft. Das ist ihnen wohl zu weit.«

Sie schwiegen einen Moment. Pia ließ die besondere Umgebung des Tatortes auf sich wirken. Im Sommer war es bestimmt ein beliebter Platz, mit Blick über den Hafen und den Strand. Eine geschützte Wiese, dahinter der Weg an der Steilküste entlang. Doch was hatte die Frau mitten im Januar, wahrscheinlich abends oder in der Nacht, hier oben zu suchen gehabt? »Wissen wir schon, wer die Tote ist?«, fragte Pia.

»Nein. Sie hatte keinerlei Papiere bei sich, und das Gesicht ist ja wie gesagt unkenntlich gemacht worden. Kein schöner Anblick.« Broders schüttelte sich, schien sich innerlich von der Erinnerung lösen zu müssen, bevor er weitersprach. »Ein Mann aus Dörnitz hat das Opfer gefunden. Kein Tourist, ein Einheimischer. Er arbeitet in einem der Hotels, soweit ich es mitbekommen habe, oder es gehört ihm sogar. Aber er sagt, er kennt die Frau nicht.«

»Hat er etwa von sich aus die Tüte entfernt?«

»Nein, doch wir haben ihm ihr Gesicht später gezeigt. War tapfer, der Mann. Aber dann hat er sich doch noch erbrochen.«

»Das Opfer hatte also auch keine Ausweispapiere bei sich? Kein Handy, keine Handtasche, nichts?«

Broders schüttelte den Kopf. »Entweder hat der Täter alles mitgenommen, oder sie ist ohne etwas rausgegangen. Sie wollte vielleicht nur mal kurz an die frische Luft, zu einem Abendspaziergang oder so? Sie hat wohl erwartet, gleich wieder zurück zu sein. Was man halt so denkt ...«

Pia nickte. Wer rechnete schon mit Mord, hier, in einem Schleswig-Holsteinischen Seebad? »Wie alt war die Frau?«, fragte sie. »Was schätzt ihr?«

»Schwer zu sagen. Doktor Fitschen vermutet, dass das Opfer zwischen dreißig und vierzig Jahre alt war. Sportlich trainiert, viel der Sonne ausgesetzt, braunes, leicht welliges Haar. Halblang.«

»Sonne?«, fragte Pia. »Dann kann sie nicht hier aus der Gegend sein.« Die letzten Wochen waren nass und ausgesprochen grau gewesen. »Wie lange ist die Frau schon tot?«

»Doktor Fitschen hat ein Zeitfenster zwischen gestern Abend um acht und heute früh um eins angegeben. Gefunden wurde die Tote heute Morgen gegen halb acht. Die Rechtsmedizinerin war aber erst um zehn Uhr hier.«

»Das grenzt es nicht sehr ein.«

»Doktor Fitschen legt sich noch nicht so genau fest. Verständlich, wenn man neu ist und gleich auf einen wie unseren Rist trifft.« Er grinste schief, und sie sahen beide zum Leiter der Mordkommission hinüber.

»He, Pia«, rief Manfred Rist, ihrer beider Vorgesetzter, als hätte er seinen Namen gehört. Er war bis eben in ein Gespräch mit besagter Rechtsmedizinerin vertieft gewesen und hatte Pia zuvor, als er sie erblickt hatte, mit einer ungeduldigen Geste zum Warten aufgefordert. »Wir haben keine Zeit für Plauderstündchen, so leid es mir tut.« Sein Blick wanderte zwischen Broders und Pia hin und her, als wollte er abschätzen, von wem der beiden am ehesten Widerstand zu erwarten war. »Es gibt mehr als genug zu tun.«

»Freut mich. Ich wäre ungern umsonst hier herausgekommen«, erwiderte Pia. Lars' Gesichtsausdruck, als er sie vor ihrem Haus abgesetzt hatte, kam ihr wieder in den Sinn.

»Keine Sorge«, sagte Rist und kontrollierte noch mal sein Telefon. Das wurde langsam zu einer Manie.

Pia musterte die neue Rechtsmedizinerin, die ebenfalls mit ihrem Smartphone beschäftigt war. Sie schien sich selbst ein paar Bemerkungen zu dem Leichenfund aufzusprechen. Mit ihren sehr kurzen Haaren, der dickrandigen Brille, dem dunkelgrauen Mantel und der dunklen Lederaktenmappe unter dem Arm machte sie einen kompetenten und leicht unnahbaren Eindruck. So jedenfalls interpretierten sicher einige der anwesenden Männer ihren Auftritt.

Manfred Rist folgte ihrem Blick. »Kennst du sie schon? Doktor Fitschen aus Kiel.«

»Ich hatte noch nicht das Vergnügen.«

Er stellte sie einander vor.

»Ich hab schon von Ihnen gehört«, sagte die neue Rechtsmedizinerin und lächelte, bevor sie erstaunlich geschickt den Pfad hinunter in Richtung Parkplatz lief.

»Na schön«, sagte Rist. »Robert Jensen, der Hotelier und Koch, der unser Opfer gefunden hat, musste nach seiner ersten Aussage eben dringend in sein Hotel zurück. Das Mittagessen für seine Gäste vorbereiten oder so. Ihr geht gleich noch mal zu ihm und lasst euch den exakten Ablauf heute Morgen, wie er die Tote entdeckt hat und so weiter, von ihm schildern. Jedes Detail. Wenn er nicht kooperiert, nehmen wir ihn mit nach Lübeck.«

»Warum sollte er nicht kooperieren?«, fragte Broders verblüfft.

»Er scheint mir ein eigensinniger Typ zu sein.« Rist wies mit dem Kinn in Richtung Dörnitz. »Ihm gehört das *Hotel Jensen*. Nicht gerade das erste Haus hier im Ort. Aber ein alter Familienbetrieb. Dort findet ihr ihn in der Küche – jederzeit. Das hat er mir versichert.«

Sie nahmen den Wagen, mit dem Broders nach Dörnitz gefahren war, um zum *Hotel Jensen* zu gelangen, da Pias Auto von den Leuten von der Presse, die sich inzwischen ebenfalls eingefunden hatten, blockiert worden war. Sie fuhren auf den beinahe leeren Hotelparkplatz vor dem *Hotel Jensen*. Ein Weg aus Waschbetonplatten führte bergan, denn das Hotel lag erhöht an einem Hang und überblickte von dort aus den Strand und die Ostsee.

»Bin ich im Gebirge gelandet, oder was?« Broders legte den Kopf in den Nacken, um hochschauen zu können. Sie stiegen eine steile Treppe zwischen fast mannshohen Büschen hinauf und gelangten auf die Hotelterrasse, wo sich der Eingang befand. Pia ging voraus, betrat die Empfangshalle des Hotels und wandte sich an die Rezeption.

Eine Frau trat aus dem Büro dahinter. Sie war klein und rundlich, mit gelbblond gefärbten, kurzen Haaren und einer Stupsnase. Ihre Bewegungen waren fahrig, sie wirkte gestresst. »Guten Morgen, was kann ich für Sie tun?«, fragte sie mit einem professionellen Lächeln.

Pia erklärte, wer sie waren und dass sie Robert Jensen noch einmal sprechen müssten.

»Oh. Er hat mir schon gesagt, dass es noch nicht vorbei sein würde. Es ist für uns alle so ein Schock!« Sie sah unbehaglich in Richtung Treppe, als erwartete sie, dass jeden Moment Hotelgäste herunterkommen und das Gespräch mit anhören könnten. »Eine Tote bei uns am Strand. Furchtbar. Ich bin übrigens Stine Jensen, Roberts Frau. Und mein Mann ist in der

Küche. Ich schau mal, ob er jetzt einen Augenblick Zeit für Sie hat.«

»Das wollen wir doch schwer hoffen«, sagte Broders halblaut, nachdem Stine Jensen nach hinten verschwunden war.

Robert Jensen überragte seine Frau um beinahe zwei Köpfe. Er war stämmig, hatte einen Kugelbauch und trug eine weiße Kochuniform samt langer Schürze und Mütze. Er sah höchst professionell aus, wie er da vor ihnen stand, umweht von dem Geruch nach angebratenem Speck und Wildfonds. Pia knurrte nach ihrem knapp verpassten Frühstück so laut der Magen, dass sie sich räusperte, um das Geräusch zu überspielen. Jensen führte sie in einen Wintergarten hinter der kleinen Lobby, wo ein Rattansofa und zwei Sessel um einen niedrigen Glastisch standen, auf dem ein paar touristische Magazine auslagen.

Der Rattansessel knarzte protestierend, als der Koch Platz nahm. »Hier sind wir um diese Tageszeit ungestört«, sagte er, als sie alle saßen. »Unsere Gäste sind zu einem Ausflug aufgebrochen, und die nächsten erwarten wir nicht vor heute Nachmittag.«

»Dann ist also zu dieser Jahreszeit noch etwas los?«, fragte Pia, um das Eis zu brechen. »Der Januar ist ja nicht gerade Hochsaison.«

Jensen gab sich souverän, doch an seinem zuckenden Augenlid und der angespannten Haltung sah Pia, dass ihm sein Fund an diesem Morgen zu schaffen machte. Wahrscheinlich hatte er gleich nach seiner Rückkehr ins Hotel in die Küche gehen müssen, um weiter sein Tagewerk zu verrichten, und noch keine Zeit gehabt, auch nur ansatzweise über das Erlebte nachzudenken.

»Nein, der Januar ist eher ruhig. In den Weihnachtsferien war ziemlich viel hier los, aber im Moment plätschert es so vor sich hin.«

Broders zog sein Notizbuch aus der Tasche. Ihre interne

Rollenverteilung sah vor, dass Pia es dann übernahm, die Fragen zu stellen. Sie erkannten inzwischen recht schnell, wer von ihnen mit welchem Zeugen am besten zurechtkommen würde. Pia bat den Koch, ihnen den Ablauf des Morgens noch einmal genau zu schildern. Hin und wieder stellte sie Zwischenfragen, aber das meiste ließ sie Jensen frei erzählen.

Er war um fünf Uhr aufgestanden und hatte um halb sechs Uhr in der Küche erste Vorbereitungen für den Tag getroffen. Um zwanzig nach sieben hatte er die als Nächstes anfallenden Arbeiten an einen Mitarbeiter übergeben und sich Sportsachen angezogen. Dann war er zu seinem morgendlichen Strandlauf aufgebrochen. »Laufen im Sinne von schnellem Gehen«, erklärte er, »aber ohne diese Stöcke, die die Leute neuerdings hinter sich herziehen. Nicht, dass das mein Hobby ist oder so, doch ich muss. Die Gesundheit ...« Er sagte, er gehe immer denselben Weg, über die Promenade direkt an den Strand, dann rechts am Wasser entlang bis zum Jachthafen und weiter bis zum Naturstrand. »Da ist dann erst mal stopp«, erklärte er. »Dort bricht man sich ja die Haxen.« Hinter dem Jachthafen ging er stets die Steilküste hinauf, den Weg am Feldrand entlang und dann zurück ins Hotel. Alles in allem eine gute halbe Stunde. Das sei natürlich nur möglich, solange im Hotel noch nicht zu viel los sei und sein Azubi einige der Vorbereitungen allein treffen könne. Doch dieses Mal sei er oben am Steilufer auf der kleinen Wiese auf die Leiche gestoßen. »Ich dachte zuerst, es sei Müll.« Sein Gesicht wurde starr. »Ich hab vermutet, dass vielleicht über Nacht betrunkene Jugendliche dort randaliert haben oder dass ein größeres Tier in dem Abfalleimer gewühlt hat. Katzen oder ein Waschbär ...« Er schüttelte den Kopf. »Als Hotelier fühle ich mich mit dafür verantwortlich, dass es im ganzen Ort anständig aussieht, nicht nur vor der eigenen Haustür. Also bin ich näher rangegangen, und da habe ich erst erkannt, dass dort eine Tote vor mir liegt«. Seine

Hände, die bisher locker auf den hochstehenden Knien gelegen hatten, krampften sich zusammen.

»Was taten Sie dann?«, fragte Pia. »Bitte versuchen Sie, sich möglichst genau zu erinnern.«

»Ich hab sie angestarrt, bestimmt eine Minute oder so, um es überhaupt zu begreifen. Diese Tüte über ihrem Kopf, die Risse darin, sodass ich darunter das ... zerstörte Gesicht erahnen konnte. Wer tut denn so etwas einem anderen Menschen an?«, sagte er hilflos. »Ich dachte, ich müsse überprüfen, ob die Frau vielleicht noch lebt, obwohl es ja nicht so aussah. Ich hab mich zu ihr runtergebeugt und ihren Arm angefasst, wollte ihn hochheben und ...« Das Grauen stand ihm nun ins Gesicht geschrieben. »Sie war schon ganz steif. Man hört ja manchmal von Leichenstarre oder liest etwas darüber und realisiert es gar nicht so richtig. Die Frau ließ sich nicht mehr bewegen, ihr Körper war steif wie ein Brett. Da hab ich sofort die Polizei angerufen. Was sollte ich denn sonst tun?«

»Sie haben alles richtig gemacht«, bestätigte Pia. »Das Auffinden eines Toten versetzt den meisten Menschen einen Schock. Sie sollten überlegen, ob Sie nach unserem Gespräch nicht mit jemandem darüber reden wollen. Mit einem Psychologen, meine ich. Manchmal hilft das.«

»Unsinn«, entgegnete er barsch. »Ich komme schon klar.«

Pia zuckte mit den Schultern. »Es ist Ihre Entscheidung.«

»Dann haben Sie die tote Frau also angefasst«, stellte Broders fest. »Ohne Handschuhe, nehme ich an.«

Jensen sah auf seine Hände, die immer noch auf den Knien ruhten. »So war es.«

Alle Spuren, die sie möglicherweise rein äußerlich an der Leiche fanden und die auf Robert Jensen hindeuteten, wären somit erklärbar. Gut für ihn.

»Sie haben am Telefon gesagt, dass Sie die Frau nicht kennen. Wie ist es jetzt, nachdem Sie etwas Zeit hatten, darüber nachzudenken? Haben Sie eine Ahnung oder eine Idee, wer sie war?«

»Nein. Ich kenne sie nicht. Und ich nehme auch eher an, dass sie eine Touristin ist. Haben Sie im Hotel *Baltic Pride* und in den kleineren Pensionen und Appartementhäusern nachgefragt? Vielleicht wurde ja schon jemand beim Frühstück vermisst?«

»Wir kümmern uns darum«, sagte Pia.

Aus der Lobby hörten sie weibliche Stimmen. Der Koch reckte den Hals, um zu sehen, wer das war, sank dann wieder zurück in den Rattansessel. »Ich weiß, es ist noch sehr früh, aber ... warum wurde die Frau ermordet?«, fragte Jensen mit gesenkter Stimme. »Wurde ihr etwas angetan? Sexuell, meine ich. Ich hab nämlich eine Tochter. Und ... also, wenn so einer hier rumläuft, dann lasse ich Jessika nicht mehr allein aus dem Haus.«

»Es ist noch zu früh, um irgendetwas zu dem Motiv zu sagen«, erklärte Pia. »Wie alt ist denn Ihre Tochter?«

»Jessika ist vierundzwanzig. Herrgott, sie kommen einem immer viel jünger vor, nicht wahr?«

»Die brutalen Gesichtsverletzungen des Opfers sprechen nach vorherrschender Lehrbuchmeinung eher für ein persönliches Motiv. Starke Emotionen wie Hass oder so«, sagte Broders.

»Lehrbuch«, schnaubte Jensen. »Hauptsache, Sie kriegen den Kerl!«

»Die Statistik zumindest sagt Ja, zu fünfundneunzig Prozent. Oder waren es achtundneunzig Prozent? Mit einem Mord kommen die wenigsten Menschen davon.«

»Ausnahmen bestätigen wie immer die Regel«, erwiderte Jensen. »Aber hoffen wir das Beste.«

Seine Frau tauchte im Durchbruch zum Wintergarten auf. »Entschuldigen Sie bitte!« Sie klang nicht sehr entschuldigend, eher genervt. »Kann mein Mann die Unterredung vielleicht mal für fünf Minuten unterbrechen? Die Eggerskamp ist gerade gekommen.« Sie riss die Augen weit auf. »Und der Betrieb hier läuft ja weiter.«

»Von meiner Seite aus sind wir sowieso durch«, sagte Pia und wandte sich an Jensen. »Es sei denn, Sie haben uns von sich aus noch etwas mitzuteilen?«

Er schüttelte den Kopf. Pia sah von einem zum anderen, und Broders klappte das Notizbuch zu.

3. Kapitel

In der Lobby stand eine Frau. Sie war ungefähr Anfang vierzig, schätzte Pia, und trank aus einer Kaffeetasse, die man ihr auf dem Rezeptionstresen serviert hatte. Auf der Untertasse lag unangetastet ein Keks.

In der dunkelgrünen, gesteppten Jacke und mit dem seidig schimmernden Halstuch mit Steigbügelmotiven, das sorgfältig in den Kragen ihrer hellblauen Bluse drapiert war, umwehte sie ein Hauch von Landedelfrau. Der akkurate Haarschnitt ließ gerade noch kleine Perlenohrstecker an ihren Ohrläppchen erkennen. Die Aufmachung war nicht Pias Stil, aber sie zollte der Konsequenz, mit der sie durchgezogen war, Respekt.

»Ah, da bist du ja, Robert, du Armer!« Die Frau begrüßte den Hotelbesitzer und Koch mit Küsschen links und Küsschen rechts, wobei sie sich in ihren modischen flachen Reiterstiefeln auf die Zehenspitzen stellen musste. »Wir sind alle schockiert. Hagen sagt ja …« Ihr Blick fiel auf Pia und Broders, als realisierte sie erst jetzt, dass sie nicht allein waren. Sie stoppte mitten im Satz und musterte sie neugierig.

»Ich hab gleich Zeit für dich, Dagmar. Nur einen Moment«, sagte Jensen. »Die Polizei ist gerade hier.«

»Oh, ich wollte nicht stören.«

Robert Jensen wandte sich an Broders und Pia. »Wir sind doch für heute fertig? Oder muss ich noch mal zu Ihnen aufs Revier kommen, um eine weitere Aussage zu machen oder so?«

»Wir melden uns bei Ihnen, wenn wir noch einmal Ihre

Hilfe benötigen«, antwortete Pia. »Aber wir würden gern kurz mit Ihrer Frau sprechen, Herr Jensen.«

Er runzelte die Stirn. »Äh, sicher.« Jensen ging um den Tresen herum und schaute in einen Nebenraum. »Stine! Kommst du noch mal? Die Polizei hat auch an dich ein paar Fragen.«

Pia hörte eine gewisse Anspannung in seiner Stimme.

»Meine Frau kommt gleich zu Ihnen. Einen kleinen Moment bitte.« Jensen sah auf seine Armbanduhr, dann wandte er sich wieder der Frau am Tresen zu. »Worum geht es denn, Dagmar?«

»Um den Jägerstammtisch heute Abend. Du weißt doch, dass Werner morgen Geburtstag hat. Ich wollte einen Kuchen oder eine Pastete oder irgendwas organisieren, auf das man um Mitternacht ein paar Kerzen oder Wunderkerzen stecken kann. Als kleine Überraschung für ihn um zwölf. Dann können wir zusammen anstoßen. Das wäre doch nett.«

»Für Geburtstagskuchen seid doch eher ihr mit eurer Landbäckerei zuständig.«

»Ja, aber dann fiel mir ein, dass Werner ja nicht so auf Süßes steht. Und für uns Jäger wäre es doch passend . . .«

Er seufzte verhalten. »Eine Rehpastete? Dazu vielleicht einen Salat . . .«

»Bratkartoffeln«, schlug sie vor.

»Mitten in der Nacht?«

»Wenn es dir nicht zu viel Mühe macht, Robert?«

Pia erfuhr nicht mehr, wie die Verhandlungen weiter verliefen, doch sie vermutete, dass Robert Jensen den Kürzeren ziehen würde.

Stine Jensen eilte auf sie zu. »Sie wollen mich ebenfalls sprechen?«

»Ja. Am besten, wir gehen wieder in den Wintergarten«, schlug Pia vor.

»Oh.« Stine Jensen warf Dagmar Eggerskamp noch einen prüfenden Blick zu. »Gute Idee.«

Zweck der Übung war, sich von ihr die Zeit nennen zu lassen, zu der ihr Mann das Haus verlassen hatte. Eine erste Bestätigung von Robert Jensens Alibi. Er hatte behauptet, den Vorabend in der Küche verbracht zu haben, bis ungefähr Viertel vor zehn Uhr. Dann habe er seiner Frau an der Bar geholfen oder ihr vielmehr Gesellschaft geleistet, bis ihre Gäste sich verabschiedet hatten. Stine Jensen bestätigte seine Aussage. Die gemeinsame Tochter Jessika sei an dem Abend gegen acht nach Hause gekommen und habe sich danach in ihrer kleinen Wohnung aufgehalten, die sich in einem Seitenflügel des Hotels befand. »Manchmal hilft sie uns abends an der Bar. Aber gestern war sie zu müde«, berichtete Stine Jensen.

»Können wir auch mit ihr sprechen?«, fragte Broders.

»Nein, sie ist nicht hier. Tagsüber arbeitet Jessika in der Bankfiliale im Nachbarort.«

»Wissen Sie, wann Ihr Mann das Haus wieder verlassen hat?«

»Heute Morgen. Er steht immer früh auf. Wenn wir Gäste haben, so gegen fünf, um in der Küche alles vorzubereiten. Danach dreht er seine Walking-Runde am Strand. Dafür legt er sich nachmittags meistens noch mal eine oder zwei Stunden hin. Ich habe heute Morgen bis kurz vor sieben geschlafen. Ich musste nachts eine Kopfschmerztablette nehmen und habe gehofft, dass die besser wirkt, wenn ich einen Augenblick länger liegen bleibe.«

»Dann haben Sie gehört, um wie viel Uhr Ihr Mann das Hotel verlassen hat, um zum Strand zu gehen?«

»Nein. Da stand ich wahrscheinlich schon unter der Dusche.«

»Was hältst du von den Jensens?«, fragte Pia, als sie zurück zum Fundort der Leiche fuhren.

»Sie arbeiten viel und hart, würde ich sagen. So ein Hotel macht bestimmt einen Haufen Arbeit. Sie wirken beide gestresst.«

»Gestresst genug, um einen Mord zu begehen?«

»Ich sehe kein Motiv«, erwiderte Broders. »Du?«

»Bisher nicht. Aber er hat die Tote gefunden.«

»Zufall, allerdings auch keine große Überraschung, wenn er jeden Morgen seinen Strandlauf macht.«

Pia kniff die Augen gegen die niedrig stehende Sonne zusammen. »Ich werde ihn trotzdem im Auge behalten.«

»Rein beruflich, hoffe ich.«

»Was denkst du denn?« Pia war verblüfft.

»Ich habe schon lange nichts mehr von Lars gehört.« Broders klang beiläufig, doch Pia kannte ihn. Er war aufmerksam, verfolgte unauffällig, was in ihrem Leben los war. Manchmal kam es ihr so vor, als versuchte er, auf sie aufzupassen, was gleichzeitig lächerlich und auch irgendwie rührend war. »Ich habe Lars heute Morgen wohl ziemlich vor den Kopf gestoßen.« Die Erinnerung an den Blick, den er ihr aus dem Auto zugeworfen hatte, bevor er davongefahren war, kam ihr wieder ins Gedächtnis. »Er hatte mich an meinem freien Tag so richtig nett zum Frühstück ins *Frøken Wildhagen* eingeladen.«

»Einfach so?«

»Natürlich einfach so. Warum denn nicht?«

Broders sah sie amüsiert an. »Vielleicht steckte ja auch mehr dahinter.«

»Was sollte denn ...« Pia stoppte mitten im Satz, als sie an ihren flüchtigen Eindruck in dem Café dachte, dass Lars eine bestimmte Absicht verfolgte. »Nein, auf keinen Fall, Broders. Was du immer gleich denkst.«

»Ihr seid schon ganz schön lange zusammen.«

»Mal mehr, mal weniger«, sagte sie.

Broders lächelte nur und säte damit noch mehr Zweifel, was ihr Freund mit seiner Einladung wohl beabsichtigt hatte, außer nett mit ihr zu frühstücken.

Als sie wieder am Fundort ankamen und aus dem Auto stiegen, fragte Pia sich, warum sie ihrem Teamkollegen nichts von der Schmiererei auf ihrem eigenen Wagen erzählte. Sie hatte sie auf der Fahrt nach Dörnitz noch schnell an einer Tankstelle entfernt. Fürchtete sie, dass er es als lächerlich abtun oder dass es ihn zu sehr beunruhigen würde?

Der Fund einer unbekannten toten Frau am Strand von Dörnitz, und das ausgerechnet durch ihren Vater, war an diesem Tag das Top-Thema in der kleinen Bankfiliale. Jessika Jensens Kollegen und auch viele Kunden hatten versucht, etwas von ihr zu erfahren, dabei wusste sie doch selbst gar nichts. Nur, dass ihr Vater morgens eine tote Frau am Strand gefunden hatte. Und das war doch schon schlimm genug. Jessika war so genervt, dass sie noch vor dem offiziellen Schließen der großen Glastür die Schalterräume verließ. Sie wollte weiteren neugierigen Blicken oder gar Fragen aus dem Weg gehen, und vor allem wollte sie sehen, wie es ihren Eltern ging. Und da ihr Vater Koch war, konnte sie fest davon ausgehen, dass sie im Hotel auch etwas Gutes zu essen erwartete.

Auf dem Hotelparkplatz angekommen, stellte sich ihr Klaus Schindler in den Weg. Er war einer der Polizeibeamten vor Ort und hatte wohl gerade in seinen Streifenwagen steigen wollen, als er sie hatte kommen sehen. Obwohl Jessika ja schon wusste, was passiert war, und sie Klaus Schindler auch seit ihrer Kindheit kannte, verursachten der Anblick des Streifenwagens und die Polizeiuniform vor ihrem Elternhaus ihr ein mulmiges Gefühl. »Moin, Herr Schindler.«

»Moin, Frau Jensen junior.« Er lächelte. »Alles im Lot auf der Bank?«

»Alles wie immer. Gott sei Dank! Aber die Leute sprechen von nichts anderem als ...«, sie senkte die Stimme, obwohl sie mutterseelenallein auf dem Platz hinter dem Hotel standen, »... als der toten Frau am Strand. Stimmt es wirklich, dass sie ermordet wurde?«

»Ich darf eigentlich gar nicht mit Außenstehenden darüber reden. Polizeiangelegenheit, laufende Ermittlungen und so weiter.« Er grinste verschwörerisch. »Aber gut, dass Sie gekommen sind. Ihr Vater freut sich bestimmt, Sie zu sehen. Ich weiß nicht, ob ich die nächsten Tage viel hier sein kann, um nach dem Rechten zu sehen. Ich muss nun öfter nach Lübeck, zu Besprechungen im K1. Der Mordkommission.« Er legte die Daumen in die Gürtelschlaufen und drückte Brust und Bauch heraus. Seine Jacke rutschte zur Seite, und Jessika konnte seine Dienstwaffe im Holster sehen.

»Klingt aufregend«, sagte sie mehr aus dem Gefühl heraus, dass er so einen Kommentar von ihr erwartete, als dass sie es weiter bemerkenswert fand.

»Ach, das ist für uns Polizisten ja im Grunde alles nur Routine. Dafür sind wir ja da. Dieses Mal ist es eben eine Leichensache – nicht natürlicher Tod. Ermittlungen in Richtung Mord, mit allem Drum und Dran: Rechtsmedizin, Spurensicherung, Staatsanwaltschaft und so.« Er sah auf seine Uhr. »Nun muss ich aber dringend los. Schönen Tag noch, Frau Jensen!«

»Ebenso«, rief Jessika, obwohl sie es in Anbetracht der Umstände unpassend fand. Sie lief die Stufen hinauf, überquerte die Terrasse und stieß die Tür auf, um ins Hotel zu gelangen.

Pias Mittagessen bestand aus einem Bismarckhering- und einem Fischfrikadellenbrötchen, die sie sich zwischendurch an der Strandpromenade kaufte und an einem Stehtisch aß. Sie hatte am Morgen zwar mit Felix am Küchentisch gesessen, während er sein Müsli löffelte, aber extra nur einen Kaffee getrunken, weil sie ja mit Lars frühstücken gehen wollte. Da das wegen ihres unvorhergesehenen Arbeitseinsatzes ausgefallen war, hatte ihr gegen vierzehn Uhr so laut und vernehmlich der Magen geknurrt, dass sie es nicht länger hatte ignorieren können. Pia ging davon aus, dass die anstehende erste Besprechung vor Ort heute lange andauern würde, und so kaufte sie sich im Anschluss noch drei Kugeln Eis in einer Waffel. Nervennahrung, die sie im Gehen essen wollte. Ihr Mobiltelefon vibrierte, als sie gerade ein paar Meter gegangen war. Pia blieb stehen, zog mit einer Hand ihr Handy aus der Tasche und nahm den Anruf entgegen.

»Pia? Was rauscht im Hintergrund? Wo erwische ich dich denn?«, fragte Susanne Herbold.

»An der Ostsee. Das ist der Wind, vielleicht auch Meeresrauschen.«

»Oh, ich beneide dich«, kam es von ihrer Freundin.

»Leider bin ich nicht zum Vergnügen hier.«

»Ich dachte, Lars und du hättet heute euer romantisches Rendezvous, nachdem ihr in letzter Zeit so viel gearbeitet habt.«

»Oh, bitte, fang du nicht auch noch an – von wegen Rendezvous und so«, bat Pia. »Hast du ihn getroffen? Hat er dir sein Leid geklagt?«

»Ich bin ihm neulich zufällig in der Stadt begegnet. Da erzählte er mir davon. Er war voll freudiger Erwartung.« Sie lachte leise.

Pias schlechtes Gewissen schlug einen Purzelbaum. »Tja, unser gemeinsames Frühstück ist leider ausgefallen«, sagte sie.

Eine Möwe gesellte sich zu ihr und sah zu dem Eis in der Waffel auf. Pia schilderte Susanne, wie sie noch vor dem ersten Kaffee zu einem Einsatz gerufen worden war und wie Lars letztlich darauf reagiert hatte.

»Der Arme!«, sagte Susanne. »Da wäre ich auch sauer. Er hat mein vollstes Verständnis. Hast du heute Abend denn wenigstens Zeit, Pia? Oder wann wollt ihr euer verpatztes Treffen nachholen?«

»Noch ist nichts geplant. Ich glaube, Lars ist wirklich ein bisschen genervt. Außerdem macht er mittwochabends immer Sport.« Eine zweite Möwe landete neben der ersten und versuchte, ihre Artgenossin mit ausgebreiteten Flügeln von der anvisierten Eiswaffel zu vertreiben.

»Kann ich dann kurz bei dir vorbeikommen?«, fragte Susanne.

»Klar. Ist etwas passiert?« Susanne Herbold war eine langjährige Freundin und Pias ehemalige Vermieterin aus der Zeit, als sie noch im Gängeviertel gewohnt hatte. Leider sahen sie sich nur noch selten, insbesondere seit Pia in die neue Wohnung gezogen war. Wenn Susanne anrief und so kurzfristig um ein Treffen bat, hatte sie wahrscheinlich einen Grund dafür.

»Nein, nichts Weltbewegendes. Ich würde es nur gern persönlich mit dir besprechen. Nicht am Telefon.«

»Jetzt machst du mich aber neugierig.« Pia kannte Susanne als resolute, unkomplizierte Frau. Sie war Ärztin von Beruf. Es passte nicht zu ihr, dass sie nicht mit der Sprache herausrückte.

»Ist wirklich halb so wild«, beteuerte Susanne. »Kann ich so gegen acht zu dir kommen?«

Jetzt machte Pia sich erst recht Gedanken. »Klar kannst du kommen.«

»Schläft Felix dann schon?«

»Mit etwas Glück. Bringst du Lennart auch mit?«

»Oh, der ist auf Klassenfahrt. Ich habe also frei.«

Pias Eis begann sichtlich zu schmelzen, und sie drehte sich aus der Sonne. Ein Klacks Schokoladeneis landete auf ihrer Jacke. Sie versuchte, den Eisbrocken wegzuschnipsen, doch das Eis verflüssigte sich und hinterließ einen braunen Fleck. Pia fluchte.

»Passt es dir doch nicht?«

»Doch, Susanne. Ich hab mich nur gerade mit Eis bekleckert. Ich freu mich auf dich!«

Pia beendete das Telefonat. Die geschmolzene Eiscreme lief ihr über die Finger, und sie versuchte, die Jacke und ihre Hand notdürftig mit einem Papiertaschentuch zu säubern. Sie lernte es wohl nie, vernünftig und in Ruhe zu essen. Wie sollte sie es dann ihrem Kind beibringen? Na, die Kollegen, mit denen sie sich gleich zur Besprechung traf, würden ihren derangierten Aufzug wohl aushalten. Sie kannten sie schließlich schon länger.

Die zweite Möwe flog mit einem Stückchen Eiswaffel im Schnabel den Strand hinunter. Die andere sah Pia mit ihren gelben Augen vorwurfsvoll an.

Nachdem Pia ihren Sohn Felix am Abend ins Bett gebracht hatte, kam sie noch einmal dazu, die Ereignisse des Tages zu rekapitulieren. Da war zum einen das geplatzte gemeinsame Frühstück mit Lars. Wie sauer war er wirklich auf sie? Pia hatte ein paar Mal versucht, ihn anzurufen, doch nur seine Mailbox erreicht. Das war untypisch für ihn. Aber noch war Lars ja beim Training, also meldete er sich vielleicht später zurück.

Während sie den Abendbrottisch abräumte, wanderten Pias Gedanken wieder zu den heutigen Ermittlungen an der Ostsee. Die tote Frau am Strand, mit der Plastiktüte über dem Kopf und dem zerstörten Gesicht. Es erschien Pia besonders grausam, einem Menschen nicht nur das Leben, sondern auch noch sein Gesicht, seine Identität, zu nehmen. Und wozu hatte der Täter der Frau die Tüte über den Kopf gezogen, wenn sie damit nicht erstickt worden war? Um Blutspritzer auf seiner Kleidung zu vermeiden? Oder weil er den Anblick des zerschmetterten Gesichts nicht ertragen konnte? Was war der Zweck dieser zusätzlichen Brutalität? Grenzenloser Hass oder hatte es einen ganz anderen, eher praktischen Grund?

Manfred Rist hatte am Nachmittag einen Raum in der örtlichen Polizeistation annektiert, die nicht weit vom Tatort entfernt lag. Dort hatten sie ihre ersten Ergebnisse abgeglichen, und Rist hatte im Anschluss daran die neuen Aufgaben verteilt.

Das Opfer war eine Frau zwischen dreißig und vierzig Jahren, wie Dr. Fitschen schätzte. Der Tod war laut Einschätzung der Rechtsmedizinerin am vergangenen Abend nach zwanzig Uhr oder im Laufe der Nacht bis spätestens etwa ein Uhr morgens eingetreten. Das war die entscheidende Zeitspanne, wenn es um die Überprüfung möglicher Alibis ging. Das Ehepaar Jensen hatte demnach keines, denn jeder der beiden hätte wohl nachts noch einmal das Haus verlassen können.

Die Todesursache war laut Dr. Fitschen höchstwahrscheinlich eine Kopfverletzung, verursacht entweder durch einen Schlag auf den Hinterkopf oder einen Sturz. Dass es zunächst ein reiner Unfall gewesen war, war aber insgesamt eher unwahrscheinlich, da dem Opfer postmortal noch erhebliche Verletzungen beigebracht worden waren. Die Spurensicherung hatte einen Stein, der in der Nähe der Leiche lag, als mutmaßliche Schlagwaffe sichergestellt, mit der der Frau die Gesichtsverletzungen zugefügt worden waren. Noch stand

36

nicht fest, ob die Form des Steins auch zu der Wunde am Hinterkopf des Opfers passte. Die Rechtsmedizinerin musste erst noch die Lage und die Kontur der Eindruckstelle am Schädel untersuchen und sie mit der Form des Steins vergleichen. Am nächsten Tag würden sie mehr wissen. Das galt auch für die Spuren am Tatort.

Vollkommen offen war allerdings immer noch, wer die Tote war. Bisher hatten sie keinerlei Anhaltspunkt. Die Identität des Opfers zu verschleiern, indem man das Gesicht zerstörte, bedeutete doch nur einen Aufschub. Eine Frau, die, ihrem Alter nach zu urteilen, mitten im Leben stand, würde früher oder später von irgendjemandem vermisst werden. Sie trug allerdings ausländische Kleidung. Eine in Italien recht geläufige Marke, hatte Pias Kollege Michael Gerlach bereits recherchiert. Einfaches sportliches Zeug, das man in großen Supermärkten bekam, vielleicht sogar auf Wochenmärkten, keine teuren Markenklamotten und nichts, was man ohne Weiteres in Deutschland kaufen konnte. Na, im Internet kann man wohl alles bestellen, vermutete Pia. Die Frage war eher, warum sich jemand die Mühe machen sollte? Wahrscheinlicher war, dass die Frau sich ihre Sachen während eines Italienaufenthaltes gekauft hatte. Und sie war sonnengebräunt, nicht so, als hätte sie kürzlich ein paar Wochen im Süden Urlaub gemacht. Ihr Körper schien vielmehr noch bis vor wenigen Monaten regelmäßig der Sonne ausgesetzt gewesen zu sein. Also hatte sie sich bis vor Kurzem noch irgendwo im Süden aufgehalten. Und dann war sie mitten im Januar an die Ostseeküste gekommen, anscheinend allein und, wie es bisher aussah, auch ohne eine Unterkunft vor Ort zu haben, um am Strand erschlagen zu werden?

Pia verließ ihre nun halbwegs ordentliche Küche und sortierte die Schmutzwäsche, um eine Ladung Buntwäsche in die Waschmaschine im Bad zu stopfen. Die Kollegen, die vor Ort die Unterkünfte für Touristen abgeklappert hatten, hatten berichtet, dass bisher keine Gäste vermisst wurden. Nachforschungen in ein paar etwas abgelegeneren Appartements und Ferienhäusern standen noch aus, doch die befragten Vermieter hatten angegeben, dass zurzeit keine Frauen in dem entsprechenden Alter allein irgendwo untergekommen waren. Mehrere Paare wohnten in Hotels und Appartements vor Ort sowie eine Gruppe von vier Frauen, die einen gemeinsamen Wellnessurlaub unternahmen – ein Geburtstagsgeschenk für eine von ihnen. Die Nachfragen der Kollegen hatten bestätigt, dass wohl alle Urlauber vollzählig waren. Und auch ansonsten gab es keine aktuellen Vermisstenanzeigen, die auf die tote Frau passen könnten. Wer sie wohl war?

Pia schloss gerade die Waschmaschinentür und gab das Waschpulver in die Einspülkammer, als es an der Tür klingelte. Sie stellte noch das Waschprogramm ein und öffnete dann Susanne per Türöffner die Haustür. Pia wartete an der Wohnungstür, bis ihre Freundin oben war. »Hey, schön, dich zu sehen!« Sie umarmte Susanne. »Geht es dir gut?«

»Sehr gut. Und dir?«

»Ja. Ein neuer Fall, ein neues Glück. Dafür ein bisschen Stress in der Liebe.«

»Ach, ist das was Neues bei dir?«

Pia verzog das Gesicht. »Hast du Hunger? Ich hab noch einen Rest Lasagne da. Erst dachte ich, Felix würde alles vertilgen, aber irgendwann, als ich schon fürchtete, er würde jeden Moment platzen, hat er doch aufgegeben.«

Susanne hatte noch nichts gegessen und ließ sich von Pia eine Portion Lasagne aufwärmen. Sie setzten sich mit dem Essen und zwei Flaschen Bier an den Küchentisch. Als Susanne fertig war, fiel Pia der Grund ihres Besuchs wieder ein.

»Sag mal, was wolltest du mir denn nun erzählen? Vorhin am Telefon klang es ja richtig ernst.«

Susanne stellte den Teller auf die Arbeitsplatte. »Nein, nicht wirklich ernst. Ich bin eher ein bisschen ratlos. Lennart hat gestern so ganz nebenbei erwähnt, dass ihn neulich ein Mann im Gang zu unserem Haus angesprochen hat.«

»Wie bitte?«

»Er hat sich nach dir erkundigt, Pia.«

»Ich verstehe nicht ganz … Wer war das?«

»Ich weiß es nicht. Das macht es ja so seltsam. Lennart wurde vergangene Woche abends von einem Kindergeburtstag nach Hause gefahren. Die Mutter hat ihn vor dem Rohwedders Gang abgesetzt und ihn die letzten paar Meter allein gehen lassen. Ich mache der Frau keinen Vorwurf, ich hätte es vielleicht genauso gemacht. Sie hatte das Auto voller Kinder und wollte weiter. Es war schon dunkel, so gegen zwanzig Uhr dreißig. Da hat jemand Lennart im Gang vor unserem Haus angesprochen.«

»Und was genau wollte er?«, fragte Pia.

»Lennart hat mir erzählt, der Typ stand an der Tür zum Nachbarhaus und hat die Klingelschilder studiert. Als er Lennart kommen hörte, hat er sich umgedreht und gesagt, er suche nach jemandem, ob Lennart sich hier auskenne …«

Pia hielt unwillkürlich die Luft an.

»Er suchte dich. Er hat deinen vollen Namen genannt, Pia.«

»Mist!«

»Weißt du, wer das gewesen sein könnte? Hat kürzlich jemand zu dir Kontakt aufgenommen?«

»Nein. Nicht direkt.«

»Dann weißt du also nicht, wer das war?«

»Nein.«

»Dass da jemand abends im Dunkeln mein Kind anspricht, finde ich nicht witzig. Überhaupt, die ganze Vorgehensweise. Ich dachte, du solltest es wissen. Wenn ich ehrlich bin, hatte ich gehofft, du würdest sagen: ›Ach, das war der und der. Der ist ganz harmlos.‹«

»Tut mir leid. Das kann ich nicht. Wie sah der Mann denn aus?«

»Ja, das habe ich Lennart auch gefragt.« Sie grinste unglücklich. »Cool, meinte er. Wie ein bekannter Fußballspieler. Nach dem Namen muss ich ihn noch mal fragen, die kann ich mir nämlich nie merken. Der Mann war laut Lennart mittelalt, recht groß, aber nicht dick. Er hatte kurze Haare und trug einen schwarzen Kapuzensweater mit einem Emblem darauf und dunkle Jeans.«

»Mittelalt bedeutet bei deinem Sohn ...?«

»Zwischen fünfzehn und fünfundzwanzig. Wir beide sind steinalt.«

»Okay. Alles klar. Ich weiß nicht, wer mich da sucht. Meine Adresse ist geheim, sowohl die alte bei euch als auch meine neue. Dieser Mann kann mir auch nicht von irgendwoher in den Rohwedders Gang gefolgt sein. Schließlich wohne ich schon seit Monaten nicht mehr dort.« Pia drehte die Bierflasche in der Hand, knibbelte mit dem Daumennagel an dem Etikett herum. Sie hielt sie ins Licht. »Aber irgendwer oder irgendwas muss den Typen ja dorthin geführt haben.«

»Ein geheimer Verehrer?«, frage Susanne halb scherzhaft, halb besorgt.

Pia schnaubte und schüttelte den Kopf.

»Woran denkst du?«, wollte Susanne wissen. »Da steckt doch mehr dahinter.«

Es war Pia beinahe schon gelungen, es aus ihrem Bewusstsein zu verdrängen, aber nur beinahe. Das nun Folgende würde Susanne nicht gerade beruhigen. Sie berichtete ihr von der Schmiererei auf ihrem Auto und von der toten Amsel, die mit einem Kabelbinder am Kühlergrill befestigt gewesen war.

Susanne verzog angewidert das Gesicht. »Und was stand auf deinem Auto?«

»Eine kleine Botschaft für mich: *Ich krieg dich, Schlampe!*«

4. Kapitel

Jessika hatte sich viermal umgezogen und letztlich das, was sie zuerst anprobiert hatte, wieder angezogen: die gestreifte Bluse mit der Jeans. Sie öffnete den obersten Blusenknopf, beugte sich vor dem Spiegel nach vorn, verzog das Gesicht und schloss den Knopf wieder. Mit fahrigen Bewegungen suchte sie in der alten Cremedose ihre goldenen Ohrstecker.

Sie hatte letzte Woche nach einem guten halben Jahr des Büffelns endlich ihr »Grünes Abitur« bestanden und somit ihren Jagdschein in der Tasche. An diesem Abend würde sie zum ersten Mal offiziell am Jägerstammtisch teilnehmen. Als vollwertiges Mitglied, nicht als Gast oder Aushilfskellnerin wie sonst. Gut, die meisten der Anwesenden kannte sie schon lange. Sie wohnten allesamt im Ort oder im benachbarten Dorf Dörnitzfelde. So wie Hagen und Dagmar Eggerskamp und Tatjana und Werner Hoge, die eigentlich immer dabei waren. Auch Klaus Schindler, der ortsansässige Polizist, war normalerweise mit von der Partie. Heute Abend würde er wahrscheinlich nicht anwesend sein, weil er mit den Mordermittlungen beschäftigt war ... oder das zumindest vorgab. Überhaupt, der Mord am Strand würde heute natürlich *das* Thema sein und ihre bestandene Prüfung in den Hintergrund treten lassen.

Als Jessika das düster wirkende Hinterzimmer im Erdgeschoss des Hotels betrat, das die Jäger immer für ihren Stammtisch nutzten, waren alle Stühle um den Tisch herum schon bis auf einen einzigen Platz besetzt. Zwei Männer, die nur selten kamen, waren diesmal auch dabei: Bernhard Gessler, ein massiger Mittfünfziger mit Ehering an seinem fleischigen rechten Ringfinger und einer zu lauten Stimme, und Carsten Franke, sein dünner, schweigsamer Neffe.

Ein wenig enttäuscht, dass nicht mehr Leute zu ihrer Premiere gekommen waren, nahm Jessika auf dem letzten freien Stuhl zwischen Hagen Eggerskamp und Carsten Franke Platz. Hagen erkundigte sich sogleich nach ihrer Prüfung und gratulierte ihr. Er tat das auf seine unnachahmlich weltgewandte, joviale Art, die Jessika stets verlegen machte und ihr das Gefühl gab, unbeholfen und unterlegen zu sein. Carsten Franke, der etwa in ihrem Alter war, konzentrierte sich derweil auf den Inhalt seines Bierglases. Die anderen redeten erwartungsgemäß über den Mord. Als Hagen sich wieder der allgemeinen Unterhaltung zuwandte, hörte auch Jessika dem Gespräch aufmerksam zu.

Ihr Vater hatte ihr nicht viel über den Leichenfund erzählt, obwohl er es schließlich gewesen war, der die Frau zuerst entdeckt hatte. Hoffentlich fragte sie niemand, was sie darüber wusste. Doch keiner der Anwesenden nahm diesbezüglich Notiz von ihr. Die anderen stellten nur unermüdlich verschiedene Theorien zu dem Mord auf und verwarfen sie wieder.

Tatjana Hoge, eine Zahnärztin aus Dörnitzfelde, warf ihre langen schwarzen Haare zurück. »Sehr bedauerlich, dass unser guter Klaus heute nicht anwesend ist. Weiß niemand, wo er steckt? Ständig geht er uns mit seinem selbstzufriedenen Gerede auf die Nerven, aber wenn wir ihn wirklich mal brauchen, taucht er ab.« Sie lachte laut. An diesem Abend trug sie eine Art Tunika aus einem halb durchsichtigen Stoff. Das Pink tat Jessika in den Augen weh.

Tatjana Hoge und die eher altbacken wirkende Dagmar Eggerskamp konnten eigentlich nicht gegensätzlicher sein, fand Jessika. Doch angeblich waren die beiden allerbeste Freundinnen.

»Wie ich gehört habe, ist die Tote ja Gott sei Dank nicht von hier«, sagte Dagmar. »Aber eine Touristin, die am Strand ermordet wurde, können die Gastwirte und Hoteliers bestimmt ebenfalls nicht gebrauchen.« Sie sah prüfend zu Jessika herüber. »Oder wie denkt ihr darüber?«

Jessika hob hilflos die Schultern und spürte, dass ihr das Blut in die Wangen schoss. »Toll ist das natürlich nicht. Meine Eltern befürchten schon, dass einige Leute ihre Buchungen stornieren könnten.«

»Genau das meine ich!« Kein Thema auf der Welt, bei dem Dagmar nicht zuerst an die geschäftlichen Auswirkungen dachte. Wie eigentlich alle in der Umgebung kannte auch Jessika ihre Erfolgsgeschichte auswendig: Als das Geld mal wieder knapp gewesen war, hatte Dagmar – damals noch Dagmar Kruse – mit ihrer Mutter in der Küche ihres Bauernhofes angefangen, Brot aus vollwertigen, biologischen Zutaten zu backen und auf dem Wochenmarkt zu verkaufen. Angeblich stammten die Rezepte von ihrer geliebten Großmutter. Daraus war, später auch mit Hagens finanzieller und betriebswirtschaftlich sachkundiger Hilfe, eine Filialkette mit dem Namen »Kruses Landbäckerei«, entstanden. Zurzeit führte jedoch hauptsächlich Hagen das Geschäft, während Dagmar einen großen Teil ihrer Zeit den beiden halbwüchsigen Kindern widmete, wie sie unermüdlich betonte. Das schuldete sie wohl ihrer recht konservativen Einstellung.

Ihre Freundin Tatjana Hoge hatte einen Sohn im gleichen Alter wie Dagmars Tochter Alma. Sie war als niedergelassene Zahnärztin beruflich auch sehr eingespannt, während ihr Mann mit seiner Sportartikelfirma mehr Zeit für sich zu haben schien. Die Hoges versuchten jedoch, für Kind und Haushalt mit sporadisch engagierten Au-pair-Mädchen und einer Reinigungskraft über die Runden zu kommen.

»Die Polizei fragt bestimmt noch wegen der Zähne der Leiche bei Tatjana an«, sagte Werner Hoge. »Vielleicht war das Opfer ja eine deiner Patientinnen, Schatz?«

»Hast du nicht zugehört? Sie war nicht von hier, Werner«, entgegnete Tatjana.

»Woher will die Polizei das eigentlich so genau wissen, wenn das Gesicht nicht zu erkennen ist?«, fragte er leise, sodass seine Frau am anderen Ende des Tisches es nicht hören konnte.

»Ich werde mich bei Klaus beschweren. Nun haben wir schon einen Polizeibeamten unter uns, und dann ist er nicht hier, um uns auf dem Laufenden zu halten.« Dagmar sah herausfordernd in die Runde. »Außerdem fallen wir hier langsam trocken. Wo bleiben eigentlich die bestellten Getränke?«

Da Jessika an diesem Abend nicht kellnerte, war ein Schüler aus dem Ort eingesprungen. Dagmar kannte ihn sicher und war in Gegenwart seiner Eltern superfreundlich zu ihm, doch in seiner Rolle als Bedienung kommandierte sie ihn mit »Husch!« oder »Aber zackig!« herum.

»Erich hätte gewusst, was in so einem Fall zu tun ist«, sagte Bernhard Gessler in sein Bier hinein. »Der hätte uns zuerst über alles informiert. Ein Mord in Dörnitz! Damit hätte er uns niemals hängen lassen.« Er sprach von Erich Schindler, Klaus' Vater, der ebenfalls Polizist im Ort gewesen war. Klaus Schindler lebte zusammen mit Erich in dessen Haus und kümmerte sich um ihn. Jessika kannte den alten Mann nur als launischen Griesgram, den keiner der Angestellten in der Bankfiliale gern bediente. Wie seltsam, dass die anderen in der Jägerrunde sich nach ihm als Dorfpolizist zurücksehnten.

»Du hast doch sicher in der kommenden Woche abends mal Zeit, Jessika?«, fragte Hagen sie unvermittelt.

»Äh, ich glaube schon.«

»Wir gehen nächste Woche noch mal auf Schwarzwildjagd. Wahrscheinlich am Mittwoch oder am Donnerstag, aber ich sage dir vorher noch rechtzeitig Bescheid. Jetzt kannst du doch endlich mal mitkommen und uns dein Können unter Beweis stellen.«

Jessika errötete. Es war abzusehen gewesen, dass es ernst wurde, wenn sie die Prüfung erst einmal abgelegt hatte. Sie wollte Jägerin sein, doch wollte sie auch wirklich jagen? Jessika ekelte sich ein wenig vor dem Blut und den toten Tieren. »Ja, gern«, sagte sie. »Ich freue mich. Um wie viel Uhr geht es denn los?«

»Willst du die Lütte etwa mit auf den Hochsitz nehmen, Hagen?«, tönte Gessler.

»Natürlich kommt sie nächste Woche mit.« Dagmar lächelte Jessika mit kalten Augen an. »Wir freuen uns schon alle auf ein wenig junges Blut.«

»Hoffentlich schießt sie nicht daneben. Nachher trifft sie noch den Herrn Oberförster, der gerade einen Baum umarmt!« Tatjana erntete ein paar Lacher.

»Helge Osterloh soll uns ja nicht in die Quere kommen«, sagte Hagen und kippte den Rest aus seinem Bierglas in einem langen Zug hinunter. »Das ist immer noch mein Land.«

Oberstudienrat Helge Osterloh, genannt »der Oberförster«, gehörte nicht so recht dazu. Er wohnte im alten Forsthaus, das er vor ein paar Jahren gekauft hatte, und er lebte in ständigem Streit mit den Jägern im Ort. Da er damit so ziemlich allein auf weiter Flur stand, hatte er kein leichtes Leben in Dörnitzfelde. Soweit Jessika es beurteilen konnte, mochte ihn niemand so richtig. Außer Cordula und Evi Goede vielleicht, den beiden Schwestern, die ebenfalls im Wald wohnten, und den Städtern, die Osterloh hin und wieder zu seinen Waldwanderungen einlud.

»Wenn Sie den Osterloh trifft, bekommt sie von mir einen Orden«, sagte Dagmar.

»Daggi, du erschreckst sie ja«, rief Tatjana quer über den Tisch. »Schau mal, wie ängstlich die Lütte jetzt guckt.«

»Unsinn!« Hagen klopfte Jessika auf die Schulter. »Lass die Weiber reden. Du machst dich, das sag ich dir. Ich wette, du kannst schießen.«

Es stimmte. Auf der Schießbahn war Jessika gut. In der Theorie und bei Trockenübungen. Doch auf ein lebendiges Tier zu schießen war etwas ganz anderes. Was hatte sie sich da nur eingebrockt? Sie hoffte nur, dass sich ihr Einsatz bald auf einem der Jägerbälle auszahlte.

Die Dienstbesprechung am nächsten Vormittag fand mit einiger Verspätung statt. Zuvor war die unbekannte Tote vom Strand in Kiel von Dr. Fitschen obduziert worden. Manfred Rist, der Leiter des K1, hatte es sich nicht nehmen lassen, persönlich daran teilzunehmen. Pias einzige Kollegin im K1, Juliane Timmermann, war ebenfalls dabei gewesen. Nun saß sie in der ersten Reihe im Besprechungsraum, schnupperte ab und zu am Ärmel ihrer Jacke und schüttelte den Kopf. Pia kannte das Phänomen. Den Leichengeruch hatte man nach der Teilnahme an einer Obduktion noch den ganzen Tag in der Nase. Ständig hatte man das Gefühl, er würde noch an den eigenen Haaren, der Haut und der Kleidung haften. Nicht ganz zu Unrecht, wie Pia wusste. Sie hatte sich wohlweislich ein paar Meter von Juliane entfernt einen Platz gesucht.

Alle Kollegen vom K1 waren anwesend, ebenso zwei Kriminaltechniker, und auch Kriminalobermeister Klaus Schindler vom Polizeirevier vor Ort war nach Lübeck gekommen, um an dieser Besprechung teilzunehmen.

Rist heftete Fotos von den sichergestellten Spuren am Fundort der Toten an das Whiteboard. In der Mitte, dort, wo sie sonst meistens ein Porträt des Opfers platzierten, um nicht aus den Augen zu verlieren, um wen es bei den Ermittlungen ging, hatte er ein Fragezeichen hingemalt. Sie hatten weder einen

Namen noch ein Gesicht. Die Fingerabdrücke der Frau, die sofort durch das System gejagt worden waren, hatten nichts ergeben. Bei der Obduktion waren DNA-Proben des Opfers entnommen worden, doch deren Analyse dauerte eine gewisse Zeit, und für eine Identifizierung anhand der DNA benötigten sie eine dazu passende Vergleichsprobe. Das Gebiss der Toten könnte trotz ihrer massiven Kopfverletzungen ebenfalls Aufschluss über ihre Identität geben. Aber noch war die getötete Frau »Jane Doe«, die große Unbekannte.

»Sie war vor ihrem Tod in guter körperlicher Verfassung«, berichtete Rist. »Sportlich, gesund, eher mager. Keine besonderen Kennzeichen wie Narben, Deformationen, außer einem kleinen Tattoo, zu dem ich später noch komme. Der Mageninhalt bestand aus etwas mit Kohl, und es fanden sich noch vereinzelte Cranberrys im Verdauungstrakt«, las er ab.

»Was sind Cranberrys?«, wollte Conrad Wohlert aus der letzten Reihe wissen.

»So rote Beeren, angeblich wahnsinnig gesund«, sagte Michael Gerlach.

»Hauptsächlich wahnsinnig sauer«, ergänzte Broders.

Rist nickte ungeduldig. »Also gut. Vielleicht war sie eine Gesundheitsfanatikerin? Fest steht jetzt nach der Obduktion jedenfalls, dass die Frau durch Gewalteinwirkung zu Tode gekommen ist. Eine letale Verletzung am Hinterkopf unterhalb der gedachten Hutkrempe. Es war also aller Wahrscheinlichkeit nach kein Schlag, sondern sie ist auf etwas gestürzt, das nach vorläufiger Aussage unserer Rechtsmedizinerin ein Stein war. Höchstwahrscheinlich dieser hier!« Er heftete ein weiteres Bild an das Board.

»Das klingt eher nach einem Unfall«, warf Broders ein.

»Sie wurde vermutlich gestoßen, wie leichte Blutergüsse unter der Haut, Abdrücke von Fingern im Schulterbereich anzeigen. Danach erst wurde ihr eine Tüte über den Kopf gezogen, und anschließend hat der Täter auf ihr Gesicht eingeschlagen. Wenn die Frau zu dem Zeitpunkt nicht schon tot gewesen wäre, hätten diese Schläge sie ebenfalls getötet, sagte Doktor Fitschen. Unter anderem wurde ihr das Nasenbein ins Gehirn geschlagen, um es mal salopp auszudrücken.«

»Können wir von einem klassischen Overkill ausgehen?«, fragte Gerlach.

»Auf jeden Fall sieht es auf den ersten Blick nach großer Wut aus. Sie zu töten hat dem Täter offensichtlich nicht gereicht. Er musste auch noch ihre Identität auslöschen«, sagte Manfred Rist.

»Aber warum dann die Tüte?«, wandte Pia ein. »Wenn der Täter in seiner Wut seinem Opfer die Identität nehmen wollte, hätte er das Ergebnis dieser Bemühungen doch bestimmt sehen wollen.«

»Mit der Tüte sollte sie vielleicht zuerst erstickt werden. Der Täter war sich nicht sicher, ob sie nach dem Sturz bereits tot war«, überlegte Gerlach.

»Und als sie sich nicht mehr rührte, nahm er dann doch noch den Stein und schlug auf ihr Gesicht ein?«, fragte Broders.

Juliane löste sich von den olfaktorischen Untersuchungen ihres Jackenärmels. »Bei den heftigen Schlägen wäre doch sicher Blut gespritzt. Ohne die Tüte ...«

»Es spritzt nicht sehr, wenn das Opfer schon tot ist«, sagte Pia. »Dann pumpt das Herz ja nicht mehr.«

»Aber das wusste der Täter vielleicht nicht. Er hat nicht darüber nachgedacht, sondern sicherheitshalber die Tüte genommen, um nicht mit Blut in Berührung zu kommen.«

Pia hob die Schultern. Das war möglich. »Ich bringe allerdings große Wut und den Schutz vor Blutflecken durch diese Tüte nicht ganz zusammen. Und woher hatte der Täter die Tüte?«

»Aus dem Abfallbehälter am Rand der Wiese«, schlug Broders vor.

»Das wäre aber ein Zufall«, merkte Gerlach an.

»Wenn der Täter sein Opfer ursprünglich mit einer Plastiktüte ersticken wollte, dann hätte er sie wohl schon vorsorglich mitgebracht.«

»Und dann wäre es eine geplante Tat«, sagte Rist.

»Bei dieser brutalen Vorgehensweise?«, wandte Broders ein.

»Möglicherweise war ja gar nicht Wut der Auslöser für die Schläge auf das Gesicht, sondern nur die Absicht, die Identität des Opfers zu verschleiern«, sagte Pia.

»In der Hoffnung, die Ermittlungen damit zu erschweren? Das ergibt nur Sinn, wenn der Täter sein Opfer kannte und es eine Verbindung zwischen ihnen gibt.«

»Wir benötigen so oder so die Identifizierung der Toten. Das hat allererste Priorität. Dann können wir herausfinden, was das Motiv für die Tat war und ob sich Täter und Opfer kannten.«

»Was ist mit einem sexuellen Motiv?«, fragte Gerlach.

»Keine Spuren von sexueller Gewalt. Die Frau hatte kurz vor ihrem Tod keinen Geschlechtsverkehr«, antwortete Juliane. »Auch das könnte ja ansonsten auf das Motiv des Täters hinweisen. Sei es Eifersucht, sei es eine Trennung oder eine Erpressung wegen einer sexuellen Beziehung ...«

Rist heftete ein weiteres Bild an das Board. »Eine Sache ist möglicherweise noch hilfreich.« Er sah in die Runde. »Diese kleine Tätowierung am rechten Fußgelenk der Frau: ein Seepferdchen. Gute Qualität, sagt unsere neue Rechtsmedizinerin, und das Tattoo ist auch noch nicht sehr alt. Unser Opfer hat es sich vor höchstens einem Jahr stechen lassen, meint Doktor Fitschen.«

»Außerdem ist die Tote nicht nur im Gesicht und Halsbereich und an den Händen, sondern am ganzen Körper gebräunt, so als hätte sie sich vor nicht allzu langer Zeit öfter im Bikini in der Sonne aufgehalten«, ergänzte Juliane.

»Passt zu den italienischen Klamotten«, stimmte Gerlach zu. »*Bella Italia, la dolce vita* und so.«

»Wenn sie erst kürzlich irgendwo im Süden war, dann muss sie ja irgendwie hierhergekommen sein«, sagte Pia. »Und das sollte sich doch feststellen lassen. Wer reist, hinterlässt Spuren.«

Rist nickte. »Genau. Wir müssen Bahnhöfe, Flughäfen, Autovermietungen überprüfen. Irgendwem sollte die Frau doch aufgefallen sein. Das gilt für ihre Hinreise ebenso wie für ihre Zeit in Dörnitz oder Umgebung. Sie muss irgendwo untergekommen sein. Sie kann sich ja nicht an den Ostseestrand gebeamt haben.«

»Was ist mit Tattoo-Studios?«, fragte Broders. »Es besteht die Chance, dass die Tätowierung in der Umgebung angefertigt worden ist und dass sich der Tätowierer daran erinnert.«

»Wenn wir bei ›Umgebung‹ von Kiel, Lübeck oder Hamburg ausgehen, ist das ein weites Feld«, sagte Rist unentschlossen.

»Frau Fitschen hat bei der Obduktion Hautpigmente entnommen, um den Farbstoff analysieren zu lassen, der für das Tattoo verwendet wurde«, sagte Juliane. »Der verwendete Farbstoff lässt angeblich manchmal Rückschlüsse auf den Tätowierer zu.«

»Tja, die Dauerhaftigkeit und Beliebtheit von Tätowierungen werden auch von der Kriminalpolizei hochgeschätzt«, sagte Conrad Wohlert.

Pia sah von ihren Notizen auf. »Was uns für die Identifizierung vor allem fehlt, ist das Gesicht des Opfers. Weder die Klamotten noch die Statur oder die Haare der Toten sind besonders auffällig. Wenn wir herumfragen, wer die Frau gesehen hat, benötigen wir ein Porträt von ihr, das wir den Leuten zeigen können.«

»Dass wir ihr Gesicht nicht kennen, haben wir doch schon ausgiebig besprochen«, sagte Rist.

Pia nickte. »Wir hatten nur noch keine Lösung dafür. Ich schlage vor, dass wir anhand ihres Schädels ihr Gesicht rekonstruieren lassen.«

»Der Schädel ist ganz schön zertrümmert«, entgegnete Juliane. »Ich habe es bei der Obduktion in allen Einzelheiten gesehen. Das Nasenbein und ein Kieferknochen sind gebrochen.«

»Ich vermute, man kann den Schädel so weit wiederherstellen. Einen Versuch ist es wert.«

»Das kostet aber ...«, wandte Rist ein. »Und es dauert zu lange.«

»Zwei Wochen«, sagte Broders nun. »So lange dauert eine normale Gesichtsrekonstruktion, zumindest wenn es der Aufklärung eines Verbrechens dient. Und wenn wir Glück haben. Ich habe neulich bei einem Seminar eine Rechtsmedizinerin kennengelernt, die so etwas macht. Sie ist gut. Ich könnte persönlich fragen, ob sie für uns arbeitet.«

Gesichtsrekonstruktionen dieser Art waren eine Arbeit, die nur speziell dafür weitergebildete Fachkräfte ausführen konnten, wusste Pia. Die wenigen Spezialisten taten das neben ihrer normalen Arbeit, zum Beispiel eben als Rechtsmediziner. »Wenn es uns innerhalb von zwei Wochen noch nicht gelungen ist, unser Opfer zu identifizieren, ist ein rekonstruiertes Gesicht vielleicht unsere einzige Chance.« Pia wusste, dass Rist vor den Kosten einer Gesichtsrekonstruktion zurückschreckte. Sie sollten sich aber möglichst bald entscheiden, wenn schon das Ergebnis so lange auf sich warten lassen würde.

Der Leiter des K1 knirschte mit den Zähnen. »Okay, wir versuchen es. Ich werde nachher mit dem zuständigen Staatsanwalt darüber sprechen. Broders, du kümmerst dich darum, den Kontakt zu der Rechtsmedizinerin herzustellen. Mach ihr klar, dass es so schnell wie möglich gehen muss. Nagel die Frau am besten auf einen Termin fest. Wenn es am Ende Monate dauert, haben wir den Fall wahrscheinlich längst gelöst und bleiben nur auf den Kosten sitzen.«

Sie gingen weiter die Spuren am Tatort durch, auch jedes einzelne Kleidungsstück des Opfers. An der Leiche waren Faserspuren sichergestellt worden, die noch analysiert werden mussten. Möglicherweise stammten sie von der Kleidung des Täters.

Zum Schluss zeigte Rist das stark vergrößerte Foto einer goldenen Halskette mit einem Anhänger daran. Der Anhänger bestand aus einem geschwungenen Kreuz aus verziertem Gelbgold, das abwechselnd mit weißen und roten Schmucksteinen besetzt war. »Das hier ist vielleicht unser vielversprechendster Hinweis«, sagte er. »Diese Kette trug das Opfer unter dem Pullover um den Hals. Es ist 333er-Gold, die Rubine und Brillant-Diamanten sind zwar winzig, aber anscheinend echt. Das Schmuckstück ist nicht wahnsinnig wertvoll, doch recht ungewöhnlich.«

»Es sieht altmodisch aus«, sagte Pia. »Die Kette passt gar nicht so recht zu dem Opfer, zu dem Typ Frau, meine ich.«

»Die Tote war vielleicht katholisch«, erwiderte Gerlach. »Sie trug ja auch italienische Kleidung.«

»Oder sie stand auf Gothic«, mutmaßte Broders.

»Gibt es auf der Rückseite des Kreuzes eine Gravur?«, fragte Pia.

Rist schüttelte den Kopf. »Nur die Angabe für das Gold. Aber wir können ein Foto von der Kette und dem Kreuz veröffentlichen. Vielleicht erkennt jemand das Schmuckstück wieder.«

Polizeiobermeister Klaus Schindler, der bisher schweigend im Hintergrund gesessen hatte, erhob sich polternd. »Ich kenne die«, stieß er hervor.

Alle Gesichter wandten sich ihm zu.

Schindler errötete und räusperte sich. Er wies mit ausgestrecktem Arm auf das Foto. »Die Kette da, die gehört doch der Evi.«

5. Kapitel

Der Dorfpolizist, der die Kette als Besitz Evi Goedes erkannt haben wollte, Manfred Rist und auch Pia fuhren sofort los, um sich Klaus Schindlers Behauptung bestätigen oder widerlegen zu lassen. Rist hatte kurz geschwankt, ob er Juliane oder Pia mitnehmen sollte. Er befürchtete natürlich, unter Umständen gleich eine Todesnachricht überbringen zu müssen. Klaus Schindler hatte gesagt, dass besagte Evi Goede zusammen mit ihrer Schwester Cordula Goede und Evis kleiner Tochter auf einem Bauernhof lebe. Der abgelegene Hof gehörte zu dem Dorf Dörnitzfelde und lag nur zehn Minuten vom Tatort entfernt. Klaus Schindler meinte, sich zu erinnern, dass er Evi Goede zuletzt vor ein paar Wochen gesehen hatte.

War sie die Tote? In Anbetracht dieser Vermutung wollte Rist wohl aufseiten der Polizei ebenfalls eine Frau dabeihaben.

Sie fuhren mit zwei Wagen nach Dörnitzfelde. Schindler war mit einem Streifenwagen nach Lübeck gekommen, und Pia und Rist nahmen einen Dienstwagen. Sie erreichten ihr Ziel ein paar Minuten vor ihrem Kollegen. Schindler hatte sie beschworen, unbedingt vor dem Haus auf ihn zu warten – außer Sichtweite. Die Frauen seien ein wenig … scheu. Pia hatte sich bei dieser Bemerkung auf die Lippe beißen müssen, um nicht zu lachen. In welchem Jahrhundert lebten sie denn?

Dörnitzfelde lag nur wenige Kilometer vom Badeort Dörnitz entfernt; trotzdem war von dem Rummel eines Touristenortes nicht mehr viel zu spüren. Zwei Bauernhöfe, eine alte Kate und ein paar Einfamilienhäuser standen um einen kleinen

Dorfteich herum. Der Teich war von hohen, unbelaubten Bäumen umstanden, und ein Kriegerdenkmal befand sich nicht weit davon entfernt. Das Navi führte Pia und Rist am Dorfteich und einem Kindergartengebäude vorbei auf einen Schotterweg, der eine Weile am Waldrand entlang verlief.

»Du bist hier falsch, Pia«, sagte Rist, als sie mit dem Passat den schmalen Weg entlanghoppelten. »Das ist eindeutig ein Forstweg. Hier kann keiner wohnen!«

»Doch, schau mal.« Sie deutete auf das Display des Navigationsgeräts. »Da vorn kommt noch ein einzelner Hof.«

Hinter der nächsten Kurve lag er schon. Der Goede-Hof bestand aus Wohnhaus, Scheune, Stallgebäude und einem nachträglich an den Stall angebauten Carport. Pia hielt weisungsgemäß hinter dem Knick, einem dicht bewachsenen Erdwall, sodass man sie vom Haus aus nicht sehen konnte. »›Zurückgezogen‹ ist ja noch stark untertrieben«, bemerkte sie mit Blick durch die nasse Windschutzscheibe.

»Hier möchte ich nicht tot über dem Zaun hängen«, sagte Rist düster.

»Man braucht schon eine romantische Ader.« Pia drehte den Zündschlüssel, und der Motor erstarb. Augenblicklich war es totenstill.

»Oder man will aus gutem Grund niemanden sehen«, ergänzte Rist. »Da kommt Schindler ja endlich! Er fährt direkt vor. Jetzt weiß Cordula Goede Bescheid, dass wir da sind.«

»Na, dann mal los.«

Sie ließen ihrem Kollegen Schindler den Vortritt, der sichtlich nervös zur Haustür schritt und dann anklopfte. Er wippte auf den Fußballen, spähte seitlich durch das Küchenfenster ins Haus.

Pia sah sich um. Das Wohnhaus war klassisch aus Backstein

mit einem Zwerghaus, weißen Sprossenfenstern und einer seitlich angebauten Veranda, deren grüner Anstrich bereits abblätterte. Im eingezäunten Garten hing eine Schaukel von einem Baum herab. Eine muschelförmige Sandkiste stand auf einer kleinen Terrasse. Im Frühling sah es hier bestimmt romantisch aus, doch jetzt, mitten im Winter, wirkte der Ort dunkel und trostlos.

»Keiner da.« Schindler klang nervös.

»Evi Goede ist ja auch in Kiel«, sagte Rist leise. »Mausetot.«

»Ich denke, dass jemand in der Nähe ist. Dahinten hängt Wäsche auf der Leine.« Pia deutete zum Carport. »Außerdem höre ich irgendwas.«

Das rhythmische Klopfen kam aus Richtung des alten Stallgebäudes. Tock, tock, tock. Da Schindler sich nicht rührte, ging Pia zum Stall hinüber und zog die schwere Holztür auf. »Hallo? Ist hier jemand? Frau Goede?«

Tock, tock, tock!

Mau-se-tot, hallte Rists Ausspruch in Pias Kopf wider. Was wurde da gebaut? Ein Sarg? Trotz der Dunkelheit erkannte sie, dass das Stallgebäude in eine Töpferwerkstatt umfunktioniert worden war. Pia konnte keinen Lichtschalter finden, aber durch die von wattigen Spinnweben verhangenen Fenster fiel etwas Licht. Sie sahen aus wie aus einem billigen Gruselfilm, aufgesprüht aus einer Spraydose. »Frau Goede?«, fragte Pia in den Raum hinein. »Sind Sie hier?«

Tock. Tock. Das Geräusch kam von draußen, von irgendwo hinter dem Stall. Sie trat durch eine zweite Tür wieder hinaus. »Hallo, Frau Goede?«

Eine Frau in Jeans und Flanellhemd stand unter dem abgeschleppten Dach und bearbeitete eine alte Tür, die auf zwei Holzböcken lag. Sie wischte sich mit dem Unterarm über die Stirn.

»Guten Tag. Korittki, von der Lübecker Kriminalpolizei. Sind Sie Frau Goede?«

»Moin, ja, die bin ich. Was will die Polizei denn von uns?«

Rist und Schindler waren nun ebenfalls hinzugetreten.

»Wir haben nur ein paar Fragen an Sie«, sagte Pia.

»Fragen. Und da erscheinen Sie zu dritt? Ach, moin, Klaus! Heute in Begleitung? Ich hab euch ja gar nicht kommen gehört.«

»Kein Wunder, bei dem Krach, Cordula«, sagte er.

»Wir würden gern mit Evi Goede sprechen«, erklärte Pia.

»Wieso? Was ist mir ihr?«

Pia meinte, einen alarmierten Ton herauszuhören. »Wir sollten uns besser im Haus miteinander unterhalten«, schlug sie vor.

»Okay, wenn Sie es sagen.« Cordula Goede sah noch einmal zu der alten Brettertür. Sie seufzte, wischte sich die Hände an der Hose ab und ging Pia voraus zum Wohnhaus.

Sie setzten sich in der Küche um einen rustikalen Tisch aus stark nachgedunkeltem Kiefernholz.

»Was soll das, Klaus?«, fragte Cordula Goede den Dorfpolizisten. »Haben wir etwa was verbrochen?«

»Hast du es denn noch nicht gehört? Robert Jensen, du weißt doch, vom *Hotel Jensen*, hat gestern Morgen am Strand in Dörnitz eine Leiche gefunden. Wir wissen immer noch nicht, wer die Frau ist.«

Sie zog die kräftigen Brauen zusammen. »Ich hab noch nicht in die Zeitung geschaut, und Radio höre ich auch nicht mehr. Aber glaubst du, dass man das der GEZ verklickern kann, dass man nicht fernsieht oder Radio hört?«, plapperte sie weiter, konnte aber ihre offensichtliche Unruhe damit nicht verbergen. »Ich hab denen gesagt, sie können gern nachschauen kommen. Wir haben nämlich tatsächlich kein einziges ... Aber deswegen sind Sie wohl nicht hergekommen.« Cordula Goede presste die schmalen Lippen aufeinander. Sie fixierte einen Punkt außerhalb des Raumes.

»Es ist wichtig, Cordula«, sagte Klaus Schindler.

Sie nahm sich sichtlich zusammen und blickte Pia und Rist ins Gesicht. »Ich ... Diese Leiche. Was haben wir damit zu tun?«

»Ich glaube, die tote Frau trug Evis Kette. Die mit dem Kreuz von eurer Mutter«, platzte der Dorfpolizist heraus und fing sich mahnende Blicke seiner Lübecker Kollegen ein.

Cordula Goede schloss die Augen. Ihre großen, rauen Hände verkrampften sich auf der Tischplatte.

»Cordula, wo ist Evi?«, fragte Schindler.

Sie schüttelte den Kopf, als müsste sie ein inneres Bild, eine schlimme Vorstellung, vertreiben, und sah dann Pia mit seltsam durchscheinend wirkenden braunen Augen an. »Sie denken doch nicht, dass die Tote meine Schwester ist? Falls das so ist, falls es das ist, was Sie hierher geführt hat, muss ich Sie enttäuschen. Evi kann nicht tot sein.«

»Weshalb?«

»Ich glaube, ich bin noch sehr lebendig.« Eine Frau trat in diesem Moment an den Tisch. Der Raum, in dem sie saßen, war L-förmig und nicht komplett einsehbar. Sie musste hinter der Ecke gelauscht haben, um diesen Auftritt so perfekt hinzubekommen. Evi Goede trug ein kleines Mädchen auf der Hüfte, das mit Schneeanzug, Mütze und Handschuhen warm eingemummelt war.

»Evi, Gott sei Dank!«, rief der Dorfpolizist aus. »Ich dachte schon ...«

»Überlass das Denken lieber anderen, Klaus.« Die Frau milderte ihren Ausspruch mit einem Lächeln ab und setzte das Kind vorsichtig auf dem Fußboden ab. »Du darfst schon rausgehen und im Sandkasten spielen, Malin. Ich komme sofort nach.«

»Sie sind demnach Evi Goede?«, fragte Rist und stellte sich und Pia vor. »Wir ermitteln in dem Fall der unbekannten Toten in Dörnitz, falls Sie schon davon gehört haben.«

»Wie bitte?«

»Wollen Sie nicht Platz nehmen?«, fragte Pia. »Es geht um die tote Frau am Strand.«

Evi Goede schüttelte abwehrend den Kopf.

»Wir sind hier, weil unser Kollege«, Rist deutete auf Schindler, »eine Kette, die sich am Hals einer bisher nicht identifizierten Toten befunden hat, als ihren Besitz erkannt haben will.«

Evi Goede ließ sich nun doch auf einen Stuhl fallen. »Was sagen Sie da? Welche Tote? Von wem sprechen Sie überhaupt?«

»Die haben am Strand eine Frauenleiche gefunden, Evi.« Ihre Schwester legte ihr eine Hand auf den Unterarm. »Und Klaus dachte, das wärst womöglich du.«

»Grundgütiger!«

»Tut mir leid, Evi.« Schindler senkte den Blick.

Pia beobachtete die Frauen, die vor ihr am Tisch saßen, als wären sie für den Moment eingefroren. Die stämmige Cordula mit den eher groben Zügen und die zierlichere Evi mit dem fein geschnittenen Gesicht, einer Käthe-Kruse-Puppe nicht unähnlich. Die eine trug Arbeitskleidung, die andere eine leuchtend bunte indische Bluse und klimpernde Armreife. Und doch gehörten sie zusammen, wie sie nebeneinander dasaßen und offensichtlich versuchten, den Schock über die falschen Mutmaßungen der Polizei zu verarbeiten.

Cordula fasste sich als Erste. Sie drückte Evis Arm noch einmal und sah dann Pia an. »Da Evi ja Gott sei Dank quicklebendig ist, ist Ihre Frage nun wohl geklärt.«

»Die nächste Frage ist, ob die Kette, die wir gefunden haben, tatsächlich Ihrer Schwester gehört oder ob es sich nur um eine zufällige Ähnlichkeit handelt.«

Evi räusperte sich. »Ehrlich gesagt, weiß ich im Moment gar nicht, wo Muttis Kette überhaupt ist.«

»Sie lag doch immer bei dir in der Nachttischschublade, wenn du sie nicht getragen hast.«

»Ich hatte sie aber schon sehr lange nicht mehr um. Ich habe davon irgendwann so Pickelchen im Dekolleté bekommen.«

»Sieh doch eben nach. Dann haben wir das auch geklärt.«

Evi Goede erhob sich, stützte sich jedoch an der Stuhllehne ab, als gäben die Knie unter ihr nach. An das resolute Auftreten von vor wenigen Minuten erinnerte nun nichts mehr.

Sie warteten schweigend, lauschten dem Knarzen der Dielen unter Evis Schritten im Obergeschoss. Cordula knetete die staubigen Hände. An der linken hatte sie eine Schramme, aus der ein hellroter Blutstropfen quoll. Sie stand auf, trat ans Fenster, winkte wohl dem kleinen Mädchen in der Sandkiste zu und setzte sich dann wieder. Sie sah blass aus.

»Wollen Sie nicht nach Ihrer Nichte sehen?«, fragte Pia. Das Kind kam ihr noch zu jung vor, um länger unbeaufsichtigt draußen zu spielen. Außerdem schien Evi in Cordulas Gegenwart befangen zu sein.

»Ja, das ist wohl besser.« Cordula Goede ging hinaus. Klaus Schindler zupfte an seinem Schnurrbart. Rist und Pia warfen sich einen Blick zu. Die Ruhe im Haus zerrte an Pias Nerven. Endlich trat Evi Goede wieder in die Küche und schüttelte stumm den Kopf.

»Wo ist die Kette?«, fragte Klaus Schindler sie.

»Weg. Ich kann sie nicht finden. Ich muss sie wohl verlegt haben. Wo ist Cordula? Draußen bei Malin?«

»Ja. Haben Sie auch überall nachgeschaut?«

»So viele Plätze, um Schmuck aufzubewahren, habe ich nicht.«

Rist zog ein Foto der Kette mit dem Kreuzanhänger hervor und legte es vor der Frau auf den Tisch. »Ist das denn überhaupt das richtige Schmuckstück?«

Evi Goede sah sich das Foto lange an, ohne es in die Hand zu nehmen. »Ich denke, sie ist es«, sagte sie langsam.

»Sind Sie sich ganz sicher?«

»So eine Kette hat mal meiner Mutter gehört. Sie war Katholikin, jedenfalls, bis sie unseren Vater geheiratet hat. Sie hat mir die Kette ... kurz vor ihrem Tod geschenkt. Das Schmuckstück hat mir damals sehr viel bedeutet.«

»Wann haben Sie die Kette und den Anhänger zuletzt gesehen?«, frage Pia.

Evi Goede hob die zierlichen Schultern. »Das kann Wochen her sein. Oder sogar Monate. Jahre? Wie gesagt, ich konnte sie mit einem Mal nicht mehr anziehen.«

»Und sonst haben Sie sie immer getragen?«

»Eigentlich nicht. Das ist schon länger her.« Sie sah den Dorfpolizisten an.

»Könnten Sie sie irgendwo verloren haben, Frau Goede?«, fragte Rist.

»Das kann schon sein.« Sie sah zum Küchenfenster hinaus. »Ich wüsste allerdings nicht, wann und wo.«

Begleitet von einem Schwall kühler Luft, trat Cordula wieder in die Küche. Offenbar hatte sie den letzten Teil des Gesprächs aber noch mitbekommen. »Vielleicht hat die Kette ja auch jemand schön gefunden«, sagte sie zu ihrer Schwester.

»Geklaut, meinst du?«, fragte Evi Goede. »Wer sollte denn ...«

»Einer deiner Schüler?«

»Was für Schüler?«, hakte Pia nach.

»Ach, ich gebe Nachhilfeunterricht. Das kann ich auch tun,

während Malin hier ist. Ich habe sechs Schüler, die ein- oder zweimal die Woche herkommen. Cordula mag es nur nicht so gern, wenn Fremde hier sind.«

»Sind die Schüler denn auch mal unbeaufsichtigt im Haus? Könnte einer von ihnen die Kette mitgenommen haben?« Pia fand die Vorstellung abwegig. Vor allem, wenn sie dann den Bogen schlagen sollte, wie die Kette anschließend an den Hals der unbekannten Toten vom Strand gekommen war.

»Hin und wieder bin ich auch mal kurz draußen«, antwortete Evi Goede vage. »Aber nie lange.«

»Ein paar von denen haben es schon faustdick hinter den Ohren«, warf Cordula ein. »Denk zum Beispiel mal an Paul Hoge. Ich hab dir von Anfang an gesagt, dass der Junge Ärger machen wird. Malin wartet übrigens auf dich, Evi. Mit mir will sie heute keine Sandkuchen backen.«

Evi Goede versuchte sich an einem Lächeln. »War es das? Kann ich zu meiner Tochter gehen?«

Rist steckte das Foto wieder ein. »Wir brauchen bei Gelegenheit aber noch eine schriftliche Aussage von Ihnen beiden.«

Evi Goede nickte und verzog sich nach draußen.

»Das kriegen wir schon noch hin«, sagte Cordula Goede. »Doch lassen Sie meine Schwester das bitte erst mal verdauen. Ich glaube, das war ein ganz schöner Schock für sie – dass sie tot sein sollte.«

»Tut mir echt leid«, murmelte Klaus Schindler, aber Cordula beachtete ihn nicht.

Pia stand auf und ging in Richtung Küchenfenster. Sie sah, wie Evi Goede sich am Rand der Sandkiste zu ihrer Tochter hinunterbeugte. Das Bild versetzte ihr einen kleinen Stich. Wenn überhaupt, würde Felix gerade mit seinen Freunden und einer der Kindergärtnerinnen draußen spielen. Malin war jünger als Felix. Ihr Sohn war dem Sandkastenalter bald entwachsen. Es ging so schnell, und sie hatte so wenig Zeit für ihn. Sie wollte sich schon abwenden, als ihr der abschließbare Fensterriegel auffiel. Eine nachträgliche Einbruchssicherung, die massiv und neu aussah.

»Warum haben Sie das Fenster zusätzlich abgesichert?«, fragte Pia Cordula Goede.

»Einfach so. Die alten Fenster schrecken doch niemanden mehr ab.«

»Gab es bei Ihnen in letzter Zeit mal einen Einbruch oder einen Einbruchsversuch?«

»Nein. Aber man liest und hört doch so viel.«

Pia glaubte, dass es mehr Motivation brauchte, bis die Leute sich aufrafften und zusätzliche Verriegelungen anbrachten.

»Eine Bitte habe ich noch«, sagte Rist.

»Ach ja?« Cordula Goede blickte ihn wachsam an.

»Da die unbekannte Frau ein Schmuckstück trug, das möglicherweise Ihrer Schwester Evi gehört ... Sie sollten beide noch einen Blick auf die Tote werfen. Vielleicht kennen Sie sie ja doch.«

6. Kapitel

Rist und Pia fuhren hinter Klaus Schindler her ins örtliche Polizeirevier, wo sie für die aktuelle Ermittlung jetzt offiziell einen der Räume nutzten. Die Kollegen, die dazu eingeteilt waren, vor Ort zu ermitteln, waren bereits beschäftigt, sodass Rist Pia die Liste mit den sechs Nachhilfeschülern Evi Goedes in die Hand drückte.

»Es sind Kinder, oder? Wenn eines von denen etwas über Evi Goedes Kreuzkette weiß, findest du es heraus«, sagte er. »Du kannst gleich damit anfangen.«

Pia sah auf die Uhr. Es war halb zwölf. »Es sind Schüler. Das heißt, dass sie jetzt alle in der Schule sein dürften.«

»Du fährst nicht in die Schulen! Es ist unbedingt nur eine erste Befragung; von Zeugen- oder gar Beschuldigtenstatus kann keine Rede sein. Wir wollen nur wissen, ob die Nachhilfeschüler die Kette schon einmal an Evi Goede oder auch anderswo gesehen haben. Das Verschwinden der Kette ist noch nicht Gegenstand unserer Untersuchung.«

»Schon klar. Hauptsache, die Eltern dieser Kinder sehen das auch so.«

»Keine unnötige Aufregung, okay? Ich verlass mich darauf«, sagte er, bevor ein Anruf auf seinem Mobiltelefon seine Aufmerksamkeit auf sich zog.

Pia las sich die Namen auf der Liste durch. Dankenswerterweise hatte Evi Goede neben den Namen und Adressen ihrer Nachhilfeschüler auch die Klassenstufe der Kinder notiert, sodass sich Pia das Alter der Schüler in etwa ausrechnen konnte. Drei ältere Kinder waren darunter, einmal neunte, zweimal achte Klasse. Drei Grundschüler, Viertklässler, die also kurz vor der Entscheidung für eine weiterführende Schule standen. Die jüngeren Kinder würden früher zu Hause sein als die älteren. Ein Mädchen namens Alma Eggerskamp war aufgeführt, das in die achte Klasse ging. Und den Namen Eggerskamp hatte Pia im Zuge dieser Ermittlung schon einmal gehört.

Dagmar Eggerskamp saß am Schreibtisch und schrieb eine bissige E-Mail an ihre Versicherung, als sie hörte, wie die Haustür zuschlug. Für die Kinder war es noch zu früh, und außer der engsten Familie hatte nur die Putzfrau sowie Dagmars Mutter einen Schlüssel. Sie löste den Blick von dem Schreiben, in dem es um die Kündigung einer Reiseschutz-Jahresversicherung ging, und trat in die Diele. »Hagen! Ich hab noch gar nicht mir dir gerechnet.«

»Stör ich dich?« Er lächelte süffisant.

»Ich wundere mich nur. Mittagessen gibt es erst um eins.«

»Ich weiß, dass du nie von deinen Plänen abweichst, Schatz. Hier läuft immer alles perfekt.«

»Ist das ein Vorwurf?«

»Unsinn, Liebes. Ich bin heute nur etwas früher gegangen, weil ich nachschauen will, ob ich den alten Mercedes noch zum Laufen kriege. Deine Cousine Charlotte hat mich doch neulich gefragt, ob ich ihn ihr für ihre Hochzeit ausleihe.«

Dagmar rollte mit den Augen. »Davon würde ich ihr aber dringend abraten, wenn sie je beim Standesamt ankommen will.«

Hagen lachte unbekümmert. »Vielleicht will sie das ja gar nicht.«

»Und wir sind dann schuld!«

»Ach, lass sie doch. Ich kümmere mich darum.«

»So, wie du es immer tust.« Wenn Hagen in ihr Geschäft

auch nur halb so viel Herzblut investieren würde wie in das mehr als fünfzig Jahre alte Auto, wäre ihr Leben sorgenfrei. In der Bäckerei ging zurzeit alles drunter und drüber, wie Dagmar aus verlässlicher Quelle wusste, weil einer der Bäckergesellen gekündigt und eine andere Mitarbeiterin in den Mutterschaftsurlaub gegangen war. Hagen war sechsundvierzig Jahre alt, aber Prioritäten zu erkennen und danach zu handeln war nicht seine Sache. Daran scheiterte er genauso wie ihr achtjähriger Sohn Viktor.

Ihr Mann warf seine Jacke auf die antike Truhe neben der Garderobe, genau wie sein Sohn es trotz aller Ermahnungen ständig tat. »In Dörnitz ist übrigens immer noch die Polizei unterwegs. Robert tut mir direkt leid. Es muss hart gewesen sein, beim Morgenlauf nichts ahnend über eine tote Frau zu stolpern.«

»Nicht nur hart. Für ihn als Hotelbesitzer ist dieses Vorkommnis vielleicht sogar geschäftsschädigend«, sagte Dagmar. »Hast du daran schon mal gedacht? Außerdem hat es ihn aus dem Konzept gebracht. Das Essen gestern Abend war eine einzige Katastrophe. Und seine Lütte, Jessika, schien mir auch etwas von der Rolle zu sein.«

»Findest du? Ist mir nicht aufgefallen.«

»Du hättest sie nicht so in Verlegenheit bringen sollen, Hagen.«

»Verlegenheit?«

»Du hast sie die ganze Zeit mit deinen alten Geschichten gelangweilt. Dabei wollte sie vielleicht auch mal mit Carsten reden.«

»Wieso das denn?«

»Ach, das verstehst du nicht.« Dagmar verzog sich wieder in ihr Büro. Sie würde die Sachbearbeiterin bei der Versicherung anrufen und ihr die Meinung sagen. Das war sowieso besser, als ewig E-Mails zu schreiben.

Das Telefonat besserte Dagmars Laune. Es gab »adliges Mittagessen«, wie sie es nannte. Schweinebraten, Kartoffeln und Gemüse »von gestern« und zum Nachtisch Rote Grütze mit Vanilleeis. Nach dem Essen bot Dagmar an, alle könnten in ihre Zimmer gehen oder zurück in die Firma fahren, sie würde sich um die Küche kümmern. Alma hatte eine Eins in Französisch mit nach Hause gebracht, und Viktor würde den Nachmittag bei den Pfadfindern verbringen, was Dagmar drei Stunden zu ihrer freien Verfügung bescherte. Sie summte zufrieden vor sich hin, als sie das heiße Wasser für die Töpfe in die Spüle laufen ließ.

Ein Auto fuhr auf den Hof, und eine Frau stieg in dem Moment aus, als Hagen in seinem Wagen das Grundstück verließ. Die Polizei, vermutete Dagmar. Ein schlichter Kombi in Dunkelgrau. Die Frau, die sich dem Haus zuwandte, war Anfang bis Mitte dreißig und schlank. Ihr helles Haar leuchtete im Kontrast zu ihrer dunklen Kleidung. Sie trug eine Mappe unter dem Arm und kam zielstrebig auf den Hauseingang zu. Na, sie würde dieser Polizeibeamtin schon erzählen, dass sie rein gar nichts wusste. Doch zu Dagmars Verwunderung war das gar nicht die Frage, sondern Pia Korittki, wie die Polizistin sich vorgestellt hatte, erkundigte sich sofort nach Alma.

»Was wollen Sie denn von meiner Tochter?«, fragte Dagmar perplex.

»Sie hat nichts ausgefressen, keine Sorge«, versicherte ihr die Kriminalhauptkommissarin. »Ich habe nur ein oder zwei Fragen an sie.«

»Da darf ich doch sicherlich dabei sein. Alma ist erst dreizehn.«

Die Polizistin schien einen Seufzer zu unterdrücken. »Bei der Vernehmung Minderjähriger haben Sie als Erziehungsberechtigte ein Anwesenheitsrecht, aber keine Anwesenheitspflicht. In Absprache mit den Eltern sollten Kinder und Jugendliche jedoch möglichst allein vernommen werden, um ein unbeeinflusstes Ergebnis zu erhalten.« Sie sah Dagmar in die Augen. »In diesem Fall ist es nicht einmal eine Vernehmung, sondern nur eine Befragung. Ich möchte Alma das Foto eines Gegenstandes zeigen und von ihr wissen, ob sie ihn schon mal gesehen hat. Das ist alles.«

»Aber es geht um den Mord?«, stellte Dagmar fest.

»Ja, im weitesten Sinn stimmt das«, räumte die Polizistin ein. »Ich werde Ihre Tochter jedoch nicht nach dem Mord, nach dem Opfer oder irgendwas anderes in dieser Richtung fragen.«

»Ist schon in Ordnung, Mama«, sagte Alma, die oben am Geländer der Galerie stand und offensichtlich gelauscht hatte. »Ich schaff das allein. Bei Greta und Ben war die Polizei übrigens auch schon.«

»Ach, dann geht es wohl um die Nachhilfe?«, schloss Dagmar aus ihrer Aussage.

Alma lief leichtfüßig die Treppe herunter. »Wir gehen ins Musikzimmer, Mama«, informierte sie ihre Mutter. »Allein.«

Pia unterdrückte ein Lächeln und folgte der resoluten Alma Eggerskamp in ein kleines Zimmer, an dessen Rückseite eine Terrassentür hinaus in den Garten führte. An der linken Wand stand ein Klavier, Notenblätter lagen herum. Auf der rechten Seite befand sich ein Ohrensessel mit Stehlampe und Beistelltisch, wohin Alma jetzt deutete. Sie hatte die Tür hinter sich zugezogen und nahm gegenüber dem Sessel auf dem Klavierhocker Platz.

»Ich mache mir ein paar Notizen«, sagte Pia, nachdem sie sich vorgestellt hatte und die Formalitäten geklärt waren.

Alma nickte erwartungsvoll.

Pia zeigte ihr das Foto von der Halskette, die bei dem Opfer gefunden worden war. »Hast du die schon mal gesehen?«

Alma nahm das Bild in die Hand und betrachtete es. »Vielleicht«, sagte sie. »Vielleicht auch nicht.«

»Was soll das heißen?« Pia zog eine Augenbraue hoch.

Das Mädchen hob die Schultern. »Ich denke, eher nicht. Gehörte die Kette dem Opfer? In der Schule haben sie gesagt, die Leiche hätte keinen Kopf gehabt.«

»Du solltest nicht alles glauben, was so geredet wird.«

Alma schaute sich das Bild noch einmal an. »Ich finde die Kette einfach nur hässlich, und was meinen Sie?«

»Ist auch nicht mein Geschmack, aber darum geht es nicht. Versuch bitte, dich zu erinnern, ob du sie schon einmal irgendwo gesehen hast.«

»Nein, nicht bewusst jedenfalls. Schade, sonst könnte ich hier mit Ihnen einen Mordfall lösen, oder?«

»Ganz so einfach ist es wohl nicht.«

»Macht Ihnen das eigentlich Spaß?«, wollte Alma wissen.

»Meistens schon, doch es gibt auch Tage, die nur anstrengend oder langweilig sind. Das trifft wohl auf viele Berufe zu.«

»Ich will Musikerin werden«, sagte Alma. »Oder Biologin. Hat der Täter die Kette am Tatort verloren?«, fragte sie übergangslos. »Ist sie ein Indiz?«

»Ich darf dir nichts über unsere Ermittlungen erzählen.«

»Vielleicht ist die Kette gestohlen«, vermutet Alma. »Bei zwei meiner Klassenkameraden ist schon mal eingebrochen worden, und die Diebe haben dabei auch Schmuck geklaut.«

»Wie kommst du darauf, dass sie gestohlen sein könnte?«

»Vielleicht hat einer der Nachhilfeschüler die Kette ja mitgehen lassen?«, erwiderte Alma, unbeirrt von Pias Fragen.

»Wieso sagst du das?«

»Nun, erstens waren Sie auch bei Ben und bei Greta. Die

nehmen wie ich bei Evi Goede Nachhilfe. Und außerdem war die Polizei vorhin auf dem Goede-Hof, hab ich gehört. Tut mir leid, wir sind hier auf dem Land. Haben Sie auch mit Paul Hoge gesprochen?«

»Wieso fragst du nach ihm?«

»Er ist auch ein Nachhilfeschüler von Evi Goede.«

Es war schon recht hinderlich, wie schnell sich Neuigkeiten hier verbreiteten. Paul stand natürlich ebenfalls auf Evi Goedes Liste.

»Ich habe aber nichts gesagt«, fügte Alma hinzu. »Wir sind halt die einzigen Älteren bei Frau Goede. Außer Fiona, doch die ist so was von brav! Die anderen sind alle noch Babys, und außerdem ...«

»Ja.«

»Paul hat schon mal was geklaut. Aber mehr sag ich dazu nicht«, fügte sie hinzu und presste die Lippen zusammen.

»Hast du irgendeinen Grund zu der Annahme, dass Paul etwas mit dieser Kette zu tun haben könnte?«

Alma schüttelte den Kopf. »Nein, eigentlich nicht. Schmuck und so etwas interessiert den auch nicht. Es muss schon etwas Glattes, Hartes sein, am besten mit einem Apfel darauf.«

Im Nachhinein betrachtet, war Pias Unterhaltung mit Alma Eggerskamp, die die Kette wahrscheinlich noch nie gesehen hatte, noch die aufschlussreichste dieses Nachmittags. Als sie den Bericht dazu geschrieben hatte, stützte Pia den Kopf in die Hände und schloss die Augen.

Paul hatte abgestritten, die Kette mit dem Kreuzanhänger jemals zu Gesicht bekommen zu haben. Mochte sein, dass er tatsächlich schon mal etwas gestohlen hatte, doch Pia glaubte nicht, dass er Evi Goede, seiner Nachhilfelehrerin, dieses Schmuckstück entwendet hatte. Und falls doch, um was damit zu tun? Er hätte es vielleicht verkauft oder irgendwem weitergegeben. Nur, wie sollte es dann an den Hals des unbekannten Mordopfers gekommen sein?

Möglicherweise gab es ja viel mehr dieser Kreuzanhänger, als sie im Augenblick vermuteten, und die Ähnlichkeit des Schmuckstücks mit dem von Evi Goede war reiner Zufall? Ein Zufall in einer Mordermittlung – auszuschließen war es zumindest nicht. Der Täter könnte mit der Kette aber auch eine falsche Spur gelegt haben, oder er hatte einfach nur Verwirrung stiften wollen. Am nächsten Tag würde eine Abbildung der Kette und des Kreuzes in den Medien erscheinen, zusammen mit einer Beschreibung der Toten, ihrer Kleidung und der Tätowierung am Fußknöchel. Vielleicht bekamen sie daraufhin noch brauchbare Hinweise. Pia musste an Klaus Schindlers Gesichtsausdruck denken, die dramatische Szene, mit der er während der Dienstbesprechung ihrer aller Aufmerksamkeit auf Evi Goede gelenkt hatte. Und auch die auffällige Reserviertheit der Schwestern dem Dorfpolizisten gegenüber kam Pia wieder in den Sinn. Evi Goede hatte gesagt, dass sie die Kette ihrer Mutter seit Langem nicht mehr getragen hatte. Wieso konnte Schindler sich daran so gut erinnern? Gab es eine Verbindung zwischen ihm und den Goede-Schwestern? Schade, dass ihr Kollege Broders schon gegangen war. Pia hätte die Gedanken gern noch mit ihm weitergesponnen. Mit dem Vorsatz, Klaus Schindler im Auge zu behalten, schaltete sie den Computer aus.

Klaus Schindler war spät dran, und er hatte ein schlechtes Gewissen deswegen. Die Schwester vom Pflegedienst kam meistens gegen zwölf Uhr dreißig, versorgte seinen Vater und half ihm mit dem Mittagessen, das einmal wöchentlich geliefert wurde und täglich in der Mikrowelle aufgewärmt werden musste. Sie hatte es immer eilig, blieb kaum die kurze Zeitspanne, die seinem Vater zustand, und so saß er wohl jetzt seit fünf Stunden im Rollstuhl am Fenster und starrte vor sich hin. Klaus hatte zwischendurch nach ihm sehen, ihm ein Plunderstück vorbeibringen und dazu schnell einen Kräutertee kochen wollen, aber es war zu viel los gewesen.

Nein, die Wahrheit war, dass er über die spannende Mordermittlung in seinem Revier seinen Vater heute einfach vergessen hatte.

»Hi, Vati, ich bin wieder da!«, rief er schon beim Eintreten. Er hängte die Uniformjacke an die Garderobe, zog die ausgetretenen Halbschuhe aus und die Puschen an und ging in das Wohnzimmer im Erdgeschoss, das sein Vater bewohnte. Er selbst wohnte in den zwei Räumen mit dem kleinen Bad im ersten Stock. Sein Vater saß mit dem Rücken halb ihm zugewandt. Seine Schultern waren nach vorn gefallen, der Kopf mit dem weißen Haar und der kahlen Stelle war leicht gesenkt. »Vater!«

»Ja, ja, schon gut, ich lebe noch. Warum bist du so spät dran, Junge?«

Erleichtert zog Klaus Schindler den Rollstuhl zu sich herum. »Alles in Ordnung bei dir?«

»Nichts ist in Ordnung. Ich bin schon fast verhungert und verdurstet. Die Annelies war heute gar nicht da.«

Die Gemeindeschwester hieß nicht Annelies. Die erste hatte so geheißen, die es nicht mal vier Wochen bei seinem Vater ausgehalten hatte. Das war gefühlte Ewigkeiten her. Danach waren Ingrid, Yasemin, Joana und nun Marja gekommen.

»Marja war heute nicht da? Aber da steht doch dein leerer Teller vom Mittagessen noch auf dem Tisch.«

»Ach, papperlapapp!«, sagte Erich Schindler. »Niemand war da. Wo bist du so lange gewesen, Junge?«

»In der Dienststelle und davor in Lübeck im Kommissariat.

Ich habe dir doch von dem Mordfall erzählt. Von der toten Frau am Steilufer, oberhalb der Grillstation.«

»Ist sie nun ermordet worden oder nicht?«

»Ja.« Er unterdrückte einen Seufzer. »Es sieht immer mehr danach aus. Ihr Gesicht wurde entstellt. Wir haben sie immer noch nicht identifizieren können.« Das hatte er seinem Vater gestern schon erzählt, aber es nützte ja nichts.

»Das weiß ich doch schon. Du musst nicht immerzu alles wiederholen. Wo ist mein Kaffee?«

»Es ist schon nach sechs, Vati.«

»Na und?«

»Wenn du jetzt noch Kaffee trinkst, kannst du nachher wieder nicht einschlafen.«

»Ich schlafe, wenn ich tot bin.«

»Du brauchst deinen Schlaf, sagt Doktor Tietgen.«

»Du weißt doch: Das Böse schläft nie.«

Sinnlos, das zu diskutieren. Klaus ging in die Küche und füllte Wasser in die Kaffeemaschine. An der Alupackung auf der Arbeitsfläche sah er nun zweifelsfrei, dass Marja oder eine andere Schwester hier gewesen war. Er schaufelte koffeinfreien Kaffee in den Papierfilter. Der Rollstuhl passte nicht durch die schmale Küchentür, also würde sein Vater den kleinen Betrug niemals herausfinden. Und das war auch besser so. Obwohl, bei einem ehemaligen Polizisten wusste man das nie so genau.

»Was hast du heute gemacht?«, fragte Erich Schindler, als sein Sohn ihm den Kaffeebecher reichte.

»Ich war bei Cordula und Evi Goede, zusammen mit zwei Kollegen vom Morddezernat. Das Opfer hatte eine Kette um den Hals, die aussieht wie die von Evis Mutter.«

»Ach nee.« Zum ersten Mal sah sein Vater ihn unter den buschigen Augenbrauen hervor richtig an. »Hast du sie etwa darauf gebracht?«

Klaus Schindler wurde in seinem Uniformhemd warm. »Nun ja … Ich konnte es Ihnen ja schlecht verschweigen.«

»Das war dumm von dir«, sagte sein Vater. Kaffee schwappte über und hinterließ weitere Flecken auf der Wolldecke über seinen Knien. Außerdem roch es im Zimmer ungelüftet, und überall lag Staub. Klaus unterdrückte ein Seufzen. Er hatte so viel anderes zu tun. Er war müde. Aber sein Vater würde das Thema nicht fallen lassen, sondern ihm wieder einmal klarmachen, was er von ihm und seiner Arbeit hielt.

»Mordkommission, sagst du? Die sind ja nicht auf den Kopf gefallen. Die fragen sich jetzt bestimmt schon, was du mit den Goede-Schwestern überhaupt zu schaffen hast. Das ist eine eigenbrötlerische Sippe dahinten im Wald. Deine Kollegen aus Lübeck überlegen nun, ob du da irgendwie mit drinhängst – in ihrem schönen Mordfall.«

»Ich hänge nirgends mit drin.«

»Jeder hier weiß, dass du mal hinter der Evi her warst und sie nichts von dir wissen wollte. Fesches junges Ding damals. Hab sie lange nicht mehr gesehen …« Er starrte aus dem Fenster. Seine Nasenflügel blähten sich, als nähme er Witterung auf.

»Das ist Jahre her. Die Evi war über zehn Jahre fort, Vater. Zehn Jahre Kanada oder so.« Er seufzte.

»Was hast du?«, fragte sein Vater scharf.

Erstaunt, dass überhaupt eine seiner Gefühlsregungen registriert wurde, sagte er: »Die war wenigstens schon mal weg von hier. Ich bin noch nie in meinem Leben geflogen.«

»Du fliegst gleich vor die Tür.«

Klaus Schindler schluckte, besann sich wieder auf das Thema »Mordermittlung«. »Jedenfalls ist Evi Goede ja zurück nach Dörnitzfelde gekommen, noch dazu schwanger. Und die Cordula musste sie wieder aufnehmen. Und nun ist da auch noch ein kleines Kind. Übrigens: Ein fesches junges Ding ist die Evi nicht mehr.«

»Warum? Die Frage ist doch, warum.«

»Warum was?«

»Frag nicht so dumm, Junge! Warum ich in meinem eigenen Haus keinen anständigen Kaffee mehr bekomme!« Er schwenkte den Becher und schüttete – sei es Absicht, sei es ein Unfall – die restliche Pfütze aus der Tasse vor seine Füße.

Klaus Schindler erhob sich. »Wenn Marja morgen kommt, kannst du sie ja bitten, die Flecken aus dem Teppichboden zu entfernen.«

»Annelies, Junge! Bring doch nicht alles durcheinander.«

7. Kapitel

»Ich kann nicht mitkommen. Ich habe niemanden für Malin.«
Evi Goede verschränkte die Arme vor der Brust. Pia stand vor
ihrer Haustür, um die Goede-Schwestern zum Institut für
Rechtsmedizin zu begleiten. Es war Freitagmorgen, Viertel
nach neun, und feiner Landregen hüllte die Landschaft rund
um den Goede-Hof in grauen Dunst.

Rist hat richtig entschieden, dachte Pia. Er hatte sie extra
heute Morgen hergeschickt, um sicherzugehen, dass die beiden
Frauen pünktlich im Institut für Rechtsmedizin erschienen,
um zumindest zu versuchen, die Tote zu identifizieren. »Dann
nehmen wir Ihre Tochter eben mit nach Kiel«, schlug Pia vor.
»Sie muss ja nicht mit rein. Ich werde draußen so lange auf sie
aufpassen.« Was ungünstig wäre, da sie dann nicht bei der
Identifizierung dabei sein könnte. »Oder besser noch, Sie und
Ihre Schwester gehen nacheinander rein.«

»Also ich weiß nicht . . .« Eine steile Falte erschien zwischen
Evi Goedes fein geschwungenen Augenbrauen. »Muss das
alles wirklich sein?«

»Zum jetzigen Zeitpunkt kann ich Sie nicht dazu zwingen«,
räumte Pia ein. »Vorerst gehe ich einfach mal davon aus, dass
Sie der Polizei helfen wollen, ein Kapitalverbrechen aufzuklären.«

»Schon gut. Einen Moment noch. Wir sind gleich bei Ihnen.«
Evi drehte sich um und ließ Pia vor der Tür im kalten Wind
stehen.

Pia ging zu ihrem Wagen zurück, setzte sich auf den Fahrer-
sitz und suchte im Radio nach einem annehmbaren Sender. Sie

sah durch die regennasse Scheibe hinaus auf das Hofgelände und die Umgebung. Wie einsam es hier war. Bei Sonnenschein fiel es sicher weniger auf, doch das trübe Wetter ließ den Goede-Hof wie den letzten Posten der Zivilisation vor dem großen Nichts erscheinen. Wie es sich hier wohl lebte? Natürlich, es gab Telefon, bestimmt auch Internet, die Schwestern hatten ein Auto. Es war ein ziemlich mitgenommen aussehender VW-Bus, der da hinten im Carport neben dem dunkelgrau verputzten Stallgebäude stand. Schimmel, Moos und Unkraut wucherten hier aus jeder Ritze. Doch wenn die Schwestern aus dem Fenster sahen oder aus dem Haus traten, erblickten sie nichts als Felder und Wiesen und den Wald, der das Gehöft von Westen her zu bedrängen schien. Wenn man nichts tut, verschluckt die Natur unsere lächerlichen Zeugnisse menschlicher Zivilisation, dachte Pia. Wenn man nicht ständig mähte, jätete, Hecken und Bäume zurückschnitt, putzte, malerte und alles Schadhafte ausbesserte, dann war so ein alter Hof schnell wieder ein Haufen Steine im Wald. Was für eine Aufgabe! Pias Jeans war von dem gischtartigen Regen feucht geworden, und draußen herrschten nur acht Grad. Im Auto war es mittlerweile auch nicht mehr viel wärmer. Pia fröstelte.

Auf dem Weg nach Kiel sprachen die Schwestern gerade mal das Nötigste. Malin saß im Kindersitz und wurde mit Tee, Apfelschnitzen, selbst gebackenen Müslikeksen und Pixi-Büchern bei Laune gehalten. Pia konzentrierte sich auf das Fahren, genoss es, dass die Autoheizung surrte und die graue Winterlandschaft an ihr vorbeizog. In Kiel musste sie auf den Weg achten, denn sie war nur selten hier im Institut für Rechtsmedizin beschäftigt. Die meisten ihrer Obduktionen fanden im Institut in Lübeck statt.

Pia fand mit einiger Mühe einen Parkplatz in der Nähe des Eingangs und führte die beiden Frauen und das Kind zum Empfangsbereich des Instituts. Sie meldete sie an und ging dann zunächst mit Evi in die heiligen Hallen der Rechtsmedizin, wo die Verstorbenen obduziert und gelagert wurden.

»Wie riecht es denn hier?«, fragte Evi Goede erstickt, als sie durch die schwere Metalltür in das Reich der Toten traten.

»Jedenfalls nicht vorherrschend nach Formaldehyd«, sagte Pia. Es roch nach Verwesung, wie immer. »Sind Sie bereit?«, erkundigte sie sich.

»Immer bereit«, antwortete Evi Goede spöttisch. Sie hob die Hand zum Scheitel, als wollte sie salutieren. Pia ignorierte die Provokation. Dies hier würde noch unerfreulich genug werden.

Eine junge, motiviert aussehende Ärztin mit hellblonden Haaren und rosa geschminkten Lippen führte sie durch einen Gang zu der Wand mit den Schubladen, in denen die Leichen lagerten. »Tut mir leid, dass wir nicht aufgeräumt haben, bevor Sie gekommen sind«, bemerkte sie, als sie an mehreren in den Gängen stehenden Bahren mit Toten darauf vorbeigingen. »Bei denen wird noch die Hornhaut der Augen entnommen.« Sie klang fröhlich. »Wir haben gerade furchtbar viel zu tun.«

Evi Goede sah demonstrativ zur anderen Seite. Sie schien spontan an Farbe verloren zu haben, und auf ihrer Stirn standen feine Schweißperlen.

»Geht es noch?«, fragte Pia sie.

Evi Goede nickte. »Natürlich. Keine Sorge. Ich will es nur hinter mich bringen.«

Sie blieben vor der Wand mit den Schubfächern darin stehen. Als der Körper der Toten vom Strand sichtbar wurde, fasste Pia Evi Goede am Oberarm, weil sie schwankte.

»Lassen Sie das Gesicht bitte abgedeckt«, bat Pia schnell. Haare, Statur und die Tätowierung am Knöchel mussten ausreichen.

Evi Goede sah nur einmal in Richtung der Toten und schüttelte dann stumm den Kopf.

»Erkennen Sie die Frau?«, fragte Pia trotzdem.

»Nein.«

»Bestimmt nicht? Der Tod verändert.«

»Das denke ich mir«, erwiderte sie. »Können wir jetzt bitte gehen? Ich kann Ihnen nicht helfen.«

Pia konnte sie nicht zwingen, länger hinzuschauen.

Nachdem sich Evi Goede lange in der Damentoilette aufgehalten hatte, ließ sie sich von Pia hinausbegleiten und löste ihre Schwester Cordula bei der Kinderbetreuung ab.

Cordula hatte mit Malin auf einer Bank gesessen und ihr etwas vorgelesen. Sie stand auf, fasste ihre Schwester am Handgelenk und sah ihr in die Augen. »War es schlimm?«

»Ich würde dir das gern ersparen.« Evi warf Pia einen bösen Blick zu. »Wir kennen diese Frau nicht. Ich weiß wirklich nicht, was das soll. Eine Zumutung! Polizeiliche Willkür ist das ...«

»Wie wäre es, wenn Sie die Entscheidung, ob sie die Tote kennt oder nicht, Ihrer Schwester überlassen?«, sagte Pia. Was sie hier von den beiden verlangte, war nicht angenehm. Aber das Leben war eben nicht immer angenehm. Es gab Dinge, die mussten sein, auch und besonders im Zusammenhang mit polizeilichen Ermittlungen in einem Mordfall, und Evi Goedes Benehmen ging Pia gegen den Strich.

»Es ist alles gut.« Cordula folgte Pia tiefer in das Institutsgebäude. Evi Goedes Schwester starrte das Mordopfer so lange mit versteinerter Miene an, dass Pia schon hoffte, sie würde ihnen bei der Identifizierung helfen können. Doch dann drehte sich die Frau abrupt um und ging mit steifen Beinen ein paar Schritte in Richtung Ausgang. Sie senkte den Kopf, ihre Schultern bebten. Pia folgte ihr, doch Cordula Goede hob den Arm, um zu signalisieren, dass sie in Ruhe gelassen werden wollte. Nach einem Augenblick, den sie wohl brauchte, um sich zu fassen, informierte sie Pia mit gerötetem Gesicht und heiserer

Stimme, dass auch sie keinerlei Ahnung habe, wer die Tote sei.

»Hattet ihr Erfolg im Institut, Pia?«, fragte Broders, als sie ihn in der Mittagspause in der Kantine in Lübeck traf.

»Ich bin stundenlang zwischen Lübeck, Dörnitzfelde und Kiel hin- und hergefahren, und das alles für nichts, *nada*«, antwortete Pia. »Die beiden Schwestern sagen, sie erkennen die Tote nicht. Zumindest nicht an dem, was man ihnen zeigen konnte.« Sie setzte sich zu ihrem Kollegen an den Tisch, hatte aber nur einen Becher Milchkaffee in der Hand.

Broders sah von seinem panierten Seelachsfilet mit Salat und Pommes frites auf. »Willst du gar nichts essen?«

»Ich dachte, ich wollte, aber jetzt, da ich es rieche ... Später vielleicht.«

Er musterte sie. »Seit wann bist du so empfindlich?«

»Bin ich gar nicht.«

»Du bist doch nicht etwa ...« Er hob vielsagend die Augenbrauen.

»Was meinst du? Schwanger?« Pia schüttelte den Kopf. Sie rechnete in Gedanken nach. »Nein, bin ich nicht. Darf ich nicht einfach mal keinen Appetit haben, nachdem ich in der Rechtsmedizin war?«

»Wenn's dir Spaß macht.« Er spießte ein großes Stück panierten Fisch mit der Gabel auf.

»Diese beiden Frauen ... Ich weiß nicht, was ich von ihnen halten soll. Zwei Schwestern, die allein auf einem einsamen Hof leben. Die eine von ihnen hat ein kleines Kind. Es ist mir schon klar, dass nicht jeder die Polizei liebt – aber die beiden benehmen sich uns gegenüber wirklich äußerst reserviert.«

»Es ist dir trotz des vollen Einsatzes deines umwerfenden

Charmes nicht gelungen, das Eis zu brechen?«, fragte Broders.

»Nicht mal ansatzweise.«

»Das ist aber kein Verbrechen. Ich meine, nicht auf deinen Charme hereinzufallen, Pia.«

»Du baust mich auf.«

»Dafür haben wir eine recht vielversprechende neue Spur. Zwei Personen in dem Dorf, in dem auch die Schwestern wohnen, haben ausgesagt, dass ihnen in letzter Zeit mehrmals ein Fremder in Dörnitzfelde aufgefallen ist. Zeitlich sind die Angaben vage. Es handelt sich um eine Zeitspanne von mehreren Tagen vor etwa drei Wochen, in der der Mann dreimal gesehen wurde. Aber wir haben eine recht genau übereinstimmende Beschreibung erhalten.«

»Was hat der Mann denn dort getan, dass er aufgefallen ist? Es könnte doch sonst wer gewesen sein. Ein Tourist, ein Besucher, ein Vertreter …«

»Eine Tatjana Hoge hat ausgesagt, sie habe den Mann nur bemerkt, weil er so ziellos durchs Dorf geschlendert ist. Sie hat durch das Fenster nach ihrem Sohn Ausschau gehalten, während sie in der Küche gewerkelt hat. Da ist der Mann ihr überhaupt erst aufgefallen. Er stand wohl kurz darauf am Zaun und hat auf das Gelände des Dorfkindergartens geschaut. Daraufhin hat Tatjana Hoge ihn weiter beobachtet. Sie sagt, die Kinder waren zu der Zeit alle drinnen. Bevor sie rausgehen und ihn ansprechen konnte, ist er aber weitergegangen.«

»Und die andere Person?«

»Ein Landwirt, der auf seinem Hof beschäftigt war. Ihm ist ein Mann aufgefallen, der mehrmals langsam mit einem silbernen Kombi durch das Dorf gefahren ist. Es war keiner aus Dörnitzfelde und Umgebung. Das Kennzeichen wusste der Zeuge leider nicht mehr. Nur noch die Gegend, wo der Wagen zugelassen ist. HRO.«

»Hansestadt Rostock.«

»Der Landwirt hat Verwandte in Rostock, deshalb hat er auch zweimal hingeschaut. Aber er kannte den Mann am Steuer nicht. Der Unbekannte hat am Dorfplatz geparkt, ist ausgestiegen, hat mit seinem Handy telefoniert. Er hat sich die Tafel mit einem Lageplan des Dorfes angeschaut, dann ist er aus dem Blickfeld verschwunden. Später hat der Landwirt den Mann wiedergesehen, als er in sein Auto stieg und weiterfuhr.«

»So etwas fällt den Leuten auf?«, fragte Pia.

»Das Dorf ist klein, und es ist gerade keine Touristensaison. Der Beschreibung nach war der Mann mittelgroß und eher schlank. Er trug eine dunkle Jacke, ein blaues Cap und eine verspiegelte Sonnenbrille.«

»Letztlich bringt es uns nicht wirklich weiter. Er wurde ja nicht in der Nähe des Tatortes beobachtet, sondern ein paar Kilometer entfernt in einem Dorf. Hat denn am Strand oder an der Hafenpromenade in Dörnitz niemand etwas gesehen?«

»Bisher nicht. Wir sind aber auch immer noch nicht mit unseren Befragungen durch. Derweil fahren die Touristen jedoch teilweise schon wieder nach Hause.«

»Irgendjemand muss den Täter doch kommen oder gehen gesehen haben.« Pia rührte in ihrem Kaffee. »Oder auch das Opfer. Hat niemand von der fremden Frau in dem Badeort Notiz genommen? Um diese Jahreszeit sind nicht viele Touristen unterwegs. Wenn sie mit dem Auto angereist ist, muss sie es irgendwo im Ort abgestellt haben. Das Fahrzeug sollte früher oder später jemandem auffallen.«

»Bis zu diesem Zeitpunkt zumindest nicht«, sagte Broders.

»Und sie wird doch auch in Dörnitz oder Umgebung gewohnt haben, wenn sie nicht von da ist.«

»Ja, das ist anzunehmen. Es sei denn, es war nur ein Tagesausflug.«

»Wenn wir davon ausgehen, dass sie erst abends im Dunkeln oder in der Nacht getötet wurde, wäre es aber ein langer Tagesausflug gewesen.« Pia leerte ihren Kaffeebecher. Ihr Magen knurrte. »Hast du in Bezug auf die Gesichtsrekonstruktion schon etwas erreicht?«, fragte sie und schielte zu Broders' Nachtisch hinüber.

»Ja, die Sache läuft. Aber es dauert wohl mindestens vierzehn Tage, eher drei Wochen. Die Frau, die das macht, braucht einen heilen Schädel, von dem aus sie das Gesicht aufbaut.«

»Hm.« Pia schob ihren leeren Becher auf der Tischplatte hin und her. Ihre Hand näherte sich dem Schokoladenmuffin.

»Was denkst du, Pia? Da ist doch noch etwas.«

»Isst du deinen Nachtisch noch?«

»Nimm ihn, bitte. Ich kann das nicht mit ansehen. Und sag mir, was dich beschäftigt.«

Sie biss in den Muffin. Anscheinend konnte sie Broders wirklich nichts vormachen, so lange, wie sie schon zusammenarbeiteten. Pia hatte die Sache mit der Kritzelei auf ihrem Auto und den Erkundigungen nach ihr bei ihrer alten Wohnung abhaken und vergessen wollen. Doch am Morgen, als sie mit Felix zu ihrem Auto gegangen war, um ihn zum Kindergarten zu fahren, hatte sie befürchtet, wieder eine »Botschaft« an ihrem Wagen vorzufinden. Sie wollte nicht, dass ihr Sohn so etwas zu Gesicht bekam. Pia atmete tief ein und aus. »Ein Spinner hat neulich auf meinem Auto herumgeschmiert und einen toten Vogel für mich hinterlassen. Abends hat mir dann Susanne Herbold erzählt, dass sich letzte Woche jemand bei meiner alten Wohnung nach mir erkundigt hat.«

»Kannst du das mal genauer erläutern, die Schmiererei und das mit dem toten Vogel?«

Pia schilderte es ihm.

»Denkst du wirklich, dass nur ein Spinner dahintersteckt?«

»Wer denn sonst?«

»Das alles erscheint mir doch recht … persönlich. Besonders, dass jemand an deiner alten Wohnung war und nach dir gefragt hat.« Broders schüttelte den Kopf.

»Das muss ja nicht ein und derselbe gewesen sein.«

»Und wie wahrscheinlich ist das?«

»Und was soll ich deiner Meinung nach tun?« Pia steckte sich ein letztes Stück Muffin in den Mund. Sie hatte gehofft, dass ihr Kollege das Ganze herunterspielen, sie vielleicht sogar damit aufziehen würde.

»Hast du in letzter Zeit irgendwelche glühenden Verehrer abgewiesen, deine Nachbarn mit Grillen auf dem Balkon oder einem schmutzigen Fahrrad im Hausflur verärgert?«

»Nicht, dass ich wüsste.«

»Du könntest Rist informieren«, sagte er.

»Das ist so ziemlich das Letzte, was ich tun will.«

»Was würdest du einer Freundin raten, der so etwas passiert?« Broders sah sie mit schmalen Augen an.

Jemand anderem würde sie dringend ans Herz legen, sich an die Polizei zu wenden. Nur – sie war doch die Polizei.

8. Kapitel

»Bei uns war ja gestern die Polizei, Frau Goede.«

Evi Goede vermutete, dass Paul Hoge das nur deshalb erwähnte, weil er die Beschäftigung mit der Deutschen Grammatik und vor allem die gemeinsame Korrektur seines schlecht benoteten Grammatiktests noch ein wenig hinauszögern wollte. »Ja, die waren wohl überall im Dorf«, sagte sie. »Bei uns jedenfalls auch.«

»Es ging ja auch um eine Kette.« Er sah sie schräg von unten an. »Die wollten wissen, ob ich die kenne.« Seine Betonung legte nahe, wie absurd diese Annahme war.

»Ja, die Polizei hat alle meine Schüler befragt, weil ich mal so eine ähnliche Kette besessen habe. Das müssen sie tun. Es ist eine schlimme Sache, die da in Dörnitz passiert ist.«

»Ich finde das echt krass«, sagte Paul. »Ein Mord. Bei uns in der Nähe. Und niemand weiß, wer die tote Frau ist.«

»Irgendjemand wird es wissen.« Evi ärgerte sich, dass sie sich überhaupt auf eine Unterhaltung darüber einließ.

»Sie meinen den Mörder.«

»Ich meine, wir sollten deinen Test noch mal Schritt für Schritt durchgehen, Paul, um herauszufinden, was genau du noch nicht verstanden hast.«

»Ich habe alles verstanden«, erwiderte er. »Die Fragen waren nur wieder mal so bescheuert.«

Evi zog das Din-A4-Heft zu sich herüber. Es kam wirklich vor, dass die Schüler den Stoff zwar begriffen hatten und ihr Wissen in ihrer Gegenwart auch reproduzieren konnten, aber dann durch die Testfragen der Lehrer verwirrt waren und das, was sie wussten, nicht richtig zu Papier bringen konnten. Paul und sie gingen den Test noch einmal Aufgabe für Aufgabe durch, eine Prozedur, ähnlich erfreulich wie Weisheitszähne auszugraben, und waren fast fertig, als es an der Tür klopfte. Evi sah auf die Uhr. Die Zeit war noch nicht um, doch Paul war heute ihr einziger Nachhilfeschüler. Franz' Mutter hatte mit einer fadenscheinigen Begründung abgesagt. Wegen der Polizeigeschichte, vermutete Evi. Und Cordula war mit Malin draußen und mistete die Kaninchenställe aus. Evi erblickte ein vertrautes Gesicht, das durch das Fenster hereinschaute: Helge Osterloh. Ihre Laune hob sich, und sie winkte ihm zu. Sie gab Paul einen bereits vorbereiteten Bogen mit Übungsaufgaben und ging zur Tür.

Helge Osterloh war ihr nächster Nachbar. Er hatte vor zwei Jahren das alte Forsthaus von Dörnitzfelde gekauft und renoviert. Seitdem lebte er darin allein, nur in Gesellschaft seiner Hunde Attila und Artus. Er war Oberstudienrat von Beruf, also eine Art Berufskollege von ihr. Allerdings arbeitete er nicht mehr im Schuldienst, obwohl er erst zweiundvierzig Jahre alt war, wie er ihr mal verraten hatte. Vielleicht hatte er im Lotto gewonnen oder eine größere Erbschaft gemacht? Er schien jedenfalls beneidenswert unabhängig zu sein. Obwohl er Evi hin und wieder besuchte, war ihre Freundschaft noch nicht so weit gediehen, als dass sie die direkte Frage, wie er seinen Lebensunterhalt bestritt, nicht für zu aufdringlich gehalten hätte. Hin und wieder führte Helge Leute durch den Wald, erläuterte ihnen die heimische Flora und Fauna. Und er schrieb auch ab und an Artikel für naturkundliche Zeitschriften, wie er gern betonte, aber leben konnte er davon sicherlich nicht. Und er war einer der wenigen, die hin und wieder spontan bei Cordula und ihr vorbeischauten, meistens mit der Begründung, sein Hundespaziergang habe ihn hierhergeführt. Die beiden Dalmatiner lagen auf dem Rasenstreifen neben der gekiesten Zufahrt vor dem Haus.

»Ich hoffe, ich störe dich nicht, Evi. Du hast wohl gerade Unterricht?«

»Nein, du störst nicht. Ich freu mich, dich zu sehen, Helge. Für ein paar Minuten ist Paul jetzt beschäftigt. Satzglieder bestimmen.« Sie zog eine Grimasse.

»Ich wünschte, ich hätte früher auch so eine tolle Lehrerin gehabt.«

»Du brauchtest bestimmt keine Nachhilfe.« Komplimente, und seien sie noch so seicht, machten sie verlegen.

»Oh, ich war ein furchtbarer Schüler! Hoffnungslos unstrukturiert und verträumt. Schlussendlich bin ich wohl nur deshalb Lehrer geworden, weil ich mein Schultrauma aufarbeiten wollte.«

Evi lachte auf. Sie genoss die Leichtigkeit, die Helge mit seinen Worten verbreitete. So sehr sie ihre Schwester schätzte – Cordula war immer so ernst. Manchmal vergaß Evi in ihrer Gegenwart, dass man das Leben auch locker nehmen und sich amüsieren konnte. »Und nun bin ich wohl für die Traumata meiner Nachhilfeschüler verantwortlich«, sagte sie.

»Ich weiß, du machst das großartig.«

Ihr Herz klopfte. »Na ja. Gerade heute . . .«

»Geht es dir nicht gut?« Er sah ihr in die Augen.

Sie wollte das beinahe automatisch verneinen, fand dann jedoch, dass es nicht fair wäre. Es interessierte ihn anscheinend wirklich. Evi holte tief Luft. »Cordula und ich mussten heute Vormittag mit einer Polizistin in die Rechtsmedizin nach Kiel fahren und diese ermordete Frau anschauen. Du weißt schon, die Tote vom Strand.«

Er nickte.

»Wir kennen sie nicht, Gott sei Dank! Trotzdem. Es war ein furchtbares Erlebnis. Es beschäftigt mich immer noch.«

»Kann ich mir vorstellen.« Er griff nach ihrem Handgelenk und drückte es leicht. Eine ungewohnte, erschreckend angenehme Geste. »Manchmal hilft es, einfach einen Baum zu umarmen«, setzte er hinzu.

Wieso einen Baum?, dachte Evi.

»Vielleicht kann ich dich ja morgen mal auf andere Gedanken bringen?«, fügte er lächelnd hinzu.

Das hörte sich schon besser an.

»Ich unternehme eine naturkundliche Wanderung mit ein paar interessierten Leuten. Komm doch einfach mit.«

Na toll. »Oh, das klingt großartig«, beteuerte sie.

»Wir treffen uns um sieben Uhr morgens bei mir am Forsthaus. Der frühe Vogel...«

Das machte es auch nicht gerade besser.

»Und mittags kehren wir noch in einem typischen Gasthof ein, um Bratkartoffeln, Salat und Schnitzel zu essen. Schnitzel für die Unbelehrbaren, die noch Fleisch essen«, fügte er hinzu.

»Tut mir leid, Helge. Ich würde ja furchtbar gern mitkommen, aber ich kann Cordula nicht ständig auf Malin aufpassen lassen.« Sie blickte unauffällig über seine Schulter in Richtung Stall, doch von den beiden war noch nichts zu sehen. Wenn Malin Tiere um sich hatte, war sie das zufriedenste Kind der Welt. Zum Glück, denn Evi wollte nicht, dass Cordula mitbekam, wie sie hier mit Helge zusammenstand und klönte.

»Dann bring deine Tochter einfach mit«, schlug er vor. »Du hast doch sicherlich eine Rückentrage für sie. Wir können uns mit dem Tragen abwechseln.«

»Das Angebot ist ganz lieb, aber...«

»Sonst ein anderes Mal. Schlussendlich können wir auch mal allein...«

Genau. Evi überlegte, wie sie das unauffällig einfädeln könnte.

»Frau Goede, ich bin feertig!«, erklang es aus dem Haus.

Evi hob hilflos die Schultern.

»›Feertig‹ mit der Grammatikaufgabe, hoffe ich«, sagte Helge.

»Du kennst dich aus mit Kindern?«

»Schlussendlich war ich ja auch mal Lehrer. Wobei man bei Schulkindern ja nicht mehr solch praktische Hilfe leisten muss.«

So viel Realitätssinn hatte sie ihm gar nicht zugetraut. »Ich muss wieder rein, Helge«, sagte sie. »Pauls Eltern bezahlen für meine Zeit.«

»Okay.« Seine hellgrünen Augen ruhten auf ihrem Gesicht. Ihre Wangen fühlten sich mit einem Mal warm an.

»Trotzdem. Danke für die Einladung.«

Er zuckte mit den Schultern, lächelte ein wenig traurig. Sie sah ihm nach, wie er mit den Hunden, die um ihn herumsprangen, davonging, eine schmale, drahtige Gestalt mit kurz geschorenem, schon recht lichtem Haar. Er trug wie immer Outdoor-Klamotten, allerdings mit ausgeprägten Bügelfalten darin, die den Eindruck, einen echten Naturburschen vor sich zu haben, doch etwas schmälerten. Es würde Evi nicht wundern, wenn noch die Preisschilder daran baumelten. Sie warf einen weiteren prüfenden Blick in Richtung Garten. Keine Spur von Malin oder Cordula.

Paul sah neugierig auf, als sie wieder eintrat. »War das die Polizei?«, wollte er wissen.

»Nein. Du bist also fertig mit dem Übungsblatt?«

»Nee. Ich schaff das allein nicht. Das war der Oberförster, oder?«

Evi lächelte kühl und setzte im Geiste noch ein paar Seiten mit Übungsaufgaben für Paul hinzu.

Pia holte Felix nach der Arbeit vom Kindergarten ab. Auf der Rückfahrt in die Adlerstraße plapperte ihr Sohn fröhlich vor sich hin. Nach einem etwas problematischen Start im Sommer gefiel ihm mittlerweile der Kindergarten so gut, dass es manchmal schwierig war, ihn vom Spielen mit seinen Freunden loszueisen. Zumal er sich heute für zwei Wochen von allen hatte verabschieden müssen. Hinnerk, Felix' Vater, würde am nächsten Tag mit ihm und seiner schwangeren Frau Mascha in den Urlaub fliegen. Eine Zeitspanne, an die Pia trotz der zu erwartenden Freiheit nur mit einem mulmigen Gefühl dachte. So lange war sie noch nie von ihrem Sohn getrennt gewesen. Was war, wenn er Heimweh nach ihr oder seinem Zuhause bekam? Musste Hinnerk denn gleich bis nach Teneriffa mit ihm fliegen? Es war natürlich der obligatorische »letzte« Urlaub vor der Geburt des neuen Babys von Mascha und Hinnerk.

Pia musste noch Felix' Koffer packen, denn am nächsten Morgen würde ihr Sohn schon um sechs Uhr von Hinnerk abgeholt werden. Sie packte großzügig ein, weil unsicher war, was für ein Wetter um diese Jahreszeit auf den kanarischen Inseln herrschen würde. Es konnte richtig warm werden, aber eben auch recht frisch.

Felix saß in seinem Zimmer auf dem Fußboden und spielte »Mensch ärgere dich nicht«. Das hatte Lars ihm in dem Ferienhaus an der Ostsee gezeigt, in dem sie kürzlich ein paar Tage verbracht hatten, und er konnte gar nicht genug davon bekommen. Sie hörte Felix laut mit sich selbst reden. Die Würfel rappelten, die Figuren hämmerten auf das Spielbrett. Wer sagte, dass Gesellschaftsspiele eine ruhige Beschäftigung waren? Felix zählte lautstark und mit erstaunlicher Ausdauer: »Eins, zwei, drei, vier, sechs! Eins, zwei, drei, vier, fünf! Eins, zwei … sechs!«

Zwischendurch sah Pia auf ihr Mobiltelefon. Lars hatte sich

trotz ihrer Nachrichten auf seiner Box noch nicht wieder gemeldet. Entweder hatte er furchtbar viel zu tun, oder er knabberte immer noch an dem geplatzten Frühstück. Sei es drum! Nach einem gemeinsamen Abendbrot und einer Runde Vorlesen, das Buch über Flugzeuge und den Flughafen, ging Felix trotz der Aufregung wegen der bevorstehenden Reise ins Bett und schlief schnell ein. Pia legte das »Mensch ärgere dich nicht«-Spiel zusammengepackt auf die Kommode. Sie lächelte. Felix könnte es mitnehmen! Da würde bei Mascha und Hinnerk während des Urlaubs wenigstens keine Langweile aufkommen.

Auf dem Weg von der Küche ins Wohnzimmer stolperte sie über Felix' Kindergartenrucksack. Sie hob ihn auf, um ihn auszuräumen. Sie würde ihm den Rucksack als Handgepäck für sein Kuscheltier, ein Lieblingsbuch und das Spiel mitgeben. Er musste sowieso ausgeräumt werden, damit eventuell darin befindliche Obstschnitze oder Butterbrote nicht vierzehn Tage vor sich hin schmorten und ein Eigenleben entwickelten. Die Obstdose war leer, in der Brotbox befanden sich nur noch das Pergamentpapier und ein paar Krümel. Und Felix hatte wohl ein Bild gemalt, das er ihr hatte mitbringen wollen. Normalerweise wurden alle Werke der Kinder jeweils in einer Mappe gesammelt und den Eltern zum Ende des Kindergartenjahres übergeben. Aber es konnten natürlich Ausnahmen gemacht werden ...

Pia zog den einmal gefalteten Din-A4-Bogen aus dem Rucksack und breitete ihn auf dem Tisch aus. Eine Filzstiftzeichnung, obwohl Filzstifte in dem Kindergarten, den Felix besuchte, verpönt waren und nicht verwendet wurden. Sie erkannte einen Galgen mit einem daran hängenden Strichmännchen. Oder eher einer Strichfrau, den angedeuteten Haaren an dem zur Seite gekippten Kopf und dem Rock nach zu urteilen.

Pia stieß das Bild von sich weg. Eine erhängte Frau. Das einfache, aber dennoch deutlich erkennbare Bild strahlte etwas Böses aus.

Das war nicht von Felix! Das war von gar keinem Kindergartenkind. Das – war eine Drohung.

9. Kapitel

Helge Osterloh summte zufrieden vor sich hin, während er sich die Socken über die eng ans Bein gelegten Hosenbeine zog. Er stieg in die Wanderstiefel, schnürte sie zu und griff nach Hut und Jacke. Der Lederrucksack mit seiner Mappe, der Feldflasche, dem Fernglas und dem Erste-Hilfe-Set lag auf der alten Truhenbank neben dem Eingang.

Ein Auto fuhr vor und kam vor dem Forsthaus zum Stehen. An diesem Samstag hatten sich vier Personen zu seiner Natur-wanderung angemeldet, drei Frauen und ein Mann, die ihn über das Internet kontaktiert hatten. Normalerweise waren es mehr Leute, aber da er es nicht nur des Geldes wegen tat, sondern auch, um eine Art Bildungsauftrag zu erfüllen, den er sich selbst auferlegt hatte, war es ihm im Grunde egal, wie viele sie waren. Helge bedauerte zwar, dass Evi nicht mitkam, trotzdem freute er sich auf den Vormittag unter Gleichgesinnten inmitten der Natur.

Die Tour startete erfreulich entspannt. Seine Mitwanderer waren gut zu Fuß, hörten ihm aufmerksam zu und waren an allem interessiert, was er ihnen erklärte. Sie stellten sinnvolle Fragen, was bei Weitem nicht selbstverständlich war. Osterloh ging mit ihnen zunächst durch den Wald, wo er ihnen die ver-schiedenen Bäume und Baumfamilien zeigte und die Folgen der Jagd- und Forstwirtschaft auf den heimischen Buchenwald erläuterte. Da der Wald in seiner Größe begrenzt war – Schles-wig-Holstein war ja leider ein eher waldarmes Bundesland –, ging er anschließend mit seinen Mitwanderern am Feldrand entlang, um die Zeit bis zum Mittag herumzubringen und sich schon mal in Richtung Ortschaft zu bewegen. Er erklärte gerade die Historie und die Funktionen der Knicks, der typisch Schleswig-Holsteinischen Wallhecken, die für die heimische Tier- und Pflanzenwelt so ungemein wichtig waren, als ein Geräusch aus dem Unterholz ihn aufmerken ließ. Er hob die Hand, um die anderen zum Schweigen zu bringen, und lauschte mit erhobenem Kopf.

Zweige brachen, Schritte näherten sich. Von der Feldseite her kam eine Gestalt durch den Knick auf ihn zu. Ausgerechnet Hagen Eggerskamp, in voller Jägermontur und mit einem lässig über der Schulter hängenden Gewehr und seinem Jagdhund bei Fuß. Helges vier Mitwanderer, die sich im Halbkreis um ihn versammelt hatten, starrten Eggerskamp mit offen stehenden Mündern an. Helge vermutete aufgrund des selbstzufriedenen Gesichtsausdrucks, dass Eggerskamp seinen Auftritt über alle Maßen genoss. Dieser Typ hatte Schlag bei den Frauen, ohne Frage. Und die meisten Männer suchten seine Freundschaft wohl schon deshalb, um ihn nicht zum Feind zu haben, und das nutzte er, was man so hörte, auch weidlich aus.

»Moin, allerseits«, grüßte Eggerskamp und sah die Gruppe mit spöttisch nach oben gezogenen Mundwinkeln an. »Mal wieder in aller Herrgottsfrühe auf den Beinen, der Herr Osterloh.«

»Guten Morgen, Herr Eggerskamp. Und Sie? Sie sind wohl schon auf der Pirsch nach Ihrem nächsten Sonntagsbraten?«

»Wenn es mal wieder so weit ist, lade ich Sie gern dazu ein, Osterloh. Aber was tun Sie hier, mit diesen ... netten Herrschaften?«

»Ich denke nicht, dass Sie das zu interessieren hat.«

»Ich denke schon. Es ist immerhin mein Revier.«

Helge schnaubte. »Die Natur gehört schlussendlich niemandem. Wenn Sie uns jetzt den Anblick Ihres Schießprügels ersparen und uns in Ruhe lassen würden ...«

Eggerskamp lachte. »Oh, Osterloh, das ist so erfrischend! Was täten wir nur ohne Sie? Wenn Sie uns nicht schon zugelaufen wären, müssten meine Jagdfreunde und ich Sie erfinden.«

Erst jetzt sah Helge Osterloh, dass Eggerskamp nicht allein war. Eine junge Frau, ebenfalls in Jägermontur und mit einer Repetierbüchse in der Hand, kam am Knick entlang auf sie zu. Es war Jessika Jensen, die Tochter des Hotelbesitzers aus Dörnitz. In ihrer olivgrünen Montur hätte er sie beinahe nicht erkannt. Ihretwegen spielte sich Hagen Eggerskamp so auf.

Die junge Frau nickte allen Anwesenden zu. Dann sagte sie zu ihrem Begleiter: »Ich weiß nicht, wo er ist. Ich konnte der Fährte des Keilers nur bis zu dem kleinen Bachlauf folgen. Dahinter ist das Laub zu trocken.«

»Ich komm gleich noch mal mit, Jessika. Dann sehen wir weiter«, erwiderte Eggerskamp und wandte sich in einem sehr viel harscheren Tonfall an Osterloh und seine Leute: »So ungern ich auch den Spielverderber gebe: Ich muss Sie warnen! Irgendwo hier läuft ein gefährlicher Keiler herum. Sie sollten allesamt sehen, dass Sie schleunigst von hier wegkommen. Und passen Sie auch auf Ihre Hunde gut auf.«

Seine Mitwanderer sahen Osterloh fragend an.

»Da sehen Sie es: Dämonisierung von Tieren«, erklärte er ihnen halblaut. Und zu Eggerskamp: »Ist das Ihre Rechtfertigung, die Tiere zu erschießen? Das ist Mordlust, nichts weiter. Die Wildschweine fürchten eher uns, als dass wir sie zu fürchten hätten.«

»Normalerweise ist das richtig«, räumte Hagen großzügig ein. »Wenn Sie nicht gerade zwischen eine Bache und ihre Frischlinge geraten. Doch heute früh ist auf der Landstraße ein Keiler von einem Auto angefahren worden. Das Tier ist weggelaufen, aber es ist verletzt und deshalb extrem gefährlich.«

»Lassen Sie das doch einfach unsere Sorge sein.«

»Meinen Sie? So ein Keiler wiegt an die hundert Kilo, ist rasend schnell, und er hat Zähne, scharf wie Rasiermesser. Die schleift er, indem er die Zahnreihen gegeneinanderreibt. Wenn er Sie aufs Korn nimmt, stößt er mit dem Kopf zwischen Ihre Beine, um Ihnen die Arterien an der Innenseite Ihrer Schenkel aufzuschlitzen.«

Seine vier Wanderer wurden unruhig. Nur jetzt nicht einknicken! »Ach, so ist das. Deshalb nehmen Sie wohl auch das Mädel mit in den Wald?«, fragte Osterloh mit spöttischem Grinsen.

»Jessika ist eine ausgebildete Jägerin. Sie weiß, was sie tut«, sagte Eggerskamp. »Ganz im Gegensatz zu Ihnen.«

»Hören Sie nicht auf ihn«, wandte sich Osterloh an seine Leute. »Er will Ihnen nur Angst einjagen.«

Hagen Eggerskamp tippte sich als Abschiedsgruß an den grünen Filzhut. »Na, dann viel Glück! Und grüßen Sie die Evi von mir, wenn Sie sie sehen«, fügte er süffisant hinzu.

Osterloh fragte sich, woher Eggerskamp von seiner sich anbahnenden Beziehung zu Evi Goede Kenntnis hatte. Wusste er vielleicht sogar, dass er sie zu dieser Exkursion eingeladen hatte? Dann konnte eigentlich nur sie selbst es ihm erzählt haben.

Seine Mitwanderer hatten Eggerskamp und seiner Begleiterin nachgesehen, bis sie wieder im Unterholz verschwunden waren. Nun blickten sie ihn mit großen Augen an. Osterloh zog die Riemen seines Rucksacks strammer. »So sind Jäger«, sagte er. »Das war mal ein schönes Beispiel dafür, wie die so ticken. Die wollen den Wald für sich allein haben.«

Seine vier Begleiter nickten, teils jedoch recht zögerlich.

Eine der Frauen runzelte ungläubig die Stirn. Hagen Eggerskamps Charisma war ein Fluch.

Osterloh blickte auf seine Schweizer Automatikuhr. »Na so etwas, schon Mittagszeit. Kommen Sie, ich zeige Ihnen einen garantiert wildschweinsicheren Weg zu unserem Gasthof.«

Während sie nebeneinander hertrotteten, dachte Osterloh daran, dass Eggerskamp ja mal mit Evi liiert gewesen sein sollte. Er konnte sich so eine Geschmacksverirrung bei ihr gar nicht vorstellen. Aber das war ja wohl auch schon sehr lange her. Vor ihrer Zeit im Ausland. Eggerskamp hatte sie angeblich eiskalt fallen gelassen, woraufhin sie damals von hier weggezogen war. Was die Leute so redeten ... Bisher hatte er eher den Eindruck, dass Evi die Eggerskamps mied, wo sie nur konnte, und ebenso ein paar andere Leute in Dörnitzfelde, die im Kielwasser des Paares schwammen. Evi war doch wohl so schlau zu erkennen, was für ein übler Aufschneider Hagen Eggerskamp war. Oder nicht? Möglicherweise lief ja doch wieder etwas zwischen den beiden, und sie taten nur wegen Eggerskamps Frau immer so, als würden sie sich kaum kennen?

Helge war sich einfach nicht sicher. Konnte man sich das bei Frauen überhaupt jemals sein?

Die Einsatzbesprechung am Samstagvormittag zog sich endlos dahin. Pia hatte schlecht geschlafen, eigentlich gar nicht, abgesehen von einem leichten Wegdösen morgens um kurz vor vier Uhr, bis ihr Wecker sie eine Stunde später wieder geweckt hatte. Sie hatte Felix für seine Abreise vorbereiten müssen. Hinnerk und Mascha waren spät dran gewesen, gestresst und deswegen mies gelaunt, was sich sofort auf Felix übertragen hatte. Sonst freute er sich immer auf die Zeit mit seinem Vater. Doch als Mascha und er losfahren wollten, hatte Felix sich an Pias Bein festgeklammert und geweint.

»Hast du ihm etwa Angst gemacht?«, hatte Hinnerk sie leise gefragt, sodass Felix es nicht hören konnte, woraufhin Pia beinahe explodiert wäre. Beinahe, das rechnete sie sich hoch an.

»Sechs Uhr morgens ist einfach nicht seine Zeit«, hatte sie ruhig entgegnet und sich dann an ihren Sohn gewandt. »Du freust dich doch auf den Flughafen, Felix? Gleich siehst du alles, was wir uns gestern in dem Buch zusammen angeschaut haben.«

Er schluchzte, lugte aber hinter ihrem Bein hervor.

»Bring ihn doch einfach mal rechtzeitig ins Bett, Pia«, sagte Hinnerk.

Sie schenkte ihm nur einen genervten Blick und ein sanftes Kopfschütteln, weil sie ahnte, dass das Ganze in eine Katastrophe münden würde, wenn sie sich nun in Gegenwart des Kindes stritten.

»Wir fliegen heute auf eine richtige Insel, Felix. Da ist es warm, und wir wohnen in einem Hotel mit einem Swimmingpool«, lockte Mascha. »Da können du und ich und das Baby in meinem Bauch dann drin baden.«

»Mama soll mitkommen!«

Pia hätte beinahe aufgelacht.

Hinnerk hob Felix' Koffer an. »Ist da auch alles drin, was er braucht?«

»Was soll ich dazu sagen, Hinnerk?«

Mascha legte eine Hand auf ihren Bauch. »Sehr lange darf ich ja hiermit nicht mehr fliegen«, erklärte sie Pia und Felix. »Die Fluggesellschaften passen auf, dass möglichst niemand in ihrem Flieger ein Kind bekommt.«

»Na, dann drücke ich euch die Daumen«, antwortete Pia. Felix war hinter ihrem Bein hervorgekommen, und sie ging neben ihm in die Hocke. »Ich hab dir dein ›Mensch ärgere dich nicht‹-Spiel in den Rucksack gepackt, Felix. Das könnt ihr doch gleich am Flughafen zusammen spielen.«

Mascha ging darauf ein, klatschte in die Hände und zog eine begeisterte Grimasse.

Felix seufzte. »Echt? Na guuuut.« Er griff nach dem Rucksack und schulterte ihn. Der Anblick und die Erinnerung daran, was sich darin befunden hatte, hatten Pia beklommen gemacht. Immerhin, wenn sie wirklich bedroht wurde, wäre ihr Sohn die nächsten zwei Wochen in Sicherheit.

Felix befand sich jetzt in der Luft, irgendwo hoch über Frankreich oder Spanien. Pia unterdrückte ein Gähnen. Nach drei Stunden Besprechung ohne wesentliche Neuigkeiten fielen ihr die Augen zu. Sie musste etwas gegen diesen verrückten Stalker unternehmen, sodass sie wieder ruhig schlafen konnte. In der Nacht war Pia fest entschlossen gewesen, heute ihren Vorgesetzten Manfred Rist zu informieren. Es bestand die nicht geringe Chance, dass der Stalker sie aus einem Grund verfolgte, der etwas mit ihrem Beruf zu tun hatte. Dass es mit diesem oder einem ihrer alten Fälle zu tun hatte. Sie benötigte eine neutrale Bewertung, wie ernst sie die Drohungen nehmen sollte. Obwohl – auch Polizisten, die oft mit Stalking zu tun hatten, lagen mit ihren diesbezüglichen Einschätzungen ab und zu daneben. Niemand konnte in die Zukunft oder in den Kopf eines Stalkers sehen.

Hier im Polizeihochhaus, im Licht eines strahlenden Januarvormittags, erschien ihr die krakelige Kinderzeichnung eines Galgens gar nicht mehr so bedrohlich. Und eine Autoschmiererei? Das war doch nichts. Der tote Vogel … Sie hatte ihn nicht fotografiert. Obwohl die Polizei Stalking-Opfern immer wieder einbläute, auch die kleinste Kleinigkeit zu dokumentieren. Und ausgerechnet sie hatte das versäumt. Pia wusste, sie sollte ihrem Vorgesetzten vertrauen – und doch neigte sie dazu, die Bedrohung in Gedanken herunterzuspielen und abzuwarten. Sie konnte allein damit fertigwerden, oder etwa nicht? Das Für und Wider, ob sie Rist ins Vertrauen ziehen und sich damit in eine vermeintlich schwächere Position begeben sollte, beschäftigte Pia derartig, dass sie die vielversprechende neue Spur beinahe nicht mitbekommen hätte.

Michael Gerlach, der unter anderem die Überprüfung von Bahnhöfen, Busunternehmen und Taxen übernommen hatte, war auf eine Aufnahme von einer Bahnhofskamera in Lensahn gestoßen. Lensahn in Holstein war, von Dörnitz aus gesehen, der nächstgelegene Bahnhof.

Die Aufnahme, die Gerlach ihnen zeigte, war fünf Tage vor dem Mord um 18.09 Uhr aufgenommen worden, als eine Regionalbahn aus Lübeck in den Bahnhof eingefahren war. Vier Reisende und ein kleines Kind stiegen aus: zwei Männer, einer im Anzug mit Jacke darüber, der andere in Jeans und Parka, mit Aktenmappe beziehungsweise Laptop-Rucksack, eine Mutter, der einer der Männer mit ihrem Buggy und dem Baby darin aus dem Zug half. Zuletzt sprang eine Frau mit einem Cap aus dem letzten Wagen der zweiten Klasse. Sie trug einen großen Rucksack auf dem Rücken. Auf dem Bahnsteig sah sie sich um, als müsste sie sich erst einmal orientieren, zog die Gurte des Gepäckstücks nach und ging dann ohne Eile in Richtung Straße, wo sie aus dem Bild verschwand.

Gerlach stoppte die Aufnahme und zoomte die Frau näher heran. Das Gesicht war durch den Schirm ihres Caps aus diesem Aufnahmewinkel nicht zu erkennen. Dafür aber der Rucksack. Die Banderole der Fluggesellschaft war noch daran befestigt. Er zoomte weiter. »Hier haben unsere Techniker sich selbst übertroffen«, sagte er, als das Bild allmählich an Schärfe gewann und man mit viel Fantasie das Buchstabenkürzel *HAM* des Zielflughafens darauf lesen konnte.

»Sie ist in Hamburg gelandet. Große Überraschung«, murmelte Broders.

»Wir versuchen herauszufinden, woher sie gekommen ist. Es ist nur ein Teil des Strichcodes auf der Banderole erkennbar.

Vielleicht ist der aber trotzdem noch auszulesen«, sagte Gerlach hoffnungsvoll. »Dann kennen wir ihre Reiseroute.«

Pia riss sich zusammen und sah auf. »Ihre Jacke scheint dieselbe zu sein wie die, die das Opfer trug. Es ist demnach wahrscheinlich die einzige Aufnahme einer inzwischen toten Frau, die hier niemand kennen will, obwohl sie mehrere Tage in der Umgebung von Dörnitz verbracht haben muss.«

Gerlach nickte. »Die Statur und die Haarfarbe stimmen jedenfalls mit dem Opfer überein, soweit man das bei der Bildqualität sagen kann.«

»Die Schuhe passen aber nicht«, merkte Broders an.

»Richtig. Aber sie hat entsprechend Gepäck dabei, wo unter anderem auch Schuhe zum Wechseln drin sein können.«

Er zoomte wieder aus dem Bild heraus und nahm stattdessen die Füße der Frau in den Fokus. Auch hier mussten die Techniker nachgearbeitet haben. Sie trug weiße, einfache Sportschuhe einer Marke, die wohl millionenfach verkauft und getragen wurden.

»Es spricht eine Menge dafür, dass sie unser Opfer ist«, sagte Gerlach mit vor Zufriedenheit bebender Stimme. »Das kann kein Zufall sein.«

»Aber wir haben immer noch kein Gesicht.« Damit sprach Pia aus, was wohl alle dachten. »Die Frau ist nur von schräg oben zu sehen, halb verdeckt. Und sie ist zu weit weg.«

»Das kann doch noch weiter verbessert werden, oder?«, fragte Juliane.

»Nein. Da wurde schon alles versucht. Die Aufnahme ist zu schlecht.«

»Gibt es nicht auch Aufzeichnungen in den Waggons?«, wollte Broders wissen. »Da hängen doch immer öfter diese Rundherum-Kameras, die einem die Sicherheit geben, bei einem Angriff auf Leib und Leben wenigstens noch gefilmt zu werden – als Protagonist des eigenen Horrorfilms.«

Gerlach verzog das Gesicht. »Fehlanzeige. Ausgerechnet in dem Wagen, in dem die Frau saß, ist zu dem Zeitpunkt nichts aufgezeichnet worden. Eine technische Störung.«

Nach der Dienstbesprechung, als die anderen den Raum verließen, bat Pia Manfred Rist um ein persönliches Gespräch. Er winkte sie in sein Büro, setzte sich hinter den Schreibtisch und lehnte sich mit hinter dem Kopf verschränkten Armen zurück.

Pia ließ sich schräg neben ihm auf der Kante des Konferenztisches nieder. Vor Rists Schreibtisch stand ein recht niedriges Stühlchen, das kannte sie schon. Sie hatte keine Lust, dort zu sitzen und zu ihm aufzublicken. Pia informierte ihn über die Drohung auf ihrem Auto, die Galgen-Zeichnung im Rucksack ihres Sohnes und berichtete, dass sich jemand laut ihrer ehemaligen Nachbarin Susanne Herbold bei ihrer alten Wohnung nach ihr erkundigt hatte.

»Dann zeig doch mal her.«

Pia reichte ihm das Galgenbild in einer Klarsichthülle. Von der Schmiererei und dem toten Vogel hatte sie ja leider kein Foto. Sie hatte am Morgen extra noch mal nachgeschaut. Die Mülltonne, in die sie das tote Tier geworfen hatte, war in der Zwischenzeit geleert worden.

»Hm. Du bist dir sicher, dass das nicht von deinem Filius stammt?«

»Das ist nicht das Bild eines Kindergartenkindes. Soll ich dir zeigen, wie seine Kunstwerke aussehen?«

»Oder von einem anderen, älteren Kind dort? Es gibt ja ausgesprochene Maltalente.«

»Ich werde Montagmorgen gleich die Kindergärtnerinnen danach fragen. Aber ehrlich gesagt ... Das hat niemals ein Kind im Kindergartenalter gezeichnet. Wirklich nicht.«

»Hm, hm.«

Sie hatte geahnt, dass ein Gespräch mit Rist extrem hilfreich sein würde.

»Und von dem anderen Vorfall hast du nichts, was du mir zeigen könntest?«

»Ich habe nur Frau Herbolds Aussage, die ich bestimmt auch noch schriftlich bekommen könnte.«

»Hm. Und der tote Vogel, die erste Nachricht?«

Pia schüttelte den Kopf. »Das habe ich zu dem Zeitpunkt für einen makabren Scherz gehalten.«

Er lehnte sich wieder zurück. »Denkst du, dass es mit unserer aktuellen Ermittlung zusammenhängt? Hast du den Eindruck, dass du einem der Beteiligten auf die Füße getreten bist? Gab es einen Vorfall irgendeiner Art?«

»Nicht, dass ich wüsste. Außerdem habe ich die Schmierereien an meinem Auto ja vorgefunden, bevor ich in Dörnitz zu ermitteln begonnen habe.« Sie zögerte. »Ich kann mir höchstens vorstellen, dass es mit einem früheren Fall zusammenhängt.« Sie war in Folge ihrer Arbeit bereits mehrmals in den Fokus von Straftätern geraten. Es hatte persönliche Konfrontationen gegeben.

»Mit welchem?«

»Ich weiß es nicht.« Sie hatte eine Ahnung, die sie nicht aussprechen, die sie sich nicht einmal eingestehen wollte.

»Du weißt aber, dass Personenschutz nicht drin ist?«

»Ich bin nicht hier, weil ich Personenschutz haben möchte. Ich wollte es nur nicht für mich behalten. Information ist alles, oder?«

»Du wohnst doch allein. Ist deine Wohnung sicher?«

»Ich wohne mit meinem Sohn zusammen, aber der ist gerade mit seinem Vater für zwei Wochen in den Urlaub gefahren. Und meine Wohnung ist nicht sonderlich gesichert. Da reicht ein Schraubendreher zum Einbrechen.«

»Alles klar, Pia.« Rist stand auf, ging mit der Klarsichthülle in der Hand ein paar Schritte auf und ab. »Es gefällt mir nicht, dass derjenige weiß, wo du wohnst. Dass sich jemand die Mühe gemacht hat, es herauszufinden. Das Blatt wird natürlich auf Fingerspuren hin untersucht werden. Und ich werde ein paar Erkundigungen einziehen. Wir sprechen uns später noch mal. Und sei um Himmels willen vorsichtig!«

Leicht verblüfft verließ Pia das Büro. Mit so viel Engagement seinerseits hatte sie nicht gerechnet. Sie wusste nicht, ob es ihr überhaupt recht war.

10. Kapitel

Osterloh sah dem Wagen hinterher, mit dem seine Mitwanderer davonbrausten. Die Veranstaltung war nicht optimal verlaufen. Nein, korrigierte er sich, sie war richtig mies gelaufen. Die Bratkartoffeln eben waren lauwarm gewesen, von einem launischen Kellner serviert. Und der Salat stammte aus der Tüte. Am unangenehmsten war jedoch, dass Hagen Eggerskamp ihn vor versammelter Mannschaft lächerlich gemacht und zweien seiner Mitwanderer eine Heidenangst eingejagt hatte. Eine der Frauen hatte sich doch tatsächlich noch bei Helge beschwert. Sie sei davon ausgegangen, dass eine solche Führung im Wald vollkommen ungefährlich wäre, wenn er sie dorthin mitnahm. Und das habe sich ja nun als Fehlinformation erwiesen. *Fehl*information! Helge Osterloh schnaubte. Erstens hatte es keine diesbezügliche Information und zweitens keinen Fehler gegeben.

Er lockerte die verspannten Schultern, hielt inne, als seine Halswirbel knirschten. Rotlicht würde helfen, Rotlicht und die homöopathische Salbe. Oder eine Nackenmassage ... Daran war aber leider nicht zu denken. Noch nicht. Er betrat das Haus und ging ins Badezimmer. Dort entledigte er sich seiner Kleidung und schüttelte seine Sachen allesamt über der Badewanne aus. Anschließend untersuchte er sich mit einer beleuchteten Lupe und duschte dann ausgiebig. Wenn er sich schon eine der vielen Zecken eingefangen hatte, die wegen des Klimawandels, der einseitigen Forstwirtschaft und des ungesunden Bestandes von zu viel Wild die Wälder Norddeutschlands erobert hatten, sollte sie wenigstens keine Gelegenheit bekommen, sich an ihm festzusaugen. Es schüttelte ihn, wenn er an die unappetitlichen Biester dachte. Nachdem er sich umgezogen und erneut Insektenschutzlotion aufgetragen hatte, machte er sich auf den Weg. Besser noch als Rotlicht würde seinem verspannten Hals ein klärendes Gespräch helfen. Er musste die Dinge ins rechte Licht rücken, etwas in Bewegung bringen – und einen Vorwand dafür hatte er auch parat.

Stine Jensen brachte Osterloh bereits das zweite frisch gezapfte Bier, als Robert Jensen endlich bei ihm auftauchte. Er trug seine Kochbekleidung in blendendem Weiß, doch seine Miene war griesgrämig. Na ja, der arme Mann hatte vor Kurzem eine Leiche gefunden. Helge war geneigt, ihm das wohlwollend zugutezuhalten.

Jensen ließ sich ihm gegenüber auf die Bank fallen. »Herr Osterloh, was verschafft mir die Ehre?«

Helge meinte, Spott herauszuhören. Dass die Einheimischen sich nie eindeutig ausdrücken konnten! Jede Bemerkung wurde mit Ironie, Anspielungen und Beleidigungen gewürzt, die dann allesamt angeblich nicht so gemeint waren. Wie waren sie denn bitte dann gemeint? Wer sollte das verstehen?

»Danke, dass Sie sich die Zeit nehmen, Herr Jensen. Es geht um etwas Geschäftliches. Sie wissen sicher, dass ich in Dörnitzfelde und Umgebung naturkundliche Führungen unternehme.«

Jensen nickte, sein Blick schweifte unruhig im Wintergarten umher.

»Ich habe im Jahr an die zweihundert Leute, die sich meine Vorträge anhören, und im Anschluss daran sorge ich stets für ihr leibliches Wohl.«

Wieder dieses abwesende Nicken.

»Es kommt sehr gut an, wissen Sie? Wahrscheinlich werden es in Zukunft eher mehr als weniger Veranstaltungen werden.«

»Das is' ja schön für Sie.«

»Ach, ich tue das nicht aus finanziellen Gründen. Ich möchte mein Wissen weitergeben. Mich mitteilen, informieren, etwas bewegen. Schlussendlich eine Spur hinterlassen. Resonanz erzeugen, wenn Sie so wollen.«

»Resonanz. Aha.«

»Das Problem ist nun, dass ich mit dem Gasthof, in dem wir bisher immer gespeist haben, nicht mehr ganz so zufrieden bin.«

»Aha.« Jensens Gesicht blieb vollkommen unbewegt.

»Die geben sich da zwar Mühe, meistens jedenfalls. Aber meine Kunden haben schlussendlich spezielle Anforderungen, was Qualität, Auswahl und Frische betrifft.«

»Hm.«

Wollte Jensen ihn mit seinen einsilbigen Antworten veralbern? War er vielleicht in einer Werbung für ein norddeutsches Bier gelandet? Osterloh sah sich unauffällig nach einer versteckten Kamera um. Er machte eine ausholende Armbewegung. »Na ja, und da Sie und Ihr wunderbares Hotel einen guten Ruf haben, weit über Dörnitz hinaus …«

»Haben wir das?«

»Ja, das ist tatsächlich so.« Was sicherlich nicht dem charmanten und eloquenten Chef geschuldet war. »Da wollte ich mit Ihnen bereden, ob ich nicht in Zukunft mit meinen Gästen zu Ihnen kommen kann.«

Als Osterloh auf die Details zu sprechen kam, wurde Jensen eine Spur lebhafter. Er zog einen zerknitterten Block aus seiner Kochjacke und machte sich ein paar Notizen. »Alles klar. So mookt wi dat.«

Osterloh reichte ihm die Hand. »Äh? Sehr schön. Auf gute Zusammenarbeit, Herr Jensen!«

»Noch 'n Bier?«

»Sehr gern. Danke.«

Ein paar Minuten später stießen sie miteinander an. Jensens düstere Stimmung hatte sich sichtlich gebessert. Doch das würde leider nicht anhalten, vermutete Helge Osterloh. »Da wir hier nun schon mal so nett zusammensitzen, Herr Jensen . . .«, hob er an.

»Robert. Hier duzen sich alle.«

»Ah, alles klar. Ich bin der Helge«, antwortete er pflichtschuldig. Wie er das hasste! Es klang nach Stuhlkreis und Problemstunde. Doch Jensen schien es nicht komisch zu finden. Osterloh holte tief Luft. »Ich bin etwas besorgt . . . Robert. Heute Morgen im Wald habe ich zufällig den Hagen Eggerskamp getroffen.«

»Ach nee.«

»Du weißt, dass er dort mit deiner Tochter zusammen war?«

»Mit Jessika?«

»Ja. Sie waren allein im Wald unterwegs. Ich habe jedenfalls keine weiteren . . . Jägerkameraden gesehen.«

»Ach so. Wegen der Jagd war das. Wegen des verletzten Keilers. Er hatte sie heute früh deswegen angerufen. Jessika hat nämlich gerade ihren Jagdschein gemacht.«

»Ich meine nur, sie war dort draußen ganz allein mit ihm.«

»Du meinst, wegen des Mordes? Ich denke nicht, dass Jessika da in Gefahr war. Doch nicht, wenn Hagen bei ihr ist, und noch dazu bewaffnet.«

»Hier ist eine Frau ermordet worden.«

»Die ermordete Frau war aber nicht von hier. Da kann Gott weiß was für ein Motiv dahinterstecken. Das hat nichts mit uns zu tun.«

Das war ein langer Redebeitrag, dachte Osterloh. Wenn es um seine Tochter ging, wurde Robert Jensen gesprächig.

Trotzdem befand er sich im Irrtum. »An den Mörder, der hier noch frei herumläuft, habe ich eigentlich weniger gedacht. Obwohl ...« Nein, er traute Eggerskamp viel zu, aber keinen Mord. Jedenfalls nicht so.

»Der Mörder war keiner von uns«, beharrte Jensen.

»Das wollte ich auch nicht gesagt haben. Ich meinte eher, dass Hagen Eggerskamp verheiratet ist und einen gewissen Ruf hat.«

»Ja, und?«

»Was ich über den so gehört habe ... Also, ich würde mir Sorgen machen, als Vater.«

»Quatsch. Jessika ist erwachsen. Die weiß, was sie will. Hagen Eggerskamp ist es jedenfalls nicht.«

»Ich habe gehört, der lässt nichts anbrennen. Er hatte damals auch mal was mit der Evi Goede. Das hat mir ihre Schwester vor einer Weile erzählt. Hagen Eggerskamp hat sie angeblich eiskalt sitzen gelassen. Schlussendlich war das der Grund dafür, dass Evi so überstürzt weggezogen ist.«

In Jensens Augen blitzte etwas auf. Hass? Zorn? Der Koch stürzte sein Bier hinunter. »Ich sag dir, wie es aussieht – Helge. Wenn du Hagen Eggerskamp an den Kragen willst, brauchst du etwas Handfestes. Am besten etwas mit einem Abzug dran und genügend Munition. Ansonsten hältst du besser die Klappe.«

Am Abend wollte Pia sich mit Lars treffen. Sie hatte ihn endlich telefonisch erreicht und zu sich auf eine Pizza oder eine asiatische Nudelpfanne eingeladen. Er hatte zugesagt, leicht reserviert zwar, aber ohne zu zögern. Zum Kochen blieb ihr keine Zeit, denn sie würde noch den ganzen Tag im Kommissariat beschäftigt sein.

Pia war für die Recherchen, den Flug betreffend, verantwortlich, mit dem die Frau, die die Bahnhofskamera aufgenommen hatte, in Hamburg angekommen war. Die Nachforschungen konzentrierten sich auf die Flüge aus Südeuropa, die am Tag der Bahnfahrt und an den Tagen zuvor nach Hamburg gegangen waren. Da die Banderole der Fluggesellschaft noch an ihrem Rucksack hing, war sie wahrscheinlich erst kurz vor ihrer Ankunft in Lensahn geflogen.

Die Auswertung der Passagierlisten glich einer Strafarbeit, da Pia den Namen der Frau nicht kannte. Sie vermutete, dass sie eher allein als mit Ehemann oder Familie gereist war. Sie war ja auch ohne Begleitung am Bahnhof von Lensahn angekommen. Und sie war jetzt schon seit ein paar Tagen tot, und es hatte sie niemand als vermisst gemeldet. Ansonsten ... Das Ergebnis war eine Liste mit zu vielen Frauen, die infrage kamen, als dass sie sie alle einzeln überprüfen konnten.

Abends gegen halb sieben räumte Pia frustriert ihren Schreibtisch. Der nächste Tag – ein Sonntag – würde in diesem Fall ein weiterer Arbeitstag für sie sein. Am Montag sollten ein paar Kollegen auf der Strecke zwischen Lübeck und Lensahn in der Regionalbahn die Pendler im Zug befragen. Es bestand zumindest die Chance, dass sich jemand an die Frau erinnerte, sich womöglich mit ihr unterhalten hatte. Seit ihrer Zugfahrt und der Ankunft in Lensahn waren jetzt allerdings auch schon neun Tage vergangen. Dass sie ihre Hoffnung darauf setzten, zeigte, wie verzweifelt sie inzwischen waren.

In der Adlerstraße angekommen, fand Pia einen Parkplatz direkt vor ihrer Haustür. Der Samstagabend war meistens ein recht günstiger Zeitpunkt, da einige Anwohner ihre Parkplätze geräumt hatten, um ihrem abendlichen Unterhaltungsprogramm zu frönen, und ins Kino, ins Restaurant oder zu Freunden gefahren waren.

Bevor Pia den Motor abstellte, zögerte sie. Der Stalker kannte ihren Wagen. Wusste er auch, wo genau sie wohnte?

Und falls ja, woher? Sollte sie lieber ein Stückchen weiter weg parken? Sie hatte keine Lust, ihre Handlungen von diesem Kerl derart beeinflussen zu lassen, und blieb direkt vor dem Hauseingang stehen. Beim Aussteigen ertappte Pia sich jedoch dabei, wie sie sich unauffällig umschaute. Beobachtete sie jemand? Sie konnte niemanden sehen, weder in den geparkten Wagen am Straßenrand noch in einem der Hauseingänge oder anderswo. Pia schüttelte genervt den Kopf und trat ins Treppenhaus.

Ihre Wohnung fühlte sich ohne Felix seltsam leer an. Pia bestellte per Telefon asiatisches Essen und kontrollierte, ob sich noch genügend Getränke im Kühlschrank befanden. So viel zu ihren Qualitäten als Gastgeberin. Die mitgelieferten Glückskekse würden es rausreißen müssen.

Wider Erwarten verlief das gemeinsame Essen mit Lars entspannt. Er erzählte ihr von einem witzigen Vorfall in seiner Agentur. Pia unterließ es, schaurige oder bedrückende Details des aktuellen Mordfalls zu erwähnen. Als sie satt und mit einem Bier in der Hand auf dem Sofa saßen, gab Pia sich einen Ruck und berichtete Lars von dem Stalker. Er drehte die Flasche in der Hand, während er ihr mit konzentriert zusammengezogenen Brauen zuhörte.

»Und was *passiert* nun?«, fragte er anschließend.

»Ich kann nur abwarten. Rist will ein paar Erkundigungen einziehen. Was immer das bedeutet. Ach ja, und ich soll auf Anweisung meines Vorgesetzten hin vorsichtig sein«, ergänzte sie spöttisch.

»Ich finde das nicht so witzig«, sagte er.

»Ist es auch nicht. Aber hast du einen besseren Vorschlag?«

»Du könntest so lange bei mir wohnen, Pia. Bis sie den Kerl gefunden haben oder er das Interesse verloren hat, oder was weiß ich.«

»Die Chance, ihn zu erwischen, läuft dann aber gegen null.

Oder er weiß längst, dass wir befreundet sind. Dann bin ich bei dir auch nicht viel sicherer als in meiner eigenen Wohnung, und ich würde dich damit auch noch in Gefahr bringen.«

Er fasste sie an den Schultern und sah sie an. »Aber wir wären dann zu zweit. Ich hätte ein besseres Gefühl, wenn ich wüsste, dass du nicht ganz allein bist.«

»Ich versteh das ja. Doch bitte versteh auch mich. Ich muss auf mich selbst aufpassen können. Wenn ich es nicht versuche, werde ich mich in Zukunft immer wieder schwach fühlen, sobald es mal brenzlig wird.«

Lars stieß genervt die Luft aus und nahm die Hände herunter. »Ja, ich weiß. Dir geht nichts über deine Selbstständigkeit.«

»So hast du mich kennengelernt, und so fandest du mich gut. Ich möchte auch gern so bleiben.«

»Du sollst natürlich weiterhin selbstständig bleiben. Das steht doch außer Frage. Trotzdem darf ich mir ja wohl Sorgen machen, wenn dir jemand droht.«

Pia hatte befürchtet, dass es schwierig werden könnte. Sie suchte nach den richtigen Worten. »Du darfst dir Sorgen machen, Lars. Ich wäre bestimmt sauer, wenn du es nicht tätest. Und wir können darüber reden, welche Möglichkeiten ich habe. Ich kann deine Unterstützung in dieser Situation gut gebrauchen. Aber ich entscheide, was ich tue und was nicht.«

»Du musst mir nicht andauernd beweisen, wie gut du allein klarkommst, Pia. Und dir selbst auch nicht.«

Pia war verblüfft. »So siehst du mich? Als jemanden, der ohne jedes Augenmaß auf seiner Eigenständigkeit beharrt? Nur weil ich in meiner Wohnung wohnen bleiben möchte?«

»Du könntest meinen Vorschlag ja wenigstens mal in Erwägung ziehen, anstatt immer gleich alles pauschal abzulehnen, was von mir kommt.«

Pia atmete tief durch. »Es gibt doch, langfristig gesehen,

sowieso keine andere Möglichkeit. Spätestens wenn Felix wieder da ist, muss unser normales Leben hier weitergehen. Der eine Umzug hierher war erst einmal Herausforderung genug für ihn.«

Lars sah sie lange an, schien noch etwas sagen zu wollen, doch dann kam nur: »So funktioniert es nicht.«

»Weil ich nicht sofort bei dir einziehen will, wenn es ein wenig brenzlig wird?«

»Weil du anscheinend grundsätzlich nicht richtig mit mir zusammen sein willst. Dabei wollte ich …« Der Blick, mit dem er sie ansah, verwirrte sie. Doch das Wort »grundsätzlich« weckte so unangenehme Erinnerungen an ihren Streit mit Hinnerk um Felix' Zukunft, dass sie automatisch eine Abwehrhaltung einnahm. Hinnerk hatte bei ihrer Auseinandersetzung um das Aufenthaltsbestimmungsrecht argumentiert, dass Pias Beruf »grundsätzlich« nicht mit ihren Mutterpflichten vereinbar sei. Sie versuchte, die Erinnerung daran beiseitezuschieben. »Ich dachte, es geht hier gerade um diesen Mistkerl, der mich bedroht, und darum, wie wir damit umgehen.«

»Nein. Mir ging es um uns, Pia.«

Sie musste zugeben, dass sein Wunsch, sie zu beschützen, doch eigentlich etwas Positives war. Oder wenigstens sein könnte. Was war nur mit ihr los?

»Du hast mir das mit Christine noch nicht verziehen, oder?«, fragte er unvermittelt.

Seine Exfrau, die er ihr verschwiegen hatte. An die hatte Pia in letzter Zeit überhaupt nicht mehr gedacht. »Nein. Das hat nichts mit Christine zu tun. Ich … ich möchte mich nur nicht verstecken, wenn es mal schwierig wird. Ich wünsche mir einen Freund, der mich unterstützt und bestärkt. Es ist manchmal schwer genug, mutig zu sein. Da brauche ich nicht noch jemanden, der mir das ausreden will.«

»Ich will dir nichts ausreden. Ich will dich beschützen.«

Und beschützen bedeutet auch, überlegen zu sein und Macht über jemanden auszuüben, dachte sie. »Ich brauche einen Freund, keinen Beschützer.«

Er sah sie an, als wäre sie ihm mit einem Mal fremd.

Der weitere Abend verlief angespannt. Die Ungezwungenheit war dahin. Als Lars später nach Hause fuhr, angeblich, weil er am nächsten Tag einen frühen Kundentermin hatte und dafür noch Sachen aus seiner Wohnung benötigte, stand Pia im Flur und lauschte, bis unten die Haustür ins Schloss fiel. Ein endgültig klingendes »Klack«.

»Toll gemacht, Pia«, murmelte sie.

Gegen zehn Uhr abends rief Hinnerk Pia an, um sie zu informieren, dass sie gut auf Teneriffa angekommen waren. »Nach dem Flug sind wir alle so geschafft gewesen, dass ich mich nicht gleich bei dir gemeldet habe. Das Hotel ist aber toll. Felix hat auch vorhin schon im Pool geplanscht und mit uns ›Mensch ärgere dich nicht‹ gespielt.«

»Ist er denn jetzt noch wach?«

»Nein, er ist schon im Bett und schläft. Wir melden uns morgen wahrscheinlich wieder bei dir.«

Als das Telefon erneut klingelte, schreckte es Pia aus dem ersten tiefen Schlaf. Sie sah auf ihren Wecker; es war kurz nach ein Uhr. War es beruflich? War etwas mit Felix? Oder meldete sich Lars noch mal bei ihr? Ihr Mobiltelefon lag auf der Kommode, sodass sie aufstehen musste, um das Gespräch anzunehmen. »Ja?«

Stille.

»Hallo?« Sie sah auf das Display, doch die Nummer wurde nicht angezeigt.

»Hat dir der Vogel gefallen, Pia? Ich denke, du magst Vögel.«

Eine unbekannte Stimme, männlich, leicht schleppender Tonfall, norddeutscher Akzent. Pias Arme überzogen sich mit einer Gänsehaut. »Mit wem spreche ich?«

»Bist du allein?«

»Nein.«

»Ach, ist Crocodile Dundee noch bei dir?«

»Wer ist da?«

»Ich glaube, du bist ganz allein.«

»Ich will wissen, mit wem ich spreche. Sonst lege ich jetzt auf.«

»Ich krieg dich. Ich werde ...«

Pia unterbrach die Verbindung. Ihr Herz pochte, und ihr war übel. Verdammt, wer war das? Was wollte er von ihr? Und vor allem: Woher hatte er ihre private Telefonnummer? Sie gab sie nur ganz selten heraus. Der Rucksack! Wenn der Mann die Zeichnung in Felix' Kindergarten-Rucksack deponiert hatte, dann hatte er bestimmt auch den Zettel in dem Seitenfach gefunden, auf dem ihre Mobilnummer stand. Sie hatte ihn nur zur Sicherheit dort hineingesteckt, falls Felix mal verloren gehen sollte.

Der Stalker kannte ihren Sohn. Er war darüber informiert, wo Felix in den Kindergarten ging, und sogar darüber, welches sein Rucksack war. Er kannte Pias Auto und wusste zumindest in etwa, wo sie wohnte. Ihre private Telefonnummer besaß er auch. Doch was bedeutete der Unsinn mit »Crocodile Dundee«? Er musste Lars' Auto meinen. Es war eine Anspielung auf den alten Landrover. Vielleicht hatte er den Wagen neulich gesehen, als Lars sie nach dem geplatzten Frühstück nach Hause gefahren hatte, oder heute Abend. Dann wusste er auch, dass sie jetzt wieder allein war.

Die Wohnung war dunkel. Pia hatte kein Licht gemacht, und das sollte auch so bleiben. Ihr Schlafzimmer und Felix' Zimmer gingen zur Hofseite. Vorsichtig näherte sie sich dem

Fenster, stellte sich seitlich, sodass sie hinausschauen konnte, ohne selbst gesehen zu werden. Die Wohnungen in den umstehenden Häusern waren beinahe alle dunkel. In zweien brannte noch Licht. Wenn der Mann sie beobachtete, würde er wohl selbst im Dunkeln stehen. Pia wünschte, sie hätte ein Fernglas oder am besten gleich ein Nachtsichtgerät ...

Doch der Anrufer hat mir indirekt den Hinweis gegeben, dass er Lars' Auto kennt, überlegte sie. Also musste er sie von der Straße aus beobachtet haben, nicht über den Innenhof. Pia ging ins Wohnzimmer, dessen Fenster wie das der Küche zur Straße zeigten. Die Adlerstraße lag verlassen da. In den Wohnungen in den gegenüberliegenden Häusern brannte vereinzelt noch Licht, aber die meisten Fenster waren dunkel. Pia konnte niemanden erkennen, der zu ihr herüberschaute. Sie konnte überhaupt niemanden sehen. »Mistkerl! Verdammter, feiger Mistkerl!«, flüsterte sie aufgebracht.

Sie kontrollierte jedes ihrer Fenster, die Wohnungstür und zweimal die Tür zu ihrem kleinen Balkon. Im Schlafzimmer legte sie sich ins Bett, starrte an die Decke. Nach ein paar Minuten stand sie wieder auf und stellte den Kleiderständer aus Metall vor die Zimmertür. Der würde einen Heidenkrach machen, wenn er umfiel und auf den Dielenfußboden knallte. Dann wäre sie wenigstens gewarnt. Sie holte ihre schwere Stab-Taschenlampe aus dem Schrank, wog sie in der Hand und legte sie neben ihr Bett.

Ich krieg dich.

Es war halb drei, als Pia in einen unruhigen Schlaf fiel.

11. Kapitel

Der Sonntag verging ohne besondere Vorkommnisse. Pia fuhr ins Polizeihochhaus, schrieb Berichte und nahm an einer Dienstbesprechung in leicht dezimierter Besetzung teil. Anschließend informierte sie ihren Vorgesetzten über den Anruf des Stalkers. Rist verlangte, ab sofort über jedes weitere Ereignis dieser Art unterrichtet zu werden. Trotzdem hatte sie das Gefühl, dass nur sie dieses Rätsel lösen konnte. Und je früher sie das tat, desto besser.

Die Erzieherinnen im Kindergarten reagierten erstaunt und auch ein wenig erschrocken, als Pia ihnen am Montagmorgen von der Zeichnung in Felix' Rucksack berichtete. Zum Glück hatte sie das Bild kopiert, bevor sie Rist das Original ausgehändigt hatte, sodass sie es ihnen zeigen konnte. Die Mitarbeiterinnen stimmten darin überein, dass es unwahrscheinlich war, dass eines der Kinder das Bild gezeichnet hatte. Es war das falsche Papier, sie merkten die fehlende Verfügbarkeit solcher Filzstifte im Kindergarten an und bezweifelten, dass ein Kindergartenkind schon dazu in der Lage sei, die zwar einfache, doch höchst wirkungsvolle Darstellung eines Galgens so zu Papier zu bringen.

»Und Felix' Pinguin-Rucksack? Haben noch weitere Kinder das gleiche Modell?« Es war ein recht ausgefallenes Stück, das Felix von Pias Mutter geschenkt bekommen hatte.

Die Kindergartenleiterin verzog nachdenklich das Gesicht. »Ich glaube nicht. Aber wir können gern noch mal die Garderobenleisten abgehen und nachschauen. Im Moment sind ja alle Kinder in ihren Gruppen. Wieso fragen Sie?«

»Das würde es dem Täter einfach machen: Er hat mich beobachtet, wie ich Felix herbringe oder nach der Arbeit abhole. Mein Sohn trägt den auffälligen Rucksack auf dem Rücken. Sich später hier einzuschleichen und die Zeichnung in diesen Rucksack zu legen, ist dann ein Kinderspiel.«

»Frau Korittki, hier kommt doch niemand so ohne Weiteres rein.«

»Ich bin es eben schon. Auch ohne Felix.«

»Aber wir kennen Sie doch. Sie sind eine Mutter.«

»Väter kommen nicht rein? Sie kennen sie alle? Im Ernst: Zu den Zeiten, wenn Kinder gebracht oder abgeholt werden, herrscht oft ein ziemliches Gewühl im Eingangsbereich und an den Garderoben. Ich sag ja nicht, dass ein Fremder Zugang zu den Gruppenräumen oder zum Garten hätte. Aber hier vorn? Das ist schwer zu kontrollieren.«

»Okay. Möglich wär's«, stimmte die Kindergartenleiterin widerstrebend zu. »Ich frage meine Mitarbeiterinnen und unseren Praktikanten, ob ihnen am Freitag jemand aufgefallen ist, zum Beispiel in der Nähe der Garderoben und besonders im Bereich der Häschengruppe. Wissen Sie, wie der Mann aussieht?«

»Ich habe, ehrlich gesagt, überhaupt keine Ahnung.«

Als Pia Broders am Montagmorgen ebenfalls erzählte, dass der Stalker sich noch einmal bei ihr gemeldet hatte, schob er die angebrochene Tafel Vollnuss-Schokolade von sich, als hätte ihm die Schilderung des nächtlichen Vorfalls schlagartig den Appetit verdorben.

»Was meint unser Chef denn dazu?«

»Dass er ab sofort über jede Kleinigkeit informiert werden will. Außerdem zieht er Erkundigungen ein und plant irgendetwas«, sagte Pia in düsterer Tonlage.

»Von allen möglichen Horrorvorstellungen, was dir passieren könnte, macht mir die Vorstellung, was Rist da für dich ausbrütet, am meisten Angst«, erwiderte Broders.

»Schön, dass wenigstens du deinen Humor nicht verlierst.«

Er schob ihr die angebrochene Tafel über den Tisch. »Willst du ein Stück Schokolade?«

»Nein, ich will wissen, wer mich vorgestern Nacht angerufen hat.« Pia zog ihr Telefon aus der Tasche und balancierte es auf der flachen Hand. »Ich geh mal nach oben zu unseren IT-Experten. Vielleicht können die mir helfen.«

»Dann viel Glück.«

Rist hatte Pia zum Innendienst eingeteilt: Berichte schreiben und die Anrufe, Briefe und Mails von möglichen Zeugen und Kaffeesatzlesern auswerten. Wie gern wäre sie stattdessen mit ihren Kollegen vor Ort gewesen. Der Montagvormittag zog sich endlos in die Länge. Und wie oft wünschte sie sich sonst, ohne Zeitdruck so lange arbeiten zu können, wie sie wollte. Heute erschien ihr beides, die Arbeit und die Aussicht auf einen Feierabend ganz allein, wenig verlockend.

Als sie zum dritten Mal auf die Uhr sah, war es erst kurz vor Mittag. Der Kollege, den sie gebeten hatte, ihr Mobiltelefon zu überprüfen, rief sie an. »Ich habe deinen Anrufer von vorgestern Nacht«, sagte er ohne lange Vorrede.

»So schnell?«

»Du darfst mich ›maestro‹ nennen.«

»Verrätst du mir, was du herausgefunden hast?«

Er nannte die Nummer. »Registriert auf einen Arnold Pfefferberg aus dem Stadtteil St. Jürgen in Lübeck.«

»Hm.« Sollte es so einfach sein? »Hört sich irgendwie harmlos an, oder?«

»Du hattest gesagt, die Stimme am Telefon klang eher jünger. Pfefferberg ist aber schon etwas älter. Er hat sein Mobiltelefon vor drei Tagen, also am Freitag, als gestohlen gemeldet. Angeblich saß er mit seiner Frau in einem Café in der Innenstadt, als man es ihm aus der Innentasche seiner Jacke geklaut hat. Er hatte sie über seinen Stuhl gehängt.«

»Was für eine dreiste Vorgehensweise! Doch es klingt glaubwürdig. Hast du seine Adresse?«

»Willst du ihn noch mal persönlich befragen?«

»Klar. Vielleicht haben er oder seine Frau den Dieb ja gesehen? Oder jemand anders in dem Café.«

Weder Arnold Pfefferberg noch seine Frau konnten sich an die Leute erinnern, die sich zur selben Zeit wie sie in dem Café aufgehalten hatten und die Zugang zu seinem Mobiltelefon gehabt haben könnten. Pfefferberg besaß noch die Rechnung seines gestohlenen Handys, auf der auch die IMEI-Nummer verzeichnet war. Er zeigte Pia stolz sein neues Telefon, beschwerte sich aber, dass die Bedienung sich bei dem neueren Modell schon wieder komplett geändert hatte.

Auch in dem Café in der Altstadt kam Pia nicht weiter. Obwohl es sich um ein traditionelles mit Bedienung an den Tischen handelte, konnte sich niemand an die Gäste vom vergangenen Freitagnachmittag gegen halb vier erinnern. Pia zeigte noch hoffnungsvoll, an welchem Tisch die Pfefferbergs gesessen hatten, und eine junge Aushilfskellnerin, die für den Café-Bereich zuständig gewesen war, wusste sogar noch, wie die beiden aufgeregt den dreisten Diebstahl gemeldet hatten. Doch mehr konnte sie auch nicht sagen.

Enttäuscht, aber im Grunde nicht überrascht, verließ Pia das Café. Wer auch immer sich die Mühe machte auszukundschaften, welcher Rucksack im Kindergarten ihrem Sohn gehörte, würde sich nicht durch eine IMEI oder eine Telefonnummer verraten. Sie würden einen richterlichen Beschluss erwirken und versuchen, das Handy mithilfe des Providers zu orten. Pia vermutete jedoch, dass der Stalker es längst auf dem Grund der Trave oder anderswo entsorgt hatte.

Sie stand vor dem Café und sah zum Rathaus hinüber. Es gab Anblicke in Lübeck, die sie immer wieder aufs Neue faszinierten. Touristen, Schüler und Geschäftsleute bevölkerten die Fußgängerzone. Tauben stolzierten mit ruckenden Köpfen unbeirrt zwischen ihnen umher. Pia hatte mal in einem Mordfall ermittelt, der sich ein kleines Stück weiter die Straße hinunter, vor dem Kanzleigebäude, zugetragen hatte. Es war eine ihrer ersten Ermittlungen im K1 gewesen, damals noch mit ihrem Kollegen Marten Unruh zusammen. Sie zuckte, weil ein Anruf sie aus ihren Erinnerungen schreckte. Es war Broders.

»Pia, welche Hausnummer hast du eigentlich?«

»Was ist los, Broders, brennt's irgendwo?«

»Ja. Bei dir in der Adlerstraße.« Er nannte die Hausnummer. »Ich habe es eben eher zufällig über den Polizeifunk mitbekommen.«

»Das ist bei mir schräg gegenüber.« Pias Blick löste sich von den Tauben. Sie suchte den Himmel über den Dächern des Kanzleigebäudes nach einer Rauchwolke ab. »Weißt du noch mehr?«

»Ein Dachbodenbrand. Die Feuerwehr ist schon vor Ort. Dein Haus brennt wohl nicht ab.«

»Wie heißt unser zuständiger Kollege vor Ort?«

»Du willst doch nicht etwa da hinfahren?«

»Was denkst du?«

Die Zufahrt von der Fackenburger Allee zur Adlerstraße war gesperrt. Pia sah die roten Feuerwehrwagen und die Feuerwehrleute im Einsatz. Dazwischen standen auch zwei Streifenwagen. Sie umrundete den Brandort großräumig, fuhr über die Waisenhaus- und die Wickedestraße und fand dort auf Höhe der Adlerstraße noch einen Parkplatz.

Als sie ausstieg, roch Pia das Feuer, bevor sie etwas sah: beißenden Rauch, sicherlich vermischt mit nicht immer unbedenklichen Ausdünstungen verbrannter Baumaterialien. Sie hörte die Kommandos und Zurufe, mit denen sich die Feuerwehrleute untereinander verständigten, und auch das Stimmengewirr etlicher Passanten, die sich eingefunden hatten, um das dargebotene Schauspiel anzuschauen und zu kommentieren. Es schepperte, als Ziegel oder anderer Schutt aus großer Höhe zu Boden fielen. Dank ihres Polizeiausweises hatte Pia keine Probleme, sich bis zu Polizeihauptmeister Steffen Orth durchzufragen.

»Pia Korittki? Du arbeitest im K1, oder?«, fragte Orth, als sie ihn angesprochen hatte. »Und du wohnst hier?« Sein Gesicht und seine Jacke waren rußverschmiert.

»Ich wohne im Haus gegenüber.« Sie deutete schräg hinter sich. »Mein Kollege Heinz Broders hat mir eben Bescheid gesagt, als er im Polizeifunk von dem Brand in der Adlerstraße gehört hat. Sind Personen zu Schaden gekommen?«

»Bisher ist uns nichts bekannt. Der Dachboden war nicht ausgebaut. Nur Stauraum für die unteren Wohnungen. Wir haben das Haus räumen lassen.«

»Wisst ihr schon Näheres?«

»Nicht viel. Wieso interessiert dich das?«

Sie zögerte, entschloss sich dann, offen zu sein. Informationen gegen Informationen. »Ich werde anscheinend seit ein paar Tagen von einem Stalker beobachtet. Das Haus, in dem das Feuer ausgebrochen ist, liegt schräg gegenüber meiner Wohnung. Es kann Zufall sein, dass es ausgerechnet jetzt hier brennt. Doch ich würde das gern nachprüfen.«

»Verstehe. Es kann aber außer der Feuerwehr noch niemand da rein.«

»Ist schon etwas über die Brandursache bekannt?«

»Es ist noch zu früh, dazu offiziell was zu sagen. Doch unter uns gesprochen«, er sah über seine Schulter, »die Feuerwehrleute vermuten, dass ein Brandbeschleuniger verwendet wurde.« Er schniefte, wischte sich mit dem Ärmel übers Gesicht, das dadurch noch mehr verschmierte.

Pia gab ihm ihre Karte. »Bitte sag mir Bescheid, wenn es etwas Neues gibt.«

»Alles klar.« Er versuchte, den gerade entstandenen Rußfleck wegzuwischen, was die Sache nur verschlimmerte. »Du hörst von mir. In der Zwischenzeit halte dich lieber fern. Es fällt immer noch alles Mögliche an Schutt vom Dach herunter, und ich hab keinen weiteren Helm mehr hier.«

Pia entfernte sich ein paar Meter, schaute dann noch mal nach oben. Wattig aussehender grauer Rauch stieg vom Dach auf, das teilweise schon abgedeckt war. Sie konnte die verkohlten Dachbalken sehen. Hin und wieder züngelten noch ein paar Flammen auf. Gott sei Dank hatte der Brand nicht auf die unteren Wohnungen oder die Nachbarhäuser übergegriffen, doch das Löschwasser hatte bestimmt großen Schaden angerichtet. Wahrscheinlich war das Haus bis auf Weiteres unbewohnbar. Die Hauptsache war jedoch, dass keine Menschen verletzt oder getötet worden waren – hoffte Pia.

Am späten Nachmittag trafen die Kollegen, die unterwegs gewesen waren, wieder im Kommissariat ein. Michael Gerlach, der mit der Regionalbahn gefahren war, hatte möglicherweise einen Zeugen gefunden. Einer der Fahrgäste erinnerte sich an eine Frau mit einem großen Rucksack.

»Diese Frau ist dem Zeugen angeblich aufgefallen, weil sie

weitgereist und ein wenig abenteuerlustig aussah. Als ich ihm unser Bild von der Kameraaufzeichnung gezeigt habe, hat er aber mit den Schultern gezuckt. Wahrscheinlich war sie es, vielleicht aber auch nicht.«

»Wann will er sie denn gesehen haben?«

»Irgendwann vergangene Woche oder in der Woche davor. Er war sich nicht sicher. So weit passt es zu dem Zeitpunkt der Aufzeichnung.«

»Das ist aber äußerst vage«, sagte Rist.

Gerlach hob die Schultern. »Wenn man die Strecke jeden Tag fährt, dann verschwimmen die Erinnerungen an einzelne Ereignisse doch irgendwann.«

»Konnte der Mann noch mehr über die Frau sagen?«

»Er beschrieb sie als ›auf eine unkomplizierte Art hübsch‹, mit feinen Gesichtszügen und sportlicher Figur. Anfang bis Mitte dreißig, schätzt er. Kastanienbraune Haare, halblang, gut gepflegt.«

»Die super Haarpflege ist uns irgendwie entgangen«, merkte Broders an.

»Wirklich nichts Konkreteres?«, wollte Rist wissen.

»Nein. Auf seine Flirtversuche ist sie angeblich nicht eingegangen. Er will aber herausgehört haben, dass sie Deutsche ist, obwohl sie nicht viel gesagt hat.«

»Sie hat nicht erwähnt, wo sie hinwill oder wo sie herkommt?«, fragte Pia. »Das erzählen sich die Leute im Zug doch normalerweise als Erstes.«

»Hat sie aber nicht. Sie ist in Lübeck eingestiegen, aber da unser Zeuge schon in Sierksdorf ausgestiegen ist, weiß er nicht, wie weit sie gefahren ist.« Gerlach sah in seinen Notizen nach. »Er hat sich bereit erklärt, uns bei einer Phantomzeichnung zu helfen. Allerdings denkt er, dass er sie nicht so gut beschreiben kann, dass es uns viel bringt.«

»Und was für einen Eindruck hat sie sonst auf ihn gemacht?

Ist ihm etwas aufgefallen? Hatte sie vielleicht Angst, oder wirkte sie gehetzt?«

»Er beschrieb sie als zurückhaltend, aber nicht mürrisch oder ängstlich, höchstens ein bisschen melancholisch. ›Als ob sie etwas Besonderes vorhätte, von dem sie nicht wusste, wie es ausgehen würde‹, meinte er.«

»Eine durchaus treffende Beschreibung für eine Frau, die ein paar Tage später ermordet wird«, sagte Broders.

Als Pia und Manfred Rist sich eine Viertelstunde nach der Einsatzbesprechung wegen des Stalkers noch einmal zusammensetzten, zeigte sich, dass Rist bereits über den Dachstuhlbrand in der Adlerstraße informiert war.

»Conrad und Juliane sind auf dem Weg dorthin«, sagte er.

»Zu dem Brand? Wieso das?«

»Die Feuerwehrleute haben nun doch eine Leiche entdeckt. Sie lag auf dem ausgebrannten Dachboden unter allerlei Schutt verborgen. Also ist das ein Fall für uns.«

»Warum weiß ich nichts davon?«

»Ich habe es selbst gerade erst erfahren. Und ich wollte dich nicht dorthin schicken, weil du gegenüber wohnst. Du bist gefühlsmäßig irgendwie zu nah dran. Außerdem brauche ich dich für die Ermittlungen in Dörnitz.«

Die Argumentation leuchtete Pia ein, auch wenn es ihr nicht passte. Eine verbrannte Leiche auf dem Dachboden des Hauses gegenüber – das trug nicht gerade zu ihrer Beruhigung bei. Sie hoffte, dass sich die Sache schnell aufklärte.

Pia berichtete Rist, was sie über die Verbindungsdaten ihres Handys herausgefunden hatte. Der Diebstahl des Mobiltelefons, mit dem sie in der Nacht angerufen worden war, war am Freitagnachmittag erfolgt. Am selben Tag hatte der Unbekannte im Laufe des Vormittags, spätestens bis zum frühen

Nachmittag die Zeichnung in Felix' Rucksack hinterlegt. Wenn Pia recht hatte mit dem, was sie sich zu der Erwähnung von »Crocodile Dundee« überlegt hatte, hatte der Stalker am Mittwochvormittag oder aber am Samstagabend die Straße überwacht und gesehen, wie Lars mit seinem Landrover vor dem Haus vorgefahren war. Auch davon erzählte sie nun Rist.

»Wie gesagt, diese beiden Zeitpunkte sind am wahrscheinlichsten. Doch möglicherweise weiß der Kerl sogar schon länger, mit wem ich befreundet bin«, schloss sie frustriert. »Und wenn ich die Möglichkeiten bedenke, von wo aus er mich ein paar Tage lang überwacht haben könnte, fällt mir als Erstes dieser Dachboden gegenüber ein.«

»Deshalb bist du also sofort hingefahren, als du von dem Feuer erfahren hast.«

»Es ist eine mögliche Erklärung.«

»Er könnte aber genauso gut eine Kamera installiert haben.«

»Dazu muss man erst einmal einen Ort finden, an dem man sie unauffällig anbringen kann. Ich habe hin und her überlegt. Ich glaube bei diesem Feuer nicht an einen Zufall.«

»Warum sollte derjenige, der dich beobachtet hat, dann sein Versteck in Brand gesteckt haben?«

»Um seine Spuren zu beseitigen? Oder es war ein Missgeschick?«

Rist stand auf und ging zum Fenster. Es war bereits stockdunkel. »Und heute Nacht?«, fragte er.

»Was soll sein?«

»Fühlst du dich sicher?«

Pia schnaubte. »Meinst du, jetzt, da der Stalker sein Versteck verloren hat, wird er versuchen, bei mir Unterschlupf zu finden?«

»Was ist mit deinem Sohn?«

»Der ist für zwei Wochen mit seinem Vater im Urlaub auf Teneriffa.«

»Okay. Doch du solltest heute Nacht vorsichtig sein. Und längerfristig ... Ich kann arrangieren, dass du vorübergehend woanders wohnst.«

»Wie bitte?«

»Personenschutz ist, wie gesagt, nicht drin. Aber ich könnte dich in Dörnitz unterbringen, mit dem Argument, dass ich jemanden vor Ort brauche. Und du wärst aus der Schusslinie.«

»In Dörnitz in der Nähe des Tatortes? Das klingt eher so, als käme ich vom Regen in die Traufe«, erwiderte Pia.

»Wieso denn? Wie es inzwischen aussieht, hat das Stalking doch nichts mit unserer aktuellen Ermittlung zu tun.«

»Woher weißt du das?«, fragte Pia.

»Was?« Sein Gesicht verschloss sich.

»Womit das Stalking zu tun hat und womit nicht?«

»Es fing doch schon vorher an. Bevor du überhaupt zu unserer aktuellen Ermittlung gerufen wurdest.«

Das stimmte zwar, doch wer sie kannte und über ihren Beruf Bescheid wusste, hätte vermuten können, dass sie an den Ermittlungen beteiligt sein würde. Pia erhob sich ebenfalls. »Ich denke darüber nach. Aber ... Gibt es vielleicht noch etwas, das ich wissen sollte?«

»Nein. Am wahrscheinlichsten ist es doch, dass der Stalker dich irgendwo gesehen und einen Narren an dir gefressen hat. So etwas kommt vor. Es laufen viel mehr Verrückte herum, als man denkt.«

»Ich glaube nicht, dass das der Grund ist.«

»Überleg es dir, Pia: Du kannst eine Weile in Dörnitz wohnen. Sag mir morgen Bescheid, wie du dich entschieden hast. Dann leite ich alles in die Wege. Das geht kurzfristig.«

12. Kapitel

Pia war erst eine halbe Stunde zu Hause, und auf ihrem Herd kochte Chili con Carne, ein Essen, dass Felix partout nicht mochte, als Steffen Orth, der Ermittler in der Brandsache, sie auf ihrem Mobiltelefon anrief. Er war immer noch beziehungsweise schon wieder auf dem Dachboden im Haus gegenüber, zusammen mit einem Brandermittler, und fragte, ob sie kurzfristig dazukommen wolle. Es sei recht interessant.

Pia beschloss, Rists Vorbehalte hinsichtlich ihrer Befangenheit zu ignorieren. Sie musste herausfinden, wer sie verfolgte und warum. Entschlossen stellte sie den Herd wieder aus, schloss sorgfältig die Wohnungs- und Haustür ab und stand fünf Minuten später auf dem ausgebrannten Dachboden, in einer schwarzen Hölle, die von zwei Scheinwerfern ausgeleuchtet war wie die Bühne eines modernen Theaterstücks. Der Gestank nach verbrannten oder verschmorten Materialien wie Holz, Dämmstoffen und verschiedenen Kunststoffen war durchdringend und sicherlich auch nicht sehr gesund. Steffen Orth reichte ihr einen Helm und eine Atemschutzmaske. Pia blickte sich um. Was nicht verkohlt oder zu Asche verbrannt war, war von der Hitze geschmolzen, hatte sich verzogen und war zentimeterdick mit einer Rußschicht bedeckt. Pia erkannte einzelne Gegenstände, die hier gelagert worden waren: Matratzen, von denen nichts als Sprungfedern zurückgeblieben waren, ein verbogenes Fahrrad, Autofelgen, Porzellan, das Skelett eines Kinderwagens. Der Fußboden schwamm noch immer in Löschwasser, das dunkel und ölig schimmerte. Wo die Dachziegel fehlten, fiel blasses Mondlicht auf den Dachboden, und ein eisiger Nachtwind blies durch jede Ritze. Irgendwo tropfte es.

»Der oder die Tote lag dahinten.« Der Polizeihauptmeister deutete auf einen mit Absperrband gekennzeichneten Bereich. »Die Leiche war so verbrannt und mit Schutt zugeschüttet, dass wir noch nichts Näheres dazu sagen können, bevor die Untersuchung abgeschlossen ist. Aber deswegen habe ich dich auch nicht angerufen. Komm mal mit.« Er führte Pia weiter zu einem Mann, der Proben von den Dachbalken in ein Asservatentütchen schabte.

»Der Verdacht auf Brandstiftung hat sich bestätigt«, informierte der Brandexperte Pia, nachdem Steffen Orth sie einander vorgestellt hatte. »Wir hatten einen Brandmittelspürhund hier. Es wurde eindeutig ein flüssiger Brandbeschleuniger verwendet. Die Proben werden noch im Labor untersucht, aber so, wie sich der Brand hier oben ausgebreitet hat, ist das Ergebnis vorhersehbar. Der eigentliche Grund, weshalb Sie angerufen worden sind, ist dieses Szenario hier. Kommen Sie bitte!«

Er bahnte ihr einen Weg durch das Chaos, zeigte Pia, wo sie gefahrlos hintreten konnte. Hinter verbranntem Gerümpel undefinierbaren Ursprungs befand sich eine Dachgaube mit einem sehr niedrigen Fenster. Es war oval, eher ein Gestaltungselement der Fassade des Jugendstilhauses als von praktischem Nutzen. Das Glas in der Bleifassung war gesprungen und größtenteils herausgebrochen, die restlichen Splitter von Ruß geschwärzt.

Pia hockte sich davor und sah hinaus. Tief unter ihr befand sich die Adlerstraße. Sie hatte gute Sicht auf ihren beleuchteten Hauseingang und ihr davor geparktes Auto. Ihr Blick ging höher, zu ihren Wohnzimmerfenstern und weiter zu ihrem Balkon. Durch die Balkontür konnte sie im Lichtschein der Pendelleuchte über dem Tisch in ihre Küche sehen bis hin zu dem Topf auf dem Herd. Mit einem einfachen Fernglas könnte man von hier aus sogar feststellen, was sie gerade kochte.

»Schauen Sie mal«, forderte der Brandexperte sie auf. »Der Dachboden war in Abteile für die einzelnen Wohnungen unterteilt. Sehen Sie die Holzreste, Metallscharniere und Riegel? Hier, nahe dem Fenster unter dem ganzen Schutt, lag eine Matratze mit mehreren Decken.«

Pia erkannte nicht viel, doch sie nickte, vertraute dem Fachmann, der sich von Berufs wegen mit Brandspuren beschäftigte.

»Und hier stand eine Kiste Bier, Flaschen mit Bügelverschluss. Außerdem ein paar Konservendosen, eine Gabel, sehen Sie? Und dies hier war eindeutig ein Gaskocher.«

»Ein Unterschlupf«, sagte Pia und erhob sich.

»Danach suchen Sie doch, oder?«, fragte der Brandexperte munter.

»Könnte es nicht auch einfach Zeugs gewesen sein, das hier von einem der Mieter gelagert wurde?«

»Betrachten wir die Dinge einzeln, schon. Aber in dieser Kombination?« Er schnalzte mit der Zunge. »Unwahrscheinlich.«

»Von hier aus kann man jedenfalls hervorragend in meine Wohnung sehen.«

»Tatsächlich? Dann passt es doch. Und noch etwas: Ich vermute mal, derjenige, der hier gehaust hat, war nicht allein.«

»Was denn? Zwei Beobachter?«, fragte Steffen Orth, der dem Gespräch bisher schweigend zugehört hatte.

»Nun ja. Wie man es nimmt.« Der Brandexperte deutete auf ein Stück einer überdimensionierten Gliederkette.

»Ich würde sagen, hier haben sich ein Mensch und ein Hund aufgehalten. Ein recht großer Hund, wie es aussieht. Es sei denn, unser Eindringling hat ein Kettenhalsband mit Stacheln daran getragen und Hundefutter gefressen.«

»Kann der Tote, der hier oben gefunden wurde, nicht derjenige sein, der sich auf dem Dachboden versteckt hat?« Pia konnte den Anflug von Hoffnung, den unausgesprochenen Wunsch, dass sich das Thema »Stalking« hiermit quasi von allein erledigt hatte, nicht vollständig aus ihrer Stimme heraushalten.

»Schwer zu sagen. Nur – wenn es derjenige war –, wo ist dann der Hund?«

Eine ihrer Fragen wurde Pia am nächsten Vormittag beantwortet. Es stellte sich heraus, dass der verbrannte Tote auf dem Dachboden im Haus gegenüber ein Mieter war. Er war Rentner, seit Langem verwitwet und hatte allein in seiner Wohnung im vierten Obergeschoss rechts gewohnt. Seine Nachbarn auf der anderen Seite des Treppenhauses hatten sich nach der Evakuierung am Vortag nach seinem Befinden erkundigt. Dabei hatte sich herausgestellt, dass er gar nicht evakuiert worden war. Seine Wohnung war während der Löscharbeiten vom Hausmeister aufgeschlossen, von der Feuerwehr durchsucht und leer aufgefunden worden. Man hatte angenommen, der Bewohner sei unterwegs, Besorgungen machen, zu Besuch bei Freunden oder Familie oder im Urlaub. Es stellte sich jedoch heraus, dass er das Haus gar nicht verlassen hatte. Der Tote auf dem Dachboden wurde im Laufe des Vormittags anhand seiner Zähne sicher als Erwin Wenck, Mieter der Wohnung im vierten Stockwerk, identifiziert. Die Todesursache war schwieriger zu ermitteln. Noch war unklar, ob er durch eine Rauchvergiftung, einen Sturz, herabstürzende Gegenstände auf seinen Kopf oder eine absichtlich herbeigeführte Schädelverletzung ums Leben gekommen war. Es konnte sowohl ein Unfall als auch ein Tötungsdelikt gewesen sein. Dass er der Stalker gewesen war, galt in Anbetracht des Schlupfwinkels auf dem Dachboden als unwahrscheinlich, da Wenck von seinem Küchenfenster aus Pias Kommen und Gehen sowie die vorderen Räume ihrer Wohnung genauso gut hätte im Auge behalten können. Erwin Wencks Küche lag nämlich ziemlich genau unter dem Bereich des Dachbodens, wo der Unbekannte sich aufgehalten hatte.

Das alles bestätigte Pias Vermutungen, die sie in der vergangenen Nacht gequält hatten. Weitere Vorkommnisse hatte es bisher nicht gegeben. Weder Anrufe noch Botschaften an ihrem Auto oder anderswo. Gut möglich, dass die Inaktivität ihres Stalkers auf den Brand zurückzuführen war. Dass endgültig Schluss mit den Belästigungen war, glaubte sie nicht.

In Anbetracht der Tatsache, dass der Todesfall mit dem Stalker zusammenhängen könnte, nahm Pia Rists Vorschlag, aus beruflichen Gründen ein paar Tage in Dörnitz zu wohnen, schweren Herzens an. Sie bat ihre Nachbarin, ihren Briefkasten zu leeren, und packte das Notwendigste für die nächsten Tage in eine Tasche, die sie mit ins Kommissariat nahm. Es passte ihr nicht, das Feld zu räumen. Es kam ihr feige vor. Aber auch wenn sie es nicht für sich selbst tat, konnte sie keinesfalls riskieren, dass ihren Nachbarn möglicherweise ebenfalls das Dach über dem Kopf angezündet wurde.

»Ich gebe der Polizistin das Appartement vierzehn«, sagte Stine Jensen, als sie in der Hotelküche vorbeischaute. »So weit ab vom Schuss wie möglich.«

»Das ist doch viel zu groß für eine Person«, entgegnete ihr Mann. Robert Jensen klopfte gerade Schnitzel für das Abendessen und schien seine Wut, Frustration, was auch immer, an den Fleischstücken abzuarbeiten. Seit er die Tote am Strand gefunden hatte, war er nicht mehr er selbst, fand seine Frau. Der Anblick war sicherlich ein Schock gewesen. Sie konnte seine Reaktion darauf teilweise nachvollziehen. Doch auch jetzt noch, Tage später, war er ungewöhnlich reizbar.

Er schaute von seiner Arbeit auf und sah sie missmutig an. »Ich hoffe, dieser ganze Zauber ist bald vorbei. Der Mord und die Ermittlungen sind schlecht für unser Hotel, schlecht für den ganzen Ort. Aber die Polizei nimmt darauf natürlich keine Rücksicht. Die bekommen ja auch ihr Gehalt, egal, was passiert.«

Bisher konnte Stine keine nachteiligen Auswirkungen auf den Hotelbetrieb feststellen. Eher im Gegenteil: Die Nachfrage in ihrem Restaurant und auch die Zimmervermietungen hatten zugelegt. Sei es durch Zufall, sei es wegen der Leute von der Presse oder aufgrund Schaulustiger, die den Ort, an dem ein Mord geschehen war, sehen wollten. Die Hauptsache war doch, dass der Umsatz stimmte. Und der Gewinn. Die Anfrage der Lübecker Polizei, eine der ermittelnden Beamtinnen kurzfristig in einem der Appartements unterzubringen, hatte Stine zuerst verwirrt. Doch dann hatte sie natürlich zugesagt.

»Hätte ich der Frau etwa kein Zimmer geben sollen? Mit welcher Begründung denn?«, fragte sie ihren Mann.

»Du hättest sagen können, dass wir ausgebucht sind.«

Stine lachte auf.

»Oder dass wir gerade renovieren.«

»Das sieht man doch, dass wir nicht renovieren und auch nicht ausgebucht sind. Außerdem ist das über ein Buchungsportal ganz einfach nachzuprüfen.«

»Ist schließlich unsere Sache.«

»Die Polizei anzulügen bringt doch nichts.«

»Kann ich in meinem Haus nicht machen, was ich will?«

»Lass dir bloß nicht anmerken, dass du darüber so sauer bist«, sagte Stine. »Sonst denken die noch, du hast was zu verbergen.«

Jensen schnaubte. »Ich? Ausgerechnet ich? Na, was soll's!

Solange die von der Polizei bezahlen wie alle anderen auch und keine Sonderkonditionen und Extrawürstchen wünschen, mach, wie du meinst, Stine.«

Sie lächelte ihm noch einmal aufmunternd zu. Die Buchführung war ihre Sache. Dass sie der Polizei einen Nachlass gewährt hatte, musste er ja nicht unbedingt wissen.

»Hauptsache, diese Polizistin schreckt die anderen Gäste nicht ab, indem sie allen Fragen stellt und so«, rief er ihr noch nach.

»Das tut sie schon nicht«, antwortete Stine. Sie drehte sich in der Tür noch einmal zu ihm um. »Und es steht ja auch nicht *Kommissarin* auf der Stirn der Frau geschrieben. Ich glaube, es ist die, die schon mal hier war. Die sah doch ganz sympathisch aus. Die anderen Gäste werden sich kaum an ihrer Anwesenheit stoßen. Im Gegenteil. Sie senkt den Altersdurchschnitt um einige Jahre.«

»Was sagt denn Jessika dazu?«

»Sie ist mal wieder deiner Meinung.« Jessika war in ihrer Mittagspause da gewesen und hatte die Anfrage aus Lübeck und die Reaktion ihrer Mutter darauf mitbekommen. »Sie mag halt keine Polizei.«

Robert hieb besonders kraftvoll zu. »Ich hoffe, sie kommt trotzdem heute Abend her?«

»Natürlich kommt sie. Jessika hat es versprochen.«

Er hielt mit dem Fleischklopfen inne. Sein Gesicht wurde weicher. »Ja, du hast recht. Was täten wir ohne unser Goldstück?«

Der Himmel helfe ihrem Mann, wenn Jessika sich mal so richtig verliebte. Wenn ihr Papa und das Hotel nicht mehr der Mittelpunkt ihrer Welt sein würden. Ihre Tochter war Mitte zwanzig und hatte noch nie einen Freund gehabt, der es länger als zwei Monate mit ihr ausgehalten hatte. In den letzten drei Jahren war da genau genommen gar niemand mehr gewesen.

Dabei sah Jessika durchaus hübsch aus. Die Gäste im Restaurant und die Kunden in der Bank schätzten sie. Sie war fleißig und freundlich, verdiente gutes Geld. Vielleicht ist sie ja *zu* freundlich, dachte Stine. Oder woran zum Teufel lag es, dass sie keinen Mann zum Heiraten und zum Gründen einer Familie fand? Nicht einmal einen Interessenten? Mit Robert konnte Stine über diese Sorge nicht sprechen, denn Jessika war für ihn unfehlbar.

Sie ging durch den Küchentrakt zurück an die Rezeption. Das Appartement für die Polizistin ließ sie gerade vorbereiten. Sie stutzte, als sie den üppigen Blumenstrauß auf dem Rezeptionstresen erblickte. Er musste eben geliefert worden sein. Sie hatten ein Arrangement mit einem Blumengeschäft aus dem Ort, ihnen regelmäßig frische Blumen für das Hotel zu liefern. Aber die Inhaber wussten auch, dass hier niemand weiße Lilien mochte. Stine zog die Blumen aus dem Strauß und warf sie in den Mülleimer unter dem Tresen. Gelber Blütenstaub fiel auf ihren Ärmel, und sie versuchte, ihn abzuklopfen. Vergeblich.

Die einzige Charakterschwäche, die Stine ihrer Tochter attestierte, war ihr besitzergreifendes Wesen. Was Jessika liebte, hielt sie fest. Und wenn ihr das nicht gelang, war das Drama groß. Dass ihre Tochter keinen Mann fand, lag hoffentlich nicht daran, dass sie gar keinen kennenlernen wollte. Zum Beispiel, weil sie in einen verliebt war, den sie niemals würde haben können.

Die Sonne war schon untergegangen. Pia trat auf den Balkon ihres Appartements im *Hotel Jensen* und stützte sich auf die Brüstung. Das Metall war kühl und ein bisschen feucht, der Strand in der Dämmerung menschenleer. Es roch nach Seeluft und Strandhafer, vermischt mit den Küchendünsten, die aus der Ablufteinrichtung der Hotelküche traten und von der Abendbrise um die Hausecke herum nach oben getragen wurden.

Pias Reisetasche lag noch unausgepackt auf dem Doppelbett. Das Appartement war sauber und nett, wenn auch ein wenig steril eingerichtet. Die Standardmöbel für Hotelzimmer waren aus hellem Buchenfurnier, der Teppichboden bestand aus beige melierter Auslegeware. Die Wände waren hellblau gestrichen. An der Wand gegenüber dem Bett hingen zwei gerahmte Kalenderbilder mit Leuchttürmen. Pia fand die Ausstattung in Ordnung, die Aussicht war fantastisch, doch sie vermisste ihre vertraute Umgebung. Und Felix. Sie hatte eben mit ihm telefoniert, und es schien ihm gut zu gehen. Er war eine kleine Wasserratte, und der Hotelpool auf Teneriffa hatte es ihm angetan. Pia seufzte. Vielleicht vermisste sie auch Lars? Sie hatte ihm noch nicht gesagt, dass sie einem Appartement in einem x-beliebigen Hotel gegenüber seiner Wohnung den Vorzug gab. Was war sie für eine Idiotin! Wahrscheinlich war sie verrückt.

Pia ging wieder hinein und begutachtete die kleine Küchenzeile mit Herd, Backofen und Mikrowelle. Sie entschied sich, zum Essen ins Hotelrestaurant zu gehen. Beim Einchecken hatte sie einen Blick in den Raum geworfen. Er lag im älteren Teil des Hotels. Durch die Deckenbalken und den dunklen Anstrich hatte es dort gemütlich ausgesehen. Es gab einen Kamin, in dem vielleicht ein behaglich knisterndes Feuer brennen würde. Außerdem würden wohl die Wände auf sie zukommen und sie erdrücken, wenn sie den ganzen Abend allein hier drinnen saß.

Falls Robert Jensen noch unter dem Eindruck des Leichenfundes am Strand litt, schienen zumindest seine Kochkünste nicht davon in Mitleidenschaft gezogen zu werden. Das Schnitzel von der Tageskarte mit Röstkartoffeln und Gemüse schmeckte ausgezeichnet. Als Jessika Jensen ihr ein zweites

Glas Bier an den Tisch brachte, fragte Pia sie, ob sie sich nicht zu ihr setzen wolle. Es war außer ihr nur noch ein älteres Ehepaar im Restaurant, das gerade sehr zufrieden an seinem Wein nippte.

»Haben Sie noch Fragen zu dem Mord?«, wollte die Tochter der Hotelbesitzer mit hochgezogenen Augenbrauen wissen. »An mich?«

»Natürlich haben wir jede Menge Fragen. Aber ich werde Sie sicherlich nicht hier und nicht jetzt damit belästigen. Das Essen war großartig, und ich habe jetzt auch Feierabend. Sie doch eigentlich ebenfalls, oder? Ich meine, Sie haben doch auch noch einen Vollzeitjob?«

Jessika ließ sich zögernd auf der Bank gegenüber Pias Platz nieder. »Ich helfe gern im Hotel mit. Ich bin damit aufgewachsen.«

»Jetzt ist ja Nebensaison. Wie macht ihr das in der Hauptsaison?«

»Dann stellt meine Mutter noch zusätzlich Leute ein, aber im Moment reichen uns die, die immer da sind. Und was machen Sie hier?«, fügte sie nach einer Pause mit starrer Miene hinzu.

Pia entschloss sich, offen zu ihr zu sein. »Ich will meine Wohnung für ein paar Tage verlassen. Bis etwas ... geklärt ist. Ich werde anscheinend gerade beobachtet.«

»Oh!« Ihr abwehrender Ausdruck wich Anteilnahme und Interesse. »Aber Sie als Polizistin müssten doch wissen, was zu tun ist. Und ich dachte ...«

»Ja?«

»Sie spionieren uns hinterher.«

»Ich bin unter anderem genau hier gelandet, weil mein Chef es praktisch findet, wenn er für die Zeit der Ermittlungen jemanden vor Ort hat. Damit ist jedoch nicht speziell das Hotel gemeint, sondern ganz Dörnitz und Umgebung.

Dadurch sparen wir Zeit und Fahrtkosten.« Sie lächelte. »Und ich mag die Ostsee.«

»Klaus Schindler, der Polizist in unserem Polizeirevier, der wohnt doch hier. Reicht das nicht?«

»Es ist ein schwieriger Fall, an dem ein großes Team arbeitet. Kennen Sie Klaus Schindler gut?«

Jessika drückte wieder den Rücken durch. Der kurze Moment der Entspannung war vorbei. »Seit meiner Kindheit. Ich kenne die meisten der Leute hier. Ich war immer schon viel im Hotel, es ist mein Zuhause. Meine Eltern hatten früher nicht so furchtbar viel Zeit für mich. Ich bin in unserer Familie die Nachzüglerin, wissen Sie, mit der niemand mehr gerechnet hatte. Meine Mutter am allerwenigsten.«

»Meine Mutter hat auch nicht mit mir gerechnet«, sagte Pia. »Ich kam allerdings für sie eher viel zu früh als zu spät.«

»Und? Wie ist sie damit umgegangen?«

»Gut, denke ich. Sie hat dann später einen anderen Mann geheiratet; da war ich fünf Jahre alt. Meinen richtigen Vater kenne ich gar nicht.«

»Haben Sie noch Geschwister?«

Das Kaminfeuer schuf eine vertrauliche Atmosphäre. Jessika Jensen hatte den Kopf auf die Hände gestützt und sah sie mit geröteten Wangen an. Das zweite Bier schien Pias Zunge gelöst zu haben. Sie hatte anfangs absichtlich etwas Persönliches von sich preisgegeben, damit Jessika die Vorbehalte gegen sie aufgab. Doch was sie nun sagte, erzählte Pia sonst kaum jemandem. »Ja, sie hat Zwillinge mit dem neuen Mann bekommen. Er ist ihr Vater, aber natürlich nicht meiner. Mit Zwillingen war meine Mutter in den ersten Jahren ganz schön beschäftigt, und ich habe mich überflüssig gefühlt. Das Verhältnis zu meiner Schwester ist auch nicht so toll. Mit meinem Bruder läuft es etwas besser.«

»Wie schade. Ich liebe meinen Bruder Jesper. Er ist neun

Jahre älter als ich und reist als Radrennprofi um die Welt. Gerade ist er zum Training in Neuseeland. Das machen die da, weil die Strecken und das Klima so anspruchsvoll sind. Das Wetter wechselt ständig, sagt mein Bruder. Wir stehen regelmäßig miteinander in Kontakt.«

»Das klingt schön.«

»Sind Sie verheiratet?«

Pia sah auf ihre Hände. »Nein. Aber ich habe einen kleinen Sohn.«

»Wo ist er?«

»Im Urlaub mit seinem Vater.«

»Ich will später auch Kinder haben, doch mit einem Ehemann. Eine richtige Familie.«

»Ja, das ist wohl ideal. Aber es ist nicht immer ganz einfach. Manchmal kommt es eben anders.«

»Man muss nur den Richtigen finden.« Jessika starrte in die langsam ersterbenden Flammen neben sich.

»Und, haben Sie ihn schon gefunden?«

»Bald.« Sie riss ihren Blick vom Feuer los. »Morgen gehe ich übrigens auf meine erste offizielle Jagd. Ich habe nämlich gerade meinen Jagdschein gemacht.«

»Herzlichen Glückwunsch.« Und nach kurzem Nachdenken fügte Pia hinzu: »Warum ausgerechnet die Jagd? Was mögen Sie daran?«

»Die Natur, die Tiere ...«

»Die Sie dann erschießen?«

»Sie haben bestimmt auch eine Waffe.«

»Nur im Dienst. Und normalerweise benutze ich sie nicht.«

»Ich kann hervorragend schießen – auf dem Schießstand. Die Tiere tun mir schon manchmal leid. Ich hab den Jagdschein mehr aus praktischen Gründen gemacht. Um mich in den richtigen Kreisen zu bewegen, verstehen Sie?« Jessika erläuterte, wer alles zu den hiesigen Jägern zählte. Es waren nicht wenige.

»Ach, so ist das.« Als der Redestrom versiegte, erhob Pia sich. »Es ist ganz schön warm hier drinnen. Ich glaube, ich gehe noch mal raus und unternehme einen kleinen Abendspaziergang.« Es war erst kurz nach neun. Irgendwie musste sie den Abend ja herumbringen. Auf Jagd-Anekdoten hatte sie keine Lust, und der Flachbildfernseher in ihrem Appartement lockte sie auch nicht. Außerdem brauchte sie dringend Bewegung und frische Luft.

»Im Dunkeln? Nach allem, was hier gerade passiert?«

Pia nickte. Der entscheidende Grund, überhaupt hierherzukommen, war ja, dass sie sich hier sicherer fühlte als in Lübeck. »Ich habe die Ostsee gern für mich.«

13. Kapitel

Als Pia das Hotelgrundstück verließ, zögerte sie und überlegte, wo sie hingehen sollte. Sie könnte rechts hinunter zum Jachthafen laufen oder nach links und dann in den Ort, wo sicher noch etwas mehr Leben war. Doch es stimmte schon, was sie gesagt hatte: Sie wollte vor allem ans Meer.

Pia ging an den Strand, bis zum Wassersaum, und dann nach rechts. Der Fundort der Toten hinten an der Steilküste übte eine seltsame Anziehungskraft auf sie aus. Eine Mischung aus Grauen und Neugierde, der sie sich nicht entziehen konnte. »Du bist eine komische Frau«, sagte sie leise zu sich selbst. »Kein Wunder, dass du keine *richtige* Familie hast.« Jessikas Bemerkung hatte ihr einen Stich versetzt, auch wenn Pia überzeugt war, dass es allen Beteiligten so am besten ging.

Ihre Gedanken kehrten zu der Toten zurück. Als die Frau ermordet worden war, war es ebenfalls dunkel, und die Sichtverhältnisse mussten so ähnlich wie jetzt gewesen sein. Der bewölkte Nachthimmel, der die Straßenbeleuchtung und die Lichter des Ortes reflektierte, leuchtete ein wenig heller als das schiefergraue Meer. Pia konnte recht gut erkennen, wohin sie ihre Füße setzte. Auch der Jachthafen war beleuchtet, doch als sie den Naturstrand betrat, war es schlagartig dunkler. Am Grillplatz brannte noch eine Laterne, ein runder Lichthof im Dunst, der die Schwärze drumherum nur stärker hervortreten ließ.

Pia konnte nicht anders, sie kletterte das Steilufer hinauf. Sie stellte sich dorthin, wo das Opfer in etwa gestanden hatte, bevor es gefallen und mit dem Kopf auf dem Stein aufgeschlagen war. Einem ganz normalen Stein von vielen, der jetzt, nach eingehender Untersuchung, als Beweisstück in der Asservatenkammer lag.

Was hatte die Frau gesehen, bevor sie gestorben war? Wenn sie selbst es genauso sehen könnte, wüsste sie wohl, wer die Frau getötet hatte. Die Dunkelheit, untermalt von leisem Meeresrauschen, versetzte Pia in eine seltsame Stimmung. »Was wolltest du hier draußen?«, fragte sie leise. »Wer warst du? Wen hast du hier getroffen?« Eine Brise strich über das Steilufer. Es raschelte, als der Wind trockene Zweige und altes Laub in Bewegung setzte.

Pia stand reglos da, sah die Ortschaft, Straßenlaternen, erleuchtete Fenster, aber keine Menschen. Dass die Begegnung von Opfer und Mörder ein Zufall gewesen sein sollte, erschien ihr unwahrscheinlicher denn je. Und dann war da noch die eine drängende Frage: »Warum hat jemand dein Gesicht zerstört? War das etwas Persönliches?«

Sie fragte, obwohl eine Antwort, und sei es auch nur ein Wispern, sie wahrscheinlich den Verstand gekostet hätte.

Vielleicht gab es keine Erklärung, kein Motiv. Es war einfach eine böse Tat. So etwas gab es.

Überall und immer wieder.

Ihr Stalker, was trieb ihn an?

Pia glaubte nicht an Rists Vermutung, dass sie zufällig ausgesucht worden war. Dass jemand sie gesehen und sich daraufhin in den Kopf gesetzt hatte, sie fortan zu verfolgen und ihr Angst zu machen. Sie bildete sich ein, nicht dieser Typ Frau zu sein, der so zum Opfer wurde. Wenn es einen solchen Typ Frau überhaupt gab.

Der Stalker hatte jedenfalls anfangs nicht gewusst, dass sie seit einiger Zeit in der Adlerstraße wohnte. Sonst hätte er sich nicht bei Lennart im Rohwedders Gang nach ihr erkundigt. Aber ihre alte Adresse war ihm bekannt gewesen. Woher?

Dann war da die Botschaft auf ihrem Auto. Vor ihrem neuen Haus. Zumindest hatte er da schon ihren Wagen gekannt. Sie selbst hatte den Unbekannten wohl zu ihrer neuen Wohnung geführt. Wenn zum Beispiel ... Ihr wurde in ihrer dicken Jacke kalt. Wenn er wusste, wo sie arbeitete, sie vom Polizeihochhaus zu ihrem Wagen und vom Parkplatz weiter bis vor ihre Tür verfolgt hatte ... Er musste ihr auch gefolgt sein, als sie Felix im Kindergarten abgeholt hatte. Pia rieb sich die Stirn und zuckte zusammen, als ganz in der Nähe ein Käuzchen rief. Ein schauriger Laut. Sie machte sich auf den Rückweg, ging aber nun den Wanderweg oben am Feldrand entlang, der parallel zum Strand verlief.

Das Bild war wichtig. Es war nicht einfach nur ein Galgenbild. Zuerst hatte es sie an dieses Spiel erinnert: »Galgenmännchen«, »Galgenraten« oder auch »Hangman«. Doch die Zeile mit den Unterstrichen für die Buchstaben fehlte. Warum also ausgerechnet ein Galgen?

Eigentlich ahnte sie es längst. Sie hatte es nur nicht wahrhaben wollen. Sie war einmal an ihrem Hals aufgehängt worden, während der Ermittlungen zu ihrem zweiten Fall im K1. Bei der Erinnerung daran setzte die Beklemmung wieder ein. Deshalb vermied sie es weitestgehend, an dieses Erlebnis zu denken. Sie verdrängte es, so gut es eben ging. Doch seit sie die Zeichnung mit dem Galgen gesehen hatte, flüsterte ihr Unterbewusstsein es ihr immer wieder zu: Denk an den Mann, der den Stuhl weggetreten hat! Der dich hängen sehen wollte, auch wenn es ihm nichts gebracht hätte, weil schon alles entschieden war. Einfach so. Eine böse Tat. Doch dieser Mann, Mark Albrecht Lohse, war im Gefängnis, und nach allem, was Pia wusste, sollte das noch einige Jahre lang so bleiben. Pia musste jemanden anrufen. Im Gehen drückte sie auf die Kurzwahl für Broders' Nummer.

»Dieser alte Fall?«, fragte Broders, nachdem Pia ihm etwas atemlos berichtet hatte, was sie dachte. »Meinst du wirklich?«

»Warum denn sonst dieses Galgenbild? Mir fällt keine andere Möglichkeit ein, warum mir gerade damit Angst eingejagt werden soll.«

»Die meisten Menschen würden Angst bekommen. Es ist grausig, eine verdammt hässliche Vorstellung.«

Nicht nur eine hässliche *Vorstellung*, dachte Pia. »Ich glaube einfach nicht, dass das Motiv ein Zufall ist.«

Einen Moment lang war es still in der Leitung. Broders räusperte sich. »Es ist lange her.«

»Kannst du für mich herausfinden, ob die Täter, speziell Mark Albrecht Lohse, noch einsitzen? Und wenn ja, wie lange noch? Ob sie vielleicht schon mal Freigang hatten?«

»Ja. Das kann ich wohl tun. Da du gerade auf Sommerfrische an der Ostsee bist.«

»Ja, frisch ist es hier. Aber nicht sommerlich frisch. Was ist los, Broders?« Seine Zurückhaltung irritierte sie. »Machst du es nun oder nicht?«

»Ich weiß nicht, ob ich der Richtige bin. Es muss dir jetzt vorkommen wie Verrat: Ich habe vor einiger Zeit gehört, dass es tatsächlich mal Drohungen gegen dich und ein paar andere gegeben hat. Allerdings stammten diese Gerüchte aus dem Knast.«

»Wie bitte? Warum weiß ich nichts darüber?«

»Die Anweisung, es nicht weiterzugeben, lief über Rist, kam aber von noch weiter oben.«

»Nicht im Ernst! Und auch jetzt, wo ich bedroht werde, will mir niemand sagen, was los ist?«

»Da wurde wohl noch kein Zusammenhang hergestellt.«

Pia schnaubte. »Klar. Zuerst sagte Rist, er wolle Erkundigungen einziehen. Das hat er wahrscheinlich getan. Und nun behauptet er, ich sei zufällig einem Irren aufgefallen, der mich nun verfolgt.«

»Vielleicht darf er dir nicht mehr sagen.«

»Verdammt, es geht um meine Sicherheit – und um Felix' und vielleicht auch Lars' Sicherheit!«

»Pia, ich weiß, wen du fragen kannst. Er hat bessere Kontakte als ich, auch in die JVA. Doch es wird dir nicht gefallen.«

Pia schwirrte der Kopf. »Von wem zum Teufel sprichst du?«

»Von Marten Unruh, Engelchen.« Manchmal nannte Broders sie so. Diesmal klang es nicht spöttisch wie sonst, sondern beinahe mitfühlend.

«Okay«, sagte sie gedehnt. Ihr Herz fing unpassenderweise an zu klopfen. Vor Wut natürlich. Das Gefühlschaos, das Marten Unruhs letzter Auftritt in ihrem Leben ausgelöst hatte, war ihr noch frisch in Erinnerung, wenn auch nicht in guter. »Da solltest du besser nicht den Boten spielen, Broders. Weißt du, wie ich Marten erreichen kann?«

Es war nur eine Telefonnummer, eine Zahlenfolge. Telefonnummern konnten nicht beißen. Pia ging in ihrem Appartement auf und ab wie ein gefangenes Tier. Sie hielt ihr Mobiltelefon in der Hand, mit der anderen raufte sie sich das Haar.

Ruf einfach an, bring es hinter dich.

Er wird dir nicht den Kopf abreißen.

Oder doch?

Solange sie Marten nicht anrief und ihn fragte, was sie wissen wollte, fand sie sowieso keine Ruhe. Sie musste diese Stalker-Geschichte klären, bevor Felix zurückkam. Bevor sie völlig von der Rolle wäre.

Er meldete sich nur mit »Ja?«, was sie hasste.

»Ich bin's. Pia.«

Stille. Bloß ein leises Atemgeräusch.

»Und mit wem spreche ich?«, setzte sie ungeduldig hinzu.

»Hey, Pia. Marten hier. Broders hat dir die richtige Nummer gegeben.«

Das hatte er erraten, oder? Broders würde ihn kaum vorgewarnt haben. »Da bin ich ja froh. Wie geht es dir?«, sagte sie.

»Oh, machen wir jetzt Konversation? Mir geht es blendend. Und dir?«

»Ich werde beobachtet und bedroht. Also nicht ganz so toll.«

»Ich weiß.«

»Woher denn?«

Er schnaubte leise. »Das kann ich dir nicht sagen. Erzähl mir, was genau passiert ist.«

Der alte Widerstand loderte in ihr auf. Sie sollte Informationen liefern, während er nichts von sich preisgab. Es ist sein Job, sagte sie sich. Er arbeitete als verdeckter Ermittler. Zumindest war das der letzte Stand der Dinge. Und sie wollte etwas von ihm. Also schluckte sie ihren Ärger herunter und schilderte Marten knapp, aber präzise, was sich im Zusammenhang mit dem Stalking zugetragen hatte. Als sie geendet hatte, war es erst einmal wieder still. Sie hörte, dass er sich eine Zigarette angezündet hatte. »Du rauchst immer noch?«

»Nur wenn ich wütend bin«, antwortete er. »Oder besorgt. Oder gelangweilt.«

»Ach, meine Geschichte langweilt dich?«, fragte sie nur halb ernst.

»Nein. Ich mache mir Sorgen.«

»Meinetwegen?«

»Er scheint es auf dich abgesehen zu haben. Immer noch, nach all den Jahren. Das ist andererseits auch kein großes Wunder. Es passiert sicher nicht viel Neues im Knast, mit dem er sich beschäftigen könnte.«

»Du denkst auch, dass Mark Albrecht Lohse dahintersteckt? Die Mordserie ›Engelsgrube‹, wegen der wir damals zusammen ermittelt haben?«

»Eine Zeichnung mit einem Galgen darauf. Da werden ein paar Erinnerungen wach, oder?«

Pia fasste sich automatisch an den Hals. »Hat Lohse nicht lebenslänglich bekommen?«

»Das stimmt. Er sitzt zurzeit in Lübeck in der JVA ein. Er hat auch keinen Freigang. Verschärfte Haftbedingungen. Die beiden anderen – du erinnerst dich? –, Engels und Fischer, die sitzen auch noch eine Weile. Von ihnen habe ich nichts gehört. Aber Lohse, der hat uns, und speziell dir, mehrfach gedroht.«

»Warum wusste ich bis jetzt nichts davon?«

»Rist wurde darüber informiert. Du nicht. Manfred Rist hat da wohl nur ausgeführt, was ihm geraten wurde. Er sollte es dir vorläufig nicht sagen, um dich nicht unnötig zu beunruhigen, da ja noch keine Gefahr bestünde, solange Lohse noch in Haft ist. Das ist vermutlich die offizielle Version.«

»Und die inoffizielle?«

»Die kenne ich nicht.«

»Schöner Mist!«

»Ich werde ein paar Erkundigungen einziehen und ruf dich wieder an, sobald ich etwas weiß. Und, Pia: Bitte nimm die Angelegenheit ernst und verhalte dich entsprechend. Okay?«

14. Kapitel

Es könnte ein so schöner Morgen sein, dachte Evi Goede, als sie in die Küche des Bauernhauses trat. Sie liebte das Haus, die krummen Wände, die abgenutzten Dielen, die alten Möbel. Alles war bequem und vertraut. Sie mochte die Vorhänge vor den Küchenfenstern, das farbenfrohe Muster mit den Teekannen darauf. Sie hatte den Stoff selbst ausgesucht und daraus die Vorhänge genäht. Ihr erster Griff ging wie immer zum Radio, wo ein notorisch fröhlicher Moderator verkündete, dass das Wetter heute erst sonnig und heiter werden würde, später zunehmend grau, aber trocken mit auffrischendem Wind aus Nordost. Zumindest den ersten Teil hätte sie auch »vorhersagen« können. Die Sonne stand tief am blassblauen Himmel, schien durch die Küchenfenster, und man konnte, genauer betrachtet, eigentlich nur sofort die Scheiben putzen oder aber es ignorieren und den Tag draußen verbringen.

Sie legte die Bastsets auf, holte die von Cordula selbst zurechtgesägten Brettchen aus dem Schrank, einen Pilz, ein Kätzchen und einen Igel, dazu verschiedene, schon leicht angestoßene Becher und die Gläser mit dem Honig und der von ihr selbst eingekochten Marmelade. Die Margarine gesellte sich pietätlos in der Plastikverpackung dazu, ebenso Malins Kakaopulver. Evi legte gerade die Messer und Teelöffel dazu, als Cordula in der Tür erschien. Sie hatte die verschlafene, jedoch entzückend aussehende Malin samt ihrem Kuschelbären auf dem Arm. Das Mädchen blinzelte und gähnte. Cordula trug den Morgenmantel aus abgewetztem blauen Frottee, der sich am Kragen bereits auflöste, darunter einen karierten Pyjama.

Die Haare standen ihr zu Berge, und sie hatte dunkle Ringe unter den Augen. Sie sah älter aus als ihre siebenunddreißig Jahre, und Evi ertappte sich dabei, wie sie ihr Spiegelbild im Glas des Vitrinenschranks überprüfte. Sie war schließlich die Jüngere und hoffte, dass man das auch sah. Verdammte Eitelkeit.

»Moin, ihr Lieben!«, sagte sie. »Malin, du bist auch schon auf? Du mauserst dich ja zum Frühaufsteher.«

»Mama!« Das Mädchen streckte die schneeweißen Ärmchen nach ihr aus, und Cordula verzog das Gesicht, als sie sie ihr reichte.

»Hast du sie nicht rufen gehört?« Cordula sah auf das Radio auf der Arbeitsplatte. »Nein? Wie auch. Das Ding plärrt ja viel zu laut.«

Evi schaltete die Musik aus, um nicht vor dem ersten Schluck Tee eine Diskussion mit Cordula zu riskieren. Nicht, wenn sie so schlecht drauf war. Sie war auch deprimiert, und gleichzeitig dünnhäutig wie eine Mimose. Evi steckte ihre Nase in Malins Halsbeuge, um sich zu beruhigen.

»Mama, das titzelt.«

»Ja, die Mama schon wieder! Was möchtest du zum Frühstück haben? Müsli oder Brot?«

Cordula tat so, als machte sie sich am Küchenschrank zu schaffen. Die Pseudoaktivität nervte Evi mehr, als Untätigkeit es getan hätte. Der Haushalt war Evis Revier. Cordula war für die Arbeiten draußen zuständig. So klappte es am besten mit ihnen beiden. Obwohl – in den letzten Tagen klappte es gar nicht.

Malin wollte Müsli, bekam eine Schale und die von Evi hergestellte Mischung mit Kürbiskernen, Kranbeeren und getrockneten Äpfeln, dazu Milch. Sie war ein unkomplizierter Esser, und Evi hoffte, dass das auch noch eine Weile so blieb. Cordula säbelte sich eine dicke Scheibe Brot ab und fühlte mit dem Zeigefinger, wie hart sie schon war. »Den Rest kannst du für die Karnickel trocknen«, sagte sie.

»Soll ich dir neues Brot auftauen?«, fragte Evi.

»Ach was. Für mich reicht's noch.«

»Du musst hier nicht leiden. Wir haben noch genug im Gefrierschrank.«

»Was weißt du denn schon von Leiden?«, fuhr Cordula sie an.

Evi warf Malin einen besorgten Blick zu. Dann sah sie Cordula an. Soll ich gehen?, fragten ihre Augen. Du musst es nur sagen.

Cordula kratzte sich Margarine auf den fingerdicken Brotkanten. Ihre Hand zitterte, und sie blinzelte angestrengt.

»Wir stehen das hier gemeinsam durch«, lenkte Evi ein. »Es wird alles gut.« Sie blickte hinaus in den winterlich grauen Garten, auf Malins Sandkasten, die Schaukel unter dem alten Apfelbaum. Ein Kinderparadies. Sie wollte nicht von hier fort. Wo sollte sie auch hin? Sie hoffte, dass mit der Zeit wirklich alles wieder gut werden würde.

»Es bleibt uns schlicht und einfach nichts anderes übrig.« Cordulas Stimme klang fest. Ihr Blick blieb an Malin hängen, die gewissenhaft ihre Müslischüssel leerte. »So oder so wird sich alles finden.«

Finden? Evi umschloss ihren Teebecher mit beiden Händen.

»Hast du heute was Besonderes vor?«, fragte Cordula, als sie den letzten Bissen Brot mit einem Glas Milch heruntergespült hatte.

Evi zuckte mit den Schultern. »Einer meiner Nachhilfeschüler, der mittwochs seinen festen Tag hatte, kommt nicht mehr. Seine Mutter hat gestern angerufen, um es mir zu sagen.«

»Warst du erfolgreich? Ist er so gut geworden?«

Evi lachte auf. »Nein. Seine Mutter sagt, sein großer Bruder hilft ihm ab jetzt.« Sie zog eine Augenbraue hoch. »Ich denke, es liegt an den Fragen der Polizei.«

»Die Polizei war bei all deinen Schülern?«

»Ich nehme es an.«

»Polizei-*auto*«, sagte Malin begeistert.

»Ja, neulich haben wir ein Polizeiauto gesehen«, bestätigte Evi.

»Hund.«

»Nein, einen Hund hatten die Polizisten nicht dabei.«

»Doch, Hunde!« Ihre Tochter hielt zwei Finger in die Luft. »Mit Punkte.«

Evi wurde heiß.

Cordula stutzte. Dann begriff sie. »Hunde mit Punkten. Wann war *der* denn schon wieder hier?«

»Das ist etwas länger her. Seid ihr fertig?« Evi stand auf. »Komm, Malin, ich helfe dir beim Waschen und Anziehen.«

Pia begann den Tag mit einer Joggingrunde am Strand. Der Weg in die eine Richtung war noch verhältnismäßig einfach zu bewältigen, doch auf dem Rückweg hatte sie Gegenwind, und der Sand schien unter ihren Füßen immer weicher zu werden. Als sie wieder vor dem Hotel angekommen war, musste sie sich auf dem Kinderspielplatz an der Tischtennisplatte festhalten, so sehr keuchte sie. Wo war ihre Kondition geblieben? Ihre Beinmuskeln standen in Flammen, und ihre Lunge pumpte, als stünde sie kurz vor dem Kollaps. Als zwei Jogger Mitte bis Ende vierzig locker plaudernd an ihr vorbeitrabten, streckte sie das rechte Bein nach hinten aus und wippte, als absolvierte sie Dehnübungen, dabei konnte sie sich kaum mehr aufrecht halten.

Mit butterweichen Knien und schweißgebadet ging Pia den

Gartenweg zum Hotel hoch. Sie schaffte es kaum noch, die Treppe hinaufzusteigen. Als sie in ihrem Appartement angekommen war, sank sie vollkommen erledigt bäuchlings aufs Bett. Doch in Gedanken klopfte sie sich stolz auf die Schulter, dass sie sich zum Frühsport aufgerafft und es geschafft hatte. Nach dem Duschen gönnte Pia sich zur Belohnung ein reichhaltiges Frühstück mit frischen Brötchen, Rührei, Lachs und Obstsalat. Während sie im Frühstücksraum am Fenster saß, mit Blick über die Terrasse zur Ostsee hinunter, und sich noch einen Milchkaffee bringen ließ, kam beinahe so etwas wie Urlaubsstimmung bei ihr auf.

Im Hotel war es ruhig. Stine Jensen und eine Frau, die Pia bisher noch nicht gesehen hatte, kümmerten sich um das Frühstücksbuffet. Als Pia vor einer Stunde losgelaufen war, war Robert gerade von seiner Walking-Runde zurückgekommen. Sein Sweatshirt war klatschnass gewesen. Der typische Anfängerfehler, sich beim Training zu warm anzuziehen. Na ja, sie hatte gut reden. Jedenfalls hatte Jensen schwer genervt ausgesehen. Wahrscheinlich sollte er sein Fitnessprogramm oder zumindest seine Einstellung dazu noch einmal überdenken.

Ihre eigene Fitness ließ sowieso zu wünschen übrig, aber die Wut auf Lohse, oder wer auch immer hinter dem Stalking steckte, hatte Pia im lockeren Sand ungeahnte Kräfte verliehen. Sie fürchtete allerdings, dass sie morgen ein ansehnlicher Muskelkater erwartete.

Als sie zurück in ihr Appartement ging, spürte sie beim Treppensteigen erste Anzeichen dafür, dass sie einen Fehler begangen hatte. Der Weg zum Polizeirevier ging leicht bergan, und ihre Knie fühlten sich auch bei gemäßigtem Tempo wackelig an. Sie begegnete dem Postboten auf einem schwer beladenen gelben Postrad und Kindern mit riesigen Schulranzen und Turnbeuteln auf ihrem Weg zur Schule sowie Leuten, die ihren Hund Gassi führten. Die Menschen in Dörnitz grüßten einander, sahen sie teils neugierig, teils gleichgültig an und riefen auch ihr einen Gruß zu.

Sie bog gerade auf die Zufahrt zum Polizeirevier ein, als es hinter ihr frenetisch klingelte. Pia sprang zur Seite, und Klaus Schindler überholte sie mit rotem Kopf und stramm sitzender Uniform. Das Fahrrad war ein Dreirad für Erwachsene. Er winkte ihr zu, kam jedoch einhändig in der Kurve ins Schlingern, sodass das eine Hinterrad kurz in der Luft hing; er fing sich aber im letzten Moment wieder. Pia biss sich auf die Lippe.

»Moin, Klaus. Toller Stunt«, grüßte sie ihn.

»Das Fahrrad gehört meinem Vater«, sagte er, als er abgestiegen war und das Rad vor dem Revier anschloss. »Meins ist mal wieder platt.«

»Wie ärgerlich.«

»Ich war heute Morgen spät dran, deshalb wollte ich nicht zu Fuß kommen. Dann hättest du nämlich eine Weile vor verschlossener Tür gestanden.«

»Nett von dir.« Ihr Blick fiel auf das Schild neben der Eingangstür. Das Polizeirevier von Dörnitz hatte Öffnungszeiten, die draußen angeschlagen waren. Wer nach achtzehn Uhr mit einer Pistole am Kopf und den Füßen in Beton in Schwierigkeiten geriet, musste sich an die Einsatzleitstelle wenden oder bis zum nächsten Morgen warten.

Rist mailte Pia ein Phantombild des Opfers, das nach den Angaben des Zeugen aus der Bahn, den Gerlach befragt hatte, angefertigt worden war. Der Bahnreisende hatte wohl tatsächlich kein gutes Gedächtnis für Gesichter, oder aber er wollte nicht, dass sie die Frau fanden. Auf dem Phantombild ähnelte ihr Gesicht jedenfalls eher einer Schaufensterpuppe, so, wie sie den Betrachter mit kleinem Kussmund und starren Puppenaugen anstarrte. Hoffentlich sah die Gesichtsrekonstruktion anhand des Schädels etwas menschlicher aus. Bis es so weit war, sollte Pia mit diesem Bild in Dörnitz nach Leuten suchen, die die Frau möglicherweise wiedererkannten. Die Unbekannte musste übernachtet, gegessen und sich generell irgendwo aufgehalten haben. Wenn ihre Annahme stimmte, dass es sich bei dem Opfer um dieselbe Frau handelte, die die Bahnhofskamera festgehalten hatte, war sie fünf Tage vor dem Mord in Lensahn eingetroffen. Broders und Wohlert würden später zu Pias Verstärkung nach Dörnitz aufs Revier kommen, bis dahin musste sie sich mit Klaus Schindler arrangieren.

Pia besprach mit Rist, dass sie das Phantombild auch in Dörnitzfelde noch einmal herumzeigen würde.

Ihre Repetierbüchse, eine Jaeger 10 Lady-Timber, kam ihr heute ungewohnt schwer vor. Jessika spürte bei jedem Schritt den Schlag des Jagdgewehrs gegen ihren Rücken. Und sie war noch zu warm angezogen. Doch die Drückjagd würde sich bis in die Abendstunden hinziehen, da war sie lieber vorbereitet.

Als sie eben mit ihrem Wagen den Parkplatz am Grudower Forst erreicht hatten, hatte die blasse Sonnenscheibe bereits die Baumkronen berührt. Mitten im Wald war es kühl und feucht und so andächtig still wie in einer Kirche. Die anderen, die im Auto noch Witzchen gerissen und laut gelacht hatten, waren ebenfalls verstummt, sobald sie den Wald betreten hatten. Selbst die Hunde gaben keinen Laut mehr von sich. Sie schienen der Jagd förmlich entgegenzufiebern. Jessika wünschte sich auch sehnlichst einen Hund. Am liebsten einen Großen Münsterländer. Doch zurzeit war das mit ihrem Beruf in der Bank nicht zu vereinbaren.

Ob sie wohl zum Schuss kommen würde? Und ob die anderen sie dann als eine der Ihren anerkennen würden? Hagen, der das Land, auf dem sie sich bewegten, und auch das Jagdrevier sein Eigen nannte, hatte nur ein paar Auserwählte zu der Wildschweinjagd eingeladen. Einer der Jäger, den sie zuvor noch nie gesehen hatte, interessierte sie. Es war ein schlanker Mann mit roten Haaren und einer Browning auf dem Rücken. Er bewegte sich geschmeidig wie ein junger Kater auf Amseljagd, hatte ein schmales Gesicht, eine große Nase und einen direkten Blick, mit dem er Jessika bei der Begrüßung eingehend in Augenschein genommen hatte. Er trug keinen Ehering. Aber was besagte das heutzutage schon?

Sie seufzte, stolperte über eine Baumwurzel, sodass Hagen, der hinter ihr ging, sie am Ellenbogen packte und wieder hochzog.

»Hoppla. Suchst du was?« Seine Finger umschlossen fest und unnachgiebig ihren Arm.

»Bin nur gestolpert. Ich war in Gedanken.«

»Hier draußen musst du dich konzentrieren, Jessika«, sagte er, das Gesicht dicht vor ihrem. »Die Natur verzeiht keine Fehler.«

Jessika nickte und machte sich von ihm los. Waren sie hier im Dschungel von Borneo oder in der Wüste Gobi oder was? Das würde Hagen wohl gefallen. Aber sie bewegten sich zu neunt durch den Grudower Forst, alle mit mindestens einer Langwaffe und einem Jagdmesser bewaffnet. Hagen, das wusste sie, hatte zusätzlich eine Kurzwaffe bei sich. Gut, ein verletzter Keiler oder eine Bache mit Frischlingen würden eine gewisse Gefahr darstellen, wenn sie einem von ihnen in die Quere kommen würden. Aber sie durfte wohl mal über eine Baumwurzel stolpern.

Auf ihrer ersten Jagd kam Jessika nicht in die Verlegenheit, ihre Schießkünste unter Beweis stellen zu müssen. Der hochgewachsene, ihr noch unbekannte Jäger hatte mehr Glück. Er war einem Pirschpfad parallel zum Waldrand gefolgt, hatte an einem Wechsel Position bezogen und dort nach relativ kurzer Zeit einen Keiler erlegt. Das beeindruckende Tier wog an die einhundert Kilo und war wohl vier bis fünf Jahre alt. Jessika betrachtete es mit einer Mischung aus Trauer, Ehrfurcht und Stolz und wunderte sich, dass das Erlebnis so starke Emotionen in ihr auslöste, obwohl sie doch selbst gar nicht geschossen hatte. Das Jagdhorn wurde geblasen. Dann war der feierliche Moment vorbei.

Hagen Eggerskamp und Bernhard Gessler, die mit einem Toyota Land Cruiser mit einem Wildtransportkorb auf der Anhängerkupplung unterwegs waren, würden den Keiler nachher hier abholen. Zwei der Jäger blieben zurück, um die erlegte Beute zu bewachen. Die restlichen Jagdkameraden machten sich zu Fuß auf den Rückweg. In der Kälte und Feuchtigkeit des Januarabends war die Euphorie inzwischen weitestgehend verflogen. Obwohl sie in Bewegung war, fröstelte Jessika.

Sieben Lichtpunkte, die bizarre Schatten warfen, wanderten vor ihr durch den Wald, untermalt vom Scharren, Rascheln und Knacken der Schritte auf dem unebenen Untergrund. Jessikas neue Stiefel drückten. Eine Blase an der linken Ferse brannte. Sie schonte den Fuß und fiel zurück, bis sie als Letzte in der Reihe ging. Jessika war nach einem Arbeitstag in der Bank und der anschließenden Jagd müde; ihre Beine waren wohl auch die kürzesten. Doch selbst Hagen schien es nicht zu bemerken oder weiter zu kümmern, dass sie mehr und mehr zurückfiel. Sie könnte rufen, die anderen bitten zu warten, doch diese Blöße wollte Jessika sich nicht geben. Außerdem musste sie mal. Beim gemeinsamen Halt und der Zeremonie mit dem erlegten Wildschwein war sie zu aufgeregt gewesen und hatte nicht daran gedacht, sich einen Moment zurückzuziehen. Bis zu den Autos würde sie es definitiv nicht schaffen.

Als sie es nicht mehr aushielt, blieb Jessika stehen und leuchtete seitlich des Weges, um einen guten Platz zu suchen, um ihre Blase zu erleichtern. Einerseits sichtgeschützt, falls sich ausgerechnet im unpassendsten Moment einer der Männer nach ihr umdrehen sollte, andererseits nicht zugewuchert, denn sie wollte mit nacktem Po nicht in irgendwelchen Brombeerranken oder Brennnesseln hängen bleiben. Dieser Teil des Waldes war dicht mit Unterholz bewachsen, doch wenn sie sich ein Stückchen weiter links hielt, hinter dem Baumstumpf, war da eine flache, laubbedeckte Senke.

Beim Verlassen des Weges sah Jessika Tierspuren. Ein Wildwechsel. Wäre blöd, beim Pinkeln von einer Horde Schwarzwild überrannt zu werden. »Lieber im Wald mit einer wilden Sau als zu Haus mit einer bösen Frau«, murmelte sie einen dieser Jägersprüche, die sie so albern fand, und ließ die Hosen herunter. »Sau« reimte sich natürlich nur auf »Frau«.

Ihre Stirnleuchte warf einen langen Lichtfinger in das Unterholz, die Schatten des Baumstumpfs wanderten hin und her. Es raschelte und fiepte im Laub. Es dauerte länger, als Jessika erwartet hatte. Die Schritte ihrer Jagdgenossen waren längst verklungen. Wie viel Flüssigkeit passte nur in so eine Blase? Sie hätte den anderen doch Bescheid sagen sollen.

Als sie sich aufrichtete, wurde der Strahl ihrer Stirnlampe von etwas Glänzendem reflektiert. Sie zog die Hose hoch, richtete ihre Kleidung, dann tat sie zwei, drei unsichere Schritte in die Richtung, aus der die Reflexion gekommen war. Mit einem Mal war da der Gestank nach Verwesung, weit über die normalen Gerüche nach Moder und Fäulnis hinaus. Verendetes Wild, ein Hase oder vielleicht ein Reh … Doch was hatte sie da blinken gesehen? Sie sollte auf den Weg zurückkehren. Sonst holte sie die anderen nie wieder ein.

Aber da war doch etwas. Sie musste nachsehen. Wenn sie es jetzt nicht tat, würde sie diese Stelle im Wald nie wiederfinden.

Wie lange war sie schon fort? Ob die anderen sie noch hören könnten, wenn sie nach ihnen rief?

Der nächste Schritt, die nächste Kopfbewegung, ließ Jessika in der Bewegung erstarren.

Kleidungsstücke, hier mitten im Wald? Nein, nicht nur Kleidung, da war mehr. Da lag jemand, halb verdeckt zwischen dem Baumstumpf und losen Zweigen. Der Lichtkegel beleuchtete einzelne Ausschnitte der Szenerie, und die Bilder brannten sich in Jessikas Gedächtnis, bevor sie richtig realisierte, was sie sah: aufgewühlter Boden. Ein Haufen Klamotten, eine blaue Jacke, ein schmutziges Hosenbein, aus dem etwas herausschaute, das nicht mehr menschlichen Ursprungs zu sein schien. Stumpfes graues Haar. Eine Brille im zerwühlten Laub. Der Keiler! Der verletzte Keiler hatte jemanden angegriffen – und getötet.

Jessika schrie. Ein schauerlich spitzer Laut durchschnitt das Dunkel des Waldes, sodass sie sich die Hand vor den Mund presste. Sie bekam keine Gänsehaut, nein, ihr gesamter Körper schien sich zusammenzuziehen und kribbelte. Hektisch ging Jessika rückwärts, weg von der Leiche, ohne sie jedoch aus den Augen zu lassen, als fürchtete sie, der Tote könnte aufspringen und sie verfolgen. Ihr Fuß verfing sich in einer Wurzel. Sie strauchelte, fiel auf ihren Po, sodass der Lichtschein der Stirnlampe einen Moment in die Baumkronen über ihr strahlte. Das scheuchte einen Vogel auf, der flatternd davonflog. Jessika schluchzte, rappelte sich hoch und rannte in Richtung des Weges, den sie so leichtsinnig verlassen hatte.

15. Kapitel

Pia kaufte sich in einem italienischen Restaurant an der Strand-promenade eine Pizza und nahm sie mit in ihr Appartement. Sie wollte nicht jeden Abend essen gehen. Schließlich war sie nicht im Urlaub, sondern arbeitete und versteckte sich neben-bei vor einem Verrückten, der es auf sie abgesehen hatte. Der nicht einmal davor zurückschreckte, ihren Sohn bis in den Kindergarten zu verfolgen und im Zuge seiner Observation Menschen zu ermorden, oder der zumindest deren Tod durch Feuer billigend in Kauf zu nahm.

Es war die Art Aktion, die sie Mark Albrecht Lohse, der unter anderem ihretwegen für sehr lange Zeit im Gefängnis saß, durchaus zutraute. Doch er konnte sich nicht gleichzeitig in seiner Zelle und auf einem Dachboden in der Adlerstraße aufgehalten haben. Pia hoffte, dass Martens Kontakte aus-reichten, Licht in diese Angelegenheit zu bringen, auch wenn sie es hasste, auf ihn angewiesen zu sein.

Aber stimmte das? Hasste sie es wirklich?

Sie nahm das letzte Sechstel der Pizza Parma e Rucola in die Hand und aß immer weiter, obwohl sie eigentlich schon längst satt war. Der tote Mann, der auf dem Dachboden in der Adler-straße tot aufgefunden worden war, war an einer Rauchver-giftung gestorben. Das hatte sie heute kurz vor Feierabend noch erfahren. Zuvor hatte ihm jedoch jemand einen Schlag auf den Kopf versetzt. Er war danach wohl bewusstlos gewe-sen und hatte sich nicht vor dem Rauch und dem Feuer in Sicherheit bringen können. Die Wahrscheinlichkeit, dass das Opfer, der Mieter aus dem vierten Stock des Hauses, gleichzeitig Pias Stalker gewesen war, der sich auf dem Dachboden häuslich eingerichtet hatte, ging gegen null. Zudem hatte die Kriminaltechnik eindeutig auch Spuren sichergestellt, die von einem Hund stammten, doch der Mieter aus dem vierten Stock hatte keinen Hund gehalten. Nachbarn schilderten ihn als neugierig und ordnungsliebend. Ein Typ, der sich gern mal eingemischt hatte, dessen Aktionsradius jedoch durch eine Augenkrankheit und Schwierigkeiten, weitere Strecken zu Fuß zurückzulegen, eingeschränkt gewesen war. Wenn sich der Stalker und sein Hund auf dem Dachboden aufgehalten hatten, hatten sie sich direkt über der Wohnung des Mannes bewegt. Hatte Erwin Wenck sie gehört und nachgeschaut, was da oben los war? Hatte er sich zum letzten Mal in seinem Leben »eingemischt«?

Pia zuckte zusammen, als es mehrmals an ihrer Tür klopfte. Wer konnte das sein? Ihre Kollegen waren vorhin alle nach Lübeck zurückgefahren, was bei Pia spontan ein Gefühl der Verlassenheit hervorgerufen hatte. War es etwa Klaus Schindler? Sie legte die Sicherungskette vor, bevor sie öffnete.

Vor der Tür stand Stine Jensen. »Oh, Frau Korittki! Gut, dass Sie da sind«, sagte sie ungewohnt aufgebracht.

Pia löste die Kette und ließ die Frau ein.

Stine Jensen enthielt sich eines Kommentars, diese Vorsichtsmaßnahme betreffend. Dann schnupperte sie. »Wonach riecht es denn hier?«

»Das war eine Pizza.«

»Oh. Nun gut.«

»Ich bin mir noch nicht sicher, ob das gut war.«

Stine Jensen lächelte schwach. Dann wurde ihr Gesicht wieder ernst. »Sie glauben mir bestimmt nicht, wenn ich Ihnen sage, was passiert ist.«

»Ich denke doch.«

»Meine Tochter, Sie kennen Jessika, oder? Sie hat mich eben

angerufen. Wir werden anscheinend vom Pech verfolgt. Stellen Sie sich vor: Nun hat *sie* eine Leiche gefunden!«

Schon wieder ein Todesfall? Wenn Stine Jensen hier von »Pech«, sprach, fielen Pia als Leidtragende allerdings nicht als Erstes die Jensens ein. Wen hatte es diesmal getroffen? »Was ist passiert?«, fragte sie. »Wo ist Ihre Tochter überhaupt?«

»Im Wald. Ach, es ist schrecklich! Es war doch ihre erste Jagd! Sie hatte sich so darauf gefreut. Und dann stolpert sie im Grudower Forst mutterseelenallein über eine Leiche.«

»Ist denn niemand bei ihr?«

»Doch, jetzt schon. Die Jäger sind heute Abend im Grudower Forst auf Schwarzwildjagd gegangen. Auch, um Jessikas bestandene Prüfung zu würdigen. Hagen Eggerskamp und die anderen sind auch alle dort.«

»Hat schon jemand offiziell die Polizei verständigt?«

»Ja, den Klaus Schindler haben sie als Erstes benachrichtigt, und der hat es auch bereits weitergegeben. Aber *Sie* müssen hinfahren, Frau Korittki. Jessi hat nach Ihnen gefragt. Sie kennt Sie!«

»Geben Sie mir drei Minuten. Ich komme dann runter. Und ich brauche eine richtige Adresse, Koordinaten für das GPS, irgendwas, damit ich die Stelle im Wald finden kann.«

»Klaus Schindler holt Sie ab. Es ist schon alles arrangiert.«

Pia sah das Dreirad vor sich, musste lächeln und schüttelte den Gedanken schnell ab. »Großartig, ich komme sofort.«

Stine Jensen verschwand nach unten. Sie hatte die Rettungsmission für ihre Tochter erfolgreich in die Wege geleitet. Warum war es so wichtig, dass sie, Pia, sofort dorthin fuhr? Nur weil Jessika sie kannte?

Klaus Schindler standen Schweißperlen auf der Nase, als er mit Pia zusammen im Streifenwagen zum Grudower Forst fuhr.

Die Autoheizung lief auf Hochtouren. »Du bist wohl beim Essen gestört worden?«, fragte er, als sie die dunkle Landstraße entlangfuhren.

»Wie kommst du darauf?«

»Du riechst ein bisschen nach Pizza«, sagte er. »Ich bekomme gerade Appetit. Ich hoffe nur, dass du aufessen konntest. Als Polizist ist man ja quasi rund um die Uhr im Einsatz. Nie kann man wirklich abschalten. Ich kenne das schon mein Leben lang. Mein Vater war auch Polizist. Immer wieder musste er nachts oder während der Mahlzeiten raus, sogar im Urlaub.«

»Wenn dich das als Kind gestört hat, warum bist du dann auch zur Polizei gegangen?«

»Oh, ich habe Vati immer bewundert. Ich wollte es ihm gleichtun. Da hatte ich eigentlich gar keine andere Wahl.«

»Man kann doch etwas bewundern, aber sich trotzdem auf einem anderen Gebiet beweisen.«

»Das hätte ihn enttäuscht.«

»Es ist schließlich dein Leben.« Pia biss sich auf die Lippe. Es ging sie nichts an. Warum musste sie sich einmischen?

»Nun ja. Ich hatte das Gefühl, es ihm irgendwie schuldig zu sein. Er ist ein schwieriger Mensch. Wenn ich nur ...«

»Ich glaube, da vorn müssen wir abbiegen«, sagte Pia. Sie fuhren nun langsamer, denn die schmale Straße wand sich ohne weiße Begrenzungsstreifen oder Leitpfosten am Waldrand entlang. Links tauchte ein Parkplatz für Wanderer auf, auf dem sich mehrere, teilweise beleuchtete Fahrzeuge befanden. Es war der angegebene Treffpunkt. Die Jäger, die in Grüppchen zwischen den Autos zusammenstanden, sahen sie an, als Schindler den Streifenwagen auf den Parkplatz lenkte. Die ernsten, beinahe feindselig aussehenden Gesichter wurden kurz vom Schein der Autoscheinwerfer erhellt.

Beim Aussteigen spürte Pia wieder den Muskelkater, den ihr

der unbedachte Strandlauf eingebracht hatte. So elegant wie möglich und ohne Schmerzensschreie auszustoßen, hievte sie sich aus dem Wagen. Hagen Eggerskamp sollte Schindler und sie zum Fundort der Leiche führen. Bevor sie aufbrachen, ging Pia zu Jessika hinüber, die im geöffneten Kofferraum eines Kombis saß. Sie hatte eine olivfarbene Decke um die Schultern geschlungen und hielt einen Thermobecher aus Edelstahl mit einer heißen Flüssigkeit darin in beiden Händen.

»Ihre Mutter hat mir Bescheid gesagt, was passiert ist, und mich gebeten, gleich herzukommen. Kann ich irgendwas für Sie tun?«, fragte Pia sie.

Jessika Jensen sah von dem Becher auf. Ihr Gesicht war blass und mit Dreck verschmiert. »Oh, danke! Nein, es geht mir so weit gut. Es war nur der Schock, verstehen Sie?«

»Natürlich. Soll ich einen Arzt verständigen?«

»Nein, bloß nicht. Ich nehme nichts, kein Beruhigungsmittel oder so. Es geht wirklich.«

»Also gut. Bleiben Sie bitte hier bei den anderen. Es wird gleich voll werden. Das K1 in Lübeck und die Spurensicherung sind bereits verständigt worden. Jemand wird Ihre Aussage aufnehmen, so weit Sie sich schon in der Lage dazu fühlen.«

»Können Sie nicht ...«

»Ich werde zuerst mit Schindler den Fundort sichern und dort auf die Kollegen warten. Das kann dauern.«

Jessika blies auf die Flüssigkeit im Becher. Nach Alkohol riechender Dampf stieg auf. »Schon okay, Frau Korittki. Ich warte hier. Zu dem Platz im Wald gehe ich nicht noch einmal zurück. Es ist grässlich.«

Pia legte ihr beruhigend die Hand auf die Schulter. »Das glaube ich unbesehen, Frau Jensen. Aber Sie werden darüber hinwegkommen.« Im Großen und Ganzen jedenfalls, dachte Pia. Doch ein bisschen was von so einem Erlebnis, ein Bild oder ein Geruch, blieb immer haften. Sie drehte sich zu

Hagen Eggerskamp und Klaus Schindler um, die ihre Taschen-
lampen testeten.

Schweigend gingen sie hintereinander her, zwischen den eng
zusammenstehenden Baumstämmen hindurch, immer tiefer in
den Wald hinein. Das Licht ihrer Lampen und ihre Blicke
waren zu Boden gerichtet. Wie Mönche im Kreuzgang auf dem
Weg zum Gebet, dachte Pia. Der Wind hatte aufgefrischt und
heulte in den Baumkronen. Als sie den Weg verließen, schloss
Pia zu Hagen Eggerskamp auf. »Führen Sie uns nicht ganz bis
an den Toten heran«, forderte sie ihn auf. »Wir müssen großräumig absperren. Mal sehen, was trotz der Aufregung noch an
Spuren zu retten ist.«

Er nickte. Nachdem sie ein paar Meter querfeldein gegangen
waren, blieb er stehen. Eggerskamp deutete in Richtung eines
entwurzelten Baumstumpfes. »Da vorne liegt er. Ich meine,
was noch von ihm übrig ist.«

»Es ist ein Mann?«

Eggerskamp zuckte mit den Schultern. »Ich will mich nicht
festlegen. Das war nur mein erster Eindruck.«

Sie sperrten den Bereich um die Leiche großräumig mit dem
Absperrband ab, das Schindler mitgebracht hatte. Dabei konnte
Pia sehen, was Jessika gefunden hatte. Dort lag ein Mensch,
bekleidet mit Hose und Jacke, in einem Zustand der Verwesung,
der demnächst übergangslos in die Skelettierung übergehen
würde. Bei einem toten Körper, der offen im Wald lag, ging das
etwa achtmal schneller als bei einem, der im Erdreich begraben
war. Die Tiere des Waldes hatten ihr Übriges getan, dass nicht
mehr viel von dem Leichnam zu erkennen war.

Wahrscheinlich war es ein Mann, aber eher der Kleidung
und den Schuhen nach zu urteilen, die verstreut lagen, als dass
Pia es an Gesicht oder Körperbau festmachen konnte. Jessika

war überhaupt erst auf die Leiche aufmerksam geworden, weil Brillengläser im Laub das Licht ihrer Stirnlampe reflektiert hatten. Das hatte Eggerskamp Pia jedenfalls berichtet. Von den Jägern war angeblich niemand wirklich nahe an den Leichnam herangegangen. Vielleicht fanden sie ja noch Ausweispapiere bei dem Toten? Es waren schon Leichen in diesem Zustand an der Gesundheitskarte ihrer Krankenkasse identifiziert worden, die weder verrottete noch Tieren als geeignetes Futter erschien. Gesundheitskarte – was für eine Ironie.

Es wurde eine lange und kalte Nacht, in deren Verlauf auch die Spurensicherung, die Rechtsmedizinerin und sogar der zuständige Staatsanwalt anrückten. Ein paar der Jäger blieben ebenfalls länger und gaben eine erste Aussage zu Protokoll. Als sich der Parkplatz nach und nach wieder leerte, ging der Mond voll und rund am nur leicht bewölkten Nachthimmel auf. Schindler war noch beschäftigt, und Pia stand einen Moment etwas abseits der Gruppe und sah über das Feld, das am Waldrand lag. Der Parkplatz und der Forst befanden sich auf einer Anhöhe, sodass Pia sogar das Meer schimmern sehen konnte. Sie hörte Schritte hinter sich. Hagen Eggerskamp stellte sich neben sie. Er sprach nicht, und sie schwieg ebenfalls, neugierig, was er wohl tun oder sagen würde.

»Deshalb lebe ich so gern hier«, bemerkte er schließlich. »Das Licht im Norden. Die Weite. Wie auf einem Gemälde von Caspar David Friedrich.«

War das jetzt seine Verführungsmasche, Kunstwerke der Romantik zu erwähnen? »An welches Gemälde denken Sie dabei?«, fragte Pia. Sie war ein wenig an Kunst interessiert und malte selbst, jedoch nur, um sich zu entspannen oder Erlebnisse zu verarbeiten. Hagens Bemerkung erinnerte sie daran, wie lange sie schon nicht mehr dazu gekommen war.

»Es heißt *Mondnacht, Schiffe auf der Reede*«, sagte Eggerskamp. »Das Bild hängt in Lübeck im Museum. Ich stand schon oft davor.«

Zumindest nannte er nicht *Der Wanderer über dem Nebelmeer.* Sie nickte. »Ihr Lieblingsbild?«

»Nein, nicht unbedingt. Im Behnhaus sind viele beeindruckende Gemälde zu sehen. Auch ein tolles Frauenporträt im Obergeschoss.«

»Ah ja.« Pias leiser Spott glitt an ihm ab.

Er trat einen Schritt näher. »Waren Sie schon einmal da?«

»Im Museum Behnhaus Drägerhaus?«, fragte sie. »Schon öfter.«

Er seufzte. »Was für ein Abend! Jessika tut mir leid. Sie hat sich ihre erste richtige Jagd bestimmt anders vorgestellt. Und ich muss das Wildschwein noch wegschaffen.«

»Das Wildschwein hat sich den Abend bestimmt auch anders vorgestellt«, sagte Pia leichthin. Sie drehte sich um und ging wieder zu dem Rest der Gruppe. Man stellte ihr eine Einladung zum gemeinsamen Wildschweinbratenessen in Aussicht. Sie warf noch einen Blick auf das erlegte Tier im Transportkorb des Land Cruisers. Wo im Grudower Forst mochte es in letzter Zeit überall vorbeigekommen sein? Das waren doch Allesfresser, oder? Sie hatte zu viel Fantasie. Also beschloss Pia, zu gegebener Zeit bedauernd abzulehnen.

Die Einsatzbesprechung am nächsten Tag fand außerplanmäßig wieder in Dörnitz statt. Klaus Schindler hätte sich wohl nicht träumen lassen, dass sein eher bescheidenes Polizeirevier noch einmal so ein Aufgebot an Kriminalisten beherbergen sollte.

Der zweite Leichenfund in der Umgebung hatte Rists Pläne,

wie die weiteren Ermittlungsarbeiten des K1 verlaufen sollten, bestimmt komplett über den Haufen geworfen. Er hatte seine Leute schon wieder in Richtung Lübeck positioniert und dabei die Gunst der Stunde genutzt, um Pia in Dörnitz zu parken, damit sie mit Schindler vor Ort die Stellung hielt. Nun waren sie alle wieder hier.

Bei dem zweiten Leichenfund stand jedoch noch nicht einmal fest, ob sie es mit einer natürlichen oder nicht natürlichen Todesursache zu tun hatten. Immerhin konnte der Mann auch beim Pilzesammeln einen Herzanfall erlitten haben. Oder es war ein Unfall gewesen, obwohl das Missgeschick, das ihrem Opfer in diesem Fall passiert sein sollte, Pias Vorstellungskraft schon etwas beanspruchte. Ebenso gut war es möglich, dass ihn ebenfalls jemand ermordet hatte. Bis auf die räumliche und zeitliche Nähe der beiden Todesfälle gab es nämlich noch einen weiteren Zusammenhang: Die Toten wurden anscheinend von niemandem vermisst.

Die Hoffnung, in der Nähe der Leiche Ausweispapiere zu finden, die die Identifizierung erleichterten, hatte sich nicht erfüllt. Also begannen die Befragungen vor Ort, die dieses Mal sogar noch auf ein paar Häuser und Höfe in der Umgebung des Forstes ausgeweitet werden mussten, von Neuem. Rist würde am Nachmittag zusammen mit Schindler der Obduktion beiwohnen. Der hatte nämlich unvorsichtigerweise bemerkt, dass er das Ergebnis der rechtsmedizinischen Untersuchung gar nicht erwarten könne. Vielleicht wollte Rist diesmal auch nur einer verspäteten Reaktion, wie der bei der Halskette, zuvorkommen und Schindler lieber gleich voll mit einbeziehen. Klaus Schindler hatte sein Leben lang in Dörnitz gelebt. Er war seit zwölf Jahren der Polizist vor Ort, davor war es viele Jahre lang sein Vater gewesen. Wenn einer die Leute hier kannte, dann doch wohl er.

Als sich die Besprechung auflöste und jeder seinen zugeteilten Aufgaben nachging, wartete Pia ab, bis Rist und sie allein in dem leeren Büro waren, das sie als Besprechungsraum nutzten. »Juliane und Conrad waren heute nicht mit dabei. Ermitteln die beiden im Fall des Brandopfers in der Adlerstraße weiter?«, fragte sie.

»So ist es. Wir müssen unsere Kräfte aufteilen. Mit der dritten Todesermittlung innerhalb dieser kurzen Zeitspanne stoßen wir langsam an unsere Grenzen.«

»Hältst du mich auf dem Laufenden, wenn es da etwas Neues gibt? Es ist zwar sehr nett hier an der Ostsee, aber ich will nicht ewig in einem Hotel festsitzen.«

»Klar.« Er sah ihr nicht in die Augen, sondern sammelte seine Unterlagen zusammen.

»Ich habe ein paar Erkundigungen eingezogen, wer derjenige sein könnte, der mich beobachtet und bedroht«, sagte Pia.

»Das ist gut. Meistens steckt ja doch etwas Privates dahinter.« Rist sah auf seine Armbanduhr. »Können wir das ein andermal besprechen, Pia? Ich muss um dreizehn Uhr in Lübeck sein. Ein Treffen mit dem zuständigen Staatsanwalt.«

»Sicher.« Er hatte noch mehr als anderthalb Stunden Zeit. Rist packte weiter seine Sachen zusammen.

»Eines nur: Hast du je gehört, dass ein Mark Albrecht Lohse, an dessen Festnahme und Verurteilung ich vor einigen Jahren beteiligt war, im Gefängnis Drohungen gegen mich ausgesprochen hat?«

»Der Fall war doch vor meiner Zeit in Lübeck, oder?«

»Ja, es war eine meiner ersten großen Ermittlungen im K1. Der Fall ist damals durch sämtliche Zeitungen gegangen. Es war schwer, es nicht mitzubekommen, so spektakulär, wie das ablief. Mehrere Morde, einer davon auf dem Altstadtfest vor dem Kanzleigebäude. Eine PR-Beraterin wurde erstochen.

Dann noch ein bekannter Gastwirt aus der Altstadt, der ermordet wurde, und weitere Opfer.«

»Ja, ich erinnere mich. Es ging von der Engelsgrube aus.«

»So in etwa. Es waren drei Täter. Sie haben versucht, mich zu erhängen. Einer von ihnen hat noch den Stuhl unter meinen Füßen weggetreten, als schon ein Sondereinsatzkommando das Haus gestürmt hat. Sein Name ist Mark Albrecht Lohse.«

»Ich verstehe ja, dass das für dich traumatisierend war, Pia. Aber du solltest dich nicht verrückt machen und bei jeder Kleinigkeit Gespenster sehen.«

Pia ballte die Hände zu Fäusten. »Ich bin nicht traumatisiert. Ich bin nur realistisch.«

»Wegen ein paar Drohungen aus dem Gefängnis? So etwas passiert doch laufend. Die Täter sind unglaublich sauer, dass sie geschnappt wurden und – große Überraschung – ins Gefängnis müssen. Und wem geben sie die Schuld daran? Den Leuten, die sie zu dem Verbrechen angestiftet haben, oder womöglich sich selbst? Nein, uns, der Polizei!«

»Wusstest du von diesen Drohungen gegen mich oder nicht?«

Er studierte ein altes Fahndungsplakat, das an der Wand hing, und atmete schwer aus. »Kann schon sein, dass da mal etwas war. Wie hieß der Täter noch gleich? Lohnde, Lohne?«

Pia wiederholte den Namen äußerlich ruhig.

»Ja, ich erinnere mich.«

»Wann war das?«

»Vor ein paar Wochen, davor auch vor zwei oder drei Monaten schon einmal.«

»Warum hast du es mir nicht gesagt?«

»Was hätte das genützt? Es sind leere Drohungen. Der Kerl sitzt im Knast. Ich wollte dich nicht unnötig beunruhigen.

Und diesen Stalker würde ich an deiner Stelle lieber in deinem privaten Umfeld suchen.«

»Rist, das ist kein frustrierter Verehrer, der so handelt. Das ist ein skrupelloser Mörder.«

»Das steht noch nicht fest. Überreagieren wäre jetzt genau die falsche Reaktion.«

Und weg war er.

16. Kapitel

Pia fuhr mit Broders nach Dörnitzfelde, um Dagmar Eggerskamp und weitere Nachbarn in dem Dorf zu dem Leichenfund im Grudower Forst zu befragen. Hagen Eggerskamp war schon am Vorabend als wichtiger Zeuge zur Sache vernommen worden. Die Jagd hatte auf seinem Land stattgefunden, er hatte sie im Grudower Forst geplant. Jessika Jensen, die den Toten gefunden hatte, war auf seine Initiative hin das erste Mal als Jägerin dabei gewesen. Er war indirekt an dem Leichenfund beteiligt, auch wenn er den »Abstecher« der jungen Frau ins Gebüsch abseits des Weges kaum so geplant haben konnte. Außerdem war die Tochter der Eggerskamps – Alma mit Vornamen und sehr selbstbewusst –, wie Pia sich erinnerte, eine Nachhilfeschülerin von Evi Goede, die wiederum eine Kette besessen hatte, die der der ersten Toten auffallend ähnlich sah.

»Schrecklich. Schon wieder eine Leiche!«, sagte Dagmar Eggerskamp, nachdem sie Pia und Broders ins Haus gebeten hatte. Ihre Haltung war angespannt. Auf dem Weg den Polizisten voraus in die Küche drehte sie sich dreimal zu ihnen um. »Eigentlich hatte ich ja bei der Jagd dabei sein wollen. Aber ich war auf einem Elternabend in der Schule. Da haben wir stattdessen darüber diskutiert, ob die Kinder ihr Handy mit auf Klassenfahrt nehmen dürfen und wie viel Taschengeld für fünf Tage angemessen ist. Hochemotional, diese Themen. Unglaublich, wie lange man darüber debattieren kann.«

»Da steht mir ja noch was bevor. Bisher diskutieren wir nur, ob ein Müsliriegel zum Frühstück unter das Süßigkeitenverbot fällt oder ob bissige Kinder vorübergehend ausgeschlossen werden können.«

»Kindergartenalter, hab ich recht?«

Sie lächelten sich in kurzem Einvernehmen über die kuriosen Begleiterscheinungen der Elternschaft zu. Broders rollte im Hintergrund mit den Augen. Ich mach das, weil es helfen könnte, bedeutete Pia ihm mit einer Grimasse, als Dagmar Eggerskamp einen Moment nicht zu ihnen hinsah.

»Kaffee, Tee? Wasser?«

»Nein, danke, wir haben nur ein paar Fragen zu dem Toten im Wald von gestern Abend. Wollen wir uns nicht setzen?«, bat Pia.

»Oh, bitte.« Dagmar Eggerskamp fegte ein paar Krümel vom Tisch, nahm ebenfalls Platz und sah ihre Besucher mit erwartungsvoll schief gelegtem Kopf an.

»Wir wissen noch nicht viel über den Toten«, sagte Pia. »Der Zustand der Leiche ist zu schlecht. Der Mann ist etwa eins fünfundsiebzig groß, hat silbergraue lockige Haare, eine Brille. Hier, schauen Sie mal.« Sie reichte ihr ein Foto der Brille.

»Oje.« Dagmar Eggerskamp zog die Stirn in Falten. »Das ist nicht viel, um jemanden wiederzuerkennen. Da muss ich leider passen.«

»Nach der rechtsmedizinischen Untersuchung wissen wir wahrscheinlich mehr. Trotzdem fragen wir jetzt herum, ob nicht jemand eine Idee hat, wer der Tote ist. Der Fundort liegt ja nicht weit von diesem Dorf entfernt. Wird in der Gegend ein Mann vermisst, vielleicht auch schon etwas länger?«

»Nein, nicht, dass ich wüsste. Glauben Sie mir, Hagen und ich haben uns schon gestern Nacht den Kopf darüber zerbrochen. Obwohl ...«

»Ja?«, fragte Pia aufmunternd.

»Es kommen manchmal fremde Leute hierher, auch außerhalb der Touristensaison. Ab und zu wundert man sich schon, was so los ist. Das liegt zum Teil auch an dem neuen Besitzer des Forsthauses. Vielleicht kennen Sie ihn ja bereits? Helge Osterloh.«

Pia hob fragend die Augenbrauen.

»Er hat das alte Forsthaus gekauft. Es war in einem sehr schlechten Zustand und stand lange leer. Die Renovierung muss Osterloh einiges gekostet haben. Aber er hat wohl genau das gesucht: ein einsam gelegenes Haus mitten im Wald. Ein allein lebender Mann. Er ist angeblich Privatier, muss nicht mehr arbeiten. Doch er lädt öfter mal Leute aus der Stadt ein, denen er die heimische Natur nahebringen will.« Ihr belustigter Gesichtsausdruck zeigte, wie viel sie davon hielt. »Diese Leute sieht man dann hin und wieder.«

»Kennen Sie Osterloh gut? Hat er im Dorf Anschluss gefunden?«, fragte Pia, obwohl Dagmar Eggerskamps Tonfall nahelegte, dass das nicht der Fall war.

»Er mischt sich nicht oft unters ›gemeine Volk‹«, sagte sie spöttisch.

»Weshalb?«

»Ich vermute, er hat ein Problem damit, dass die meisten Leute hier Jäger sind und das damit verbundene Brauchtum pflegen. Er ist irgendwie gegen die Jagd.«

»Haben Sie ihn in letzter Zeit gesehen?«

»Ich glaube nicht.« Und mit einem leicht süffisanten Lächeln ergänzte sie: »Sie könnten da vielleicht die Evi Goede mal fragen.«

»Wo finden wir Herrn Osterloh?«, wollte Broders wissen.

Dagmar Eggerskamp beschrieb ihnen den Weg zum Forsthaus.

»Wir schauen auf jeden Fall nach, ob bei Herrn Osterloh alles in Ordnung ist«, sagte Pia.

»Oh, er selbst ist bestimmt putzmunter. Ich dachte bei dem Toten eher an einen seiner Besucher.«

»Nach denen werden wir uns auch erkundigen. Wenn Ihnen in der Zwischenzeit etwas einfällt, Frau Eggerskamp ...« Broders zog auf dem Weg zur Tür eine Visitenkarte hervor.

»Wir haben noch eine Karte von Ihrer Kollegin«, erwiderte Dagmar Eggerskamp. »Einen angenehmen Tag noch.«

»Zu wem gehen wir als Nächstes?«, fragte Broders, als sie wieder auf der Dorfstraße standen. Ein Trecker mit Anhänger donnerte vorbei und riss ihm die Worte von den Lippen.

»Ich möchte mit dieser Tatjana Hoge sprechen, die den Fremden am Kindergarten gesehen hat«, antwortete Pia. »Die wohnt doch hier schräg gegenüber. Danach hast du einen Wunsch frei.«

Das Haus der Hoges war eine romantisch aussehende Kate, der man die aufwendigen Renovierungsarbeiten, mit denen sie an die Wohnbedürfnisse des einundzwanzigsten Jahrhunderts angepasst worden war, erst auf den zweiten Blick ansah. Neue Holzsprossenfenster, nicht ganz authentisch in dunklem Grau gestrichen, und ein neues Reetdach zeigten aber, dass hier jemand viel Geld in die Hand genommen hatte. Nach hinten hinaus war das alte Gebäude um einen Glasanbau erweitert worden. In der Auffahrt vor der im alten Stil dazugebauten Garage parkte ein roter Audi, der Pia optimistisch stimmte, jemanden zu Hause anzutreffen.

Tatjana, Werner und Paul Hoge, stand auf dem Klingelschild aus Keramik.

»Mit Paul Hoge haben wir ja schon gesprochen«, sagte Pia leise zu Broders. »Auch ein Nachhilfeschüler von Evi Goede.« Sie klingelte.

»Er hat ihre Kette natürlich nicht angerührt«, ergänzte Broders.

Ein Mann Anfang fünfzig öffnete ihnen mit einem freundlichen Grinsen die Tür, das allerdings etwas abkühlte, als er sich Pia und Broders gegenübersah. Das nachtblaue Hemd war ihm aus der Hose gerutscht, und er stopfte es eilig in den Bund seiner Jeans. »Oh, hallo. Kann ich Ihnen helfen?«

Broders stellte Pia und sich vor. »Kriminalpolizei. Dürfen wir hereinkommen?«

»Ach so. Geht es um den Toten im Wald? Oder die Leiche am Strand? Ach, egal. Echt übel, was hier los ist. Kommen Sie einfach rein.«

Er führte sie durch ein längliches Wohnzimmer mit weiß lackierten Deckenbalken und niedrigen Fenstern, die unter dem weiten Überstand des Reetdachs nur wenig Licht in den Raum ließen. An die hintere Hälfte des Zimmers schloss sich mittels eines breiten Durchbruchs ein Esszimmer unter Glas an. An einem weißen Marmortisch saß eine Frau mit langen schwarzen Haaren, die sie lässig zurückwarf, als sie Pia und Broders begrüßte. Auf der Tischplatte standen die Reste eines opulenten Frühstücks sowie ein Sektkühler aus Edelstahl mit einer Flasche Champagner darin.

»Wie schade!«, sagte Tatjana Hoge. »Ich würde Ihnen ja ein Gläschen anbieten, aber der Champagner ist gerade alle geworden.«

»Gibt es etwas zu feiern?«

»Unseren fünfzehnten Hochzeitstag«, antwortete Werner Hoge.

»Herzlichen Glückwunsch! Ich hoffe, wir dürfen Ihnen trotzdem ein paar Fragen stellen. Es dauert auch nicht lange«, sagte Pia.

Sie wurden großzügig eingeladen, bei ihnen am Tisch Platz zu nehmen. Tatjana Hoge gab den Ton an. Werner Hoge, dessen schmal geschnittenes Hemd einen Knopf zu weit offen stand, hielt sich zurück.

»Unglaublich, wie die Zeit vergeht«, sagte Tatjana Hoge. »Eben noch flirtet man an der italienischen Riviera, und kurz darauf hat man ein Teenagerkind und ist fünfzehn Jahre lang verheiratet.«

»Wohnen Sie auch schon so lange hier?«

»Nein, wir waren vorher in Lübeck. Ich habe dort eine Zahnarztpraxis, Werner macht in Sportbekleidung. Er war früher selbst im Radrennsport aktiv. Dieses Haus haben wir vor ungefähr dreizehn Jahren entdeckt und uns sogleich in es verliebt. Damals war es allerdings noch eine ziemliche Bruchbude. Wir haben die Entscheidung, hier aufs Land zu ziehen, jedenfalls niemals bereut.«

Pia glaubte solch ausdrücklichen und uneingeschränkten Beteuerungen nur schwerlich. »Sind Sie auch Jäger?«

»Mit Begeisterung. Ich schon immer, das lag bei uns in der Familie, und Werner habe ich auch bekehrt.«

»Waren Sie gestern im Grudower Forst dabei?«, fragte Pia, die die Hoges dort nicht gesehen hatte.

»Nein. Werner hatte mich zum Essen eingeladen.«

»Aber Sie wissen schon, dass Jessika Jensen am vergangenen Abend im Grudower Forst einen Toten gefunden hat?«

»Ja, das wissen wir. Die arme Kleine, ausgerechnet sie!«, sagte Werner und fing sich einen spöttischen Blick von seiner Frau ein.

»Wissen Sie schon, wer der Tote ist?«, erkundigte sich Tatjana Hoge. Ihre Augen funkelten mit dem Glitzerstrass auf ihrem Shirt um die Wette.

»Das versuchen wir gerade herauszufinden.« Pia zeigte ihr das Foto der Brille. »Erkennen Sie die vielleicht?«

Tatjana Hoge betrachtete die Aufnahme mit einer tiefen Kerbe zwischen den Augenbrauen. Es sah so aus, als bräuchte sie selbst eine Brille. Sie war Ende vierzig, Anfang fünfzig, ein Alter, in dem die meisten Leute sich in ihr Schicksal, eine Lesebrille zu tragen, gefügt hatten. Sie reichte den Ausdruck ihrem Mann weiter. »Bei mir läutet da nichts. Es ist bestimmt niemand, den wir kennen.«

»Kennen Sie alle Leute hier in Dörnitzfelde?«

Sie schnaubte. »Was denken Sie? In- und auswendig.«

»Haben Sie Helge Osterloh in letzter Zeit mal gesehen?«

»Wir nicht, aber Hagen, Hagen Eggerskamp von nebenan, hat ihn neulich wohl getroffen. Da hat sich Osterloh mal wieder als Oberlehrer aufgespielt, wie es so seine Art ist.«

»Er scheint nicht so viele Freunde im Dorf zu haben?«, hakte Pia nach.

»Er gehört nicht zu unserer Clique. Wir sind sehr gut mit den Eggerskamps und ein paar anderen aus der Jagdgemeinschaft befreundet. Wir treffen uns regelmäßig, auch zum Klönen und zum Feiern.«

Pia fand die Freundschaft zwischen Tatjana Hoge und Dagmar Eggerskamp ungewöhnlich. Frau Eggerskamp machte ganz auf gediegene ländliche Eleganz, Tatjana Hoge dagegen trug ein schrilles Shirt mit Aufdruck und Glitzer, dazu eine Leggings mit Tigermuster.

»Wir haben diesen Osterloh anfangs mehrfach eingeladen«, sagte Werner Hoge. »Wir haben es wirklich versucht. Aber er ist nur einmal gekommen und schien sich nicht sehr wohl bei uns zu fühlen.«

»Dass er hier außen vor ist, liegt ausschließlich an ihm selbst«, behauptete Tatjana Hoge. »Osterloh hetzt immer alle gegen die Jagd auf. Anscheinend zieht er die Gesellschaft der Goede-Schwestern vor. Die sind auch Außenseiter. Aber wie man sich bettet, so liegt man.«

»Woher wissen Sie das mit den Goedes?«

Tatjana lachte auf, ein heiseres, gehässig klingendes Geräusch. »Ich habe mal gehört, wie jemand eine dumme Bemerkung über Evi gemacht hat. Darüber, dass sie schwanger war, als sie hierher zurückgekommen ist, und niemand weiß, wer der Vater der kleinen Malin ist. Nicht, dass mich das stören würde. Aber als Osterloh das mitbekommen hat, ist er auf denjenigen losgegangen. Dabei weiß er ja gar nicht, wie die Vorgeschichte aussieht und wie Evi Goede früher mal war. Doch er will etwas von ihr, das sieht jeder.«

»Auf wen ist er denn da losgegangen?«

»Ach«, sie grinste, »auf Klaus Schindler, unseren guten alten Dorf-Sheriff. Der wusste gar nicht, wie ihm geschah. Es heißt, Evi habe den Klaus damals auch abblitzen lassen.«

»Auch?«

»Es hatten wohl viele ihr Glück bei ihr versucht.« Sie hob ihr Champagnerglas und hielt es gegen das Licht.

Pia sah Werner Hoge fragend an. Der lächelte entschuldigend. »Meine Frau ist mal wieder viel besser über alles informiert als ich.«

»Wenn Sie mich fragen: Osterloh hat nicht den Hauch einer Chance, bei Evi zu landen, solange Cordula Goede wie ein Schießhund über ihre kleine Schwester wacht. Wenn Cordula tot im Wald läge … das könnte man wenigstens noch nachvollziehen.«

»Tata«, sagte Werner milde tadelnd.

Ihre Armbänder klimperten, als sie den Rest aus ihrem Glas austrank. »Ist doch wahr, Bärchen.«

»Was meinen Sie eigentlich mit: ›als sie zurückgekommen ist‹?«

»Evi ist abgehauen, kurz nachdem ihr Vater gestorben ist. Die Mutter war wohl schon lange tot. Evi hat damals ihre Schwester Cordula allein mit dem Hof sitzen gelassen. Vor zwei Jahren kam sie zurück wie der verlorene Sohn, mit nichts als einem dicken Bauch. Seitdem wohnt sie wieder auf dem Hof, der, nebenbei gesagt, in einem furchtbaren Zustand ist. Evi arbeitet nicht, sondern gibt nur Nachhilfeunterricht. Sie hat angeblich mal auf Lehramt studiert – aber wohl nie an einer Schule unterrichtet.«

»Ihr Sohn Paul ist doch bei ihr zur Nachhilfe?«

»Ach, Jungs, wissen Sie. Paul ist nicht dumm, doch er braucht ein bisschen Druck. Ich und mein Mann haben leider keine Zeit, ständig da hinterher zu sein, ob er auch seine Hausaufgaben macht. Wenn die Noten nicht stimmen, muss er zur Nachhilfe, das ist unsere Vereinbarung. Und Evi Goede wohnt in der Nähe, da kann er mit dem Fahrrad hinfahren. Dagmar hat sie mir letztes Jahr empfohlen. Alma ist auch bei ihr.«

»Hat Paul zu Ihnen noch etwas über die verschwundene Kette gesagt?«, erkundigte sich Pia.

Tatjana Hoge sah sie entnervt an. »Er weiß nichts darüber. Wenn Sie mich fragen, hat Evi Goede ein altes Erbstück versetzt oder verbummelt und will es ihrer Schwester gegenüber nur nicht zugeben.«

»Sie haben ausgesagt, dass Ihnen neulich ein fremder Mann in der Nähe des Dorfkindergartens aufgefallen ist«, wechselte Broders das Thema.

»Stimmt. Das hatte ich gesagt.«

»Trug der Mann eine Brille. Vielleicht die auf dem Foto? Hatte er graues, welliges Haar?«

»Ehrlich, da habe ich keine Ahnung. Ich habe ihn mehr von hinten gesehen«, sagte Tatjana Hoge. »Wieso?«

»Nun, danach suchen wir doch: nach einem Fremden mit grauem, welligem Haar und einer Brille.«

Als Nächstes fuhren Pia und Broders zu Helge Osterloh. Er begrüßte sie beinahe ebenso freudig wie seine beiden Dalmatiner und bat sie in sein stilvoll restauriertes Forsthaus. Auf Broders' Nachfrage hin schilderte er ihnen die Vorgehensweise bei seinen Waldrundgängen und stellte ihnen eine Liste mit den

Namen und Kontaktdaten seiner Mitwanderer der letzten Wochen zur Verfügung. Ansonsten steuerte er jedoch nicht viel Hilfreiches zu der Ermittlung bei.

Pia und Broders gingen noch zu weiteren Nachbarn in Dörnitzfelde und suchten auch die Goede-Schwestern noch einmal auf, um sie nach dem toten Mann im Grudower Forst zu fragen und ihnen das Foto seiner Brille zu zeigen. Doch nicht sie, sondern ihr Kollege Conrad Wohlert war es, der am nächsten Tag den entscheidenden Hinweis auf die Identität des Toten erhielt. Er stieß in Dörnitz auf einen Ladenbesitzer, der eine wichtige Beobachtung gemacht hatte.

Es ging um einen silbernen Kombi mit Rostocker Kennzeichen, der seit mindestens zwei Wochen in einer Seitenstraße des Badeortes parkte. Bisher war das Auto, das vorschriftsmäßig abgestellt worden war, weiter niemandem aufgefallen, doch als die Schmutzschicht auf dem Wagen immer dicker wurde und sich ein paar Werbezettel unter den Scheibenwischern ansammelten, sah sich der Mann verpflichtet, der Polizei davon zu erzählen. »Meine Kunden suchen hier einen Parkplatz, und da steht dieser Wagen seit Wochen und wird nicht von der Stelle bewegt«, beklagte er sich. »Vielleicht können Sie ja rausfinden, wem der gehört.«

Ein silberfarbener Kombi war auch in Dörnitzfelde schon einmal aufgefallen; auch dieses Auto hatte ein Nummernschild getragen, das mit HRO für Hansestadt Rostock begann.

Wohlert führte eine Halteranfrage für das Fahrzeug durch. Später, bei der Besprechung, als sie am Freitagabend alle wieder beisammensaßen, berichtete er seinen Kollegen, dass der Wagen einem Siegfried Rade aus Rostock gehörte. Conrad Wohlert hatte auch schon die Adresse des Mannes dort herausgefunden. Außerdem lag seit einer Woche eine Vermisstenanzeige für Rade vor. Ein Bekannter in Rostock hatte ihn als vermisst gemeldet.

17. Kapitel

Der Name Siegfried Rade löste keinerlei Reaktion in Dörnitz aus. Zumindest hatte der Rostocker in keinem der Hotels oder Pensionen eingecheckt, kein Appartement gemietet und auch kein privates Fremdenzimmer belegt. Nur das Auto, das auf ihn zugelassen war, stand seit mindestens zwei Wochen angeblich unangetastet in einer Seitenstraße.

Am Samstag fuhr Pia frühmorgens von Dörnitz nach Lübeck, tauschte am Polizeihochhaus ihren Wagen gegen ein Poolfahrzeug und holte anschließend Broders an seiner Wohnung ab. Rist hatte sie noch am Vorabend dazu eingeteilt, am heutigen Tag zu der Adresse in Rostock zu fahren, sollten die Nachfragen in Dörnitz nach einem Siegfried Rade nichts ergeben.

Sie quälten sich durch den morgendlichen Verkehr und nahmen dann die A 20 in Richtung Rostock. Nachdem sie die Wakenitz überquert hatten, wurde die Autobahn leerer. Sie fuhren nun in gleichmäßigem Tempo durch die sich sanft wellende Landschaft und kamen an Äckern, Wiesen und kleinen Wäldern vorbei, wo nur noch selten ein Haus- oder Scheunendach zwischen den Baumkronen hervorlugte. Der Himmel war so grau wie der Belag der Autobahn. Nach einer Stunde und zwanzig Minuten Fahrt hielt Pia vor dem Mehrfamilienhaus, in dem Siegfried Rade und Torben Mahlstedt wohnten, der Nachbar, der Rade als vermisst gemeldet hatte. Die Gebäude sahen relativ frisch saniert aus, mit Balkonen, die je nach Block in unterschiedlichen Farben gestrichen waren und dem grauen Tag ein wenig Farbe verliehen. Zwischen den Wohnblocks befanden sich ausgedehnte Grünflächen, die um diese Jahreszeit trist aussahen.

Pia suchte sich einen Parkplatz in der Nähe des Hauses, in dem auch Rades und Mahlstedts Wohnungen untergebracht waren. Sie bugsierte den Dienstwagen auf einen Stellplatz neben zwei frisch gesetzte Bäumchen, deren kahle Zweige sich im kalten Wind bogen, der zwischen den Häusern hindurchpfiff. Eine zerzauste Möwe landete auf einem Laternenpfahl und schrie heiser. Pia zog den Reißverschluss ihrer Jacke zu und marschierte in Richtung Hauseingang. Sie fluchte, als sie Mahlstedts Namen auf einem der Klingelschilder in der obersten Reihe entdeckte. Vierter Stock.

Auf ihr Klingeln hin geschah erst einmal nichts. Dann drückte Torben Mahlstedt die Haustür auf, ohne nachzufragen, wer da kam. Pia biss die Zähne zusammen und machte sich an den Aufstieg.

Broders ging voraus und sah zu ihr herunter. »Was ist denn los? Du läufst so seltsam.«

»Das ist nur ein bisschen Muskelkater«, sagte Pia so würdevoll wie möglich. »Da soll man sich ja weiter bewegen.« Doch ihre Oberschenkel- und Wadenmuskeln und auch ihr Po fühlten sich an, als hätte ihr jemand Nadeln zwischen die Muskelfasern gesteckt.

»Wovon hast du denn Muskelkater?«

Pia dachte an das Joggen am Strand. »Keine Ahnung.«

Broders grinste auf sie herab. »Ich klingel schon mal, oder soll ich dir lieber einen Lastenaufzug organisieren?«

»Ich schaff das schon. Keine Sorge.«

Torben Mahlstedt war Mitte dreißig. Ein Mann mit rundem, rosigem Gesicht, der seine sicher hundert Kilo, verteilt auf 1,65 Meter Körperlänge, wohl erst nach einer ganzen Weile zur Wohnungstür bewegt hatte. Er hielt einen überdimensionalen Kaffeebecher in der Hand und schaute missmutig drein. Mahlstedt trug eine Jogginghose und den Klassiker aller Badelatschen. Es ist Samstag, erinnerte sich Pia. Zeit für ein entspanntes Frühstück, um das Wochenende einzuläuten.

Als er erfuhr, weshalb die Polizei ihn sprechen wollte, taute er ein wenig auf und führte Pia und Broders ins Wohnzimmer. Es war L-förmig geschnitten, mit einer kleinen Küchenzeile. Davor stand ein Esstisch, im Hintergrund eine aufgeklappte Schlafcouch mit zerwühltem Bettzeug darauf. Über den großen Flatscreen schwirrten die Bilder einer Horror-Serie. Es roch nach Ei, Brötchen, abgestandener Luft und schmuddeliger Bettwäsche.

Mahlstedt stellte den Ton ab, doch Pia konnte weiterhin die Untoten sehen, die mit ungelenken Bewegungen einen Supermarkt stürmten. Gleich würde es ein unappetitliches Gemetzel geben.

»Setzen Sie sich doch. Ich hab schon gar nicht mehr damit gerechnet, dass mal einer reagiert«, sagte Mahlstedt.

»Siegfried Rade ist Ihr direkter Nachbar?«, fragte Broders.

»Genau. Er wohnt in der Wohnung gegenüber. Ich habe nur Angst, dass nebenan irgendwann die Maden unter der Tür hindurchgekrabbelt kommen. Deshalb bin ich zur Polizei gegangen.«

»Wann haben Sie Siegfried Rade denn zuletzt gesehen?«, erkundigte sich Pia und zwang ihren Blick weg vom Bildschirm, hin zu dem Mann, der sein restliches Wurstbrötchen verspeiste.

»Das war ein Freitag, und es ist etwas über drei Wochen her. Er hat da im Garagenhof sein Auto gewaschen. Ich kam vom Zahnarzt, deshalb weiß ich noch, welcher Tag es war. Mein halbes Gesicht war taub. Trotzdem habe ich noch zu Rade gesagt, dass er sich lieber nicht erwischen lassen soll. Es ist ja neuerdings verboten, sein Auto zu Hause zu waschen. Er hat nur

›ja, ja‹ gesagt und mit dem Wasserschlauch in meine Richtung gezielt, der Arsch.«

»Waren Sie mit ihm befreundet?«, fragte Broders.

»Hört sich das so an?« Mahlstedt schnitt sich ein weiteres Brötchen auf. Er legte zwei Scheiben Wurst hinein, quetschte Mayonnaise darauf, klappte es zu und biss herzhaft ab. Die Hälfte des Brötchens war in seinem Mund verschwunden.

»Sie haben ihn vor einer Woche bei der Polizei als vermisst gemeldet. Könnte er nicht einfach verreist sein?«, hakte Pia nach.

»Nee.« Mahlstedt schluckte. »Der ist nie verreist. Nicht der Typ dafür. Außerdem hat er keine Kohle. In diesem Haus gibt es viele kleine Wohnungen, und sie sind relativ günstig. Hier wohnen Leute wie ich: Singles, geschieden, getrennt, arbeitslos, verlassen ... Irgendwie gescheitert oder auf der Durchreise.«

»Wir haben Siegfried Rades Wagen in Dörnitz an der Ostsee gefunden. Sagt Ihnen der Name des Ortes irgendwas?«

»Nee.« Er biss wieder zu, schluckte jedoch erstaunlich schnell und redete weiter. »Was soll er da gewollt haben? Ostsee haben wir hier auch. Die schönsten Ostseestrände überhaupt.«

»Wissen Sie von einer Freundin, von Verwandten oder Bekannten?«, fragte Pia.

»Nee.«

»Aber Sie machen sich Sorgen.«

»Also eher um die Wohnung. Dass er da drinnen liegt.« Mahlstedt schüttelte sich und griff nach dem nächsten Brötchen.

»Wieso vermuten Sie das? Siegfried Rade könnte doch einfach weggefahren sein, sei es geschäftlich oder privat.«

»Er hat als Versicherungsvertreter gearbeitet, doch nur hier im Umkreis. Das meiste konnte er wohl von zu Hause aus erledigen.« Er griff nach einem Glas mit Nussnougatcreme. »Früher hatte er angeblich auch mal ein richtiges Büro angemietet, aber die Geschäfte laufen wohl nicht mehr so gut.«

»Wissen Sie, wo das Büro war?«

»Nee, interessiert mich auch nicht. Hören Sie: Ich weiß einfach, dass der nicht länger wegfährt. Da is' was passiert. Er hätte mich gebeten, seinen Briefkasten zu leeren. Der Rade ist so ein Typ mit festen Angewohnheiten.«

»Was für Angewohnheiten?«

»Er lässt seine Straßenschuhe immer im Treppenhaus stehen. Er legt ständig einen Wischlappen über die Fußmatte. Sein Kellerraum sieht aus wie geleckt. Genauso wie sein Auto. Ich arbeite im Raumpflegegewerbe, ich hab 'nen Blick für so etwas.«

»Und deswegen kann er nicht nur verreist sein?«

»Der lässt seine Pflanzen doch nicht auf der Fensterbank verrotten. Und ich hab in der Zwischenzeit drei Pakete für ihn angenommen. Alle von einem Elektronikgroßhandel. Sein Briefkasten ist auch übergelaufen.«

»Wo ist seine Post?«

»Ich hab alles dem Hausmeister zur Verwahrung gegeben. Hier drinnen hab ich ja kein' Platz für so etwas.

»Können Sie Rade nicht telefonisch erreichen?«

»Ich hab keine Handynummer, und auf dem Festnetz geht natürlich keiner ran. Er hat einen Anrufbeantworter laufen, wohl für seine Versicherungskunden, aber er hat keine Abwesenheitsnachricht oder so draufgesprochen. Nur, dass er schnellstmöglich zurückruft.« Mahlstedt lachte auf und bot Pia einen Blick auf die Krümel in seinem Mund.

Sie gab ihm ihre Karte. »Falls er wieder auftaucht oder Ihnen noch etwas einfällt, Herr Mahlstedt.«

»Und? Was passiert nun?«

»Wir kümmern uns darum.«

Nach dem Gespräch mit Torben Mahlstedt fuhren Pia und Broders zum nächstgelegenen Polizeirevier. Es war ein schlichter rechteckiger Bau, der wie ein vergessener Bauklotz am Rande einer Wiese und des angrenzenden Parkplatzes lag. Das Gebäude sah recht neu aus. Es war mit quadratischen weißen und hellgrauen Platten verkleidet, und es stand weithin sichtbar und in leuchtendem Blau POLIZEI darauf. Hier hatte Torben Mahlstedt die Vermisstenanzeige für seinen Wohnungsnachbarn aufgegeben.

Pia und Broders fragten im Empfangsbereich nach dem Kollegen, der die Vermisstenanzeige für Mahlstedt aufgenommen und bearbeitet hatte. Sie wurden in ein Büro geleitet, in dem ein Beamter gerade telefonierte. Als er fertig war, machte er sich noch eine kurze Notiz und wandte sich ihnen zu.

»Ach ja, die Geschichte. Siegfried Rade, ich erinnere mich.« Er seufzte. »Und ihr habt sein Auto gefunden? Und eine Leiche im Wald? Dann hatte sein Nachbar wohl doch recht mit seinem Verdacht.«

»Wir wissen noch nicht, ob der Tote tatsächlich Siegfried Rade ist. Das Obduktionsergebnis steht noch aus.«

»Moment, ich hatte mir ein Foto des Mannes beschafft.« Der Kollege tippte auf der Tastatur seines Computers, drehte dann den Bildschirm. »Das ist ein recht gutes Foto, das ich von dem Vermissten im Internet gefunden habe. Es hat mit seiner Tätigkeit als Versicherungsmakler zu tun.«

Pia schaute auf das Gesicht eines Mannes von etwa Mitte vierzig. Das grau gelockte Haar passte zu dem Toten im Grudower Forst. Auf dem Foto lächelte der Mann oder zeigte zumindest seine überkronten Schneidezähne, aber der Gesichtsausdruck hatte etwas Maskenhaftes an sich. Die Brille, die Rade auf dem Foto trug, war allerdings nicht die, die sie im Wald gefunden hatten. Pia zuckte mit den Schultern. »Der

Zustand der Leiche ist zu schlecht, als dass wir den Toten anhand eines Fotos identifizieren könnten. Wir hoffen auf sein Zahnschema. Wenn ihr jemanden für eine DNA-Probe in Rades Wohnung schickt, hilft uns das auch weiter.«

»Ich kümmere mich darum. Aber so eine DNA-Analyse dauert natürlich.«

»Habt ihr sonst noch irgendwas für uns? Die Namen von Verwandten? Hatte Rade vielleicht Vorstrafen? Kennst du seine alte Geschäftsadresse?«

»Die Adresse, wo er mal ein Büro angemietet hatte, gebe ich euch. Ansonsten habe ich nur noch den Namen und die Adresse seiner Mutter. Sie lebt hier in Rostock in einem Altenheim.«

»Habt ihr schon mit ihr gesprochen?«

»Ein Kollege war bei ihr, gleich nachdem wir die Vermisstenanzeige aufgenommen hatten. Sie ist anscheinend etwas vergesslich. Es ist nichts dabei herausgekommen.«

»Wart ihr schon in seiner Wohnung? Das ist ja wohl die größte Sorge seines Nachbarn.«

»Der Hausmeister hatte uns aufgeschlossen, und wir haben kurz nachgesehen. Es war niemand drin.«

Sie erhoben sich und dankten dem Kollegen. Die ehemalige Büroadresse und die Adresse der Mutter hatte Broders notiert.

»Ach, noch etwas«, sagte der Rostocker Kollege. »Eine ganz alte Geschichte. Siegfried Rade hatte mal eine Anzeige wegen Körperverletzung. Ist ewig her. Und die Sache ist dann auch im Sande verlaufen.«

»Worum ging es da?«

»Er hatte angeblich seine damalige Freundin geschlagen. Mehrfach, wie sie ausgesagt hat. Sie hat ihre Verletzungen jedoch nie dokumentieren lassen. Sie wollte eine einstweilige Verfügung gegen ihn erwirken, hat dann aber doch davon abgesehen. Ich weiß nicht, wie viel da dran war. Er ist jedenfalls nie verurteilt worden. Wollen Sie ihren Namen?«

»Das wäre großartig«, sagte Pia.

»Zuerst die Mutter oder die Exfreundin?«, fragte Broders, als sie ins Auto stiegen. Er ließ sofort den Motor an, damit die Heizung wieder ansprang. »Oder doch lieber das ehemalige Büro?«

»Broders, ich verhungere. Lass uns erst mal irgendwo etwas essen gehen.«

»Du hättest doch vorhin bei Mahlstedt zugreifen können«, tadelte er sie. »Es stand alles auf dem Tisch. Das hätte eine Menge Zeit und Geld gespart – Kind!«, setzte er grinsend hinzu.

»Ich saß mit dem Blick zum Fernseher«, entgegnete sie.

»Mahlstedt doch auch.«

»Kennst du dich ein bisschen in Rostock aus, Broders? Zum Beispiel, wo wir etwas zu essen herbekommen?«

»Nein, doch ich schlage vor, wir fahren ins Zentrum. Dort liegt auch die alte Büroadresse von Rade.«

Sie fuhren die Rövershäger Chaussee in Richtung Stadtmitte, überquerten die Warnow und steuerten von dort auf die Östliche Altstadt mit ihren gotischen Backsteinbauten und dem weithin sichtbaren Kirchturm von St. Petri zu. Sie hielten sich rechts, passierten ein großes Speichergebäude und fanden in der Nähe des Stadthafens einen Parkplatz.

Leichter Nieselregen hatte eingesetzt und verwischte die Konturen der vor ihnen ansteigenden Stadt. Die Bootsstege waren verwaist, die meisten Segelboote, die sonst hier lagen, befanden sich im Winterlager. Nur die Fähre nach Warnemünde versah weiterhin ihren Dienst und steuerte gerade auf den Anleger zu.

»Ob es hier Fischbrötchen gibt?«, fragte Pia hoffnungsvoll.

»Denkst du, ich friere mir hier draußen beim Essen mein Ärschlein ab?«, entgegnete Broders und ging stur weiter. Sie wanderten die Schnickmannstraße und die Breite Straße hinauf in Richtung Fußgängerzone. Oben angekommen, gelangten sie auf einen dreieckigen Platz mit einem Brunnen und einer Rasenfläche, die von hohen Bäumen umstanden war. Dahinter erhob sich ein imposantes Gebäude aus rötlichem Stein, das Hauptgebäude der Universität. Zur anderen Seite erstreckte sich die Fußgängerzone, seitlich begrenzt von alten Häusern, deren unterschiedliche Fassaden nun, da der Regen einen Moment Pause machte, in Farben wie aus einem Pastellmalkasten leuchteten. Trotz des schlechten Wetters herrschte hier recht lebhaftes Treiben.

Broders sah sich um. »Muss nett sein, hier zu studieren. Die Universität ist die älteste Nordeuropas.«

Doch Pia stand der Sinn nicht nach Sightseeing. »Wie wäre es mit dem Lokal da vorn?«

»Stell dir vor, im Sommer kann man zwischen den Vorlesungen mal in die Ostsee springen.«

»Ich kann mich erst wieder dafür begeistern, wenn ich etwas im Magen habe.« Pia steuerte auf das Café und Restaurant in Sichtweite zu. Ihr Kollege zögerte, folgte ihr dann. Sie betraten das Lokal, und Pia suchte zielstrebig einen Tisch am Fenster. Nach einem raschen Blick auf die Karte bestellte sie Rigatoni Primavera und Broders eine Pizza Salami, dazu Apfelschorle und Wasser. Während sie auf das Essen warteten und die Rostocker auf der Straße bei ihren Vormittagsbesorgungen beobachteten, diskutierten sie ihr weiteres Vorgehen.

Nach dem Essen suchten sie zuerst Siegfried Rades Mutter auf, in der Hoffnung, nicht mit einer eventuellen Mittagsruhe in Konflikt zu geraten. Das Seniorenwohnheim lag im Stadtteil

Reutershagen und ähnelte rein äußerlich eher einem Schulgebäude.

»Na, das kommt dir doch entgegen«, sagte Broders, als sie auf das zweistöckige Gebäude zugingen.

»Was meinst du?«

»Keine Treppen, sondern Fahrstühle, für deine malträtierten Beine.«

»Ach, das. Ich merk kaum noch was.« Pia biss sich auf die Lippe.

Sie meldeten sich am Empfang an und erklärten, was sie hergeführt hatte. Nach kurzer Zeit kam ein Pfleger, der sie mit auf die Station nahm. Auch er warnte sie, dass Ingelore Rade manchmal ein bisschen verwirrt sei, aber heute sei sie eigentlich ganz gut beisammen.

»Ist ihr Sohn ab und zu mal hier? Kennen Sie Siegfried Rade?«, fragte Pia.

»Ich glaube, er hat sie erst einmal besucht. Am ersten Weihnachtstag, mit einer Schachtel Schnapspralinen unter dem Arm. Dabei ist seine Mutter schwer zuckerkrank.«

Ingelore Rade saß im Aufenthaltsraum in einem Sessel, eine hellblaue Decke über den Knien. Wolle und eine begonnene Handarbeit lagen auf einem rollbaren Beistelltisch.

Pia begrüßte sie und sagte ihr vorsichtig, weshalb sie gekommen waren. Als sie Ingelore Rades Sohn Siegfried erwähnte, verzog sich das Gesicht der Frau weinerlich.

»Warum besucht er mich nicht?«, fragte sie und schaute von Pia zu Broders und wieder zurück.

»Das wissen wir nicht. Wir möchten selbst gern mit ihm sprechen. Deshalb sind wir hier.«

»Sagen Sie ihm, dass er sich bei seiner Mutter melden soll.«

»Das mache ich, wenn ich ihn treffe.« Pia suchte Broders' Blick. Wie viele Details zum Verschwinden ihres Sohnes waren der alten Frau zuzumuten? Broders hatte neben ihr am Tisch

Platz genommen und sah so aus, als versuchte er, sich mental von hier wegzubeamen. Am Nebentisch stritten sich zwei Frauen beim Kartenspielen. Den Aktionen und Geräuschen nach zu urteilen, handelte es sich um ein Spiel wie Fingerkloppe. »Wie ist Ihr Verhältnis zu Ihrem Sohn? Erzählt er Ihnen viel?«, fragte Pia, obwohl sie die Antwort zu kennen glaubte.

Ingelore Rade schüttelte den Kopf. »Ich weiß nicht, was ich dem Kind getan habe. Kein guter Sohn! Schon als Baby hat er nur geschrien, egal, was ich mit ihm gemacht habe. Bis die Nachbarn sich beschwert haben, ich würde meinem Kind wohl nichts zu essen geben.«

»Ja. Schrei-Kinder können sehr anstrengend sein«, bestätigte Pia. »Doch irgendwann hört das ja auf.«

»Bei ihm aber nicht.« Ihr Blick war nun in eine ferne Vergangenheit gerichtet. »Der Siegfried hat mir immer nur Sorgen und Ärger gemacht. Er hat mich sogar geschlagen. Seine eigene Mutter!«

Pia merkte auf. »Und wo war sein Vater?«

»Gestorben«, sagte sie. »Ein Arbeitsunfall, als Siegfried zwei Jahre alt war. Otto hat mich mit alldem allein gelassen.«

»Und Ihr Sohn? Wie ging es mit ihm weiter?«

»In der Schule war er nicht schlecht. Nur mit den Mitschülern gab es immer wieder Probleme. Ständig haben sich Lehrer oder Eltern bei mir beschwert, wenn er wieder mal was Dummes angestellt hatte. Nach dem Abitur hat er Fluggeräteelektroniker gelernt. Eigentlich wollte er ja Pilot werden, aber wegen seiner Augen … Als der Brief mit der Ablehnung kam, war er so wütend und hat mich da …« Sie deutete auf ihre Schläfe. »Er hat mich geschlagen. Als ob ich etwas dafürgekonnt hätte.«

»Er hat also ein Problem mit Gewalt. Gab es auch andere Vorfälle?«

»Gesagt hat er nichts. Aber kein Mädchen wollte bei ihm bleiben. Dabei hätte ich so gern kleine Enkelchen.«

»Ich verstehe.« Pia sah zu Broders, der nur mit den Schultern zuckte. Die beiden Frauen am Nebentisch rissen sich gegenseitig die Spielkarten aus der Hand. Ein paar segelten auf den Linoleumfußboden.

Ingelore Rade schaute zu ihnen hinüber. »Wo bin ich hier nur gelandet?«, murmelte sie. Und dann hoffnungsvoll zu Pia: »Sagen Sie, sind Sie Siegfrieds Freundin? Ich möchte so gern Enkelchen.«

»Ich konnte ihr einfach nicht sagen, dass wir wohl seine Leiche gefunden haben.« Pia sah Broders auf dem Weg zum Fahrstuhl zweifelnd an. »Konntest du nicht auch mal den Mund aufmachen?«

»Ich musste doch die Spielkarten aufheben, bevor es vom Kartenspielen nahtlos ins Catchen übergeht, Engelchen.«

Die Frau, die Siegfried Rade vor Jahren wegen Körperverletzung angezeigt hatte, war nicht aufzufinden. Unter der angegebenen Adresse in der Südstadt wohnte sie nicht mehr. Petra Meyer war ein recht häufiger Name, was die Sache nicht gerade vereinfachte. Sie mussten in Betracht ziehen, dass die Frau geheiratet und dadurch ihren Nachnamen geändert haben könnte. Das Einwohnermeldeamt würde ihnen da hoffentlich weiterhelfen können. In der Zwischenzeit befragten sie die Nachbarn, doch niemand erinnerte sich an sie oder an Siegfried Rade. Pia und Broders fuhren als Nächstes zu Rades alter Büroadresse. Sie lag in der Östlichen Altstadt in einem Gewirr aus Einbahnstraßen. Als sie endlich das richtige Haus in der Wollenweberstraße gefunden hatten, mussten sie feststellen, dass das Gebäude leer stand. Die Fassade war dunkelgrau verputzt, mit Graffiti besprüht und teilweise so marode, dass man den roten Backstein darunter sehen konnte. Die Fenster blickten stumpf und dunkel und waren zum Teil mit Brettern vernagelt. Die offen stehende Haustür bot einen deprimierenden Einblick in ein halb verfallenes Treppenhaus.

»So ein Pech«, sagte Pia. »Nur schöne Häuser ringsherum, und wir landen ausgerechnet vor diesem.«

»Mist! Überall nur Sackgassen«, bestätigte Broders. »Mir drängt sich der Eindruck auf, dass Siegfried Rade entweder von Aliens entführt wurde oder aber tatsächlich unser Toter ist. Die Frage ist, wieso er sich zum Sterben den Grudower Forst ausgesucht hat.«

»Hat er wohl gar nicht. Die Rechtsmedizinerin meinte, dass die Leiche nach dem Tod noch bewegt worden ist.«

»Es wäre aber sehr ungewöhnlich, wenn die Leiche von weit her dorthin transportiert worden ist. Ein so hohes Risiko geht doch kaum jemand ein. Vermutlich ist der Mann dann irgendwo in der Gegend um Dörnitz ermordet worden. Nur, was hat er dort gesucht?«

»Eine Frau?«, schlug Pia vor. »Wir müssen diese Petra Meyer finden. Oder eine andere Exfreundin von ihm. Wahrscheinlich ist die Meyer nicht die Einzige, bei der er gewalttätig geworden ist. Wenn er sogar seine Mutter geschlagen hat.«

»Die Frauen namens Petra Meyer können wir in Rostock ja noch abklappern. Dann hätten wir das wenigstens abgehakt.«

»Doch wenn sie geheiratet und einen anderen Namen angenommen hat oder fortgezogen ist, dann ...« Pia vollendete den Satz nicht. Sie sah an dem leer stehenden Haus empor.

»Wir können den Hausbesitzer fragen, wer hier alles noch Mieter war«, schlug Broders nicht eben enthusiastisch vor. »Der weiß vielleicht noch etwas über Siegfried Rade.«

»Es geht möglicherweise auch schneller.« Pia lief über das

Kopfsteinpflaster ein Stück die Straße hinunter bis zur nächsten Ecke. Hier bot sich mit schön restaurierten Häusern, in denen Geschäfte und Wohnungen untergebracht waren, ein ganz anderes Bild. Pia steuerte auf ein Café zu, trat ein und fragte die Frau hinter dem Tresen, ob sie einen Versicherungsmakler namens Siegfried Rade kenne oder wisse, was für Firmen in dem leer stehenden Haus sonst so ansässig gewesen waren.

»Ach, da wohnt schon länger keiner mehr drin«, antwortete sie. »Und von einem Versicherungsmakler namens Rade habe ich auch noch nie gehört.«

»Erinnern Sie sich vielleicht an andere Mieter dort?«

»Jetzt, wo Sie danach fragen, fällt mir wirklich was ein. Ich weiß noch, dass ein Fotograf sein Atelier dort hatte. Der hatte einen lustigen Namen und ein großes Schild im Fenster: *Fotofux Rostock*, ›-fux‹ mit ›x‹ und mit so einer Zeichnung von einem Fuchs dabei.«

Pia dankte ihr, warf noch einen Blick in das gemütliche Café und ging wieder in die Kälte hinaus. Broders stand mit seinem Mobiltelefon in der Hand an die Hausmauer gelehnt da.

»Such mal nach ›Fotofux Rostock‹«, forderte Pia ihn auf. »Mit ›x‹ geschrieben.«

Die Website von »Fotofux« gehörte einem Fotografen namens Mirko Fuchs. Die Kontaktdaten führten Pia und Broders nur ein paar Straßen weiter. Sie hatten Glück, dass der Fotograf da war und sie sogleich in sein Atelier bat, als sie ihm erklärten, wen sie suchten.

Der hohe Raum war komplett schwarz gestrichen. Scheinwerfer und eine Kamera auf einem Stativ standen herum. Auf einem Podest mit einer grauen Decke darauf lagen Schuhe, dekoriert auf Betonstücken, aus denen Armierungsstahl ragte. Nahe der Tür waren drei niedrige Sessel um einen runden Tisch gruppiert.

»Etwas rustikal, aber der Auftraggeber will es so«, sagte

Fuchs, als er Pias und Broders' Blick auf das Schuh-Arrangement bemerkte. »Bitte, setzen Sie sich. Ich fürchte nur, dass ich Ihnen nicht viel zu Rade sagen kann.«

»Stimmt es, dass er ein Büro in demselben Gebäude hatte wie Sie?«

»Ja, das ist richtig.« Er zog die Augenbrauen zusammen. »Den Typen habe ich aber beinahe schon verdrängt. Und nun sucht die Polizei nach ihm? Hat er was ausgefressen?«

»Wissen Sie, wo er sich aufhalten könnte?«

»Ich hab den seit meinem Umzug hierher nicht mehr gesehen oder gesprochen. Das war ein unangenehmer Typ. Gar nicht meine Kragenweite.«

»Warum?«

»Er verbreitete immer nur schlechte Laune und hatte an allem was auszusetzen. Er war ein Pedant übelster Sorte.«

»Sein Wagen ist in Dörnitz an der Ostsee aufgefunden worden. Hat er den Ort mal erwähnt?«, fragte Broders.

»So dicke waren wir wirklich nicht. Wenn wir geredet haben, dann über den Vermieter, den drohenden Rauswurf, den Dreck im Treppenhaus.«

»Hm.« Wieder eine Spur, die ins Leere führte. Pia beugte sich zu Mirko Fuchs vor und senkte die Stimme. »Wissen Sie, es geht um einen Leichenfund. Wir haben nicht nur Rades Wagen, sondern auch eine männliche Leiche in Dörnitz gefunden. Es ist wichtig, dass wir Siegfried Rade oder aber Verwandte oder Freunde von ihm aufspüren. Fällt Ihnen noch irgendwas zu ihm ein?«

Mirko Fuchs starrte einen Moment in die tiefe Schwärze seines Ateliers. »Mir fällt leider nichts dazu ein, doch vielleicht meiner Frau. Sie kennt Siegfrieds Lebensgefährtin. Haben Sie die schon gesprochen?«

»Wir wussten bisher nicht einmal, dass er eine Lebensgefährtin hat.«

»Hatte. Das ist, glaube ich, schon etwas länger her. Aber er hatte tatsächlich mal eine Freundin. Warten Sie.«

Mirko Fuchs verließ das Atelier und kam mit einer schlanken Frau in Jeans und Rollkragenpullover zurück. Sie war dezent geschminkt und trug lange Ohrringe. Sanne Fuchs berichtete ihnen, dass sie Rades Exfreundin aus einem Yoga-Kurs kannte. Petra Meyer sei ihr Name. Pia und Broders warfen sich einen kurzen Blick zu. Sanne Fuchs erzählte, dass ihr Petra Meyer ab und zu im Treppenhaus über den Weg gelaufen sei, als ihr Mann mit Siegfried Rade im selben Haus gearbeitet hatte. Sie hatten sich sogar noch einmal auf ein Glas Wein getroffen, als der Yoga-Kurs zu Ende war. Petra Meyer ging es damals augenscheinlich nicht so gut. Sanne hatte den Eindruck gehabt, dass sie Angst vor etwas hatte.

»Vor wem oder was?«, hakte Pia nach.

»Sie hat es nicht ausdrücklich gesagt, doch ich habe da schon an ihren Freund gedacht.«

»Sie meinen ...?«

»Ja, Siegfried Rade.«

»Wissen Sie, wo Petra Meyer heute lebt?«, erkundigte sich Broders.

»Keine Ahnung. Sie hat sich, glaube ich, von ihm getrennt. Danach habe ich sie auch nicht mehr gesehen.«

»Was ist sie von Beruf?«

»Versicherungssachbearbeiterin oder so.«

»Wo hat sie gearbeitet?«

»Ich habe wirklich keine Ahnung.« Sanne Fuchs hob entschuldigend die Hände. »Aber sie wollte ihre Stelle sowieso kündigen. Sie hatte, glaube ich, immer viel Pech oder kein gutes Gespür für Menschen. Kommt darauf an, wie man es betrachtet.«

»Können Sie da etwas konkreter werden?«

»Ich habe nie etwas gesehen, kein blaues Auge oder so, doch

ich hatte den Eindruck, dass irgendjemand brutal zu ihr war. Vielleicht hat ihr Freund, dieser Rade, sie ja geschlagen, oder aber es war Psychoterror.«

»Dieser Eindruck muss doch durch irgendwas entstanden sein?«, hakte Pia nach.

»Also zum einen«, antwortete sie und fing an, an den Fingern abzuzählen, »war mir dieser Rade unheimlich. Immer, wenn ich ihm zufällig begegnete, war ich froh, wenn ich nicht allein mit ihm war. Er war zwar höflich, aber trotzdem unterschwellig aggressiv. Besser kann ich es nicht beschreiben. Zweitens«, sie hob noch einen Finger, »erinnere ich mich, dass Petra zum Yoga grundsätzlich nur langärmelige und hochgeschlossene Sachen trug, egal, wie heiß es war. Bestimmte Asanas machte sie plötzlich nicht mehr mit. Die Bogenhaltung oder die Krähenhaltung gingen auf einmal gar nicht mehr. Sie versuchte es und hielt sich dann die Seite, als hätte sie Schmerzen.«

»Haben Sie sie gefragt, warum sie diese Übungen nicht mitmacht?«

»Einmal schon. Sie sagte, sie sei beim Fahrradfahren gestürzt und habe ein paar blaue Flecken. Nichts Ernstes. Meine Frage schien ihr unangenehm zu sein. Ich wollte mich nicht aufdrängen, weil ich sie ja nicht besonders gut kannte.«

Pia nickte. »Ihr Verhalten könnte auf Gewalt in der Beziehung hindeuten, doch es kann auch etwas ganz anderes gewesen sein. Ihr Eindruck, dass Petra Meyer Angst hatte, ist aber höchst interessant.« Wie zeigte sich Angst, wenn selbst einem nicht sonderlich nahestehende Menschen sie spüren, bemerken, vielleicht sogar wittern konnten wie Tiere? Strahlte sie, Pia, etwa auch aus, dass sie in einer Furcht einflößenden Situation gefangen war? Gibt es Menschen, die meine Angst wittern?, fragte Pia sich. Der Gedanke war ihr unangenehm.

»Haben Sie Kenntnis von irgendwelchen Familienangehörigen von Frau Meyer, die wir kontaktieren können?« Broders' nüchterner Tonfall riss Pia aus ihren Grübeleien.

»Sie hat nie jemanden erwähnt. Ich glaube, sie ist in einer Pflegefamilie aufgewachsen und hat den Kontakt zu der später abgebrochen.«

»Wann haben Sie Petra Meyer zuletzt gesehen?«

Sanne Fuchs blies sich eine Haarsträhne aus dem Gesicht. »Ich würde sagen, das ist knapp drei Jahre her. Es war vor Lottas Geburt – Lotta ist unsere Tochter. Ich weiß noch, dass ich gerade mit ihr schwanger war, als ich mich mit Petra getroffen habe. Wir waren nämlich in einem Restaurant mit Bar, das hervorragende Cocktails servierte, und ich habe nur eine Rhabarberschorle getrunken.«

»Hatte Petra Meyer besondere körperliche Kennzeichen?«, fragte Pia.

»Was meinen Sie? Narben oder so?«

»Zum Beispiel. Oder eine Tätowierung.« Die ihrer unbekannten Toten sollte laut der Rechtsmedizinerin allerdings noch nicht so alt sein. Die Chance, dass das Tattoo ihnen hier bei der Identifizierung half, war also gering.

»Nein, nicht, dass ich wüsste. Ich glaube nicht, dass sie tätowiert war.«

»Sind Sie sicher? Was ist mit ihren Fußgelenken?«

»Ich denke, da war nichts. Wir haben meistens barfuß Yoga gemacht. Es wäre mir aufgefallen. Außerdem ist sie irgendwie nicht der Typ dafür. Aber nageln Sie mich bitte nicht darauf fest.«

»Welche Haarfarbe hat Petra Meyer?«

»Damals hatte sie langes braunes Haar.«

Die Haarfarbe zumindest passte. »Und die Augenfarbe?«

Sanne Fuchs schlug sich auf die Stirn. »Jetzt, da Sie mich danach fragen, fällt es mir wieder ein: Petra hat verschiedenfarbige Augen. Es war irritierend, wenn man sie direkt angesehen hat. Eines ist blau und das andere braun.« Sie runzelte die Stirn. »Petras linkes Auge ist blau.«

»Das ist ein wertvoller Hinweis«, sagte Pia. Eine Iris-Heterochromie ließ sich hoffentlich trotz schwerer Gesichtsverletzungen feststellen.

»Sie sind sich sicher, was die unterschiedlichen Augenfarben angeht?«, vergewisserte sich Broders. Die Identifizierung ihres Mordopfers könnte entscheidend von dieser Aussage abhängen. Da Petra Meyer nicht auffindbar war, gingen ihre Gedanken natürlich zu der noch nicht identifizierten Toten am Strand.

»Ja, ich erinnere mich daran.« Sanne Fuchs sah von einem zum anderen. »Es macht Petras Gesicht besonders. Sie können auch meinen Mann danach fragen. Er hat sie zwar nur ein paar Mal kurz gesehen, aber er sagte danach, er würde sie gern mal porträtieren.«

»Besitzt er Fotos von Petra Meyer?«

»Nein. Sicher nicht. Er hat sie dann doch nicht gefragt, ob er sie fotografieren darf. Ich glaube, er hatte auch Schiss vor diesem Rade.«

18. Kapitel

Die Dienstbesprechung am Sonntagvormittag fand in den Räumen des K1 in Lübeck statt. Die Nacht von Samstag auf Sonntag hatte Pia bei Lars verbracht. Es war schön mit ihm gewesen. Nüchtern betrachtet war ihnen das jedoch nur gelungen, weil sie gewisse Themen ausgeklammert hatten. Zwischen ihnen herrschte eine Art Waffenruhe, in der jeder seine Position überdachte und seine Argumente schliff, während weiterhin der noch unentdeckte Stalker wie ein bedrohlicher Schatten über allem hing. Dass Pia so früh hatte aufstehen müssen, war der Stimmung nicht gerade zuträglich gewesen. Sie war nach einem eiligen Kaffee im Stehen, bei dem Lars ihr müde und mäßig gut gelaunt Gesellschaft geleistet hatte, direkt ins Kommissariat gefahren. Im Anschluss an die Besprechung wollte sie noch kurz in ihre eigene Wohnung fahren, um ein paar Dinge zu holen und nach dem Rechten zu sehen, bevor sie wieder nach Dörnitz aufbrach.

Rist berichtete ihnen von der Obduktion der Leiche aus dem Grudower Forst. Das berechnete Zeitfenster für den Todeszeitpunkt des Mannes lag zwei bis vier Wochen zurück. Anhaltspunkte waren dabei vor allem die Madenlänge und Madengeneration, die an der Leiche gefunden worden waren. Der tote Körper hatte schon eine Weile offen im Wald gelegen, was seinen Zustand, der auch durch Tierfraß bedingt war, erklärte.

»Die große Überraschung ist die Todesursache«, sagte Rist. »Die Rechtsmedizinerin Doktor Fitschen sagt, dass der Mann eindeutig an einer Kohlenmonoxidvergiftung gestorben ist.«

»Das hört sich ja beinahe mehr nach einem Suizid an«, warf Broders ein.

»Nun ja. Da der Tote nach seinem Ableben noch bewegt worden ist, ist eine gewisse Fremdbeteiligung mehr als wahrscheinlich.«

»Also haben wir es mit einem Mord oder Totschlag zu tun. Auch ein tödlicher Unfall ist in Anbetracht des Fundortes der Leiche eher unwahrscheinlich«, sagte Pia. Broders und sie berichteten den Kollegen, was sie in Rostock über Siegfried Rade und dessen Lebensumstände herausgefunden hatten. Die Informationen über das Zahnschema des Toten würden von Kiel zu den Kollegen nach Rostock gesendet werden, damit die es Siegfried Rades Zahnarzt vorlegen konnten. Damit hätten sie schneller eine sichere Identifizierung, als durch eine langwierige und teure DNA-Analyse. Doch schon jetzt konnten sie davon ausgehen, dass der Tote im Wald mit hoher Wahrscheinlichkeit Siegfried Rade war.

Sie kamen auch auf Petra Meyer zu sprechen. Rist griff nach dem Obduktionsbericht der Toten vom Strand und blätterte darin. »Ist ja gut und schön, eure Vermutung. Hier steht aber, dass die Tote braune Augen hatte. Zwei braune Augen, keine Iris-Heterochromie.«

»Dann ist sie nicht Petra Meyer«, räumte Pia ein. »Zumindest, wenn die Rechtsmedizinerin sich beide Augen genau angeschaut hat.«

»Und wenn sich diese Frau Fuchs nicht irrt oder euch in die Irre führen will.«

»Das glaube ich eher nicht«, sagte Pia.

»Dabei hätte es so schön gepasst.« Broders schnäuzte sich.

»Oder auch nicht«, wandte Pia ein. »Siegfried Rade war angeblich seiner Mutter und seiner Freundin Petra gegenüber gewalttätig. Aber dem Obduktionsergebnis nach war er wohl vor unserem weiblichen Opfer tot.«

»Und was, wenn er sie gestalkt und bedroht hat und sie irgendwann rotgesehen hat?«, schlug Wohlert vor. »Dann hätte *sie* ein Motiv gehabt, *ihn* umzubringen.«

Pia schluckte. Das berührte ganz persönliche Gedanken, die sie am liebsten verdrängt hätte und die ihr Angst machten. Sie schüttelte den Kopf.

»Angenommen, die unbekannte Frau vom Strand hat unser männliches Opfer umgebracht«, führte Rist Wohlerts Gedanken weiter aus. »Wie hätte sie es bewerkstelligen sollen? Sie stammte ja nicht einmal aus der Gegend. Eine Kohlenmonoxidvergiftung herbeizuführen ist nicht so einfach. Und bisher hat keiner diese Frau in der Zeit vor ihrem Tod in Dörnitz oder Umgebung auch nur gesehen.«

»Wir haben einen Zeugen und eine Kameraaufzeichnung, die belegen, dass eine Frau, die unserem Opfer ähnlich sieht, mit dem Zug nach Lensahn gefahren ist und auch dort ausstieg. Wenn sie es wirklich war, ist sie fünf Tage vor ihrem Tod hier angekommen. Das ist jetzt siebzehn Tage her. Es ist zwar knapp, aber noch im Bereich des Möglichen, dass sie es war, wenn laut Rechtsmedizinerin der Tod bei dem Mann vor vierzehn Tagen bis vier Wochen eingetreten ist«, sagte Gerlach.

»Wenn unser weibliches Opfer den Mann im Wald, von dem wir annehmen, dass es Siegfried Rade ist, tatsächlich getötet hat, wer hat dann sie ermordet – und warum?«, fragte Pia in die Runde.

Es war später Nachmittag und bereits wieder dunkel, als Pia aus dem Kommissariat zu ihrer Wohnung in der Adlerstraße fuhr. Wie an einem Sonntag um diese Uhrzeit nicht anders zu erwarten, fand sie nur einen halben Kilometer entfernt einen Parkplatz und sah prüfend die Straße hinunter. Ihre Dienstwaffe trug sie am Körper. Pia besaß aufgrund der angespannten

Lage zurzeit eine Sondergenehmigung von Rist, ihre Pistole mit nach Hause zu nehmen. Außerdem hatte sie ihr Pfefferspray dabei, das sie nun hervorholte und in ihre Jackentasche steckte, bevor sie ausstieg. Pia kam sich angesichts dieser Vorsichtsmaßnahmen lächerlich vor. Sie begegnete drei kichernden Teenagermädchen und zwei Nachbarn, die ihre Hunde ausführten.

In dem Wohnhaus mit dem ausgebrannten Dachstuhl auf der gegenüberliegenden Straßenseite sahen alle Fenster dunkel aus, die unteren waren mit Brettern gesichert worden. Der Zugang zum Haus war noch abgesperrt, und es stand bereits ein Baugerüst davor. Pia meinte, immer noch den Brandgeruch zu riechen, und sah das Bild des verkohlten Leichnams unter den Trümmern vor sich. Sie atmete tief durch und schloss ihre Haustür auf. Als sie ihren Briefkasten öffnete, fiel ihr ein Haufen Post entgegen, den sie mit nach oben nahm. Vor ihrer Wohnungstür angekommen, vergewisserte sie sich zunächst, dass Tür und Türschloss intakt waren, bevor sie ihre Wohnung aufschloss. Alles schien in Ordnung zu sein.

Sie betrat den Flur und machte Licht. Die Räume, die sich dahinter befanden, lagen im Dunkeln. Pia legte die Post auf die Kommode und setzte die Reisetasche ab. Ein bisschen frische Wäsche, noch ein Paar Schuhe und etwas Lesestoff wollte sie mitnehmen, für den Fall, dass sie nachts wach lag und über diesen Idioten grübelte, der sie um den Schlaf brachte.

Pia zog die Stiefel aus und warf die Jacke über den Korbstuhl. Auf Strümpfen tapste sie in die Küche, schaltete jedoch hier noch kein Licht an. Sie trank ein Glas Leitungswasser und sah noch einmal aus dem Fenster auf die Straße. Alles war ruhig.

Als ihr Mobiltelefon klingelte, unterdrückte sie nur mit Mühe einen Aufschrei. Es war Mascha, die anrief, damit Felix ihr Gute Nacht sagen konnte. »Sei bitte vorsichtig mit dem, was du sagst«, bat sie Pia leise, bevor sie das Telefon an Felix weitergab. »Er hat heute ein bisschen Heimweh.«

»Wieso? Ist etwas passiert?«

»Wir haben über das Baby in meinem Bauch gesprochen. Erst hat er sich auf ein Brüderchen oder Schwesterchen gefreut. Aber dann fragte er, ob er beide Zimmer oben behalten kann, und als wir ihm erklärten, das neue Baby würde auch eines bekommen, wollte er doch lieber auf ein Geschwisterchen verzichten.« Sie seufzte.

»Okay, gib ihn mir mal. Ich werde nichts Falsches sagen.«

»Danke, Pia.«

Als sie das Gespräch mit ihrem Sohn beendete, war sie noch bedrückter als zuvor. Noch eine Woche … Es war das erste Mal, dass sie so lange von Felix getrennt war. Nun ja, im Moment war es besser, wenn er nicht hier war. Und sie würde es schon überleben.

Pia tauschte schmutzige gegen frische Wäsche, suchte in ihrem Bücherregal nach ein paar spannenden Romanen, die sie genügend ablenken würden. Andererseits sollten sie nicht so grausig sein, dass sie sie unnötig beunruhigten. Als es in den alten Heizungsrohren knackte, zuckte sie zusammen. Ihre Nerven lagen blank. Es war Zeit, zurück an die Ostsee zu fahren. Noch bestand die geringe Chance, dass Robert Jensens Küche dann noch nicht kalt war und sie noch etwas Gutes zu essen bekam. Als sie aufbruchbereit in der Diele stand und noch schnell ihre Post durchsah, klingelte ihr Mobiltelefon.

»Marten hier. Hi, Pia. Geht es dir gut?«

»Bestens, und dir?«

»Ich hab ein paar Dinge für dich herausgefunden. Das ist aber nichts fürs Telefon. Können wir uns irgendwo treffen?«

»Ich bin gerade auf dem Weg in mein Zweitdomizil. Rist hat mich quasi fortgeschickt.«

»Das war vielleicht nicht seine schlechteste Idee. Ich bin in einer Viertelstunde in Lübeck in dem Restaurant *Kloster-gewölbe* in der Nähe vom Heiligen-Geist-Hospital. Ich sag dem Geschäftsführer Bescheid, dann kannst du auf dem priva-ten Parkplatz davor parken. Ich warte draußen auf dich.«

»Ich brauche keinen Sonderparkplatz. Und auch keinen Babysitter. Mach es nicht so dramatisch, Marten.«

»Lass mir einfach die Freude. Bis gleich.« Er beendete das Gespräch.

Also kein warmes Abendessen von Robert Jensen. Sie konn-te im *Klostergewölbe* etwas essen und danach an die Ostsee fahren. Dann würde auch der Abend dort allein nicht so lang werden. Pia blätterte weiter den Poststapel durch und stutzte, als ein einmal gefalteter Din-A4-Bogen dazwischenlag. Pia runzelte die Stirn. In krakeligen bunten Buchstaben stand da: *Vögelchen ausgeflogen?* Darunter wand sich, ungelenk gezeich-net, eine blaue Wellenlinie.

Die Ostsee.

Pia unterdrückte den Impuls, den Bogen zusammenzu-knüllen und mit einem Kraftausdruck in die nächste Ecke zu pfeffern. Stattdessen schob sie ihn in eine Klarsichthülle und steckte ihn in ihre Tasche. Da hatten Marten und sie doch gleich noch etwas anzugucken, was sie hoffentlich davon ablenken würde, ihm zu tief in die Augen zu schauen.

Pia verließ mit der für die nächsten Tage neu gepackten Reise-tasche das Haus. Sie ging die Adlerstraße hinunter, stieg in ihr Auto, verriegelte gewissenhaft die Türen und befuhr wenig später die Fackenburger Allee in Richtung Kreisel. Als sie den Wagen über die Puppenbrücke lenkte, tauchten das Holsten-tor und rechts davon die beleuchteten Salzspeicher auf. Es war eine von Lübecks Postkartenansichten. Schräg dahinter befand sich die Straße An der Obertrave und im Gewirr der alten Gassen auch der Rohwedders Gang, wo sie früher einmal gewohnt hatte. Ab und zu vermisste sie ihre alte Wohnung. Sie war außergewöhnlich gewesen, zu klein und nicht sehr komfortabel, doch mit einem ganz besonderen Charme. Es hingen viele gute, aber auch einige schlechte Erinnerungen daran, die jetzt, da sie nach längerer Zeit wieder mit Marten in Kontakt stand, hochkamen. Ihre Anfangszeit im Kommissariat 1 in Lübeck kam ihr in den Sinn, als einige neue Kollegen ihr mit kaum verhohlenem Misstrauen begegnet waren. Sie hatte den Posten in der Mordkommission bekommen, obwohl man dort zu dem Zeitpunkt einen ganz anderen Kollegen erwartet hatte. Pia war damals mit Robert Voss, einem einflussreichen Kriminalbeamten aus Hamburg, liiert gewesen. Dadurch war das Gerücht entstanden, sie hätte den Job nur aufgrund von Vitamin B bekommen. Gerade Marten und auch Broders hatten aus ihren Vorbehalten gegen sie keinen Hehl gemacht. Und dann hatten Marten und sie miteinander geschlafen. War sie in ihn verliebt gewesen? Später vielleicht, als sie ihn besser kennengelernt hatte. Doch eines Tages war Marten verschwunden, ohne sie vorzuwarnen oder ihr zu sagen, wohin er ging. Er war einfach weg gewesen.

An der Ampel hinter dem Holstentor fuhr Pia mit quietschenden Reifen an. Sie bog nach links in die Straße An der Untertrave, musste aber wegen der vielen Einbahnstraßen in der Altstadt einen ziemlichen Umweg in Kauf nehmen, um zu dem Restaurant zu gelangen. Mit dem Fahrrad wäre sie wohl schneller gewesen. Doch Pia wollte nach ihrem Treffen mit Marten ja sofort weiter nach Dörnitz fahren.

Marten arbeitete seit seinem wort- und spurlosen Verschwinden aus ihrem Leben als verdeckter Ermittler. Das hatte sie jedoch erst sehr viel später erfahren, als sie ihm noch einmal zufällig in Perugia begegnet war. Verdammt, er hätte Felix' Vater sein können! Was dann für ihren Sohn bedeutet hätte, keinen

Vater zu haben beziehungsweise einen, der nicht wirklich greifbar war.

Pia bog auf den abgesperrten Parkplatz gegenüber dem Restaurant, wie Marten es ihr geraten hatte. Er stand schon da, im Schatten einer hohen Hecke, die Hände in den Taschen seiner Jacke vergraben, und wartete auf sie.

Sie bekamen einen Tisch in einer Nische im hinteren Teil des historischen Kellerrestaurants zugeteilt. Pia bestellte sich eine Apfelschorle, da sie noch Auto fahren musste, Marten ein Bier.

»Erzähl mir besser nicht, wo Rist dich untergebracht hat«, sagte er, nachdem Pia ihn auf den neuesten Stand der Entwicklungen gebracht hatte. Die Getränke wurden gerade serviert.

»Hast du etwa Angst, wir werden belauscht?«

»Vielleicht. Vor allem möchte ich nicht in Versuchung geführt werden.« Er sah ihr einen Moment zu lange in die Augen.

»Marten, schlag dir alles, was dir in diesem Zusammenhang einfällt, aus dem Kopf. Okay?«

Er lächelte schwach. »Schon geschehen.«

Die sofortige und widerstandslose Kapitulation stimmte Pia misstrauisch und versetzte ihr einen kleinen Stich. »Was hast du für mich herausgefunden?«, fragte sie kühl.

Marten beugte sich zu ihr vor. »Das hier ist die kurze Version: Unser gemeinsamer Bekannter, Mark Albrecht Lohse, sitzt im Lauerhof in Lübeck ein. Er hat lebenslänglich bekommen und entsprechend noch ein paar Jahre vor sich. Lohse hatte noch keinen Freigang und wird auch in naher Zukunft keinen haben. Das sind die guten Neuigkeiten. Seine beiden Komplizen haben auch noch sechs beziehungsweise acht Jahre vor sich. Von einem der Bediensteten im Lauerhof weiß ich, dass unser spezieller Freund Lohse verschiedenen Personen gedroht hat. Er hat so etwas wie eine Liste, die er abarbeiten will, wenn er wieder draußen ist.«

»Klingt nicht so toll. Wie sieht diese Liste aus?«

»Sie haben diese Namensliste zufällig mal gefunden. Du stehst ganz oben, Pia.«

»*Shit.*«

»Genau. Lohse scheint aus irgendeinem Grund auf dich fixiert zu sein.«

»Das mag ja sein. Aber er sitzt noch ein. Seine Liste und seine Rachegefühle mir gegenüber müssen nicht zwingend etwas mit diesem ›Kinderkram‹, dem Galgenbild und der Autoschmiererei, zu tun haben.«

»Sorry, doch ich denke, das haben sie schon. Ein Mitgefangener, mit dem Lohse eine Zeit lang in der JVA die Zelle geteilt hat, weil sie natürlich mal wieder voll belegt sind bis zur Stehgrenze, ist kürzlich entlassen worden. Wir wissen nicht, was er nun vorhat, ob er vielleicht einen Auftrag von Lohse erhalten hat, etwas für ihn zu erledigen. Aber das ist immerhin möglich. Bick hat sich bisher erst einmal bei seinem Bewährungshelfer in Lübeck gemeldet. Ich habe gestern mit diesem Bewährungshelfer gesprochen. Andreas Bick, Lohses Zellenkumpan, saß wegen Vergewaltigung und Körperverletzung. Er hat seinem Bewährungshelfer gegenüber angegeben, zurzeit bei seiner Tante in Pansdorf zu wohnen, bis er etwas Eigenes gefunden hat. Ich war bei der angegebenen Adresse. Seine Tante bestätigt das zwar, doch Andreas Bick war nicht da, als ich mich nach ihm erkundigte. Ein Nachbar der Tante sagte mir, Bick habe nur kurz nach seiner Entlassung seinen Hund abgeholt, der drei Jahre lang bei der Tante im Hof angekettet gelebt haben soll, und wurde seitdem nicht mehr gesehen. Ich war daraufhin noch einmal bei seinem Bewährungshelfer, weil mir die Sache nicht gefällt. Aber der sagte mir, er habe den Eindruck, Andreas Bick sei ein netter, ruhiger Zeitgenosse, der seine Tat bereut und mit etwas Glück wieder resozialisiert werden kann. Der Bewährungshelfer erwartet eigentlich keine Schwierigkeiten mit ihm, doch man könne sich in solchen Fällen natürlich nie sicher sein. Er meldet sich bei mir, sobald Bick wieder bei ihm auftaucht.«

»Sollte mir der Name Andreas Bick irgendwas sagen?«, fragte Pia.

»Ich wüsste nicht, woher. Er ist achtundzwanzig Jahre alt, angeblich recht gut aussehend, wenn man die Großen, Blonden mit den blauen Augen und dem Grübchen am Kinn mag.«

»Hat er vielleicht eine gewisse Ähnlichkeit mit einem bekannten Fußballspieler?«

»Wie kommst du darauf?«

»Lennart, der Sohn von Susanne – du erinnerst dich? –, hat einen Mann so beschrieben, der sich bei meiner alten Wohnung nach mir erkundigt hat.«

»Dann frag Lennart mal, welchen Fußballer er meint.«

»Lennart hat den Mann nur kurz und im Dunklen gesehen. Ich weiß nicht, ob da was dran ist.« Die Vorstellung, dass ein verurteilter Vergewaltiger sie stalkte, war alles andere als beruhigend.

»Ich werde dir ein Foto aus seiner Kriminalakte zukommen lassen.«

»Ich freu mich drauf«, sagte sie.

Marten legte seine Hand kurz auf ihre. »Wir wissen jetzt, wer der Typ ist und wie er aussieht. Er wird seinen Auftrag, wie auch immer der lautet, nicht ausführen, Pia.«

»Ach ja? Hast du schon von dem Dachbodenbrand in der Adlerstraße, schräg gegenüber von meiner Wohnung, gehört? Und dass der Typ, der heimlich auf dem Dachboden gehaust hat, mit Blick auf mein Küchen- und meine Wohnzimmerfenster, wahrscheinlich einen alten Mann ermordet hat?«

»Ja, ich hab davon gehört. Das ist übel. Es sieht wohl so aus, als hätte ihn der Mieter aus der Wohnung darunter bei seinen Beobachtungen gestört. Nur deswegen musste er sterben.«

»Er starb meinetwegen«, sagte Pia.

»Quatsch. Rede dir das bloß nicht ein!«

»Du scheinst ja ganz gut darüber informiert zu sein, was bei uns so läuft. Dabei bist du doch gar nicht mehr bei der Lübecker Truppe.« Sie musterte Marten noch einmal, glich die Realität mit ihrer Erinnerung ab. »Willst du über das reden, was du gerade tust?«

Marten sah sie eine Sekunde zu lange an. Dann schüttelte er den Kopf. »Nichts. Ich bin im Moment absolut nutzlos, weil meine Tarnung aufgeflogen ist. Ich muss abwarten, was meine Leute sich als Nächstes für mich ausdenken.«

»Wie lange willst du denn noch so weitermachen?«

Er sah sie abwägend an. Dann trank er den Rest seines Bieres aus und stand auf. »Pia, ich muss los. Ich habe es leider ein bisschen eilig. Ich sag einem der Kellner Bescheid und bitte ihn, dass er dich zu deinem Auto begleitet. Pedro, an dem kommt keiner vorbei. Okay?«

»Unsinn, ich brauche keinen Babysitter!«

»Das weiß ich«, sagte er. »Tu es einfach – für mich.«

Als Pedro mit unbewegter Miene und Oberarmen, die es vom Umfang her locker mit ihren Oberschenkeln aufnehmen konnten, neben ihr auftauchte, um sie nach draußen zu eskortieren, knirschte Pia mit den Zähnen.

19. Kapitel

Nun war sie nicht einmal dazu gekommen, im Restaurant mit Marten etwas zu essen. Dumm gelaufen, denn für ein warmes Abendessen im *Hotel Jensen* war es jetzt wohl schon zu spät. Bevor Pia den Motor ausstellte, suchte sie den Parkplatz vor dem Hotel und die Umgebung schon beinahe automatisch auf eventuelle »Verehrer« ab. Ihre Sicherheitsüberprüfung fand unter protestierendem Magenknurren statt.

Sie hatte sich nicht getäuscht, die Küche des Hotels war schon geschlossen. Stine Jensen bot Pia an, Brötchen und Käse oder Aufschnitt für sie zu holen, aber Pia lehnte dankend ab. Die Jensens hatten sich auch ihren Feierabend verdient. Sie war ja selbst schuld, dass sie nichts gegessen hatte.

Mit protestierenden Beinmuskeln zog sie sich leise stöhnend am Handlauf die Treppe hinauf – der Muskelkater schien seinen Höhepunkt erreicht zu haben. Oben angekommen, prüfte sie zuerst das Türschloss ihres Appartements, trat dann ein und sah sich prüfend im Raum um. Sie war allein, das war schon mal gut. Der Grußbotschaft ihres Stalkers nach zu schließen, wusste oder vermutete er, dass sie an der Ostsee war. Er musste nur die Pressemitteilungen über die Ermittlungen des Lübecker K1 verfolgen, schon wäre er hier im Ort. *War* er hier im Ort, korrigierte sie sich. Die Möglichkeit bestand nicht nur, es war sogar wahrscheinlich, dass er ihren Aufenthaltsort kannte. Irgendwo musste dieser Andreas Bick jetzt wohnen, da sein Versteck in der Adlerstraße in Flammen aufgegangen war. Und er war nicht bei seiner Tante, deren Adresse er dem Bewährungshelfer angegeben hatte. Wohnte er bereits in einer

Pension oder in einer leer stehenden Ferienwohnung hier in Dörnitz? War der Hund noch bei ihm?

Pia fühlte sich hier inzwischen nicht mehr viel sicherer als in ihrer eigenen Wohnung in Lübeck. Immerhin, vor den Fenstern ihres Appartements war nichts als der weite Nachthimmel und das Meer. Wenn jemand sie beobachten wollte, musste er sich mit einem Fernglas in den Hotelgarten stellen und hinaufschauen. Ich wäre jetzt lieber bei Lars, gestand sie sich ein. Sie hatte sich eingeredet, dass es so viel praktischer wäre, da sie ja morgen früh gleich wieder in Dörnitz aufs Polizeirevier musste. Doch das Appartement erschien ihr jetzt eng, einsam und stickig.

Pia öffnete die Balkontür und sog den Geruch nach Meer ein. Sie genoss, wie der kühle Nachtwind durch ihr Haar und ihre Kleidung blies. Ein erster Moment der Entspannung nach einem nervigen Tag. Sie sah hinunter auf das Dach des Restaurants. Es war nicht tief. Sie könnte hinausspringen, wenn es nötig wäre. Pia lächelte über diesen Gedanken – aber nicht lange. Sicherlich konnte man an diesen Balkonen auch gut heraufklettern.

Sie ging wieder hinein, schloss die Tür und öffnete den kleinen Kühlschrank, wohl wissend, dass sich nichts als ein Piccolo-Begrüßungssekt und das winzige Stück Schokolade darin befand, das am ersten Abend nach ihrem Einchecken auf ihrem Kopfkissen gelegen hatte. Sie hätte es besser wissen sollen: Nach dem Sekt und der Schokolade war Pia richtig hungrig. Aber schräg unterhalb des Hotel-Restaurants befand sich doch noch eine Tapas-Bar, oder?

Die Nacht von Sonntag auf Montag verlief ruhig. Nach einem schnellen Frühstück mit Croissant und Milchkaffee im Hotel ging Pia hinüber zum Polizeirevier. Sie hatte zu lange geschlafen und wirres Zeug geträumt. So hatte sie den zeitlichen Vorsprung, den sie hätte haben können, weil die anderen ja aus Lübeck herfahren mussten, wieder ausgeglichen.

Es waren nur Schulkinder und Rentner unterwegs, sodass Pia sich mit ihren Vorsichtsmaßnahmen, der Waffe im Schulterholster und dem Pfefferspray sowie dem misstrauischen Blick, mit dem sie alles und jeden musterte, lächerlich vorkam. Es war natürlich ein Fehler, aufgrund der Beschaulichkeit der Umgebung darauf zu schließen, dass hier nichts passieren könne. Gerade war ihnen und dem ganzen Land ja das Gegenteil bewiesen worden.

Die Dienstbesprechung förderte keine durchschlagenden neuen Erkenntnisse zutage. »Wenn wir uns nicht langsam mal irgendwo festbeißen, wird das nichts mehr«, sagte Broders leise zu Pia, als Rist zum gefühlt hundertsten Mal die gleichen Fakten durchkaute.

»Noch irgendwelche Ideen?«, fragte der Leiter des K1 missmutig.

»Tschakka«, sagte Broders. »Ich vermisse das Tschakka.«

»Das überlasse ich dir«, gab Rist zurück. »Ich besorge dir auch die glühenden Kohlen.«

»Ähem.« Klaus Schindler, der bisher geschwiegen hatte, meldete sich wie ein Schulkind. »Eine Sache wäre da.« Er sah die anderen der Reihe nach an. »Ich habe nachgedacht. Über den Grudower Forst und darüber, dass der Tote nicht dort ermordet worden sein kann. Ich meine, dass er woanders an einer Kohlenmonoxidvergiftung gestorben ist und dann dorthin geschafft wurde.«

Alle Blicke waren auf ihn gerichtet. Er schluckte verkrampft und schien den Faden verloren zu haben.

Pia erlöste ihn, indem sie fragte: »Hast du eine Lösung dafür gefunden, wie der Täter die Leiche dorthin transportiert hat?«

Aufgrund der längeren Regenperiode vor dem Auffinden des Toten und der hohen Aktivität der Wildtiere hatten die Kriminaltechniker diesbezüglich keine aussagekräftigen Spuren mehr entdeckt. Sie wussten, dass das Opfer nach seinem Tod bewegt worden war, der Fundort also nicht der Tatort sein konnte, doch sie wussten nicht, wie das geschehen war.

»Äh, ich hab an eine Schubkarre gedacht. Oder einen Fahrradanhänger ... Aber das ist es nicht, was ich sagen wollte. Mir ist heute Nacht nämlich eingefallen, dass es in der Nähe des Fundortes einen Luderplatz gibt.«

»Luderplatz?«, wiederholte Broders. »Ich dachte, dies wäre eine anständige Gegend.«

Klaus sah ihn irritiert an. Nicht jeder verstand Broders' Witze auf Anhieb.

»Und inwiefern soll uns das weiterhelfen?«, hakte Rist mit einer Spur Ungeduld in der Stimme nach.

»Meines Wissens gibt oder gab es dort eine Wildkamera. Eine Fotofalle für die Tiere, die zum Luderplatz kommen. Bei Bewegungen zeichnet die Kamera alles auf.« Schindler klang jetzt eifriger und weniger unsicher. »Selbst nachts, mit Infrarotblitz, damit die Tiere nicht aufgeschreckt werden. Es sind sogar schon Wölfe mit Wildkameras gefilmt worden.«

»Jetzt vielleicht auch Mörder«, sagte Wohlert.

»Ich meine ja nur ... Es ist eine Chance«, stieß Klaus Schindler hervor.

»Und wer kennt alle Standorte der Wildkameras in der Umgebung?«, fragte Rist.

»Oh, keine Ahnung. Die meisten werden von Jägern aufgestellt«, sagte Schindler. »Oder vom Förster. Aber ich denke, keiner kennt alle Standorte. Soll ich mich mal umhören?«

Rists Kiefer schob sich vor und zurück. »Das wäre doch mal eine Maßnahme.«

Conrad Wohlert und Klaus Schindler stellten die Fotofalle an dem Luderplatz im Grudower Forst sicher, von der Schindler ihnen berichtet hatte. Sie befand sich so weit von dem Fundort der Leiche entfernt, dass die Kriminaltechniker sie bei ihrer Untersuchung der Umgebung nicht entdeckt hatten. Die Kamera hatte Wildschweine, Füchse und andere Waldtiere, jedoch keine die Ermittlungen weiterführenden Lebewesen aufgezeichnet. Sie zogen daraufhin Erkundigungen beim zuständigen Förster und bei den Jägern ein, ob in der Umgebung des Fundortes weitere Kameras installiert waren. Eine heikle Angelegenheit, denn die polizeiliche Nachfrage konnte auch die sofortige Entfernung von Kamera und Beweismaterial nach sich ziehen. Allerdings hätte sich der Täter – sollte er tatsächlich unter den Jägern zu finden sein – bei der Beseitigung einer Leiche wohl kaum im Aufnahmebereich einer ihm bekannten Kamera bewegt.

Der Anruf aus Lübeck, der die Ermittlungen endlich einen Schritt weiterbrachte, erreichte Pia kurz vor Mittag.

»Eine der Kameras ist ein Volltreffer«, informierte Broders sie. »Die Techniker haben auf einer sichergestellten Kamera etwas gefunden. Aufgezeichnet vor zweiundzwanzig Tagen, nachts beziehungsweise morgens um halb zwei Uhr. Praktischerweise werden auch Datum und Uhrzeit auf den Bildern festgehalten.«

»Was ist denn da zu sehen?«, fragte Pia, die gerade auf dem Rückweg von einer ergebnislosen Befragung war.

»Die Person bewegt sich ziemlich weit von der Kamera entfernt und ist nur durch die Zweige des Unterholzes zu erkennen. Eine Infrarotaufnahme. Jemand schiebt etwas. Das könnte eine Schubkarre sein, wie Schindler es schon vermutet hat. Die Ladung sieht schwer aus. Der Typ trägt eine Art Parka und hat eine Brille auf. Sein Gesicht ist nicht zu identifizieren.«

Pia pfiff durch die Zähne. »Kann man trotzdem feststellen, wer das war? Größe, Kleidung, Statur?«

»Die Kollegen arbeiten noch dran.«

»Seid ihr sicher, dass es ein Mann ist?«

»Es sieht so aus. Ehrlich gesagt, erkenne ich persönlich nicht so viel«, räumte Broders ein. »Ein paar Schatten, die über den Bildschirm huschen. Doch ich bin auch kein Fachmann. Unsere Jungs werden das Beste aus den Bildern rausholen. Aber allein die Vorstellung: Jemand entsorgt eine Leiche im Wald und wird dabei von einer Wildkamera gefilmt! Das lässt das Herz eines Polizisten doch höherschlagen.«

Pia hatte Mühe, ihren Kollegen über den Regen, der auf das Autodach prasselte, und das Geräusch der Scheibenwischer hinweg zu verstehen. Hoffentlich hatten sie mit der Aufnahme mehr Glück als mit der von der Lensahner Bahnhofskamera. Pia bog in die Straße ein, in der das Dörnitzer Polizeirevier lag, um auch Schindler die frohe Kunde zu übermitteln. Es war immerhin seine Idee gewesen.

Rist reagierte sofort. Er ließ alle am Auffinden der Leichen beteiligten Personen, Cordula und Evi Goede sowie den gesamten »Jagdverein«, wie er es nannte, im Polizeirevier in Dörnitz aufmarschieren. Die meisten waren wohl flexibel, was ihre Arbeitszeiten betraf, vermutete er, und bei den anderen würde er eben Himmel und Hölle in Bewegung setzen, sie zeitnah zu befragen. Einer nach dem anderen sollte sich im Besprechungsraum die Kamerabilder der Fotofalle anschauen. Vorgeblich ging es der Polizei darum, dass die Befragten sagten, ob sie wussten, wer die Person auf dem Film war. Das schien bei der Qualität der Aufnahme jedoch unwahrscheinlich zu sein, es sei denn, jemand erkannte das Bewegungsmuster des oder der Gefilmten. Gleichzeitig wollten sie das Verhalten der Zeugen beobachten und bewerten. Wie reagierten die Befragten auf die Aufzeichnung? Nervös, angespannt oder eher gleichgültig? Beschuldigten sie vielleicht einen ihrer Bekannten? Und wer hatte für die Zeit, als die Leiche laut Kameraaufzeichnung durch den Wald transportiert worden war, ein Alibi vorzuweisen?

Der Standort der Kamera sollte jedoch nicht verraten werden. Sie nahmen an, dass der Täter sein Opfer von einem Waldparkplatz aus zum späteren Fundort der Leiche bewegt hatte, mit dem Ziel, es mitten im Wald abzulegen und so den Tieren zum Fraß und den Elementen zur schnellen Verwesung zu überlassen. Doch der genaue Ort und diese Vorgehensweise wurden als Täterwissen behandelt. Viel mehr hatten sie schließlich nicht, denn weder auf dem Parkplatz noch auf dem Waldweg, der von dort zum Fundort führte, war nach der langen Zeit noch mit brauchbaren Spuren zu rechnen.

Jeweils zwei Kollegen vom K1 saßen mit einem der Zeugen zusammen, um demjenigen den kurzen Film zu zeigen und ihm die zuvor abgestimmten Fragen zu stellen. Da sie zwölf Personen eingeladen hatten, arbeiteten sie in zwei Räumen parallel, jedoch so, dass sich die Leute nach Möglichkeit nicht im Vorraum begegneten und miteinander austauschen konnten.

Pia saß mit Broders in einem Nebenzimmer, das sonst hauptsächlich zur Aktenaufbewahrung und zum Stapeln von Pizzakartons genutzt wurde.

»Pass bitte auf, Pia. Wenn du dich hier drinnen schneller als im vorgeschriebenen Beamtenmodus bewegst, wirbelst du zu viel Staub auf.« Broders nieste bekräftigend.

Rist und Wohlert nutzten unterdessen Klaus Schindlers

218

Büro. Der Besprechungsraum des Polizeireviers diente den Kollegen, die ebenfalls noch vor Ort waren, als Aufenthalts- und Arbeitsraum und war ohnehin mit Tatort- und Spurenfotos sowie einer Landkarte der Umgebung dekoriert, sodass er nicht für den Publikumsverkehr geeignet war.

»Ich weiß jetzt endlich, wo Rists Stärke liegt«, sagte Broders, als Werner Hoge nach der Befragung den Raum verließ. Pia verspürte ebenfalls den Drang zu niesen.

»Er sichert sich den besten Raum zum Arbeiten.«

»Nein, er kann organisieren. Vorhin, als es galt, dieses Happening zu planen, ist er ausnahmsweise mal zur Hochform aufgelaufen.«

»Stimmt. Und weil er sich solche Mühe gegeben hat, sollten wir auch im Zeitplan bleiben. ›Keine Absprachen von Zeugen im Wartebereich‹«, zitierte sie Rist. »Jetzt kommt also Tatjana Hoge, Werner Hoges Frau und Pauls Mutter.«

Broders befragte Tatjana Hoge zunächst zu ihrem Hobby, der Jagd, zu ihren Jagdfreunden und kam dann auf die Wildkamera zu sprechen.

»Ja, ja, ich weiß, dass es diese Fotofallen im Wald gibt.« Sie neigte den Kopf zur Seite und strich sich das Haar zurück. »Haufenweise, und niemand weiß, wo überall. Meiner Meinung nach sollten die verboten werden. Nicht mal mehr im Wald ist man unbeobachtet.« Sie zwinkerte Broders zu. »Außerdem finde ich es unheimlich, mir diese Bilder anzusehen. Diese leuchtenden Augen der Tiere bei Nacht. Ihr geheimes Leben. Wie ein Paralleluniversum im heimischen Wald.« Ihre hellrot geschminkten Lippen verzogen sich zu einem spöttischen Lächeln.

»Wir zeigen Ihnen jetzt eine Aufnahme von so einer Wildkamera«, sagte Pia. »Sie ist nicht sehr deutlich. Bitte schauen Sie genau hin. Vielleicht erkennen Sie den Menschen ja, der darauf zu sehen ist.«

Tatjana Hoge riss die Augen auf. »Sagen Sie nicht, Sie haben den Mord an dem armen Mann da drauf?«

»Nein. Keine Sorge. Es ist nichts Schlimmes auf der Aufnahme zu sehen«, beruhigte Broders sie. Zumindest so lange nicht, wie man den Abtransport einer Leiche mit einer Schubkarre als nicht beunruhigend bezeichnet, dachte Pia.

Broders lächelte beschwichtigend. »Schauen Sie bitte genau hin, Frau Hoge. Alles, was Ihnen dazu einfällt, kann wichtig sein.«

Sie waren fast mit den Befragungen durch und warteten auf ihren letzten möglichen Zeugen, als Pia einen Anruf auf ihrem Mobiltelefon erhielt. Sie nahm ihn an und ging mit dem Telefon am Ohr ein paar Schritt in Richtung Fenster, denn die Anruferin war schlecht zu verstehen.

»Frau Korittki? Hier ist Jessika Jensen.« Im Hintergrund waren Stimmengewirr und das Dröhnen einer Kaffeemaschine oder eines Milchaufschäumers zu hören. »Ich war vorhin zur Befragung bei Ihnen. Ich bin allein bei uns im Hotel, und … jetzt sind beinahe alle hier. Ich mache mir ein bisschen Sorgen.«

»Wer sind ›alle‹? Und was genau bereitet Ihnen Sorgen?«

»Na, die Leute, die Sie vorgeladen hatten, sitzen nun hier im Hotel herum und trinken Kaffee oder Bier, und die Stimmung ist irgendwie … gereizt.«

So viel zu Rists Plan, dass sie die möglichen Zeugen voneinander trennen sollten. Die kamen hinterher von ganz allein zusammen. Zumindest für Absprachen vor ihren jeweiligen Befragungen war es jetzt aber zu spät. Das Stimmengewirr im Hintergrund hob an.

»Wo sind denn Ihre Mutter oder Ihre Angestellten?« Robert Jensen war bei Rist im Nebenraum, so viel wusste Pia.

»Anne hat frei, und meine Mutter ist beim Arzt. Ich bin heute nur hier, weil ich wegen neulich noch krankgeschrieben bin. Aber dass es hier so voll wird und ich dann den ganzen Laden allein schmeiße, war natürlich nicht so geplant.« Die junge Frau klang, als wäre sie den Tränen nahe. »Ich schaffe das nicht. Wann ist mein Vater denn fertig?«

Pia hörte im Hintergrund einen lauten Ausruf. »Ist etwas passiert?«, fragte sie Jessika Jensen.

»Noch nicht.«

Die Stimmung im Hotel schien tatsächlich gereizt zu sein. Pia sah auf die Uhr. »Wissen Sie was? Ich komme schnell zu Ihnen rüber«, sagte sie. »In fünf Minuten bin ich da.«

Weil Rist und Wohlert noch mit Robert Jensen im Gespräch saßen, bat Pia Klaus Schindler, der in der Teeküche hastig ein Plunderstück verspeiste, ihre letzte Befragung zusammen mit Broders durchzuführen. Erst hatte Pia überlegt, Schindler ins *Hotel Jensen* zu schicken, da er die Leute besser kannte. Doch für sie als Hotelgast war es unverfänglicher, sich dort aufzuhalten und erst mal die Lage zu sondieren, als für den stadtbekannten Polizisten.

20. Kapitel

Die Jäger aus der näheren Umgebung waren tatsächlich alle da und standen oder saßen in der Hotellobby und im angrenzenden Wintergarten herum. Jessika servierte Tatjana Hoge, die mit Dagmar und Hagen Eggerskamp sowie Werner Hoge in einer der Sitzgruppen Platz genommen hatte, einen Espresso. Jessika Jensen bat Pia, mit ihr in das kleine Büro neben der Rezeption zu kommen, das normalerweise der Familie Jensen vorbehalten war.

»Die Lage hat sich gerade wieder etwas beruhigt«, sagte sie mit gedämpfter Stimme. »Aber eben war es ziemlich brenzlig.«

»Weswegen?«

»Sie haben sich darüber gestritten, wer wohl diese Wildkamera installiert hat und warum die anderen Jäger nichts davon wussten.«

Pia war darüber informiert, wem die Kamera gehörte, doch sie ließ Jessika weiterreden.

»Es kam schließlich heraus, dass Bernhard Gessler die Wildkamera aufgestellt hat«, sagte Jessika. »Und nur Carsten Franke wusste davon. Bernhard behauptet, er habe bloß vergessen, es den anderen zu sagen. Hagen hat sich ziemlich aufgeregt, weil es auf seinem Land passiert ist und weil sie deswegen nun alle unter Generalverdacht stehen. Außer Bernhard Gessler natürlich, der ja jetzt fein raus ist. Er wäre ja wohl kaum so dämlich, ausgerechnet dort eine Leiche zu entsorgen, wo er von seiner eigenen Kamera gefilmt wird. Jedenfalls würde die Polizei das so sehen, meint Hagen.«

Interessant, dass Eggerskamp auch in Betracht zieht, dass es einer von ihnen gewesen sein könnte, dachte Pia.

»Dann hat Hagen Eggerskamp noch gesagt, dass er es gern wüsste, falls jemand glaubt, denjenigen auf der Aufnahme erkannt zu haben. Er klang richtig bedrohlich. Sie haben zusammen übrigens schon zwei Flaschen Wein geleert. Tatjana Hoge meinte daraufhin, ob Hagen denjenigen dann auch entsorgen würde – und hat gelacht. Er fand das aber nicht witzig. Ein Glas ist umgefallen, jemand hat aufgeschrien. Sie haben alle durcheinandergeredet. Als ich hingegangen bin, um die Bescherung wegzuwischen, starrten sie einander feindselig an. Da hab ich Sie angerufen.«

»Und seitdem?«

»Sie sind immer noch alle da. Ich hab kein gutes Gefühl. Kommt mein Vater wenigstens gleich wieder?«

»Er müsste bald fertig sein.« Warten sie alle auf Robert Jensen oder auf jemand anders?, fragte Pia sich. Warum löste sich die Gruppe nicht auf? »Ich komme doch von hier in den Wintergarten«, sagte Pia zu Jessika. »Ich setze mich an den Tisch in der Ecke hinter dem großen Ficus. Da bin ich von der Lobby aus nicht gleich zu sehen. Geben Sie mir eine Cola mit. Dann kann ich ein bisschen zuhören, und Sie wissen, dass ich zur Not eingreife, bevor Ihre Gäste das Mobiliar zerlegen.« Pia lächelte beruhigend.

Jessika holte eine kleine Flasche Cola und ein Glas. Niemand bemerkte Pia, als sie ihren Platz einnahm und sich das Getränk einschenkte. Die Lautstärke des Gesprächs in der Lobby schwoll wieder an.

»… und Helge Osterloh ist in letzter Zeit wohl recht dicke mit der Evi«, hörte Pia Dagmar Eggerskamp sagen. »Was der weiß, wissen die ›Schwestern Schrecklich‹ bestimmt auch.«

Hagen lachte auf. »Was soll das, so von ihnen zu reden? Die haben dir nie etwas getan. Und um Alma zur Nachhilfe zu Evi zu schicken, dafür sind sie dir gut genug, oder? Ich werde euch Frauen mein Leben lang nicht verstehen.«

»Das eine hat doch mit dem anderen nichts zu tun«, verteidigte sich Dagmar Eggerskamp. »Und Alma sagt, der Unterricht bringt ihr was.«

»Es wundert mich, dass Evi Alma überhaupt unterrichtet«, erwiderte Tatjana Hoge. »Immerhin ist Alma eine typische Eggerskamp.«

»Was soll das denn heißen, eine ›typische Eggerskamp‹?«

»Na, arrogant und dominant zugleich. Die bekommt doch immer, was sie will.«

»Und Evi ist nicht eingebildet? Wir sind ihr doch anscheinend alle nicht gut genug.«

»Wie Helge Osterloh das wohl macht? Der muss ja Qualitäten haben, von denen ahnen wir anderen nicht mal etwas«, sagte Werner Hoge und lenkte damit von der Provokation seiner Frau gegenüber den Eggerskamps ab.

Tatjana schnaubte. »Osterloh, diese Wollsocke!«

»Früher war Evi anders drauf. Eine richtig heiße Nummer war sie. Mein Gott, jeder Mann hier wollte sie haben. Und sie hat sie alle an der Nase herumgeführt«, entgegnete Hagen.

»Dich auch, Schatzilein?«, stichelte Tatjana.

»Was willst du damit andeuten, Tatjana?«, fragte Dagmar Eggerskamp in einem aggressiven Tonfall, der Pia an die zwei Flaschen Wein erinnerte, die die Gruppe intus hatte.

»Nichts. Ich frage nur deinen lieben Ehemann.« Und dann: »Schenkst mir doch bitte noch ein Glas ein, Hagen?«

»Eine Frau, die mich an der Nase herumführen will«, sagte der, »muss schon sehr früh aufgestanden sein.«

»Also hattest du mal was mit ihr?«

»Quatsch. Ich und die Evi? Im Leben nicht.«

»Jessi, wir brauchen noch eine Flache Chardonnay!«, rief Dagmar Eggerskamp. »Und was sollte das eben überhaupt heißen, Tati? Es wundert dich, dass Evi Alma unterrichtet?«, hakte sie nach und kam wieder auf den Ausgangspunkt des Streits zurück.

Pia drückte den Rücken durch, bereit einzugreifen, falls die Frauen aufeinander losgingen und ihre Männer sie vielleicht noch anfeuerten.

»Die Goede-Schwestern meiden euch doch seit einiger Zeit. Sie wollen anscheinend nichts mehr mit euch zu tun haben. Das war früher nicht so. Ihr wart doch mal gute Nachbarn.«

»Das sind wir auch immer noch.«

»Na, neulich hatte ich den Eindruck, die Schwestern gingen euch regelrecht aus dem Weg. Auf dem Markt ...«, hob Tatjana an.

»Die Schwestern Goede gehen jedem hier aus dem Weg«, fiel Hagen ihr ins Wort. »Oder glaubst du, sie würden dich in deinen High Heels zum Kaffeekränzchen auf ihren Einsiedlerhof einladen?«

Nun lachte Dagmar auf.

»Ich zähle ja nicht, als Zugezogene«, konterte Tatjana Hoge.

»Bei unserem Oberförster Helge Osterloh, dem jüngst Zugezogenen, machen die Schwestern aber 'ne Ausnahme«, warf Werner Hoge ein. »Er hat es mir selbst brühwarm erzählt, als ich ihn beim Fischmann getroffen habe.«

»Was hat er dir gesagt?«

»Dass er Evi eingeladen hat. Auf eine Naturwanderung ...« Er verstellte die Stimme, dozierte: »Sie ist gar nicht mal so abgeneigt, mit mir die heimische Natur zu erkunden.«

Pia hörte, dass sie darüber lachten.

»Die beiden sollten dabei aber unbedingt auf die Wildkameras achten!«, spottete Hagen Eggerskamp.

»Was ist so witzig?«, hörte Pia Klaus Schindler fragen. Er war also auch im Hotel eingetroffen. Immerhin gehört er ebenfalls der Jagdgesellschaft an, erinnerte sie sich. Doch als Polizist müsste er es eigentlich besser wissen, als sich zu diesem Zeitpunkt einzumischen.

»Evi Goede und Oberförster ›Wollsocke‹ Osterloh«, rief Tatjana.

»Wer diesen Dorfklatsch glaubt, ist selbst schuld«, entgegnete Klaus Schindler.

»Oh, nun ist der Evi-Goede-Fanclub wohl vollzählig versammelt«, bemerkte Tatjana Hoge.

»Der Klaus doch nicht«, erwiderte ihr Mann.

»Beunruhigt dich das etwa, Werner?«, fragte Dagmar. »Die große Konkurrenz?«

Pia wartete ab, bis sich die kleine Gruppe aufgelöst hatte. Inzwischen war auch Robert Jensen von seiner Befragung auf dem Revier zurückgekommen, jedoch gleich wieder in der Hotelküche verschwunden. In der nun verwaist daliegenden Lobby war bis auf ein Glas nichts weiter zu Bruch gegangen. Trotzdem kam es Pia so vor, als wäre die Luft noch von den Anspielungen und Boshaftigkeiten aufgeladen. Sie ging zurück zum Polizeirevier, doch dort herrschte bereits Aufbruchstimmung.

»Wie ist es bei euch noch gelaufen?«, fragte Pia Rist.

»Es ist nicht viel dabei herausgekommen. Die Aufnahme der Wildkamera ist einfach zu schlecht. Aber es war einen Versuch wert.«

»Überhaupt keine auffälligen Reaktionen bei euch?«

»Wir sprechen morgen darüber«, sagte er. »Ich habe noch einen Termin in Lübeck. Morgen früh sehen wir uns um acht bei uns im Kommissariat.«

»Ich werde da sein«, bestätigte Pia.

Die Lübecker Kollegen fuhren einer nach dem anderen fort. Klaus Schindler war wahrscheinlich vom Hotel aus nach

Hause zu seinem Vater gegangen. Pia stand einen Moment un-
schlüssig vor dem Polizeirevier. Inzwischen war es zwar dunkel, aber noch nicht wirklich spät. Der Abend lag lang und
langweilig vor ihr. Sie brauchte erst einmal frische Luft nach
dem Tag in dem Kabuff zwischen Akten und Pizzakartons. Sie
brauchte Bewegung, und der Muskelkater vom Joggen ließ
auch langsam nach.

Pia überlegte, quer durch den Ort zu gehen, nicht in Richtung Jachthafen und Steilküste, sondern am Meerwasser-Wel-
lenbad vorbei und dann über die Kurpromenade zurück zum
Hotel. Dort würde sie sich ein warmes Abendessen gönnen,
wenn Robert Jensen nach der Befragung noch dazu gekommen
war, etwas vorzubereiten. Aber ein guter Koch wie er zauberte
wahrscheinlich noch aus Kugelschreiberminen und Fingerabdruckpulver ein Sterne-Menü.

Sie bog nach rechts, ging an dem Parkplatz vorbei, hinter
dem sich der Dörnitzer Friedhof befand. Er war schön an-
gelegt, weitläufig und mit Gruppen alter Bäume bestanden.
Friedhöfe faszinierten Pia auf eine morbide Art und Weise,
besonders die älteren. Die meisten schlossen ihre Pforten nach
Einbruch der Dunkelheit, doch gerade trat eine Frau durch das
Friedhofstor nach draußen. Sie trug eine längere beigefarbene
Jacke, ging mit gesenktem Kopf und hielt zusammengeknüll-
tes Blumenpapier in der Hand. Ihr gelbblond gefärbtes Haar
leuchtete im Schein einer Straßenlaterne auf. Es war Stine Jensen, Jessikas Mutter. Ohne sich umzusehen, lief sie die Straße
hinunter in Richtung Ortszentrum.

An wessen Grab sie wohl gewesen war? Mutter, Vater, eine
Freundin, ein Freund? Sie musste direkt nach ihrem Arzt-
besuch hierhergekommen sein. Pia vermutete, dass es ein
außerplanmäßiger Arzttermin gewesen war. Stine Jensen hätte
das wohl längerfristig nicht ausgerechnet an dem Tag einge-
plant, an dem auch ihre Angestellte freihatte. Ihre Tochter

Jessika hatte ja nur deshalb für sie einspringen können, weil sie selbst krankgeschrieben war. Und dieser Umstand war sicher heikel genug.

Die Friedhofspforte gab beim Öffnen ein durchdringendes Quietschen von sich. Verdammte Neugierde. Sie hatten heute mit den Ermittlungen nicht gerade nennenswerte Fortschritte gemacht. Es wurde Zeit, dass sie etwas herausfanden, das sie weiterbrachte. Wieso sie ausgerechnet auf dem Friedhof danach suchte, konnte Pia auch nicht sagen. Stine Jensen gehörte zu dem Personenkreis, der in die beiden Todesfälle involviert war. Ihr Mann hatte die Tote am Steilufer gefunden, ihre Tochter den Leichnam im Wald. Aber es war mehr der hoffnungslose Ausdruck im Gesicht der Hoteliersfrau gewesen, der Pias Aufmerksamkeit erregt hatte.

Durch die hohen, dicht stehenden Bäume und die Koniferen, die die Grabreihen umstanden, war es hier viel dunkler als an der Straße. Pia fürchtete einen Moment, dass man sie versehentlich auf dem Friedhof einschließen könnte. So vollständig war ihr Muskelkater noch nicht vergangen, als dass sie Lust auf eine Kletterpartie über die Gitterpforte gehabt hätte. Und die Dörnitzer mussten eine Polizistin ja nicht gerade bei Klimmzügen an einem Ort beobachten, der eher pietätvolles Benehmen forderte.

Der Weg zwischen den Gräbern bestand aus einer weichen, nassen Rasenfläche. Der erdige, feuchte Geruch und der aromatische Duft der Nadelgewächse weckten Erinnerungen an das Fichtennadelbad ihrer Kindheit, das ihre Mutter ihr eingelassen hatte, wenn sie nass und durchgefroren vom Spielen heimgekommen war. Pia konnte in der Dunkelheit die Pfützen nicht erkennen und tappte direkt in eine hinein. Wasser spritzte auf. Sie kümmerte sich nicht weiter darum, sondern betrachtete jedes Grab, an dem sie vorbeikam, im Licht ihrer Handylampe. Hoffentlich hielt der Akku durch, bis sie fündig geworden war. Die große Taschenlampe hatte sie natürlich nicht dabei. Pia suchte nach den frischen Blumen, die Stine Jensen, dem Blumenpapier nach zu urteilen, auf einem der Gräber abgelegt hatte.

Ein weiterer Friedhofsweg kreuzte den Hauptweg. Er führte zu beiden Seiten in unergründliche Dunkelheit. Den würde sie auch noch abgehen müssen, wenn sie hier nichts fand. Zweimal stutzte Pia, untersuchte ein kleines Gesteck und einen Blumenstrauß auf zwei Familiengräbern, doch beide Male war das Grünzeug schon mehrere Tage alt.

Auf der linken Seite hinter einem dichten Busch befand sich eine schlichte Grabstelle, die von einer niedrigen Buchsbaumhecke eingefasst war. Vor dem Stein lag ein frischer Strauß gelber Rosen. Es hatte an diesem Tag mehrmals geregnet, doch die Blumenblätter waren noch trocken, die Blüten zart wie aus Marzipan und ohne braune Ränder. Im Kontrast dazu glänzte der Grabstein schwarz; die goldfarbenen Buchstaben darauf leuchteten auf, als Pia sie mit der Handylampe anstrahlte.

Sie las den Namen sowie das Geburts- und das Sterbedatum. Pia schluckte. Das konnte jetzt irgendwie nicht sein.

21. Kapitel

Geliebter Sohn, Enkelsohn und Bruder
Jesper Jensen
*22. 11. 1985   †12. 03. 2005

Jessika Jensen hatte Pia von ihrem Bruder erzählt, dem angeblichen Radrennprofi, der sich gerade in Neuseeland aufhielt, der um die Welt jettete und dessen Karriere sie verfolgte. Hatte sie den Namen Jesper erwähnt? Handelte es sich bei diesem Grab um das von Jessikas Bruder? In der Stimme der jungen Frau hatten jedenfalls Liebe und Stolz mitgeschwungen, als Jessika ihr von ihrem Bruder berichtet hatte. Und jetzt das.

Pia erhob sich. Sie war traurig, und ihr war unbehaglich zumute – wegen eines jungen Mannes, der vor mehr als zehn Jahren gestorben war, den sie nicht gekannt hatte und den sie nie kennenlernen würde. Er war nicht einmal zwanzig Jahre alt geworden. Sie schaltete das Handylicht aus, um ihren Akku für den Rückweg zu schonen, denn sie hatte nun gesehen, was sie sehen musste. Pia stand einen Moment ruhig da, legte den Kopf in den Nacken und atmete tief ein und aus. Der Wind bewegte die Zweige in den kahlen Baumkronen. Etwas flatterte über ihren Kopf hinweg. Ein Vogel oder eine Fledermaus? Nach dem ersten Schrecken und dem darauf folgenden dumpfen Gefühl der Trauer und der Scham, als hätte sie sich in etwas eingemischt, das sie nichts anging, kam die Aufregung. Pia wusste nicht, ob der Tod dieses jungen Mannes mit ihren Ermittlungen zusammenhing, aber sie musste es auf jeden Fall nachprüfen. Zumindest die Tatsache, dass Jessika Jensen den Tod ihres Bruders verdrängte oder verschwieg, war im Zusammenhang mit einer Mordermittlung bemerkenswert.

Woran Jesper Jensen wohl gestorben war? In diesem Alter waren Unfälle bei jungen Männern eine der häufigsten Todesursachen. Jedenfalls ein nicht natürlicher Tod.

Einerseits wünschte Pia sich, sie hätte das hier nicht entdeckt. Nun würde sie dazu Fragen stellen müssen – Fragen, bei deren Beantwortung es der Familie Jensen, die unter dem Verlust wahrscheinlich schon genug gelitten hatte, schlecht gehen würde. Die Daten und der Name sprachen dafür, dass Jesper Stine und Robert Jensens Sohn und Jessikas Bruder war. Er könnte auch ein Neffe oder ein Cousin oder ein weiter entfernter Verwandter sein. Aber das glaubte Pia in Anbetracht dieses dunklen, unwirtlichen Winterabends nicht.

Sie ging den Weg zurück, den sie gekommen war. In einiger Entfernung sah sie vor sich zwischen den Büschen und Bäumen das Licht einer Straßenlaterne. Der Schein war milchig trüb von der hohen Luftfeuchtigkeit. Pias Gedanken wanderten wieder zu den Jensens. Einerseits war es hilfreich, dass sie bei ihnen im Hotel wohnte. Ansonsten hätte sie Stine Jensen vielleicht nicht sofort wiedererkannt und wäre nicht auf das Grab gestoßen. Andererseits kam sie sich nun wie eine Voyeurin vor.

Sie hörte ein leises Scharren wie von Krallen auf Kies und blieb stehen. Das Geräusch kam von rechts, wo bei einer Bank und einem Kompostsilo ein Seitenweg in den Hauptweg einmündete. Pia richtete das LED-Licht ihres Mobiltelefons in diese Richtung. Sie erstarrte, als sie in ein Paar orange aufleuchtende Augen blickte, das sie fixierte.

Es war ein Hund. Ein großer Hund, der sie mit aufgerichtetem Nackenfell und gefletschten Zähnen anknurrte. Wo war ihr Pfefferspray? In den Tiefen ihrer Umhängetasche! Dort nützte es ihr wenig. Zu wem gehörte der Hund? Dieses Zusammentreffen war wohl kaum ein Zufall. Der Besitzer des Tieres war die eigentliche Gefahr. Pia ließ das Telefon in die Jackentasche gleiten und bewegte die Hand in Richtung der Dienstpistole im Schulterholster. Der Hund knurrte lauter und fletschte die Zähne. Er würde sie angreifen, wenn sie zur Waffe griff. Jeder Muskel des Tieres schien angespannt und zum Sprung bereit zu sein. Es ließ sie nicht einen Moment aus den Augen.

Pia stand still da, unfähig, sich zu rühren. Wie verhielt man sich in so einem Fall? Vor allem war es ratsam, die Ruhe zu bewahren und stehen zu bleiben. Wenn möglich, langsam rückwärtszugehen. Auf keinen Fall durfte man dem Hund in die Augen starren; das würde er als Aggression verstehen.

Pia wich vorsichtig einen Schritt zurück, dann noch einen. Das Tier sollte nicht auf die Idee kommen, ihr hinterherzujagen. Doch eigentlich musste sie in die andere Richtung gehen, um an ihm vorbei zur Straße zu gelangen. Der Hund folgte ihr mit angriffslustig hochgezogenen Lefzen. Es war ein Schäferhund-Mischling, ein kräftiges Tier. Pia kannte ausgebildete Polizeihunde, hatte ihnen beim Training zugesehen, sie des Öfteren im Einsatz erlebt. Sie wusste, was diese Tiere leisten konnten. Wenn der Hund sie tatsächlich angriff, würde es schlecht für sie aussehen.

Sie hörte das Knirschen von Schritten hinter sich.

»Ist das Ihr Hund?«, fragte Pia mit fester Stimme. Sie wagte nicht, sich umzudrehen. Doch wer immer sich ihr von hinten auf dem Friedhofsweg näherte, antwortete ihr nicht.

»Rufen Sie Ihren Hund zurück!«, forderte Pia so energisch, wie es ihr angesichts des auf Aggression abgerichteten Tieres ratsam erschien. Die Schritte verharrten dicht hinter ihr. Der

Mensch war ihr jetzt so nahe, dass sich Pias Nackenhärchen aufrichteten. Sie versuchte, ihre Hand weiter in Richtung ihrer Pistole zu bewegen, doch das Tier duckte sich zähnefletschend, jederzeit zum Sprung bereit. Hinter sich hörte Pia Atemgeräusche.

»Ganz ruhig, dann passiert dir nichts.« Es war eine monotone männliche Stimme. Kannte sie sie?

Sie kam weder an die Pistole noch an das Pfefferspray heran. Gegen zwei Angreifer wäre es eh zu gefährlich. Wandte sie Waffe oder Spray gegen den Mann, würde der Hund sie angreifen. Benutzte sie es gegen den Hund, würden sich womöglich beide auf sie stürzen. »Was wollen Sie?«, fragte Pia betont forsch.

»Das wirst du schon sehen.« Er legte einen Arm um ihren Hals und riss sie zurück. Unterhalb ihres Gesichts sah sie eine Messerklinge im schwachen Lichtschein aufblitzen. Der Hund jaulte auf, duckte sich wieder sprungbereit, griff sie jedoch noch nicht an.

Pia roch Schweiß und ein süßliches Rasierwasser. Der Stoff an ihrem Hals fühlte sich glatt an. Leder oder vielmehr Kunstleder, dem eher chemischen Geruch nach zu urteilen. Der Angreifer war etwas größer als sie, und der Arm, der ihren Hals zurückkriss, schien kräftig zu sein, als könnte er ihr mühelos das Genick brechen. Selbst wenn der Hund und das Messer nicht wären, wären ihre Chancen im Nahkampf gegen diesen Typen eher gering, schätzte Pia.

»Ich bin Polizistin, und ich bin nicht allein. Mein Kollege kommt jeden Moment«, sagte Pia.

Er lachte auf. Mit seiner freien Hand tastete er sie ab, fuhr in ihre Jackentasche, zog das Telefon heraus und warf es in die Büsche an der Seite. Dann griff er nach vorn unter ihre Jacke und stieß ein zufriedenes Grunzen aus. »Danke für die Pistole. Die macht es mir noch einfacher.« Der Lauf ihrer eigenen Waffe bohrte sich zwischen ihre Rippen.

»Wer sind Sie?«, fragte sie, um nicht in Schockstarre zu verfallen. Sie musste mit ihm reden.

»Das weißt du, Pia. Du hast meine Liebesbotschaften doch erhalten.«

»Kinderkram«, entgegnete sie.

Er riss sie weiter zurück. Sie hörte, wie ihre Nackenwirbel knackten. Aus dem Augenwinkel sah sie den Hund, der sich vor Aufregung und Angriffslust kaum noch halten konnte. »Ich schlitz dich auf, du Miststück! Aber vorher soll ich dir noch eine Spezialbehandlung angedeihen lassen«, flüsterte der Angreifer ihr ins Ohr.

»Wer sagt das?«

»Liebesgrüße von Albrecht, der deinetwegen noch verhindert ist. Das vergisst er dir nie.«

Also doch. Sie hatten mit der Vermutung, dass die eigentliche Bedrohung aus dem Gefängnis kam, recht gehabt. Sie ging von Mark Albrecht Lohse aus. Pia versuchte, einen Plan zu entwickeln, um die Situation wieder unter Kontrolle zu bekommen.

»Und wenn ich mit dir fertig bin, warte ich in aller Ruhe auf dein Kind!«, setzte der Mann hinter ihr hinzu.

»Was willst du wirklich?«, stieß sie hervor.

»Hinknien!«, forderte er. »Geh ganz langsam auf die Knie. Und dann drehst du dich zu mir um.« Die Klinge näherte sich ihrem Hals. »Los! Ich bin nicht sehr geduldig.«

»Nein. Nicht, solange der Hund da ist.«

»Du machst, was ich dir sage.«

Sie antwortete nicht und bewegte sich auch nicht. Ihr passiver Widerstand machte den Mann wütend. Sie hörte es an der Art, wie sich seine Stimme veränderte. Seine Wut schien die Aggression des Hundes weiter anzufachen. Das war schlecht. Vor ihm auf die Knie zu gehen war aber definitiv noch schlechter.

Ein leises metallisches Quietschen ließ Pia aufmerken.

»Los, runter jetzt!« Er lockerte den Griff an ihrem Hals, die Metallklinge erschien vor Pias Augen.

»Nein. Auf keinen Fall.« Sie musste ihn von dem Geräusch ablenken und gleichzeitig auf sich aufmerksam machen und hob die Stimme. »Wenn ich das tue, geht mir der Hund an die Kehle.« Sie hörte tatsächlich Schritte. Da kam jemand den Weg entlang auf sie zu.

»Hallo? Ich schließ jetzt ab. Verlassen Sie bitte den Friedhof!« Ein Friedhofsmitarbeiter. Vielleicht der Totengräber? Nie war Pia das Erscheinen eines Menschen willkommener gewesen, und niemals zuvor wäre sie einer Aufforderung lieber nachgekommen. Um Hilfe zu schreien kam nicht infrage, schon wegen des Messers und der Pistole, die ihr Angreifer jetzt besaß. Einen Moment lang war es still. Sogar der Hund regte sich nicht.

»Wir gehen ja gleich!«, rief Lohses ehemaliger Knastkumpan dem Ankömmling zu. »Warten Sie nicht auf uns. Wir gehen hinten raus.« Seine Stimme bebte. Sein Plan funktionierte offenbar nicht so, wie er es sich gedacht hatte. Er verlor die Kontrolle.

»Dahinten ist schon alles zu.« Die Stimme gehörte einem älteren Mann. Sie klang energisch und rau, als arbeitete er bei Wind und Wetter draußen. »Kommen Sie jetzt. Das war keine Bitte!«

»Hauen Sie ab!« Das Messer vor Pias Gesicht zuckte.

»Herbert!«, hörte sie den anderen rufen. »Komm mal her. Wir haben hier ein Problem.«

»Ich komm wieder«, sagte der Angreifer nah an Pias Ohr. Er löste den Druck auf ihren Hals und stieß sie hart zwischen die Schulterblätter, sodass sie vorwärtstaumelte. Ein Pfiff ertönte. Der Hund folgte seinem Besitzer, dessen schnelle Schritte hinter ihr verklangen.

Nun sank Pia doch auf die Knie und stützte sich mit den Händen auf dem feuchten Friedhofsboden ab. Sie ließ den Kopf nach vorn fallen, um ihre erstarrten Nackenmuskeln zu lockern. Wieder knirschten ihre Nackenwirbel. Sie atmete viel zu schnell. Ihr wurde schwindelig. Nur nicht hyperventilieren. Das ist bloß der Schock. Alles bestens, redete sie sich gut zu.

Der Friedhofsmitarbeiter, der eigentlich nur gekommen war, um abzuschließen, half Pia auf die Beine. Er leuchtete ihr mit seiner Taschenlampe ins Gesicht. »Sind Sie in Ordnung? Alles klar?«

»Ja, es geht schon. Danke.« Pia wollte sich den Dreck von der Hose klopfen, doch es war hoffnungslos. So beließ sie es dabei, sich nur die Hände daran abzuwischen.

»Was war da eben los? Kannten Sie den Mann?«

»Nein, ich kannte ihn nicht.«

»Hat er Sie etwa angegriffen? Ihnen etwas angetan? Soll ich die Polizei rufen?«

Pia lachte auf und erschrak über den schrillen Klang. Sie atmete tief durch. »Nein, danke. Das mache ich gleich selbst. Ich hab nur mein Telefon hier irgendwo verloren.«

»Soll ich Ihre Nummer mal anrufen?«

Die Situation ähnelte auf groteske Weise einer anderen im vergangenen Sommer, als sie mit ihrem Fahrrad in die Wakenitz gefallen war. Auch damals hatte sie ihr Mobiltelefon verloren, und jemand hatte ihr dabei geholfen, es wiederzufinden.

»Das wäre gut. Mein Handy liegt irgendwo in diesem Gebüsch da.« Und noch einmal über die feuchte Erde zu kriechen würde jetzt auch keinen Unterschied mehr machen.

Pia fand ihr Telefon unter einem Strauch wieder. »Wie heißen Sie eigentlich?«, fragte sie ihren Retter.

»Herbert Suhr. Ich arbeite auf dem Friedhof.«

»Aber Sie haben doch nach einem Herbert gerufen.«

»Mir fiel auf die Schnelle kein anderer Name ein.«

Pia musste lächeln. Es fühlte sich seltsam an. »Hat ja funktioniert.« Sie gingen nebeneinander den Friedhofsweg hinunter. Pia stellte sich dem Friedhofsmitarbeiter ebenfalls vor und erklärte, was sie in Dörnitz zu tun hatte.

»Dann war der Mann da eben der Täter, den Sie suchen?«

»Nein, das glaube ich nicht.«

»Was wollte er dann von Ihnen?«

»Ich weiß es nicht.« Rache üben, dachte Pia. Es ist ein Auftrag aus dem Gefängnis, den er ausführt. Wahrscheinlich bekommt er Geld dafür oder eine andere Art der Unterstützung. Oder er ist Mark Albrecht Lohse noch einen Gefallen schuldig. Er hatte jedenfalls von einem Albrecht gesprochen. Marten hatte recht behalten. Doch das war auch kein Trost. Es war knapp gewesen. Sie hatte noch gar nicht so richtig realisiert, wie knapp. Das würde später kommen, wenn sie allein war.

»So etwas hat es bisher bei uns noch nicht gegeben«, sagte der Mann tadelnd, als wäre es Pias Schuld. So ganz unrecht hatte er damit ja auch nicht. »Wir haben hier ansonsten nur hin und wieder ein paar randalierende Jugendliche, ab und an mal 'nen Einbruch, besonders in leer stehende Häuser und Appartements ... Aber keine Überfälle dieser Art und auch keinen Mord.«

»Es gibt für alles ein erstes Mal.«

»Und Sie sind wirklich bei der Polizei?«

»Ja, bin ich.«

»Wo ist denn Ihre Waffe?«

Das war das Schlimmste. »Die hat er mir abgenommen«, stieß sie widerwillig hervor.

»Das ist schlecht.«

Es würde einen Haufen Ärger geben. Da hatte sie von Rist als ihrem Dienstherrn ausnahmsweise die Erlaubnis erhalten, wegen der akuten Bedrohungslage ihre Waffe mitzunehmen und auch außerhalb der Dienstzeiten zu tragen, und nun war sie weg. Sich die Dienstpistole abnehmen zu lassen war ein absolutes No-Go. Pia fürchtete, dass es Rist insgeheim vielleicht sogar freuen würde, ihr diesbezügliches Versagen zu erleben, selbst wenn es ihm ebenfalls Unannehmlichkeiten einbrachte.

Herbert Suhr begleitete Pia bis zum Hoteleingang. Sie dankte ihm noch einmal und ging in ihren verschmutzten Sachen auf direktem Weg in ihr Appartement. Zum Glück begegnete ihr niemand, der ihr Fragen zu ihrem Aufzug stellen könnte. Sie stopfte die Jacke in eine Plastiktüte, in der Hoffnung, dass Fasern, Haare oder Hautschuppen ihres Angreifers daran haften geblieben waren. Anschließend duschte sie lange und so heiß, wie sie es gerade noch aushielt. Im Bademantel und mit einem um ihr nasses Haar geschlungenen Handtuch setzte sie sich dann auf das Bett. Als Pia zum Telefon griff, zitterte ihre Hand.

22. Kapitel

Aufgrund des Vorfalls auf dem Friedhof ordnete Rist an, dass die morgendliche Dienstbesprechung doch wieder in Dörnitz abgehalten wurde. Pia hatte ihren Vorgesetzten am Vorabend noch angerufen, ihm von dem Angriff erzählt und den Überfall auch offiziell zur Anzeige gebracht. In den frühen Morgenstunden hatten Einsatzkräfte damit begonnen, das Friedhofsgelände abzusuchen, in der Hoffnung, auf eine Spur des Täters zu stoßen. Pia war anfangs dabei gewesen, um ihnen zu zeigen, wo genau der Überfall stattgefunden und welchen Weg der Angreifer bei seinem Rückzug genommen hatte. Wenn es derselbe Mann war, der in der Adlerstraße auf dem Dachboden seinen Beobachtungsposten aufgeschlagen hatte, war er tatverdächtig, Erwin Wenck erschlagen zu haben. Hinzu kamen Brandstiftung und ein Angriff mit einem Messer, diverse andere Delikte und nicht zuletzt der Diebstahl einer Dienstpistole der Polizei. Das machte Pia am meisten zu schaffen: dass der Mann nun ihre Pistole hatte und mit ihrer Waffe einen Menschen töten oder verletzen konnte. Sie hatte das Gefühl, dass ihre Stimmung nach den Vorfällen der letzten Tage nun auf einem Tiefpunkt angelangt war.

Rist gab Pia eine andere Walther P99Q, bis sich ihre Dienstwaffe wieder angefunden habe, wie er sagte. Er nahm ihre Jacke in der Plastiktüte entgegen, um sie den Kriminaltechnikern zu übergeben. Zum Glück hatte Pia eine zweite im Gepäck gehabt, die sie hatte anziehen können. An diesem Morgen lagen die Temperaturen nur knapp über dem Gefrierpunkt.

In der anschließenden Besprechung wurden die Ergebnisse

der gestrigen Befragungen abgeglichen. Bernhard Gessler, einer der Jäger, hatte ausgesagt, die Wildkamera am Luderplatz montiert zu haben. Er habe nur Carsten Franke davon erzählt, ansonsten aber niemandem.

Pia berichtete noch einmal ausführlicher von Jessika Jensens Anruf und schilderte, was sich nach der Befragung im *Hotel Jensen* zugetragen hatte. Sie gab die Unterhaltung in der Hotellobby so präzise wie möglich wieder. Rist schrieb die Namen aller Beteiligten an das Whiteboard und verband sie mit verschiedenfarbigen Pfeilen, die ihr Beziehungsgeflecht untereinander veranschaulichten.

»Sieht nach einer explosiven Mischung aus«, sagte Broders, als das Bild fertig war. »Doch was sagt uns das nun?«

»Dass wir noch ganz am Anfang stehen«, bemerkte Gerlach.

»Wir haben aber einen vielversprechenden neuen Ansatzpunkt.« Rist forderte Pia dazu auf zu berichten, was sie am Vorabend auf dem Friedhof noch herausgefunden hatte.

Während ihrer kurz gefassten Schilderung des Überfalls durchlebte sie noch einmal den Schrecken und die Angst und ertappte sich dabei, dass sie ihre Fingernägel in die Handflächen grub. Sie kam schnellstmöglich zum Ergebnis ihres wenig ruhmreichen Ausflugs, der Entdeckung von Jesper Jensens Grab. »Wir müssen in Betracht ziehen, dass ein junger Mann, der nach Aussage seiner Schwester Jessika Jensen quicklebendig in Neuseeland herumradelt und Pokale im Radrennsport einheimst, in Wahrheit seit geraumer Zeit tot ist. Es ist zwar noch nicht sicher, dass der Tote in dem Grab auch tatsächlich der Sohn der Jensens ist, aber wir müssen der Sache auf jeden Fall nachgehen.«

Wie Pia schon erwartet hatte, schickte Rist Broders und sie zusammen ins Hotel, um die Jensens zu Jespers Grab zu befragen. Die Aussicht auf diese Gespräche hob Pias Stimmung nicht.

Als Pia und Broders in dem Büro hinter der Rezeption hinter verschlossener Tür auf das Thema ihrer Befragung zu sprechen kamen, wurde Stine Jensens Gesichtsausdruck starr.

»Muss das jetzt sein?«, fragte sie mit rauer Stimme.

»Leider ja. Es könnte im Zusammenhang mit unseren Ermittlungen stehen.«

»Blödsinn.« Sie sah verlegen zur Seite. »Entschuldigung. Sie haben mich mit Ihrer Frage gerade auf dem falschen Fuß erwischt.« Stine Jensen kramte nervös in einer Schublade, zog eine zerknüllte Zigarettenschachtel und ein Feuerzeug heraus und stellte sich damit an das geöffnete Fenster. »Ich rauche eigentlich gar nicht mehr«, sagte sie. »Schon allein deshalb, weil ich Robert nicht wieder dazu animieren will. Mit seiner Gesundheit steht es nicht zum Besten, darum auch der Frühsport. Doch heute mache ich für mich mal eine Ausnahme.«

»Tut mir leid, dass wir Ihnen diese Fragen stellen müssen«, erwiderte Pia. »Aber wir können keinen noch so unbedeutend erscheinenden Hinweis außer Acht lassen.«

»Schon gut. Ich werde Ihnen alles sagen, was Sie dazu wissen wollen. Sie haben natürlich richtig geraten. Jesper war unser Sohn und Jessikas Bruder. Ich habe nur eine Bitte: Belasten Sie meine Tochter nicht damit, sie darüber auszufragen. Sie ist seit einiger Zeit endlich einigermaßen darüber hinweg. Ich möchte nicht, dass Sie die bösen Erinnerungen bei ihr wieder aufwühlen.«

Pia nickte. »Wir werden das berücksichtigen. Aber dass wir gar nicht mit ihr über ihren Bruder reden, kann ich Ihnen leider nicht versprechen.«

Stine Jensen inhalierte noch einmal tief, blies den Rauch aus dem Fenster und drückte die Zigarette im Blumentopf aus. Sie legte die Kippe in die feuchte Erde und setzte sich Pia und Broders gegenüber. »Und was ist mit meinem Mann? Müssen Sie ihn auch noch mal dazu befragen?«

»Ja. Wir werden mit ihm ebenfalls sprechen müssen«, sagte Broders.

»Was für ein mieser Tag.« Ihr Blick ging hinaus zum wolkenverhangenen Himmel.

Da sprach sie Pia aus der Seele.

»Ich wurde mit dreiundzwanzig schwanger«, berichtete Stine Jensen. »Von Robert. Wir waren frisch verheiratet, aber die Schwangerschaft war nicht geplant. Wir hatten gerade dieses Hotel übernommen und wollten so richtig loslegen. Doch das ist Schicksal, nicht wahr? Und irgendwie geht es ja auch immer weiter. Es war ungeheuer anstrengend, aber trotzdem hatten wir eine schöne Zeit mit dem Baby und allem. Während ich gearbeitet habe, stand Jesper oft in seinem Korb oder Kinderwagen irgendwo im Hotel oder, als es wärmer wurde, auf der Terrasse vor meinem Fenster. Zwischendurch habe ich ihn gestillt und gewickelt. Später hatte er einen Laufstall in der Lobby und ist, als er etwas größer war, zwischen den Gästen herumgeturnt. Im Hotelgarten hatte Robert extra einen kleinen Spielplatz gebaut. Wir waren immer in seiner Nähe, obwohl wir beide voll gearbeitet haben. Das war nicht einfach, denn Jesper hatte einen unglaublichen Bewegungsdrang, auch später noch. Er hat immer viel Sport getrieben und mit dreizehn das Fahrradfahren für sich entdeckt.« Sie lächelte wehmütig. »Er war ehrgeizig und mit der Zeit auch recht erfolgreich. Es hätte etwas aus ihm werden können. Jesper wollte im Radrennsport etwas erreichen. Werner Hoge hatte ihn dazu ermutigt, diesen Weg einzuschlagen.« Sie machte eine kleine Pause. »Nicht, dass ich ihm das übel nehme. Es war Jespers Wunsch. Als unser Sohn neunzehn war, ist er eines Abends auf der Landstraße zwischen Cismar und Dörnitz gefahren. Das war nicht seine eigentliche Trainingsstrecke. Er kam von einem Freund, und es ist später geworden, als er geplant hatte. Sein Rennrad hatte kein Licht, wissen Sie? Er hätte damit gar nicht auf der Straße fahren dürfen.« Sie verzog das Gesicht, versuchte, bei der Erinnerung daran nicht in Tränen auszubrechen. »Ein Autofahrer hat Jesper auf seinem Rad hinter einer Anhöhe voll erwischt. Den damaligen Ermittlungen zufolge ist unser Sohn meterweit durch die Luft geflogen und gegen eine Leitplanke geprallt. Trotz des Helms, den er getragen hat, waren die Verletzungen tödlich. Er ist auf dem Weg ins Krankenhaus gestorben.«

Sie schwiegen einen Moment.

»Wie alt war Jessika damals?«, fragte Pia schließlich.

»Sie war erst zwölf. Sie betete ihren Bruder an. Ich...« Stine Jensen wandte sich ab und kramte in ihrer Schreibtischschublade nach Papiertaschentüchern. Sie schnäuzte sich. »Es war schrecklich für jeden von uns, aber anscheinend war es für sie am schlimmsten. Anfangs bekamen wir es gar nicht so mit, weil jeder von uns in seiner eigenen Trauer und Wut gefangen war. Ich war wie benebelt, habe nur noch funktioniert. Als ich aus dieser Betäubung auftauchte, merkte ich, wie schlecht es unserer Tochter ging. Ihr ganzes Leben schien sich nur noch um den Verlust ihres Bruders zu drehen. Wir wussten uns keinen Rat mehr. Jessika war danach ein paar Jahre in psychologischer Behandlung, um die Trauer besser zu verarbeiten. Das hat ihr geholfen. Sie sprach irgendwann nicht mehr mit uns darüber. Ich ... ich war eigentlich ganz froh. Ich hatte mit mir selbst und meinen Gefühlen so viel zu tun, dazu das Hotel und alles...« Sie machte eine ausholende Handbewegung. »Aber es war wohl nicht richtig. Wir hätten dranbleiben sollen. Ein paar Monate nachdem Jessika die Therapie beendet hatte, merkte ich, dass sie manchmal von Jesper sprach, als wäre er noch am Leben.«

»Haben Sie den Therapeuten deshalb noch mal kontaktiert?«

Sie schüttelte den Kopf. »Robert meinte, wenn es ihr hilft, so zu reden ... Es schade ja keinem. Nur ...«, sie sah Pia in die Augen, »nur dass ich Jessika jedes Mal schütteln möchte, wenn sie das tut. Es macht mich fertig. Ich weiß, ich bin eine schreckliche Mutter.«

»Nein, das glaube ich nicht«, sagte Pia. »Es ist nur sehr viel, das Sie bewältigen müssen.«

»Und der Autofahrer, der Jesper angefahren hat?«, fragte Broders. »Was ist mit dem?«

»Oh, der! Der wurde nie gefasst. Fahrerflucht! Er ist einfach weitergefahren und hat Jesper mit seinen schweren Verletzungen am Straßenrand liegen gelassen. Die Ärzte wollten sich da nicht festlegen, doch ich vermute, wenn der Fahrer Erste Hilfe geleistet und sofort einen Rettungswagen gerufen hätte, wenn Jesper damals schnell professionelle Hilfe bekommen hätte, dann könnte er noch leben.«

Robert Jensen, den sie in voller Kochmontur aus seiner Küche holten, erzählte ihnen im Wesentlichen das Gleiche. Er schilderte die Vorkommnisse weniger emotional als seine Frau, doch hinter der beherrschten Fassade waren sein innerer Aufruhr und seine Frustration immer noch spürbar. Als Pia und Broders sich von ihm verabschiedeten und zurück in die Lobby gingen, vibrierte Pias Mobiltelefon. Eine ihr unbekannte Nummer erschien auf dem Display. Pia blieb stehen und wandte sich ab, um das Gespräch entgegenzunehmen. Als sie wieder zu Broders aufschloss, runzelte sie die Stirn.

»Was ist los? Schlechte Neuigkeiten?«

»Nein. Gar nicht. Eher seltsame. Das war Sanne Fuchs, die wir zu Siegfried Rade befragt haben. Die Frau des Fotografen.«

»Ist das nicht ein Buchtitel?«

»Kann schon sein. Oder heißt das Buch *Die Frau des Piloten?*

Ich weiß es gerade gar nicht. Ich meine aber Mirko Fuchs' Frau, mit der wir in Rostock gesprochen haben. Er hatte in demselben Gebäude, in dem Siegfried Rade sein Büro gemietet hatte, sein Fotoatelier. Sanne Fuchs kennt Rades Lebensgefährtin Petra Meyer. Das gemeinsame Yogatraining und so …«

»Ja, jetzt erinnere ich mich. Petra Meyer ist die, die Siegfried Rade wegen Körperverletzung angezeigt und ihn dann verlassen hat und weggezogen ist.«

»Genau. Wir haben nach ihr gesucht, doch Petra Meyer ist nicht auffindbar.«

»Was sagt diese Sanne Fuchs denn nun?«, wollte Broders wissen.

»Sie hat sich noch mal an ihr Treffen mit Petra Meyer erinnert. An den Abend, als Petra ihr gesagt hatte, dass sie wegziehen will. Sanne Fuchs hatte da nur Rhabarberschorle getrunken, weil sie wusste, dass sie schwanger war.«

»Na und?«

»Sie erinnert sich nun, dass Petra Meyer auch bloß einen KiBa, einen Kirsch-Bananen-Saft, getrunken hat.«

»Na und?«

»Sie hat ebenfalls keinen Alkohol zu sich genommen, Broders.«

»Was soll uns das sagen?«

»Sie haben sich in einer Bar getroffen. Die meisten Leute gehen dorthin, um Alkohol zu trinken.« Pia sah Broders mit hochgezogenen Augenbrauen an. »Das kann etwas bedeuten, muss es aber nicht.«

»Du denkst …«

»Sanne Fuchs meint, so im Nachhinein betrachtet könnte Petra Meyer zu dem Zeitpunkt ebenfalls schwanger gewesen sein.«

Broders rollte mit den Augen. »Da klinke ich mich emotional jetzt mal aus.«

Da sie Jessika Jensen nicht während ihrer Mittagspause in der Bankfiliale befragen wollten, mussten Pia und Broders sich bei ihr bis nach Feierabend gedulden. Immerhin hatten sie schon etwas Wesentliches herausgefunden: Jesper Jensen, Stine und Robert Jensens Sohn, war bei einem Unfall mit Fahrerflucht gestorben, und der Fahrer des Wagens war nie ermittelt worden.

»Rist wird uns ausnahmsweise mal so richtig herzen, wenn er davon erfährt«, sagte Broders. »Er schickt uns los, um drei Leute in einer Mordermittlung zu befragen; eine parallel dazu laufende Ermittlung, nämlich deine kleine Friedhofsodyssee, war der Anlass dazu. Und womit kommen wir zurück? Mit einem dritten ungelösten Fall mit tödlichem Ausgang im schönen Ostseebad Dörnitz.«

»Es ist doch nicht so idyllisch hier, wie ich dachte«, murmelte Pia.

»He, sei bitte nicht so pessimistisch, Engelchen. Schau mal, dieser fantastische Meerblick: dieses zarte, transluzente Blau. Wir essen jetzt Rührei mit Krabben, trinken ein kleines Bier dazu und entspannen uns ein bisschen. Oder willst du etwa eine Rhabarberschorle?«

Sie fanden einen recht rustikalen Imbiss mit Meerblick, wo sie sich direkt am regennassen Fenster niederließen. Pia trank keine Rhabarberschorle. Sie trank auch kein Bier. Sie bestellte sich zum Essen Mineralwasser, was Broders zu der Aussage verleitete, dass sie ihm alles sagen könne, er sei schließlich Polizist und werde Stillschweigen bewahren.

Nach der kurzen Mittagspause trennten sie sich. Sie waren übereingekommen, dass Pia Klaus Schindler zu dem Fahrradunfall von Jesper Jensen besser allein befragen sollte. Er benahm sich seinen Lübecker Kollegen gegenüber manchmal etwas seltsam. Eine Mischung aus Verachtung, weil sie, anders als er selbst, nicht tagtäglich inmitten des Geschehens standen, und leisem Neid darauf, dass sie es in die Mordkommission geschafft hatten und er nicht. Etwas, das er ohnehin nie angestrebt habe, wie er Broders gegenüber betont hatte. Er sei mehr der Straßenkämpfer und Frischlufttyp. Und außerdem sei da ja noch sein Vater, den er nicht im Stich lassen könne. Broders hatte es müßig gefunden, darüber zu diskutieren, und hatte das Schindler auf seine unnachahmlich charmante Art auch klargemacht.

So setzte Pia sich lieber allein in die Nesseln. Bei ihrem »Frischlufteinsatz« auf dem Friedhof hatte sie am vergangenen Abend ja wohl ebenfalls inmitten des Geschehens gestanden. Vielleicht gab ihr das ja ein paar Sympathiepunkte, die Schindler dazu verleiteten, mehr zu dem alten Fall zu sagen, als er unbedingt musste.

»Wie lange bist du eigentlich schon hier in Dörnitz im Dienst, Klaus?«, fragte Pia, nachdem sie ihn um ein Gespräch unter vier Augen gebeten hatte.

»Im April werden es zwanzig Jahre.«

Sie saßen in seinem Büro. Der Regen klopfte an die Scheiben, und die Heizungsrohre knackten. Es herrschte eine bullige Wärme im Raum. Pia rückte ein Stück von der Heizung ab. »Eine ganz schön lange Zeit. Da muss viel passiert sein. Erinnerst du dich an den tödlichen Autounfall von Jesper Jensen?«

»Klar. Warum wollt ihr das jetzt wieder aufwärmen? Das war schlimm. Eine richtige Tragödie. Vergesse ich mein Lebtag nicht.«

»Kann ich mir vorstellen.« Das konnte sie wirklich. Ein tödlicher Fahrradunfall, bei dem sie Zeugin und die Erste am

Unfallort gewesen war, tauchte auch immer mal wieder ungebeten in ihren Erinnerungen auf. Besonders beim Fahren auf der Landstraße, wenn andere Autofahrer Radfahrer ohne Rücksicht auf drohenden Gegenverkehr in waghalsigen Überholmanövern gefährdeten. »Kanntest du Jesper Jensen gut?«

»Na ja. Was heißt ›gut‹? Seine Mutter Stine kenne ich besser. Die ist auch in Dörnitz aufgewachsen, aber sie ist fünf Jahre älter als ich. Sie tat mir so furchtbar leid, als das passiert ist. Es muss entsetzlich sein, wenn das eigene Kind stirbt.« Er starrte einen Moment vor sich hin. Dann sah er Pia in die Augen. »Ich hab damals alles darangesetzt, den Autofahrer zu finden, der das verschuldet hat. Es hätte Jesper nicht wieder lebendig gemacht, doch die Vorstellung, wie die Eltern und die kleine Jessika leiden, Tag für Tag, und der Kerl ist einfach davongefahren, obwohl er wenigstens hätte versuchen sollen zu helfen …« Er vollendete den Satz nicht. »Aber der Fahrer ist abgehauen und lässt sich weiterhin die Sonne ins Gesicht scheinen, als wäre nichts geschehen. Das ist so ungerecht!«

»Was für Anhaltspunkte gab es damals? Ist die Akte hier noch irgendwo verfügbar?«

Schindler drehte sich auf seinem Bürostuhl herum und zog eine Akte aus dem untersten Regal. Pia war nicht überrascht. Es kam nicht selten vor, dass Polizeibeamte sich so sehr mit einem Fall beschäftigten, den sie nicht hatten aufklären können, dass sich die Akte auch Jahre oder Jahrzehnte später noch in ihrem Zugriff befand. Sie taten das, um einfach zwischendurch mal hineinzuschauen und sich zu erinnern. Um jedes Fitzelchen an Information, das sie erhielten und das eine neue Spur sein könnte, sogleich mit den alten Fakten abgleichen zu können.

»Du kannst dir die Akte gern ansehen«, sagte Schindler. »Es ist noch alles da. Ich habe mir damals jedes infrage kommende Auto in der Umgegend persönlich angeschaut. Jede Werkstatt,

jede Schrauberhalle, jeden, der mit Autowerkzeug oder Auto-
lacken handelt, habe ich mit meinen Fragen behelligt. Wir
haben mithilfe von Zeitungen, Handzetteln und Plakaten nach
Zeugen gesucht; sogar im Radio haben wir Aufrufe gestar-
tet. Nur für Soziale Netzwerke war es noch ein bisschen zu
früh. Wir haben wochenlang immer wieder die Landstraße und
eine alternative Route überwacht, für den Fall, dass es jemand
war, der häufiger diese Strecke fahren muss. Ach, wir sind die
Veranstaltungen in der Umgegend durchgegangen, Scheunen-
feten, private Hochzeiten, Kegelabende, um zu schauen, ob
jemand abends von dort nach Hause gefahren ist – angetrun-
ken vielleicht? – und Jesper Jensen umgenietet hat. Nichts,
nichts und noch mal nichts.«

»Das muss schlimm gewesen sein.«

»Solange ich etwas tun konnte, ging es ja. Aber hinterher,
wenn wieder einmal nichts herausgekommen war, zu Stine und
Robert Jensen zu gehen, ihnen ins Gesicht zu schauen und es
ihnen zu sagen ...« Er schüttelte sich. »*Das* war schlimm.«

Pia nickte. Sie sah zu der alten Akte.

»Kaffee?«, fragte er unvermittelt.

»Gern. Und ich würde auch gern einen Blick da reinwerfen.
Ich frag dich einfach, wenn ich zusätzlich etwas wissen will,
okay?«

Er kam aus der Teeküche, schenkte ihr einen Becher voll
Kaffee ein und stellte ein Tetrapak haltbare Milch dazu. »Wenn
du etwas findest, irgendwas, das uns zu diesem Typen führt,
der Jesper auf dem Gewissen hat, dann lade ich dich zum Essen
ein. Ganz groß!«

23. Kapitel

Pia nahm den Kaffeebecher und die Akte mit in das Kabuff, in dem Broders und sie schon ihre Befragungen durchgeführt hatten. Sie riss das Fenster auf, stellte sich davor und sah in den grauen Himmel, bis sie fröstelte. Hinter dem Polizeirevier lag eine Rasenfläche, dahinter, abgetrennt durch Büsche und einen Gitterzaun, schloss sich der Spielplatz eines Kindergartens an. Ihr Blick wanderte rechts hinüber zur Straße und zu den parkenden Autos am Straßenrand. Wann würde sie sich in einer solchen Situation wie hier am Fenster wohl wieder unbeobachtet fühlen?

Sie schloss den Fensterflügel und setzte sich an den Tisch. In relativ kurzer Zeit den Inhalt einer Fallakte zu erfassen, an der man nicht selbst mitgearbeitet hatte, stellte eine gewisse Herausforderung dar. Pia musste sich anhand der trockenen und sachlichen Berichte und Formulare in Ermittlungen hineindenken, die vor zwölf Jahren stattgefunden hatten. Sie konzentrierte sich darauf, auch das mitzubekommen, was zwischen den Zeilen stand. Der Aktenordner war beinahe zehn Zentimeter dick.

Als Erstes fielen ihr einige großformatige Unfallfotos in die Hände. Sie mussten lose darin gelegen haben, als hätte sie sich jemand in letzter Zeit noch einmal angesehen. Pia blätterte die Bilder durch und bemühte sich dabei um professionellen Abstand zu der Tragödie. Sie seufzte unwillkürlich und notierte sich die genaue Lage des Unfallortes, falls sie dort noch einmal vorbeifahren wollte. War das sinnvoll? Sie konnte die Zeit schließlich nicht zurückdrehen. War der lange zurückliegende

Todesfall, ein tödlicher Unfall mit Fahrerflucht, der nie aufgeklärt worden war, tatsächlich der Schlüssel zu den beiden Morden in der Gegenwart? Das menschliche Gehirn suchte immer nach logischen Zusammenhängen, nach Ursachen und Konsequenzen von Ereignissen, selbst wenn es keine gab. Das war auch der Ursprung von Verschwörungstheorien. Es steckte der verständliche Wunsch dahinter, alles möge einen tieferen Sinn haben, selbst ein schreckliches Unglück. Oder versuchte sie sich mit der Suche nach einem Zusammenhang nur von ihren Problemen abzulenken? Nein, es war eine brauchbare Spur.

Pia schlug ihr Notizbuch auf, um sich wichtige Informationen aus der Akte zu notieren und sich einen Überblick über die Ereignisse damals zu verschaffen. Sie hatte jetzt eine Idee, wohin die Reise gehen könnte. Was sie suchte, waren ein paar mehr Anhaltspunkte, noch besser aber Beweise.

Zwei Stunden und drei Becher Kaffee später ging Pia wieder in Klaus Schindlers Büro. »Erinnerst du dich noch, was zu der Zeit des Unfalls mit den Leuten war, die in unsere jüngsten Ermittlungen involviert sind?«

»Bei einigen schon.«

»Werner Hoge hat Jesper Jensen gefunden, steht in dem Bericht«, sagte Pia.

»Stimmt. Werner Hoge war auf dem Nachhauseweg von einem Klassentreffen in Oldenburg. Da hat er zuerst Jespers Fahrrad und dann auch den Jungen selbst in der Nähe der Leitplanke liegen gesehen. Er hat versucht, Erste Hilfe zu leisten, und er hat sofort einen Krankenwagen gerufen. Jesper war noch ansprechbar. Die Schwere des Unfalls war wohl von Hoge zu dem Zeitpunkt noch gar nicht abzuschätzen: Es waren innere Verletzungen, und es sah da noch harmloser aus, als es letztendlich war.«

»Dann könnte Jesper Jensen Werner Hoge noch etwas über den Unfallwagen oder den flüchtenden Fahrer gesagt haben. Vielleicht hat er ihn erkannt?«

»Hoge sagte aus, das sei nicht der Fall gewesen.«

»Er konnte alles sagen, nachdem Jensen tot war.«

»Ja, schon. Aber warum sollte er lügen? Und die Rettungssanitäter und der Notarzt waren sich absolut sicher, dass Jensen, als Werner Hoge sie angefordert hat, schon mindestens eine Stunde lang dort gelegen hatte. Hoge hatte für den Zeitpunkt des Unfalls ein Alibi, das von etwa dreißig Leuten bestätigt wurde. Außerdem war sein Wagen unbeschädigt. Der Unfallwagen muss aber definitiv etwas abbekommen haben.«

»Und die anderen Leute bei dem Klassentreffen? Ist da jemand früher losgefahren als Hoge?«

»Das haben wir natürlich nachgeprüft. Zwei der Teilnehmer sind eher aufgebrochen, doch es ist niemand außer Werner Hoge in diese Richtung gefahren. Wenigstens hat es keiner zugegeben. Außerdem wurden sämtliche Fahrzeuge überprüft, die Alibis der Teilnehmer nach Möglichkeit ebenfalls.«

»Ja, die Aussagen zu den Alibis und die Gutachten für die Autos sind alle in der Akte. Könnte nicht trotzdem ein Fahrzeugschaden übersehen worden sein?« Absichtlich oder unabsichtlich, dachte Pia.

»Das halte ich für unwahrscheinlich. Die meisten Wagen habe ich nämlich vorab selbst in Augenschein genommen. Aber ausschließen kann ich es natürlich nicht«, räumte er ein.

»Im Nachhinein und im Hinblick auf die laufenden Ermittlungen finde ich es bemerkenswert, dass ausgerechnet Werner Hoge Jensen gefunden hat.«

»Nein, das fand und finde ich nicht. Es war schließlich keine Touristensaison. Die Landstraße hierher ist zu der Jahreszeit und um die Uhrzeit nicht sehr befahren. Es sind dort dann fast nur Einheimische unterwegs.«

»Werner Hoge ist aber Jäger. Das verbindet ihn auch mit unserer Leiche im Wald«, bemerkte Pia.

»Das verbindet mich genauso mit der Leiche. Und noch einige andere mehr. Hier jagen viele Leute.«

»Werner Hoge war damals doch mit seiner Frau Tatjana gerade erst hierhergezogen«, sagte Pia, die sich an das Gespräch zu deren fünfzehnten Hochzeitstag erinnerte.

»Wieso?«

»Ich will mir ein umfassendes Bild machen.« Pia dachte an die spontane Zusammenkunft im *Hotel Jensen* am vergangenen Tag. Das Verhältnis der Jäger untereinander war angespannt. Vielleicht war das auch damals schon eine explosive Mischung gewesen? Pia senkte die Stimme, stellte vermeintlich auf »Privatmodus« um. »Sag mal, Klaus, gestern im Hotel hatte ich den Eindruck, dass die Hoges und die Eggerskamps irgendetwas ausfechten. Da schwelt doch was. Hast du eine Ahnung, was das sein könnte?«

»Also, der Hagen ist hier der Platzhirsch. Genauso wie seine Frau, ich weiß nur nicht, wie das bei den Frauen heißt? Du verstehst schon. Die beiden geben meistens den Ton an. Aber Tatjana und manchmal auch Werner, denen passt das nicht immer. Mal sind sie und die Eggerskamps beste Freunde; ein andermal kommt es wieder zu solchen Kabbeleien, und sie versuchen, sich gegenseitig auszustechen. Und die beiden Morde machen natürlich alle nervös.«

»Ich hatte den Eindruck, dass es dabei auch um Evi Goede ging.«

Er zupfte an seinem Uniformhemd herum. »Schon möglich.«

»Hagen meinte, sie sei ›eine heiße Nummer‹ gewesen. Seltsame Ausdrucksweise. Was denkst du darüber?«

»Evi war als junge Frau eine richtig Hübsche. Fröhlich und lebenslustig, ganz im Gegensatz zu ihrer Schwester Cordula. Die war immer schon eher still und ernst. Evi hat irgendwo in

Süddeutschland Biologie und Deutsch auf Lehramt studiert. Sie hat das Studium nicht abgeschlossen, sondern ist zurückgekommen, als ihr Vater gestorben ist. Die Mutter war da schon länger tot. Ich glaube, das hat die Schwestern damals wieder etwas mehr zusammengeschweißt. Evi hat Cordula geholfen, nach dem Tod ihres Vaters alles zu regeln. Der landwirtschaftliche Betrieb musste aufgelöst, die Flächen verpachtet werden und so weiter. In der Zeit hieß es, dass Evi diverse Liebschaften hatte.«

»Liebschaften« – niedlich, dachte Pia. »Über welchen Zeitraum sprechen wir? War Evi hier in Dörnitz, als Jesper Jensen ums Leben gekommen ist?«

Klaus Schindler kratzte sich unbehaglich am Kopf. »Ich denke, das kommt in etwa hin. Evi war gut mit den Jensens befreundet. Mit Robert und Stine, meine ich. Wenn im Hotel viel los war, hat sie an der Bar und im Restaurant ausgeholfen. Als Schülerin schon, und als sie wieder hier war genauso.«

»War sie vielleicht auch mal mit Jesper Jensen zusammen?«

»Nein. Evi war so Mitte zwanzig, der Junge gerade erst mit der Schule fertig. In dem Alter liegen dazwischen doch Welten. Und Evi hatte es immer eher mit etwas älteren Männern.«

»Auch mal mit dir?«, wagte Pia sich vor.

Er wurde tatsächlich rot. »Nein. Wir waren nur … gute Bekannte.«

»Und Hagen Eggerskamp?«

»Darüber wurde viel gemunkelt, ja. Obwohl er da schon mit Dagmar verheiratet war und sie gerade die Bäckerei übernommen hatten. ›Notorischer Schürzenjäger‹, so sagt man doch. Ich halte es für wahrscheinlich, aber ich kann es nicht belegen. Ich habe Evi und Hagen nie allein oder in verfänglicher Situation zusammen gesehen.«

»Interessant. Und was war mit Werner Hoge und Evi Goede?«

»Ich weiß es nicht. Könnte sein. Er umgibt sich gern mit schönen Dingen. Und wenn Werner etwas Neues ins Auge sticht, will er es auch haben. Oder etwas Besseres. Aber er hält sich eher an Autos und Uhren und so 'n Zeug. Wer will sich schon mit einer Frau wie Tatjana anlegen?«

»Weißt du sonst noch jemanden, der zu dieser Zeit mit Evi Goede zusammen gewesen sein könnte? Bernhard Gessler? Carsten Franke? Robert Jensen?«

»Nein. Evi ist doch nicht nymphoman.«

»Okay. Danke für deine Einschätzung. Ich habe in der Akte nämlich auch etwas über Evi Goede gefunden. Sie hat kein stichhaltiges Alibi für die Nacht, in der Jesper Jensen ums Leben kam.«

»Wie man's nimmt. Sie war zu Hause. Und Cordula ebenso.«

»Cordula Goede hat angegeben, dass sie an dem Abend für ungefähr zwei Stunden weg war. In der Bücherei in Lensahn war eine Veranstaltung mit Buchempfehlungen.«

»Ja, aber als der Unfall passiert ist, war Cordula schon wieder zu Hause. Und sie sagte, sie hätte es mitbekommen, wenn Evi weg gewesen wäre. Und wie sollte Evi auch vom Hof fortgekommen sein? Sie hatte kein Auto. Cordula war mit dem VW-Bus ihres Vaters unterwegs. Wir haben den mit als Ersten untersucht. Er hatte keinerlei Unfallspuren.«

»Evi hätte aber theoretisch den VW-Bus nehmen und wegfahren können, nachdem Cordula wieder zu Hause war. Das wäre noch vor dem Unfall gewesen.«

»Vielleicht, doch das ist ohne das Wissen ihrer Schwester unwahrscheinlich. Und dann wäre sie ja auch in der falschen Richtung unterwegs gewesen. Der Fahrer ist den Ermittlungen zufolge in Richtung Dörnitz gefahren, nicht von hier weg. Außerdem, wie gesagt, an dem VW-Bus war nichts. Keine Unfallspuren.«

»Wann ist Evi nach dem Tod ihres Vaters und dem Ordnen des Nachlasses eigentlich wieder fortgegangen? Sie konnte ja nicht ewig bei ihrer Schwester auf dem Bauernhof hocken und im *Hotel Jensen* jobben. Ich würde erwarten, dass sie ihr Studium abschließen wollte.«

»Tja. Der Lehrerberuf und der Beamtenstatus, das war wohl doch nichts für sie. Sie ist stattdessen ins Ausland gegangen. Evi hatte immer schon Hummeln im Hintern.«

»Den Eindruck macht sie jetzt aber nicht mehr.«

»Wir werden alle älter, oder?« Er kniff die Augen zusammen. »Doch sie hat sich wirklich verändert. Ich vermute ... Ich denke manchmal, dass ihr etwas Schlimmes passiert sein muss, so weit weg von zu Hause.«

»Was könnte das sein? Hat sie mal etwas angedeutet?«

»Nein, nein. Ich habe keinen so guten Kontakt mehr zu ihr.« Schindler sah zur Seite.

»Wieso denkst du, dass ihr etwas Schlimmes passiert ist?«, hakte Pia nach.

»Wir sind Polizisten. Wir sehen und hören zu viel. Außerdem entwickelt man dabei doch ein Gespür für Menschen.«

»Wie lange war Evi insgesamt fort?«

Er rechnete nach. »Sie ist bald nach Jespers Tod weg. Offiziell, weil sie irgendein Jobangebot in Österreich hatte. Aber meine Vermutung ging damals in eine andere Richtung.« Er sah sie abwägend an.

»Verrätst du es mir?«

»Liebeskummer. Gut möglich, dass etwas an den Gerüchten mit Hagen Eggerskamp dran war und er sie damals abserviert hat. Dagmar könnte ihm ein Ultimatum gestellt haben.«

»Okay«, sagte Pia gedehnt. Es war schwierig, sich in dem Mischmasch aus Gerüchten und persönlichen Eindrücken zurechtzufinden. Sie brauchten Fakten. »Wann ist Evi wieder zurückgekommen?«

»Vor ungefähr zwei Jahren. Pleite, recht mitgenommen aussehend und dazu noch schwanger. Cordula hat sie natürlich wieder bei sich aufgenommen. Der Hof gehört ja auch zur Hälfte Evi. Sechs Monate später wurde ihre Kleine, die Malin, geboren. Niemand hier weiß, wer der Vater ist. Und Evi hat sich nicht dazu geäußert. Seitdem leben die drei da still und friedlich vor sich hin und tun keinem Menschen etwas zuleide. Auf das Gerede der anderen, von wegen ›Die Schwestern Schrecklich‹ oder so, darfst du echt nicht hören.«

»Du magst Evi immer noch.«

»Mh, hm.«

»Weiß sie das?« Oh Gott, was tue ich hier?, fragte Pia sich. Doch die Vorstellung, wie er hier auf dem Revier tagtäglich allein eine Fertigpizza oder ein paar Plunderstücke vom Bäcker verspeiste und allabendlich zu seinem Vater heimging, ohne eine Freundin oder eine Frau zu haben, deprimierte sie.

»Nö. Muss auch nicht sein. Wie man hört, geht jetzt Helge Osterloh auf dem Goede-Hof ein und aus.«

War da Eifersucht mit im Spiel? »Ich fahre gleich noch mal zu ihrem Hof, um mit Evi und Cordula Goede zu sprechen. Willst du mitkommen?«, fragte Pia ihn.

»Oh, ich? Ja – natürlich. Warum denn?«

Kirsch-Bananen-Saft, dachte Pia.

»Ist das eigentlich noch derselbe VW-Bus wie damals?«, wollte Pia wissen, als sie nach einer Fahrt durch Felder und Wiesen den Streifenwagen vor dem Goede-Hof abstellten.

»Nein, ich glaube nicht. Der hier ist zwar auch schon recht betagt, aber so alt dann doch wieder nicht.«

Nach zwölf Jahren ist kaum noch etwas, wie es einmal war, dachte Pia. Hoffentlich ging das, was sie vorhatte, nicht nach hinten los. Sie hoffte, dass sie sich nicht täuschte. Und andererseits hoffte sie, dass sie doch falschlag.

Cordula Goede öffnete ihnen die Tür. Sie trug Arbeitskleidung und hatte sich das Haar mit einem Tuch aus dem Gesicht gebunden. Eine braune Schmutzspur zierte ihre Stirn. »Ach, ihr seid es«, sagte sie und bezog Pia in den vertraulichen Ton zwischen Klaus und den Schwestern mit ein. »Worum geht es denn? Ich bin gerade in der Töpferwerkstatt und muss eigentlich weiterarbeiten. Hab einen großen Auftrag reinbekommen.«

»Wir haben nur noch ein paar Fragen. Und im Grunde wollen wir sowieso zu Ihrer Schwester«, erwiderte Pia.

»Na, dann kommt rein. Evi ist kurz im Bad.«

Sie bot ihnen Plätze an dem großen Küchentisch an. Als sie das Licht einschaltete, schimmerte die Holzplatte honigfarben. Wegen der Wolken am Himmel und der kleinen Fenster musste man hier auch nachmittags schon die Lampen einschalten.

Evi kam herein. Pia fiel die Ungerechtigkeit der Natur wieder ins Auge. Die eine Schwester war feingliedrig und hübsch, die andere schwerfällig, mit groben, leicht asymmetrischen Gesichtszügen. Cordulas Haar lugte verschwitzt unter ihrem Tuch hervor. Evi hatte sich die Haare hochgesteckt, doch ihre dunklen Locken kringelten sich gefällig um ihr Gesicht. Die braunen Augen leuchteten.

»Ich werde dann mal drüben weitermachen, bevor mir der Ton zu trocken wird«, sagte Cordula. »Ich hab eine große Bestellung von dem Geschenkartikelladen in Dörnitz.«

»Sie hat einen Auftrag für drei komplette Teeservice«, erklärte Evi, nachdem Cordula den Raum verlassen hatte. »Sie ist schwer beschäftigt, doch es freut sie natürlich auch. Endlich mal ein größerer Auftrag, nicht immer nur einzelne Vasen oder Schüsselchen. Und das Geld können wir auch gut gebrauchen. Tee?«

Pia lehnte ab, aber Klaus Schindler bat um einen Becher Pfefferminztee mit viel Zucker. Evi bewegte sich routiniert und anmutig, füllte den emaillierten Teekessel und setzte ihn auf den altmodischen Gasherd. Sie pflückte Pfefferminzblätter von einer Pflanze in einem der Töpfchen auf der Fensterbank, gab sie in ein Glas, legte einen Teelöffel auf den Unterteller und stellte noch ein Honigglas auf den Tisch.

»Worum geht es denn?«, frage Evi Goede, als sie den Tee aufgegossen hatte und sich zu ihnen setzte. Pia hatte den Eindruck, die Teezeremonie sollte ihr vor allem Zeit verschaffen, sich auf die anstehende Befragung einzustellen.

»Letztlich geht es immer noch um die Mordermittlungen, sowohl um die Tote am Strand als auch um den Leichenfund im Grudower Forst.«

Evi faltete die Hände und nickte ernst.

»Ist Ihnen inzwischen etwas eingefallen, was zur Identifizierung der beiden Toten beitragen könnte?«

»Leider nicht. Obwohl... der Gedanke an den Anblick der toten Frau in der Rechtsmedizin lässt mich gar nicht mehr los. Und Cordula nimmt es auch sehr mit. Vielleicht können Sie heute ja wenigstens ihr weitere Fragen ersparen. Wir waren doch gestern schon bei Ihnen auf dem Revier.«

»Einige der anderen Befragten sind hinterher noch ins *Hotel Jensen* gegangen. Sie nicht?«

»Nein!«, antwortete sie heftig. Kontrollierter fügte sie hinzu: »Wir wollten danach bloß noch nach Hause. Ich hatte eine meiner älteren Nachhilfeschülerinnen, Alma Eggerskamp, für Malin hier, aber die konnte ja auch nicht ewig auf meine Lütte aufpassen.«

»Verständlich.« Pia notierte sich, dass Alma hier gewesen war. Sie blickte auf, als wäre ihr die nächste Frage gerade spontan eingefallen. »Wie gut kennen Sie die Jensens eigentlich, Frau Goede?«

Evi warf Klaus Schindler einen schnellen Blick zu. Pia konnte das nicht so recht deuten. War es Erschrecken, Vorwurf, eine Bitte um Hilfe? »Nun, ich kenne sie natürlich von früher. Ich hab als Schülerin oft bei ihnen im Hotel gejobbt. Wie man das als junger Mensch so macht, wenn man ein bisschen Geld verdienen will.«

»Es war ein rein beruflicher Kontakt?«, fragte Pia und ließ eine Spur Unglauben in ihrer Stimme mitschwingen.

Wieder der Seitenblick zu dem Dorfpolizisten. »Das kann man hier alles gar nicht so genau voneinander trennen, Berufliches und Privates. Jeder kennt halt jeden. Dadurch, dass ich so lange weg war, sind aber viele meiner damaligen Kontakte im Sande verlaufen.«

»Waren sie zu der Zeit von Jesper Jensens Unfall mit den Eltern oder dem Sohn befreundet?«, fragte Pia sie nun direkt.

Evi Goede zuckte, sagte jedoch nichts.

»Erinnern Sie sich gut an Jesper Jensens Unfall?«

»Natürlich.« Evis Stimme klang gepresst. »Jeder hier erinnert sich daran. Es war schrecklich.«

»Also: Wie gut kannten Sie den jungen Mann?«

»Nicht sehr gut. Er war ehrgeizig und wollte in den Profisport. Ich war ein dummes Ding und wollte mich amüsieren.« Sie starrte Pia bei diesen Worten an, als forderte sie sie zum Widerspruch heraus. Pia fiel es in ihrer Gegenwart tatsächlich schwer, sich eine jüngere, vergnügungssüchtige Evi Goede vorzustellen.

»Wo waren Sie in der Nacht, als Jesper Jensen ums Leben gekommen ist?«

Evi Goede sah nochmals zu Klaus Schindler hinüber, als wollte sie ihn auffordern, sich endlich einzumischen und ihr beizustehen. »Das hatten wir doch alles schon einmal.«

»Das Verbrechen ist nie aufgeklärt worden«, sagte Pia.

»Haben die neuen Fälle nicht Priorität?«

»Es könnte ein Zusammenhang bestehen.«

Evi Goede lachte auf und erhob sich. »Ach, kommen Sie, Frau Korittki. Was tun wir hier eigentlich? Ich hab nicht alle Zeit der Welt. Ich muss Malin gleich wecken. Wenn sie zu lange schläft, bekomme ich sie heute Abend nicht ins Bett.«

»Ja, das kenne ich.« Pia griff das Thema bereitwillig auf. »Bei meinem Sohn war es mit zweieinhalb endgültig mit dem Mittagsschlaf vorbei. Wie alt ist Ihre Tochter eigentlich genau? Wann wurde Malin geboren?«

Evi Goede nannte das Geburtsdatum. Es kam hin. Pias Herzschlag beschleunigte sich. Ein weiteres Puzzleteilchen, das ins Bild passte. Sollte sie wirklich mit ihrer Vermutung recht haben? »Okay. Nur noch zwei Fragen.« Pia hielt zur Bekräftigung zwei Finger in die Höhe und senkte den einen sofort wieder. »Waren Sie mal mit Hagen Eggerskamp zusammen?«

Evi starrte sie unbehaglich an. »Man darf in Dörnitz und Dörnitzfelde nicht jeden Klatsch glauben, der einem erzählt wird, Frau Korittki. Und außerdem ist das doch wohl meine Privatangelegenheit.«

Die Art und Weise, wie Evi Goede das Kinn vorschob, verriet Pia, dass sie heute keine wahrheitsgemäße Aussage mehr von ihr dazu bekommen würde. Sie seufzte. »Das ist auch eine Antwort, Frau Goede. Ich kann Sie nicht zwingen, jetzt schon etwas dazu zu sagen. Aber seien Sie versichert: Ich werde das nicht auf sich beruhen lassen.«

»Und Ihre zweite Frage?« Das unbedingt erfahren zu wollen musste für Evi Goede wie die Versuchung sein, Schorf von einer Wunde zu kratzen. Da war etwas, das einen störte. Man wusste zwar, dass Kratzen alles nur schlimmer machen würde, aber man konnte einfach nicht widerstehen.

Pia sah Evi Goede in die Augen. »Meine zweite Frage ist, ob Sie eine Kontaktlinse tragen?«

24. Kapitel

»Was soll das denn?«, wollte Evi Goede nach einer etwas zu langen Pause wissen.

»Eine einfache Schlussfolgerung. Eines Ihrer Augen ist doch eigentlich blau.«

Evi Goede sank auf ihrem Stuhl zusammen. Die Anmut, die sie sonst ausstrahlte, war ganz und gar von ihr abgefallen. »Woher wissen Sie das?«

»Sie selbst haben mich darauf gebracht. Als wir zusammen in der Rechtsmedizin waren, sagten Sie auf meine Frage ›Sind Sie bereit?‹: ›Immer bereit.‹ Sie deuteten auch die entsprechende Geste an. Es hat etwas gedauert, bis ich drauf gekommen bin, aber das war doch der Gruß der Jungen Pioniere. Sie waren als Schülerin in der FDJ, nicht wahr? Sie sind in der ehemaligen DDR aufgewachsen, in Rostock? Evi Goede, die von hier stammt, hätte das bestimmt nicht so gesagt. Da habe ich eins und eins zusammengezählt. Malins Alter, der Kirsch-Bananen-Saft, den Petra Meyer in Sanne Fuchs' Gesellschaft in Rostock getrunken hat, vermutlich weil sie in der Schwangerschaft keinen Alkohol zu sich nehmen wollte. Petra Meyers problematische Beziehung zu Siegfried Rade. Der Zeitpunkt von Petra Meyers Verschwinden aus Rostock, der mit Evi Goedes überraschender Rückkehr nach Dörnitzfelde zusammenfällt. Die Veränderung, die in der Zwischenzeit mit Evi vorgegangen ist. Außerdem noch ein paar kleinere Hinweise, dass Sie vielleicht gar nicht Evi Goede sind. Ihr richtiger Name ist Petra Meyer. Evi Goede und Sie müssen sich sehr ähnlich sehen, nur dass Sie, Frau Meyer, zwei verschiedenfarbige

Augen haben. Bei genauem Hinsehen kann ich sogar erkennen, dass Sie eine farbige Kontaktlinse tragen. Ist es nicht so?«

»Was soll das? Ich versteh gar nichts mehr«, ließ Klaus Schindler sich vernehmen und starrte Petra Meyer ungläubig an.

Pia konnte seine Überraschung nachvollziehen. Eine Frau, die er sein Leben lang zu kennen geglaubt hatte, entpuppte sich plötzlich als eine völlig andere. Wenn es wirklich so war, wie Pia vermutete, hatte Petra Meyer ihr altes Leben abgelegt wie einen alten Mantel und sich Evi Goedes Identität übergestreift, als sie schwanger gewesen war. Pia vermutete, dass dies mit Siegfried Rade zu tun hatte, mit seiner Neigung zur Gewalt. Und auch mit der Hilflosigkeit der Polizei, was die Prävention und den Opferschutz bei häuslicher Gewalt und Stalking betraf. Petra Meyer hatte ihre Tochter Malin unter Evi Goedes Namen bekommen. Ein Betrug, der ihr ohne Cordulas Hilfe nicht möglich gewesen wäre.

»Ich wusste, dass es so nicht ewig weitergehen kann«, hörten sie Cordula mit Grabesstimme aus dem Hintergrund sagen. Sie musste schon eine ganze Weile zugehört haben, ohne dass sie sie bemerkt hatten, genau wie neulich ihre angebliche Schwester. »Es war die einzige Möglichkeit, wie Petra ungefährdet ihr Kind bekommen konnte. Wie sie beide in Sicherheit leben konnten. Es war nur zu Petras und Malins Schutz.«

Petra Meyer nickte, senkte den Kopf und wischte sich über das Gesicht. Sie betastete ihr Auge, und als sie wieder aufblickte, lag eine braune Kontaktlinse auf ihrer Fingerkuppe. Ihr rechtes Auge strahlte in einem auffallend hellen Blau.

Pia hatte noch jede Menge Fragen, die sie den beiden Frauen aber jetzt nicht mehr stellen würde. Das wäre nur in einer offizielen Vernehmung ratsam. Im Grunde war es schon ein Risiko gewesen, allein in Begleitung ihres Kollegen Klaus Schindler hierherzukommen. Pia hatte Rist zwar vorher kurz zwischen Tür und Angel über ihr Vorhaben informiert, die Schwestern noch einmal aufzusuchen, doch sie war nicht näher darauf eingegangen, was sie mit ihrem Besuch auf dem Goede-Hof bezweckte. Es war schließlich ein Schuss ins Blaue gewesen. Aber er hatte ins Schwarze getroffen.

Ein schlechtes Gewissen hatte Pia trotzdem, besonders ihrem Kollegen Schindler gegenüber. Sie hatte nicht wissen können, wie die Frauen auf die Konfrontation mit ihrer Theorie reagieren würden. Pia war zwar davon ausgegangen, dass Cordula Goede und Petra Meyer keine direkte Gefahr darstellten, wenn sie sie zu zweit aufsuchten, im Streifenwagen vorfuhren, noch dazu mit Klaus Schindler in Polizeiuniform. Aber ein Restrisiko hatte bestanden. Sie hatte es in Kauf genommen, um das Überraschungsmoment auf ihrer Seite zu haben und die eher private Atmosphäre im Haus für sich zu nutzen. Jetzt, da sie damit erfolgreich gewesen war, taten ihr die »Schwestern« – das waren sie in ihrer Vorstellung immer noch – beinahe leid.

Die beiden Frauen wurden in zwei verschiedenen Polizeifahrzeugen nach Lübeck ins Kommissariat 1 gebracht. Malin, für die sich auf die Schnelle keine Betreuung fand, fuhr ebenfalls mit. Rist, den Pia inzwischen in die neueste Wendung des Falles eingeweiht hatte, leitete in die Wege, dass sie umgehend einen richterlichen Durchsuchungsbeschluss für den Goede-Hof erhielten. Spuren oder Beweise, auf die sie eventuell dabei stießen, könnten sie dann während der Vernehmung zur schnelleren Wahrheitsfindung einsetzen. Ihnen allen stand eine lange Nacht bevor.

Auf Pias Vorschlag hin organisierten sie ein Kinder-Reisebett, damit Malin während der Vernehmungen im Kommissariat in einem Nebenraum schlafen und so in der Nähe ihrer Mutter bleiben konnte. Pia stellte sich ebenfalls darauf ein, in dieser Nacht nicht mehr ins Hotel in Dörnitz zurückzukehren, sondern die wenigen Stunden Schlaf, die ihr vielleicht vergönnt sein würden, auf einem der Feldbetten im Polizeihochhaus oder doch in ihrer Wohnung zu verbringen. Als sie mit Broders darüber sprach, gab sie zu, sich inzwischen an der Ostsee um keinen Deut sicherer mehr zu fühlen. Am sichersten sei sie wohl noch an ihrem Arbeitsplatz auf der Dienststelle.

Sie führten eine gründliche Vorbesprechung durch, in der Rist mit seinen Leuten das strategische Vorgehen während der Vernehmungen plante. Die Tragweite dessen, was Petra Meyers Identitätswechsel zu Evi Goede für ihre beiden aktuellen Fälle bedeutete, war zum jetzigen Zeitpunkt noch gar nicht abzusehen.

In der Pause zwischen dieser Besprechung und der ersten Vernehmung besorgte Pia sich ein Käsebrötchen und einen Milchkaffee und rief Hinnerk an. Sie hatte nach diesem Erlebnis das Bedürfnis, mit Felix zu sprechen. Die jüngsten Ereignisse zeigten ihr, wie brüchig das war, was man für die Realität hielt.

Als das Telefonat beendet war, stand Pia einen Moment an ihrem Schreibtisch, um sich zu sammeln. Ihrem Sohn ging es gut. Bei Hinnerk auf Teneriffa war er zumindest in Sicherheit. Malin war noch ein bisschen jünger als Felix. Sie hatte ihren festen Platz auf dem Goede-Hof, mit ihrer Mutter und ihrer »Tante« Cordula. Wenn jetzt die Wahrheit ans Licht kam, würde sich für das Mädchen vielleicht alles ändern. Pia hoffte, dass Petra Meyer sich nur des Identitätsschwindels schuldig gemacht hatte, doch sie fürchtete, dass sie erst ganz am Anfang der Wahrheitssuche standen.

»Die Polizei hat die ›Schwestern Schrecklich‹ beide mitgenommen«, sagte Dagmar Eggerskamp. Sie stand in der Küche an der Brotschneidemaschine und schnitt ein Dinkelbrot aus ihrer eigenen Bäckerei. »Tatjana hat vorhin beobachtet, wie sie fortgebracht wurden.«

»Wen oder was meinst du?« Hagen stellte sein Glas Rotwein auf den Küchentresen und sah ihr zu.

»Die Goede-Schwestern. Die Polizei war auf dem Hof, und nun haben sie sie beide mitgenommen. Malin auch. Nach Lübeck, aufs Polizeirevier, schätze ich.«

»Ach ja? Aber das muss doch nichts bedeuten. Wahrscheinlich haben die nur noch mehr Fragen an Evi und Cordula.«

»Oder die beiden haben den Toten im Wald auf dem Gewissen. Vielleicht sogar die Frau vom Strand.«

»Dagmar, also wirklich …«

Sie reichte ihm Teller für den Abendbrottisch, die er auf die Sets mit den Jagdmotiven stellen sollte. Doch er war nicht recht bei der Sache. Als Dagmar die Butter, Käse und Aufschnitt aus dem Kühlschrank nahm und auf dem Tresen absetzte, ignorierte er das.

»Die beiden Frauen haben doch gar kein Motiv«, sagte er. »Sie wissen vielleicht irgendwas, aber die können keiner Fliege etwas zuleide tun. Die essen ja nicht einmal Fleisch!«

»Du bist gut informiert.«

»Jeder hier weiß das.« Er räumte die Sachen nun doch auf den Esstisch. Hagen naschte ein Stück Mettwurst direkt vom Aufschnittteller, und Dagmar bedachte ihn mit einem tadelnden Blick. Sie holte die Stoffservietten in silbernen Serviettenringen und Vorlegegabeln aus einer Schublade.

»Ach, du denkst, Vegetarier können per se keine Mörder sein?« Sie lächelte boshaft. »Das ist aber schade.«

»Was meinst du?«

»Sie sind so gute Verdächtige, wie sie so einsam auf dem

alten Hof leben. Keiner weiß, was in ihren Köpfen vor sich geht.«

»Mit solchen Anschuldigungen solltest du vorsichtig sein, Dagmar. Bei uns hat jeder Mensch als unschuldig zu gelten, bis seine Schuld erwiesen ist. Nur, weil du sie nicht magst ...«

»Hagen. Von Abneigung kann keine Rede sein. Sie sind mir egal, einfach nur vollkommen egal.«

Er starrte sie unbehaglich an.

»Ich möchte bloß nicht, dass Alma noch länger zur Nachhilfe zu Evi Goede geht oder den Babysitter für Malin spielt«, setzte sie hinzu.

»Und wie willst du das begründen?«

»Alma hat zuletzt eine Drei in Biologie geschrieben. Das ist doch schon ein kleiner Erfolg. Sie braucht Evi Goedes Hilfe nicht mehr. Und zum Babysitten hat sie einfach keine Zeit mehr.«

»Findest du das gerecht?« Er sah sie mit zusammengezogenen Brauen an. »Und dieser ganze Ärger nur, weil deine Freundin Tatjana ständig aus dem Fenster schaut und tratscht«, setzte er hinzu.

»Tatjana trägt daran doch wohl überhaupt keine Schuld.«

»Sie ist boshaft. Das ist mit den Jahren nicht besser geworden.«

»Du mochtest sie einfach noch nie.«

Er lachte höhnisch auf. »Das ist ja immerhin mal etwas Neues. Dass du mir vorwirfst, eine Frau *nicht* zu mögen.«

»Du kannst spotten, so viel du willst, Hagen.« Sie vergewisserte sich mit einem Blick in Richtung Flur, dass sie immer noch allein waren. »Aber du solltest vorsichtig sein. Ich war neulich Abend einmal kurz in deiner Scheune – an dem Abend, als diese Frau am Strand ermordet worden ist und von dem du behauptest, dass du dort zum Schrauben warst. Ich wollte dir meine neue Brotkreation nach dem alten Rezept von Oma Lise zum Probieren geben. Das Licht in der Scheune brannte, der alte Mercedes stand offen da, das Radio lief, aber kein Hagen.«

»Dann war ich wohl gerade auf dem Klo.«

»Nein, warst du nicht. Da habe ich nämlich auch nachgesehen.«

»Spinnst du jetzt völlig, Dagmar?«

»Ich möchte es nur wissen, damit ich der Polizei nichts Falsches erzähle. Falls du mal kurz bei deiner kleinen Freundin warst: Vor mir musst du keine Angst haben. Ich habe längst eigene Arrangements getroffen.«

Er trat dichter zu ihr. »Ach ja? Das Spiel funktioniert auch andersherum. Wo warst du, während ich in der Scheune geschraubt habe?«

»Ich war hier.« Sie wandte sich von ihm ab, um Getränke aus dem Getränkekühlschrank im Hauswirtschaftsraum zu holen. »Wo ich gerade die Wäsche hier sehe«, rief sie ihm durch die geöffnete Tür zu. »Ich will morgen dunkle Sachen waschen. Wo ist eigentlich deine schwarze Jeans abgeblieben?«

Petra Meyer saß im Vernehmungsraum der Bezirkskriminalinspektion, zusammen mit Manfred Rist, dem Leiter des Kommissariats 1, und Kriminalhauptkommissarin Pia Korittki. »Das ganz große Aufgebot.« Ihr spöttischer Tonfall sollte wohl überspielen, wie besorgt sie war.

»Oh, wir können durchaus noch mehr«, erwiderte Rist, bevor er das Aufnahmegerät einschaltete, Petra über ihre Rechte belehrte und den einleitenden Text sprach. Die offizielle Vernehmung begann.

»Siegfried hatte mir einfach keine Wahl gelassen«, sagte Petra Meyer, als sie auf das Motiv für ihren Identitätsschwindel zu sprechen kamen. »Es war so schlimm mit ihm, dass ich entweder meine Identität ändern und untertauchen oder aber auswandern musste, am besten nach Australien oder Neuseeland. Zu Letzterem fehlten mir aber die Möglichkeiten.«

»Schildern Sie uns bitte, wie es dazu gekommen ist, dass Sie sich als Evi Goede ausgegeben haben«, sagte Pia. Sie sollte den vermittelnden, eher verständnisvollen Part übernehmen. Was ihr nicht schwerfiel in ihrer derzeitigen Situation, in der sie ebenfalls um die Sicherheit ihres Kindes und ihrer selbst fürchten musste. Sie konnte sich recht gut in die Rolle der bedrohten Frau hineinversetzen, selbst als erfahrene Polizeibeamtin.

»Ich habe Siegfried während meiner Zeit als Versicherungskauffrau kennengelernt. Er hatte umgeschult und war damals ebenfalls noch fest angestellt, bevor er sich selbstständig gemacht hat. Er konnte sehr aufmerksam sein, richtig charmant.« Bei der Erinnerung lächelte sie kurz. »Ich hatte gerade eine langjährige Beziehung mit einem Mann hinter mir, der sich ewig nicht entscheiden konnte, was er eigentlich wollte. Dieser Typ Mann, der sich alles offenhält und der sich für den großen Abenteurer hält. Ich wusste, dass ich Kinder wollte, und der wollte anscheinend ewig Kind bleiben. Es war eine schmerzhafte Trennung, ich war sehr traurig und fühlte mich einsam. Siegfried muss das gespürt haben. Er wirkte so selbstbewusst und behauptete, er sei einer späteren Familienplanung gegenüber nicht abgeneigt. Und er war endlich einmal ein Mann, der auch eigenes Geld verdiente.« Sie schnaubte. »Ich hatte die Nase so voll von den ewigen Studenten oder den Möchtegern-Unternehmern, die auf dich herabsehen, weil du einen normalen Bürojob machst. Aber von der regelmäßigen Kohle, die du verdienst, der Wohnung, dem Auto, davon profitieren sie gern. Ich war das Warten und Vertröstetwerden leid. Also ließ ich mich auf Siegfried ein, obwohl er ein gutes Stück älter war und … eigentlich nicht unbedingt mein Typ.« Sie seufzte. »Man sollte besser auf sein Bauchgefühl hören. Aber irgendwann habe ich mir wohl eingeredet, dass er der Richtige ist. Er änderte sein Verhalten genau zu der Zeit, als ich begann, mich auf ihn zu verlassen und mir eine gemeinsame Zukunft mit ihm auszumalen. Er wurde grob und gemein zu mir. Erst nur verbal. Hinterher entschuldigte er sich immer zerknirscht, schenkte mir Blumen oder lud mich zum Essen ein. Dann schlug er während eines Streits zum ersten Mal zu. Nur leicht, wie zur Probe. Ich war entsetzt.«

Sie sah Pia in die Augen, wie um zu prüfen, ob die Polizistin ihre damaligen Gefühle nachvollziehen konnte. »Er nannte es einen ›einmaligen Ausrutscher‹ und gab sich danach wieder richtig Mühe, damit ich mir Hoffnungen auf eine gemeinsame Zukunft mit ihm machte. Ich habe mich von ihm einwickeln lassen. Ich wollte sehen, ob sein verändertes Verhalten von Dauer ist. War es natürlich nicht. Im Nachhinein begreife ich nicht, wie ich so naiv sein konnte. Es dauerte ein paar Wochen, dann wurde er wieder handgreiflich. Als ich meine Sachen packte, um ihn zu verlassen, schleuderte er mich gegen die Tür und drückte mir den Hals zu, bis ich keine Luft mehr bekam. Ich traute mich nicht einmal, mich zu wehren. Und dann stellte ich fest, dass ich schwanger war. Ich hatte nun nicht mehr nur Angst um mich, sondern fürchtete auch, dass er das Kind mit seinen Angriffen verletzen könnte. Ich wollte mir Hilfe suchen, doch er hat mich beobachtet und bedroht. Siegfried hatte Fotos von mir gemacht, Nacktfotos. Er drohte mir, sie im Intranet meiner Firma zu veröffentlichen. Er drohte, dass ich meinen Job verlieren würde. Er drohte … mich umzubringen. Da bekam ich es richtig mit der Angst zu tun.«

»Was taten Sie dann?«, fragte Pia.

»Siegfried ließ mich seit meinem Versuch, ihn zu verlassen, kaum noch aus den Augen. Er holte mich von der Firma ab, brachte mich morgens hin. Er behauptete, sogar meine Telefone abhören zu können. Ich konnte keinen klaren Gedanken mehr fassen. Einmal bin ich in der Mittagspause zur Polizei gelaufen. Ich schilderte alles einer Polizeibeamtin. Sie war sehr freundlich und verständnisvoll. Sie nahm das alles auf, gab mir Verhaltenstipps, sagte, ich könne eine einstweilige Verfügung gegen ihn erwirken. Doch ich hatte das Gefühl, dass sie mir nicht wirklich helfen konnte, obwohl sie es wollte.«

»In welchem Polizeirevier war das?«

Petra Meyer nannte die Straße in Rostock. »Den Namen der Beamtin weiß ich nicht mehr. Ich war noch zweimal bei der Polizei und auch bei einer Anwältin und einer Beratungsstelle. Letztlich...« Sie schluckte. »Letztlich konnte mir niemand helfen. Ich hatte keine Beweise gegen Siegfried. Sein Wort stand gegen meines. Er war geschickt. Es gab nie Zeugen und nur sehr selten mal richtige blaue Flecken. Als meine Schwangerschaftsübelkeit schlimmer wurde, schöpfte er Verdacht. Einmal hat er mich in den Bauch geschlagen, sodass ich Angst um mein Kind hatte. Das war der Tag, an dem ich Cordula wiedergetroffen habe. Ich kannte sie von einem Yoga-Wochenende auf Rügen. Wir tranken einen Kaffee zusammen. Ich hatte nur Zeit dafür, weil Siegfried an dem Tag einen Termin in Wismar hatte. Ich war vollkommen verzweifelt und vertraute mich ihr an. Und sie erzählte mir von ihrer Schwester Evi, die sie vor zehn Jahren von einem Tag auf den anderen verlassen hatte. Sie sagte wieder, dass ich Evi unglaublich ähnlich sähe; das war ihr gleich aufgefallen, als wir uns auf Rügen kennenlernten. Cordula war einsam. Ich war schwanger und hatte Angst um mein Kind und mein Leben. Es war, als hätte das Schicksal uns zusammengeführt. Wir schmiedeten einen Plan, wie ich unerkannt zu ihr kommen könnte. Erst war es nur ein Gedankenexperiment, doch dann wurde es ernst. Wir überlegten, wie ich für immer sicher sein könnte ... Ich hatte nicht viel Zeit, um darüber nachzudenken, was gut und was richtig ist, wegen der fortschreitenden Schwangerschaft und wegen Siegfried, der immer misstrauischer wurde. Also tat ich es einfach: Ich kündigte heimlich meine Wohnung und meinen Job, verkaufte mein Auto und etwas Schmuck. Ich konnte ja nicht viel in mein neues Leben mitnehmen. Den Leuten auf der Arbeit erzählte ich, auswandern zu wollen. Dann nahm ich meinen Resturlaub und war weg. Cordula hat mir geholfen, mir mithilfe von Evis Geburtsurkunde neue Papiere zu besorgen. Ich habe bei der Polizei und auf dem Amt behauptet, mir wäre meine Handtasche mit allen Ausweispapieren gestohlen worden. So erhielt ich einen Personalausweis auf den Namen Evi Goede, einen Führerschein, eine Versicherungskarte, alles. Es war erschreckend einfach. Nur meine Augenfarbe passte nicht. Ich musste eine Kontaktlinse tragen.«

»Und aus Evi Goedes früherem Umfeld hat keiner etwas gemerkt?«, fragte Rist skeptisch. »Das kann ich fast nicht glauben.«

»Evi war zehn Jahre weg gewesen. Und wir sehen wohl wirklich ziemlich gleich aus. Cordula war regelrecht erschrocken, wie sehr ich ihrer Schwester ähnele, als sie mich zum ersten Mal auf Rügen gesehen hat. Ich bin wohl etwas dicker als Evi. Darum hab ich gesagt, ich hätte ein bisschen zugenommen. Die Zeit verändert die Menschen. Ich hab mich gekleidet wie Evi, meine Haare etwas dunkler gefärbt, mir ihre Geschichte bis ins kleinste Detail eingeprägt. Außerdem habe ich die Menschen, von denen Cordi sagte, dass sie Evi sehr gut gekannt hatten, gemieden. Das war nicht immer einfach. Und ich war manchmal ganz schön einsam. Aber ich habe Malin unter Evis Namen im Krankenhaus in Eutin bekommen. Meine Tochter war in Sicherheit. Sie musste nicht mit einem Vater wie Siegfried aufwachsen. So ist das alles gekommen: Meine Tochter heißt Malin Goede, und sie denkt, Cordula sei ihre Tante.«

»Hat nie jemand den Verdacht geäußert, dass Sie nicht Evi Goede sind?«, fragte Pia. »Hat sich niemals jemand auch nur über Evis ›Veränderung‹ gewundert?«

Petra Meyer sah sie mit ihren verschiedenfarbigen Augen lange an. Das braune blickte warm und offen, das hellblaue eher kühl und berechnend. Zumindest kam es Pia so vor. Petra Meyer verschränkte die Hände ineinander, sodass die Gelenke leise knackten. »Nein. Es lief alles wie geplant.«

»Denken Sie daran, dass wir nicht nur Ihnen diese Frage stellen werden.«

»Na und?« Petra Meyer klang herausfordernd.

Pia sagte nichts. Sie wartete ab.

»Und was ist mit der richtigen Evi Goede?«, fragte Rist in das Schweigen hinein. Broders hätte es besser verstanden, wie Pia abzuwarten. Doch Rist war ein Typ, der auf Effizienz pochte, der scheinbar ungenutzte Zeit nicht aushielt. Dabei brachte eine kleine Redepause bei Vernehmungen oft erstaunliche Resultate, weil die Befragten die Stille genauso wenig aushielten wie er.

Petra Meyer zuckte mit den Schultern. »Wir wissen nicht, wo Cordulas Schwester steckt. Cordi vermutet, dass sie in Amerika oder Kanada lebt. Das war schon immer ihr Traumziel.«

»Warum hätte Evi Goede sich nicht einmal bei ihrer Schwester melden sollen, wenn sie dort Fuß gefasst hat?«, wandte Rist ein.

Noch ein Schulterzucken. »Vielleicht hat sie nie richtig Fuß gefasst, und es ist ihr peinlich? Auszuwandern um sich im Ausland ein neues Leben aufzubauen, soll ja nicht so einfach sein. Oder es ist zwischen den Schwestern mal etwas vorgefallen, von dem ich nichts weiß. Das müssen Sie Cordula schon selbst fragen.«

»Das werden wir, keine Sorge«, erwiderte Rist.

»Eines verstehe ich nicht«, sagte Pia in dem Bewusstsein, jetzt von ihrer Rolle der verständnisvollen Polizistin abzuweichen. »Wenn Sie den Identitätswechsel so schön geplant haben und alles so gut funktionierte – wie sahen Ihre Pläne für den Fall aus, dass Evi Goede zurückkehrt?«

Petra Meyer blieb ihnen die Antwort auf diese Frage schuldig. Malin, die zwei Büros weiter von Cordula Goede betreut wurde, verlangte lautstark nach ihrer Mutter. Pia und Rist beschlossen, eine Pause einzulegen.

25. Kapitel

Broders fuhr mit mehreren Kollegen – Spurensicherungsfach-
leute waren auch dabei – sowie einem richterlichen Durchsuchungsbeschluss, den er Cordula Goede vorgelegt hatte, zu
dem Hof in Dörnitzfelde. Sie hatte ihm ihren Schlüsselbund
ausgehändigt und ihn gebeten, Malins Kaninchen mit frischem
Futter und Wasser zu versorgen und die noch nicht gebrannten
Teeservice in der Töpferwerkstatt bloß unversehrt zu lassen.
Als neutrale Beobachterin der Durchsuchung kam eine Ver-
waltungsangestellte aus dem Dörnitzer Amt dazu.

Broders wäre lieber im Kommissariat geblieben. Er war
nicht der Landlufttyp, wie er oft betonte. Das alte Bauernhaus
mit den vielen windschiefen Nebengebäuden war ihm suspekt.
Er mochte es modern, geradlinig, ohne feuchte Nischen und
Spinnweben. Die Aufgabe, diese stinkenden Karnickel zu versorgen, wollte er sowieso an einen der Kollegen delegieren.
Insgeheim dachte er mit Grauen daran, bei der Durchsuchung
vielleicht in eine Mausefalle zu fassen oder ähnlich »Länd-
liches« zu entdecken. Mit einem schicksalsergebenen Seufzer
schloss er die zweiteilige Haustür auf, die sich mit leisem Knarren öffnete.

Broders ließ seine Leute Raum für Raum, Gebäude für Gebäude vorgehen. Zweimal lief er zwischendurch in das rosa
gekachelte Bad im Erdgeschoss, wusch sich die Hände mit
Seife und trocknete sie sorgfältig mit einem frischen Handtuch
ab, bevor er die Handschuhe wieder überstreifte. Der ihm seit

Jahren vertraute schale Geschmack auf der Zunge, weil er ungebeten einen tiefen Einblick in das Leben anderer Leute erhielt, war auf dem Goede-Hof besonders intensiv. Sie fanden die Spuren einer anscheinend friedlichen Koexistenz der beiden Frauen, von denen jede ihr eigenes Leben lebte. Es gab zwei getrennte Schlafräume und ein großes Kinderzimmer am Ende des Flures, das liebevoll für Petras Tochter Malin ausgestattet worden war. Broders vermutete, dass dieser Raum ursprünglich das Elternschlafzimmer gewesen war, während die Schlafräume der beiden Frauen ehemals als Kinderzimmer genutzt worden waren.

Petra Meyers Zimmer wirkte, als wäre sie immer noch auf der Durchreise, als wäre sie in den zwei Jahren nie wirklich auf dem Goede-Hof angekommen. Sie hatte wenig Privates mitnehmen können, vermutete Broders. Nichts, was ihre wirkliche Identität verraten konnte. Und sich Evi Goedes Leben in allen Details einfach so anzueignen, dazu war Petra Meyer offensichtlich auch nicht willens oder in der Lage gewesen. Ihr Raum auf dem Goede-Hof sah so aus wie das, was er war: eine Zuflucht. Im Badezimmer fand Broders das Zubehör für die Kontaktlinse, die sie tragen musste, um ihre verschiedenfarbigen Augen zu verbergen. Ein erstes Beweisstück.

Im Erdgeschoss gab es neben der Wohnküche und der »guten Stube« noch ein weiteres Bad, einen Wasch- und Vorratsraum sowie ein schmales Gästezimmer. Ein wild gemustertes Schlafsofa aus den Achtzigern, ein Schrank mit Kunststofffurnier in Eichenoptik, ein klappriger Nachttisch mit Schubladen und einer einfachen Tischleuchte aus Metall stellten die Einrichtung dar. Broders durchsuchte den Schrank, fand aber nur Steppdecken, Wolldecken, Tisch- und Bettwäsche, die hier gelagert wurden. Der Nachtschrank war bis auf eine angebrochene Packung Papiertaschentücher leer. Broders steckte sie in eines der Asservatentütchen. Der toten Frau vom Strand waren Fingerabdrücke abgenommen worden. Wenn sie sich in diesem Zimmer aufgehalten hatte, bestand die Chance, dass die Fingerspuren, die sie hier sicherstellen würden, als Beweis fungieren konnten. Er würde den Spurensicherungsfachmann bitten, in diesem Raum ganz besonders sorgfältig zu arbeiten.

Broders rückte mit seinen behandschuhten Händen den Nachtschrank von der Wand ab, sah unter und hinter die Couch, unter den Teppich, neben den Schrank. Nichts. Einer seiner Kollegen steckte den Kopf zur Tür herein. »In der Stube ist so weit nichts von Interesse. Kein einziges Familienfoto, nur ein Bild von dem kleinen Mädchen, wie man sie in Kaufhäusern in der Weihnachtszeit machen lassen kann. Sollen die Kollegen vom K6 da mit dem Fingerabdruckpulver weitermachen?«

»Ja, sag Ihnen Bescheid. Wir müssen hier heute noch durchkommen.« Broders ließ sich erschöpft auf das Sofa plumpsen, sackte so weit in das durchgelegene Polster, dass er fürchtete, ohne Hilfe nicht wieder hochzukommen. Er fuhr mit der Hand zwischen Rückenlehne und Sitzpolster entlang. Widerlich, aber er musste das Sofabett noch einmal aufklappen. Auch nicht gerade ein Fest für seinen Rücken. Manchmal war diese Nische eine wahre Fundgrube für kuriose Dinge. Ein Freund, der Polsterer war, hatte ihm aufgezählt, was er an dieser Stelle zwischen Rückenlehne und Sitzfläche schon alles gefunden hatte: Geldbörsen, Reisepässe, Kosmetikartikel, Brillen, ja sogar den Waggon einer Mini-Spielzeugeisenbahn. Broders förderte jedoch nur Krümel und Fusseln zutage, außerdem ein Haargummi mit einem Haar daran, das er ebenfalls in ein Plastiktütchen steckte, und … ein zerknicktes Foto.

Er schnaufte zufrieden und hielt es in den Lichtschein der Nachttischlampe. Ein Farbfoto, auf dem ein Mann und eine Frau in Badehose und Bikini auf einem Bootssteg vor einem Schiff posierten. Broders kniff die Augen zusammen. Die beiden Menschen waren gebräunt, sahen sportlich und schlank aus. Das Schiff schien schon älter zu sein und war zum Tauchschiff umgerüstet, wie er an den Flaschen an Bord erkennen konnte. Der Name des Schiffes war *Ginevra*. Die Frau hielt einen Blumenstrauß in der Hand, der Mann eine Flasche Champagner. Die Gesichter waren zu klein, als dass er sie identifizieren konnte. Er drehte das Foto um. Es war kein Datum darauf zu sehen. Vielleicht war es selbst ausgedruckt? Es sah abgegriffen aus, so als hätte jemand es sich oft angesehen, hergezeigt oder in seiner Brieftasche mit sich herumgetragen. Es hatte etwas zu bedeuten, da war Broders sich sicher. Vorsichtig ließ er es ebenfalls in ein Asservatentütchen gleiten.

Die weitere Durchsuchung der Innenräume brachte außer dem Foto keinerlei spannende Funde mehr. Die Kollegen von der Kriminaltechnik nahmen Haarproben aus den Siphons im Bad und von den Bürsten, sicherten Fasern und vor allem die Fingerspuren, die auf allen Oberflächen zu finden waren.

Als sie die Arbeit in den Nebengebäuden fortsetzten, war es bereits stockdunkel. Sie mussten sich beeilen, sollte die Hausdurchsuchung nicht in eine – noch dazu unzulässige – Nachtaktion ausarten.

Cordula Goedes VW-Bus war schon auf dem Weg zur Untersuchung nach Lübeck. Die Schubkarre und ein Fahrradanhänger sollten hier vor Ort überprüft werden. Im Carport fiel Broders auf, dass nur ein Fahrrad mit Kindersitz, dafür aber diverse Kleinkinderfahrzeuge vorhanden waren. Er notierte es mit einem Fragezeichen und schickte Rist eine Nachricht. Als Letztes nahm er sich für den heutigen Tag Cordulas Töpferwerkstatt vor, die in dem ehemaligen Stallgebäude untergebracht war, das an den Carport grenzte.

Broders öffnete die alte Stalltür, ging hinein, fand den Lichtschalter. Er stöhnte unwillkürlich auf, als er den Wirrwarr von Materialien, angefangenen Töpferwerkstücken, Drehscheiben und fertiger Ware sah. Es war ein riesiges Durcheinander, und alles war schmutzig. Seine Kopfhaut juckte. Doch es nützte nichts, er musste sich hier ebenfalls umsehen. Der Raum hatte nur zwei kleine, hoch liegende Fenster und im hinteren Bereich sowohl eine Tür nach draußen als auch eine, die in einen stockdunklen Nebenraum führte.

»Kreatives Chaos«, sagte Broders' Kollege, der nach ihm hereingekommen war.

»Ich nenne das ›unorganisiert‹ oder ›versifft‹«, entgegnete Broders mürrisch. Die umfangreiche Durchsuchung hatte ihm mittlerweile den letzten Nerv geraubt. Inzwischen war er zu der Ansicht gelangt, dass das Foto wahrscheinlich nichts als ein Urlaubsschnappschuss war. Eine romantische Erinnerung von Petra Meyer an ein unbeschwerteres Vorleben vielleicht?

»Es ist richtig eisig hier drinnen. Wie kann man in diesem Raum nur arbeiten, vor allem, wenn Fingerfertigkeit gefragt ist?«, wollte sein Kollege wissen.

»Da vorn steht ein gusseiserner Ofen.« Broders ging hin und öffnete ihn. »Damit heizt Cordula Goede wohl, wenn das nicht der Brennofen erledigt.« Er nahm einen Schürhaken und stocherte in der Asche des Ofens herum. »Interessant ist ja stets, *was* verbrannt wurde«, murmelte er, während ihn die Rußwolke einhüllte.

Sie legten eine Plane unter die Ofenklappe und scharrten die verbrannten Überreste heraus.

»Was suchen Sie da drin?«, fragte die Dame vom Amt, die ihnen in den Schuppen gefolgt war, aber in gebührendem Abstand stehen geblieben war.

»Alles, was nicht gut brennt: Gürtelschnallen, Metallknöpfe, Reißverschlüsse«, sagte Broders. »Zähne«, ergänzte er nach kurzer Pause, schon um der Wirkung willen.

»Oh.« Sie trat noch einen Schritt zurück.

Der Kollege gab ein zufriedenes »Ha!« von sich, als er auf etwas Metallisches in der Asche stieß. Er harkte es nach vorn.

»Ein einfaches Türschloss«, sagte Broders. »Hier hat jemand eine alte Tür verbrannt.«

»Vielleicht war sie morsch?«

»Ich schätze, es war die, die dort fehlt.« Broders deutete auf die dunkle rechteckige Öffnung in der Wand.

Der Kollege ging hin. »Stimmt, hier sind noch die Halterungen für die Scharniere an der Seite. Hier war mal eine Tür.« Er leuchtete in den Nebenraum. »Bis auf ein paar Kartons ist das Kabuff leer. Es hat kein Fenster, nur eine Abluftöffnung mit einem Gitter oben in der Wand. Vielleicht war das mal ein Vorratsraum oder eine Futterkammer.«

Broders trat hinzu und versuchte, sich zu orientieren. Er deutete auf die Wand mit der Öffnung. »Genau hier hinter befindet sich der Carport, *n'est-ce pas?*«

»Ja, und?«

»Dann könnte uns jetzt ein Leichenspürhund nützlich sein.«

Da Malin die Zeit ihrer Mutter länger beanspruchen würde – sie sollte Abendbrot essen, und es mussten Vorkehrungen für die Nacht getroffen werden –, vernahmen sie Cordula Goede als Nächste. Siegfried Rade war tot in der Nähe ihres Hofes aufgefunden worden. Ihre Freundin und Mitbewohnerin Petra Meyer, die sich als ihre Schwester Evi ausgegeben hatte, hatte ein Motiv, ihren Exfreund umzubringen. Cordula Goede als Mitwisserin, die sie in allem unterstützt hatte, stand dadurch ebenfalls unter Tatverdacht. Sie hatte das Recht auf einen Anwalt, doch das lehnte sie genau wie Petra Meyer vorerst ab.

»Ich will reinen Tisch machen«, sagte sie auf ihre unnachahmlich direkte Art. »Keine Winkelzüge und keine Fisimatenten.«

Sie erzählte im Wesentlichen die gleiche Geschichte wie

Petra Meyer, nur aus ihrer Perspektive. Der gemeinsame Yoga-Workshop auf Rügen, das spätere Kaffeetrinken und Petras Erzählungen von der Bedrohung durch ihren gewalttätigen Freund Siegfried Rade. Sie habe ihr leidgetan. Petra hatte verständlicherweise vor allem Angst um das Leben ihres ungeborenen Kindes gehabt, und die Polizei hatte ihr anscheinend nicht helfen können. Cordula betonte, dass sie mit ihrer Täuschung nie einer Menschenseele geschadet hatten. Sie war sich sicher gewesen, dass ihre Schwester Evi niemals zurückkommen wollte.

»Woher wussten Sie das so genau? Standen Sie doch noch mit Ihrer Schwester in Kontakt?«

»Evi hat es mir gesagt, bevor sie gegangen ist. Ich müsse sie vergessen, sie werde nie wieder zurückkommen. Sie würde sich auch nicht bei mir melden, nicht zu Geburtstagen und nicht zu Weihnachten, um es uns beiden einfacher zu machen. Und daran hat sie sich bis heute gehalten. Evi hat immer durchgezogen, was sie sich vorgenommen hat«, sagte Cordula mit einer Spur Bitterkeit in der Stimme. »So ist sie einfach.«

»Warum ist sie gegangen?«

»Das hat sie nicht gesagt.« Cordula presste die Lippen aufeinander. Der alte Schmerz, zurückgewiesen und zurückgelassen worden zu sein, flackerte in ihren Augen auf.

»Und Sie hatten auch keine Ahnung? Sie kannten ihre Schwester Evi doch sehr gut.«

»Evi ist ein absolut leidenschaftlicher Mensch. Sie verabscheut das Mittelmaß. Lieben oder Hassen, alles oder nichts, heiß oder eiskalt. Sie war nicht für Kompromisse zu haben. Ich weiß, dass sie sehr unglücklich war, als sie ging, doch sie hat mir nicht gesagt, weshalb. Ich vermute mal«, sie entblößte mit einem freudlosen Lächeln die Zähne, »der Grund dafür war – Überraschung – ein Mann.«

»Mit wem war sie denn zu der Zeit zusammen?«

»Auch das war ein großes Geheimnis.«

»Denken Sie, es war ein verheirateter Mann?«

»Glauben Sie, das hätte meine Schwester gekümmert?«

»Sagen Sie es uns«, forderte Pia sie mit ruhiger Stimme auf. So abgeklärt sich Cordula Goede auch gab, das Gespräch über ihre Schwester Evi ging ihr anscheinend sehr nahe.

»So simpel war es nicht. Da musste doch mehr dahinterstecken. Ich meine, Evi war so fertig, als sie ging. Sie hat nur einen Rucksack gepackt und ist auf Nimmerwiedersehen verschwunden.«

»Ihr Studium hatte sie auch schon abgebrochen«, sagte Rist mit einem Blick in die Unterlagen.

»Ja, direkt nach Vaters Tod. Ich hatte zuerst gehofft, dass sie es doch noch durchzieht, aber sie wollte nicht mehr studieren. Sie hat mir lieber mit dem Hof geholfen. Obwohl es ein trauriger Anlass war, war es trotzdem eine schöne Zeit für mich. Evi wieder dazuhaben, meine ich. Wir haben uns immer gut verstanden.«

»Wie haben Sie sich gefühlt, als sie weg war?«

»Ich konnte es nicht glauben. Eine Zeit lang war ich wie betäubt. Immer, wenn ein Auto auf den Hof fuhr oder ich Schritte hörte, dachte ich, sie sei zurück. Doch irgendwann gibt man auf, fügt sich in das Schicksal. Nicht, dass die Zeit die Wunden wirklich heilt, aber man macht weiter, und die Jahre vergehen. Irgendwann musste ich es ihr glauben, dass sie nicht zurückkommt, und mich damit abfinden. Petra zu mir zu holen und ihr Evis Identität zu schenken ...« Ein feines Lächeln umspielte ihre Züge, und dieses Mal war es echt. »Es war auch meine kleine Rache an Evi.«

Pia ließ das einen Moment so stehen. Sie versuchte, Cordula Goedes Gefühle nachzuvollziehen, obwohl ihr Verhältnis zu ihrer Halbschwester Nele ein ganz anderes war. Mehr Konkurrenzdenken, Eifersucht, leider schon von früher Kindheit an. Sie hatten einen schlechten Start gehabt. Ich muss Nele unbedingt mal wieder anrufen, dachte Pia, konzentrierte sich aber wieder auf die Vernehmung. »Bitte sagen Sie uns noch einmal genau, wann Evi Dörnitzfelde verlassen hat«, forderte sie Cordula Goede auf.

Sie nannte ihr das Datum.

Rist sah in die Akte. »Das war etwas mehr als zwei Wochen nach Jesper Jensens Tod.«

»Damit hatte Evi nichts zu tun!« Cordula sah erschrocken aus.

»War Jesper Jensen vielleicht ihr Liebhaber?«, wollte Rist wissen.

«Das habe ich mich damals auch gefragt«, räumte Cordula Goede zu Pias Erstaunen ein. »Aber nein ... Er war nicht ihr Typ. Und warum hätte sie ein Verhältnis mit Jesper geheim halten sollen?«

»Immerhin hat sie im *Hotel Jensen* gejobbt. Vielleicht sollten seine Eltern es nicht wissen? Jesper war ja einige Jahre jünger.«

»Ach«, Cordula winkte ab, »so war Evi nicht. Das hätte sie nicht gekümmert. Und die Jensens mochten sie. Sie hing doch dauernd dort herum.«

Eine Beziehung sowohl zum Vater als auch zum Sohn Jensen, überlegte Pia. Das hätte die junge Frau vielleicht durcheinanderbringen können. Schuldgefühle, insbesondere nach Jespers Unfalltod. Oder aber ... »Wo war Ihre Schwester in der Unfallnacht?«

»Das hatten wir doch schon tausend Mal. Sie war an dem Abend zu Hause. Ich glaube, sie fühlte sich nicht so wohl.«

»Sie waren doch auf einer Veranstaltung.«

»Ja, eine Zeit lang schon. Aber Evi konnte ohne Auto gar nicht weg vom Hof.«

»Sie hätte mit dem Rad irgendwohin fahren können.«

»Sicher. Doch es war kein Fahrrad, das Jesper Jensen getötet hat, oder?«

Rist sah auf den Computerbildschirm. »Haben Sie beide, ich meine, Sie und Petra Meyer, ein Fahrrad, Frau Goede?«

»Ja, warum?«

»Wir haben gerade eine Mitteilung von unserem Kollegen erhalten, der die Durchsuchung bei Ihnen durchführt. Es befindet sich nur ein Fahrrad im Carport.«

»Nanu? Evi, ich meine Petra, hat ihres vielleicht irgendwo stehen gelassen, oder es wurde ihr geklaut.«

»Das Fahrrad dort ist rot und hat einen Kindersitz.«

»Dann ist meins weg. So ein Mist! Es ist ein gutes Trekkingrad, erst drei Jahre alt. Ich hätte nie gedacht, dass sie es uns vom Grundstück wegklauen. Aber ich bin auch schon lange nicht mehr damit gefahren. Ich habe Knieprobleme.« Sie rieb die Außenseite ihres Beines, wie um das zu beweisen.

»Ihr VW-Bus wird kriminaltechnisch untersucht.«

Sie blickte belustigt. »Ach ja? Das ist nicht mehr der, den ich zu der Zeit von Jespers Unfall gefahren habe.«

»Doch Sie hatten ihn schon, als die beiden Morde verübt wurden.«

»Das stimmt wohl.«

»Sie wissen, dass wir Fasern, Haare und sogar Hautpartikel eines Menschen sicherstellen können?«

Cordula lehnte sich betont entspannt zurück. »Tun Sie, was Sie tun müssen.«

»Wir untersuchen auch Ihre Schubkarre.«

Ein winziges Zögern, kaum sichtbar. »Fein. Sie sind gründlich. Weshalb denn?«

»Die Leiche, die im Wald gefunden wurde, muss irgendwie dorthin geschafft worden sein.«

»Ach so. Wie lange dauert das eigentlich? Ich meine, all diese Untersuchungen?«

»Wir rechnen morgen mit ersten Ergebnissen.« Rist sah auf sein Handy, das leise vibrierte. »Es sei denn, es ergibt sich zwischendurch schon etwas.«

»Ich bin ziemlich geschafft.« Cordula Goedes Gesicht sah tatsächlich grau aus. Ihre Schultern waren nach vorn gefallen.

Rist runzelte die Stirn. Dann blickte er zu Pia, die sich müde die Arme rieb. »Nun gut. Ich denke, wir machen morgen hier weiter«, beschloss er.

Inzwischen war es halb zwölf Uhr nachts.

In der Nacht, in ihrer eigenen Wohnung und in ihrem eigenen Bett, träumte Pia von dem toten Siegfried Rade. Er sah in ihrem Traum so aus, wie sie ihn im Wald aufgefunden hatten. Nur dass er jetzt trotz des angefressenen Fußes wieder auf seinen Beinen stand. Er hatte sich auf ihrem Balkon postiert und starrte mit leeren Augenhöhlen zu ihr herein.

26. Kapitel

Am nächsten Morgen ließ Pia sich von Broders über die Ergebnisse der Haus- und Grundstücksdurchsuchung bei Cordula Goede informieren. Die morgendliche Dienstbesprechung, bei der die Durchsuchung das Topthema hätte sein sollen, war von Rist ausgesetzt worden.

Während er mit dem zuständigen Staatsanwalt sprach, bereitete Pia sich auf die anstehende zweite Vernehmung Cordula Goedes vor. Jede Kleinigkeit, die bei der Durchsuchung zutage getreten war, und vor allem auch Broders' persönliche Einschätzung jenseits der formellen Berichte, konnte wichtig sein. Da die Kriminaltechnik die Funde noch nicht abschließend untersucht und bewertet hatte, versprach er ihr, sie bei eintreffenden relevanten Ergebnissen schnellstmöglich ins Bild zu setzen.

»Und ich habe noch etwas für dich.« Broders überreichte ihr ein Foto in einem braunen Umschlag, als wäre es ein Kasten Lübecker Marzipan. »Die Gesichtsrekonstruktion ist so gut wie fertig. Die Frau, die das gemacht hat, hat mir schon mal eine Kostprobe ihrer Arbeit geschickt.«

Pia zog ein Bild des rekonstruierten Gesichts aus dem Umschlag. Es war das Porträt einer Frau zwischen dreißig und vierzig mit feinen Gesichtszügen und einem herzförmigen Gesicht. Sie war Petra Meyer zwar ähnlich, doch nur auf den ersten Blick. Petra Meyers Gesicht war etwas schmaler, ihre Augen standen enger beieinander. Die Frau auf dem Bild hatte ein spitzeres Kinn und ausgeprägtere Wangenknochen. Die weit auseinanderstehenden gläsernen Augen, beide kaffeebraun, starrten Pia direkt an, so als klagten sie sie an, und verursachten ihr ein Kribbeln zwischen den Schulterblättern. Sie zog die Schultern hoch. »Nun hat die Tote ihr Gesicht wieder«, sagte sie. »Ob sie wirklich so ausgesehen hat?«

»So oder so ähnlich«, vermutete Broders. »Ich durfte mal während einer Rekonstruktion ein wenig zuschauen. Es ist erstaunlich, was die mit ein bisschen Knete alles anstellen. Zuerst vermerken sie auf jedem Knochen des Schädels anhand einer ›Weichteiltabelle‹, wie dick das aufzutragende Plastilin sein soll. Dann werden die Sehnen, Muskeln, das Fett und die Haut aus Plastilin nachgeformt. Auch das Nasenbein, das ja aus Knorpel besteht. Und alles mit Sachen aus dem Künstler- und Bastelbedarf.«

»Warum sind die Haare nur im Plastilin angedeutet? Da gäbe es noch ganz andere Möglichkeiten.«

»Kunsthaar verfälscht den Eindruck«, sagte Broders. »Ich weiß nicht, warum. Aber totes Haar ist doch immer irgendwie eklig, oder?«

Pia zuckte mit den Schultern. »Wir sollten das Bild unserem Zeugen aus dem Regionalzug vorlegen. Er müsste sagen können, ob eine Ähnlichkeit zu der Frau mit dem Rucksack besteht. Doch ich vermute, dass wir in ein paar Stunden sowieso sicher wissen werden, wer die Tote vom Strand wirklich war.«

Die Fortsetzung der Vernehmung von Cordula Goede fand erst nach der Mittagspause statt. Rist hatte sich zuvor ausgiebig mit dem zuständigen Staatsanwalt beraten. Der Tatverdacht im Mordfall »Siegfried Rade« und auch im Fall der noch nicht identifizierten Toten hatte sich in Anbetracht des zugegebenen Identitätsschwindels erhärtet.

Cordula Goede sah so aus, als hätte sie eine unruhige Nacht

hinter sich. Vielleicht war Siegfried Rade ja auch ihr im Traum erschienen, vermutete Pia, während Rist die Frau erneut über ihre Rechte belehrte. Mit Cordula Goedes Einverständnis sollte der Verlauf der Vernehmung wieder akustisch aufgezeichnet werden.

Sie saßen sich schräg gegenüber. Pia hatte den Computerbildschirm so gedreht, dass Cordula Goede nicht daraufschauen konnte, Rist und sie aber schon. Zu Beginn fasste Pia noch einmal die Ergebnisse der letzten Vernehmung zusammen. Vor zwei Jahren, nachdem ihre Schwester Evi schon um die zehn Jahre im Ausland gewesen war, hatte Cordula Goede Petra Meyer angeboten, unter Evis Identität bei ihr auf dem Goede-Hof zu leben und dort ihr Kind als Malin Goede aufwachsen zu lassen. Der Grund dafür sei gewesen, dass Petra Meyer ihr Leben und das ihres ungeborenen Kindes durch ihren damaligen Lebenspartner Siegfried Rade bedroht gesehen hatte.

Cordula Goede nickte und fügte dann für das Aufzeichnungsgerät hinzu: »Genauso war es.«

»Haben Sie Siegfried Rade eigentlich mal persönlich kennengelernt?«, fragte Pia.

»Nein. Was Petra mir von ihm erzählt hat, reichte mir vollkommen aus. Ich habe bemerkt, dass sie Schmerzen hatte, schon während des Yoga-Wochenendes an der Ostsee. Und ich habe die Angst in ihren Augen gesehen, wenn sie von ihm gesprochen hat.«

»Hatten Sie noch andere Beweise für Petra Meyers bedrohliche Lage?«

Cordula Goede zögerte. »Nein. Doch ich hatte und habe keinerlei Zweifel.« Sie schien noch etwas hinzufügen zu wollen, schluckte es aber hinunter.

»Sie hatten keinerlei Zweifel daran, dass Siegfried Rade Petra Meyer und dem ungeborenen Kind Gewalt antun wollte.

Ohne einen konkreten Beweis, nur aufgrund der Aussage Ihrer Bekannten?«, hakte Rist nach.

Cordula Goede sah ihn verächtlich an. »Ja. So ist es.«

»Der Tote im Wald, den wir gefunden haben, ist Siegfried Rade aus Rostock. Was sagen Sie dazu?«

»Ach ja? Wie kommen Sie darauf?«

»Wir haben unsere Möglichkeiten.«

»Sie bluffen.«

»Nein, gewiss nicht. Also, warum lag Siegfried Rade tot in einem Wald, der nicht allzu weit von Ihrem Hof entfernt ist?«

»Ich weiß es nicht. Ich bin ihm nie begegnet.«

»Könnte Petra Meyer ihm kurz vor seinem Tod begegnet sein?«

»Möglich, aber unwahrscheinlich. Sie hätte es mir erzählt.«

Es ging noch eine Weile so weiter. Cordula Goede bestritt hartnäckig, je mit Siegfried Rade in Kontakt gekommen zu sein. »Kein Baum fällt beim ersten Hieb«, lautet ein Leitsatz zur Vernehmungstaktik, dachte Pia. Aber so ging es auch nicht weiter.

Also versuchte sie es anders. »Lassen wir Siegfried Rade mal außen vor«, sagte sie. »Da ist nun mal dieser Tote im Wald. Er wurde ermordet, und zwar auf heimtückische Art und Weise. Ich habe hier den Obduktionsbericht vorliegen. Mal abgesehen von diversen Biss- und Fraßspuren von Waldtieren, vom Käfer bis hin zum Wildschwein, die sich sogar seinen rechten Fuß einverleibt haben, ist in dem Gewebe des Toten eine toxische Menge Kohlenmonoxid nachgewiesen worden.«

»Ja, und? Eine nicht selten vorkommende Selbstmordmethode, nach allem, was man so hört und liest.«

»Nur dass der Tote zum Fundort gefahren wurde. Er kann dort nicht mehr selbst hingegangen oder -gefahren sein. Wir haben die Aufzeichnung einer Wildkamera gefunden. Der Tote wurde mit einer Schubkarre transportiert. Befindet sich auf Ihrem Grundstück eine Schubkarre?« Sie fragte das, obwohl sie es sicher wusste.

»Jeder hier hat eine Schubkarre. Wie wollen Sie sonst Gartenabfälle, Mulch, Sand und dergleichen im Garten von A nach B transportieren?«

»Wurde Ihre Schubkarre Ihres Wissens nur auf Ihrem Grundstück bewegt?«

Cordula zögerte. Zum ersten Mal in dieser Vernehmung zuckte ihr Augenlid. »Nein. Ich war auch am Waldrand damit.«

»Ach ja? Weshalb denn?«

»Ich weiß, dass man das nicht tut. Aber ich habe etwas Strauchschnitt abgeladen. Mit dem Gartenhäcksler dauert es immer eine Ewigkeit, dagegen anzukommen.«

»Wie lange ist das her?«

Wieder das Zögern. Wann wo »geknickt«, also die Büsche und Bäume auf den für Schleswig-Holstein typischen Wällen zwischen den Feldern beschnitten worden waren, ließ sich nachprüfen. Der zuständige Landwirt hatte sich dabei an den sogenannten »Knickerlass« zu halten und würde sich gewiss an den Zeitpunkt erinnern. Cordula Goede wusste das sicherlich auch. »Das mit dem Strauchschnitt ist länger her. Doch ich war auch so mal mit der Schubkarre im Wald. Zum Moossammeln, für meine Orchideen. Ich habe eine kleine Orchideenzucht.«

»Hier reiht sich ja eine Umweltsünde an die nächste«, sagte Rist. »Moos sammeln, Gartenabfälle irgendwo abladen. Das interessiert uns allerdings nicht. Viel mehr interessieren uns die Bodenproben, die wir aus dem Reifenprofil Ihrer Schubkarre entnehmen konnten. Die Transportfläche der Schubkarre hingegen war sauber, geradezu klinisch rein.« Er sah sie forschend an.

»Ich halte mein Zeug in Ordnung«, erwiderte Cordula Goede spröde.

»Sie haben wohl nicht daran gedacht, dass wir feststellen können, woher die Bodenprobe aus dem Reifen stammt. Wir können sie mit denen vom Fundort der Leiche vergleichen.«

»Ja, und?«, entgegnete Cordula mit starrem Blick.

Pia bewunderte ihre Widerstandskraft. Die Information über die Bodenanalyse der Rückstände im Reifen hatte ihr offensichtlich einen herben Schlag versetzt. Eine Übereinstimmung würde Cordula Goede per Sachbeweis mit dem Fundort der Leiche in Verbindung bringen.

»Wenn ich mich recht erinnere, war ich mal zum Moossammeln dort, wo der Mann die Leiche abgelegt hat«, behauptete sie nun.

»Woher wissen Sie das?«

»Wo die Leiche lag? Ich glaube, Petra hat es von Helge Osterloh erfahren und dann mir gegenüber erwähnt. Der Kerl läuft doch ständig im Wald herum. Dabei ist er bestimmt über das polizeiliche Absperrband gestolpert.«

»Meine Frage war eher, woher Sie wissen, dass es ein Mann war, der die Leiche transportiert hat.«

»Habe ich das gesagt?«

»Ja.«

Schweißperlen glitzerten auf Cordula Goedes Nase und Oberlippe. »Davon bin ich einfach ausgegangen. Ich hab schließlich auch die Aufnahme der Wildkamera gesehen, die Sie uns allen gezeigt haben. Es war ein Mann.«

»Nein, es war eine Frau«, behauptete Rist.

»Aber auf der Aufnahme sah es für mich so aus ...«

»Sie haben die Schubkarre mit der Leiche dort vorbeigeschoben, Frau Goede«, sagte Manfred Rist. »Wir könnten Ihr Bewegungsmuster analysieren lassen. Doch ich glaube, das ist nicht notwendig, oder?«

Sie senkte den Kopf und schwieg eine Weile. Pia und Rist

sahen einander an. Pia hob die Augenbrauen. Das Bewegungs-muster analysieren lassen?

Als Cordula Goede sie wieder anblickte, hatte sie unregel-mäßige rote Flecken auf den Wangen, und ihre Augen glänz-ten. »Nun gut. Ich gebe das mit der Schubkarre zu. Ich habe damit seine Leiche in den Wald gefahren. Ich habe mich ver-kleidet, und ich bin extra an der Wildkamera vorbeigegangen, damit es so aussieht, als wäre es ein Mann gewesen.« Ihr Ge-sicht verzog sich. »Früher haben sie alle über mich gelästert, ich hätte so ein breites Kreuz, ich würde mich bewegen wie ein Mann. Das sollte doch mal zu etwas nutze sein.«

»Sie haben Siegfried Rade getötet und seine Leiche zusam-men mit Petra Meyer im Wald abgelegt?«

»Es war ein Unfall. Ich konnte nicht zulassen, dass dieser brutale Mistkerl Petra und der kleinen Malin etwas antut. Und Petra konnte sich nicht gegen ihn wehren, hat es nie gekonnt. Als er mit einem Mal bei uns in der Küche stand, da hat sie ihn nur angestarrt wie das Kaninchen die Schlange. Hätte ich zulassen sollen, dass jemand den beiden Menschen, die mir am meisten auf der Welt bedeuten, ein Leid zufügt?«

»La, la, la. La, la, la … Das weiß doch jedes Kind, wie wichtig Freunde sind!«, schallte es blechern unter dem Küchentisch hervor. »Gute *FREUNDE sind!*«

Wenn Petra dieses Lied noch einmal hören musste, würde sie den Kinder-CD-Player aus dem Fenster werfen. Ihre Ner-ven waren bis zum Äußersten gespannt. Cordula war immer noch in Lübeck bei der Polizei. Wie es ihr dort wohl erging? Sie selbst war gestern am späten Abend doch noch mit Malin nach Hause entlassen worden. Aber es war noch nicht vorbei, dessen war sie sich sicher.

Sie riss sich zusammen und beugte sich hinunter, um in

Malins »Höhle« zu schauen. Oder war es heute ein Pferdestall? »Wollen wir nicht mal was anderes hören, Malin?«, fragte sie freundlich.

»Nei-hein.«

»Du hast doch noch die CD mit den Liedern von der *Maus*?« Alles war besser als das selbstzufrieden besungene Freundesglück.

»Nein. Will die hier!« Malin verzog schmollend das Gesicht, als Petras Hand sich dem CD-Player näherte. Cordula verwöhnte das Kind nach Strich und Faden, und sobald Malin mal nicht ihren Willen bekam, inszenierte ihre Tochter neuerdings einen Trotzanfall. Petra hatte nicht die Nerven dafür, nicht heute. Sie atmete tief ein und aus und überlegte, welche Argumente für eine alternative Beschallung sie noch in den Ring werfen könnte.

Es klingelte an der Haustür. Petra erstarrte. Es kann nicht Siegfried sein, sagte sie sich schnell. Nie wieder würde er dort stehen und sie mit zusammengekniffenen Augen fixieren, dann langsam zu Malin hinübersehen und sagen: »Ach nee, wen haben wir denn da? Das ist ja mal ein richtig zartes Püppchen. Und das wolltest du mir vorenthalten, Petra?« Nein, er würde nie wieder dort stehen.

Außerdem wurden sie schon den ganzen Tag lang von der Polizei über- oder besser bewacht. Sie fand jedenfalls, dass deren Anwesenheit mehr Vorteile als Nachteile mit sich brachte. Petra trat ans Fenster und schob die Gardine zur Seite. Der blausilberne Streifenwagen parkte immer noch in Sichtweite neben der Zufahrt zum Haus. Vielleicht musste einer der Polizeibeamten mal ihre Toilette benutzen? Das waren schließlich auch nur Menschen.

Doch es war Helge Osterloh, der sie genauso erwartungsvoll ansah wie seine beiden Dalmatiner. Attila und Artus, erinnerte sich Petra. Die Hunde saßen mit gespitzten Ohren und schräg geneigtem Kopf links und rechts neben ihm und ähnelten so auf verblüffende Weise ihrem Herrchen. Beinahe hätte Evi bei diesem Anblick trotz aller Sorgen laut aufgelacht.

»Hallo, Evi. Ich wollte mal sehen, wie es dir geht.«

»Mir geht es gut«, antwortete Petra. »Du wunderst dich vielleicht wegen ...«

»Wegen der Polizei?« Er deutete mit dem Kopf zum Streifenwagen hinüber. »Ich hab schon was läuten gehört, dass die gestern euren Hof auseinandergenommen haben«, erwiderte er verlegen.

»Auf dem Lande bleibt eben nichts lange ein Geheimnis«, sagte sie. »Willst du nicht reinkommen?« Wenn es eh alle wussten, war es auch egal. Sie brauchte Gesellschaft, einen Erwachsenen, und Helge war da sicherlich nicht die schlechteste Wahl. Sie musste nur vorsichtig sein.

Er befahl seinen Hunden, sich vor der Tür hinzulegen und auf ihn zu warten, da Cordula eine Katze hielt, die manchmal hysterisch auf die Hunde reagierte. Helge trat sich gewissenhaft die Wanderschuhe ab und folgte Petra dann in die Küche.

»Brauchen die Hunde einen Napf mit Wasser oder so?«, fragte sie. War das jetzt ihr »Sei gut zu Hunden«-Tag? Sie fühlte sich befangen und unsicher, nun, da Helge Osterloh in der Küche so nah bei ihr stand. Ein Mann, ein Mann!, spottete sie über sich selbst. Wann hatte sie verlernt, normal mit dieser Spezies Mensch zu reden?

»Gute *FREUNDE sind!*«, schallte es von unten. Die CD brach ab. Malin hatte sie ausgeschaltet. Petra atmete auf.

Neugierig tauchte die Kleine aus ihrer Pferdestall-Höhle auf und popelte in der Nase. Dabei musterte sie den Besucher ernst und auch ein bisschen ängstlich. Da war ja auch schon mal ein weniger netter Mann zur Tür hereingekommen.

»Hallo, Malin, eine tolle Höhle hast du«, sagte Helge in dem gezwungenen Tonfall, den Leute anschlugen, wenn sie selten mit kleinen Kindern zu tun hatten.

»Sag auch Hallo, Malin«, forderte Petra ihre Tochter auf. »Das ist doch Helge, Helge Osterloh. Du kennst ihn. Er wohnt drüben im Forsthaus. Das schöne alte Haus mit dem Hirschgeweih über der Tür. Wir kommen immer daran vorbei, wenn wir ...« Sie brach ab. Was redete sie da?

Helge lächelte erst ihre Tochter und dann sie an. »Lass sie doch. Es ist alles in Ordnung.«

»Möchtest du einen Kaffee, Helge?«

»Gern. Nur mit Milch bitte.« Er setzte sich unaufgefordert, ohne die Höhle zu zerstören.

»Ich Schaum«, rief Malin.

»Ja, du bekommst Milchschaum.«

Die Zubereitung von Kaffee und Milchschaum half Petra, ihre Verlegenheit zu überwinden. Doch als sie ihrem Besucher gegenübersaß, den Becher mit Kaffee in beiden Händen, suchte sie krampfhaft nach einem Gesprächsthema.

»War es schlimm?«, fragte er mitfühlend.

»Was? Die polizeiliche Durchsuchung? Überall klebt noch dieses Pulver, mit dem sie nach Fingerabdrücken suchen. Aber ansonsten kann ich nichts dazu sagen, denn ich war gar nicht dabei.«

»Warum haben sie denn hier Fingerabdrücke genommen? Wurde bei euch eingebrochen?«

»Nein, es geht dabei um etwas anderes.« Wenn du wüsstest, um was, würdest du schreiend weglaufen, dachte Petra.

»Tja, es ist irgendwie schon unheimlich. Zwei Morde, und das bei uns in der Gegend. Wir stehen hier schlussendlich alle unter Verdacht. Ich frage mich die ganze Zeit, wann die Polizei bei mir auftauchen wird.«

»Hast du denn etwas auf dem Kerbholz?«, entgegnete Petra und schlug bewusst einen scherzhaften Ton an. Mir fehlt die

Leichtigkeit, erkannte sie. Das ist es, was ich am meisten vermisse.

Er ging bereitwillig auf ihren Versuch ein, es leichtzunehmen. »Nicht, dass ich wüsste. Aber die würden bestimmt irgendetwas bei mir finden.« Helge sah ihr in die Augen. Sein Blick war warm und verständnisvoll. Petra spürte ein Kribbeln im Magen.

»Evi, was ist denn mit deinem Auge passiert?«

Ihr wurde erst heiß und dann kalt. Sie hatte vergessen, die blöde Kontaktlinse einzusetzen! Nachdem die Polizei herausgefunden hatte, wer sie wirklich war, war sie auch ein klein wenig erleichtert gewesen. Das hatte sie sorglos und wohl auch nachlässig gemacht. Zum ersten Mal seit zwei Jahren hatte sie nicht daran gedacht, ihre verschiedenfarbigen Augen vor den Nachbarn zu verbergen.

»Ich ... Das ist meine normale Augenfarbe, Helge. Eines ist braun und das andere blau. Das ist nichts Schlimmes.«

»Nein, natürlich nicht«, stotterte er. »Aber warum hast du es denn so lange versteckt? Hast du deswegen eine farbige Kontaktlinse getragen?«

»Ist es dir aufgefallen?«

»Nur manchmal, wenn du so komisch geblinzelt hast. Wenn man von der Seite schaut, sieht man es. Ich hab schlussendlich vermutet, du wärst auf einem Auge kurzsichtig oder so.«

»Ich bin nicht kurzsichtig.« Auch nicht »schlussendlich«, dachte sie. »Die Wahrheit ist, dass ich ...« Oh Gott, sie konnte es ihm nicht sagen. Und in Malins Gegenwart schon gar nicht. »Du wirst mich hassen.«

Er legte seine Hand auf ihre. Die Berührung fühlte sich gut an. Als ginge ein elektrischer Strom durch sie hindurch. Als versorgte er sie mit der Energie, die ihr während der letzten zwei Jahre wie durch einen stetigen Kriechstrom geraubt worden war. Durch die permanente Angst – vor Aufdeckung, vor Siegfrieds Rache, vor ihrer und Malins ungewisser Zukunft.

»Du musst keine Angst vor mir haben, Evi«, sagte er sanft. Er konnte wohl auch noch ihre Gedanken lesen. »Schon gar nicht wegen verschiedenfarbiger Augen.« Helge lächelte beruhigend.

»Das ist es nicht«, gab sie leise zurück.

»Was ist es dann? Willst du darüber reden?«

Die Versuchung war unendlich groß. Unten schallte es wieder in voller Lautstärke aus dem CD-Player. Malin konnte sie nicht hören. »Ich bin nicht Evi«, flüsterte Petra heiser.

»Was sagst du da?«

Sie hob die Stimme. »Ich bin nicht Evi Goede.«

27. Kapitel

Cordula Goede hatte zugegeben, dass Siegfried Rade auf ihrem Grundstück an einer Kohlenmonoxidvergiftung ums Leben gekommen war und dass sie seine Leiche im Wald abgelegt hatte. Pia fragte sich, ob Cordula Goede sich nach diesem Geständnis ein klein wenig besser fühlte. Die Frau war ihrer Ansicht nach keine kaltblütige Mörderin. Sie hatte das verteidigt, was ihr am meisten bedeutete: das Leben und Wohlergehen ihrer Freundin und deren Tochter. Cordula Goede behauptete, Siegfried Rades Tod sei ein Unfall gewesen, doch Pia hatte da so ihre Zweifel. Die Todesumstände deuteten eher auf ein Tötungsdelikt hin. Sie wünschte beinahe, dass es ein Unfall gewesen war. Sie wollte die Frauen nicht des Mordes überführen. Und ihre emotionale Beteiligung erschreckte sie. Es lag an dieser verdammten Parallele zu ihren eigenen Lebensumständen. Daran, dass jemand drohte, ihr Leben zu zerstören. Oder, schlimmer noch, das eines Menschen, den sie liebte. Die andauernde Ungewissheit, ob es passieren würde, wann es passieren würde, zermürbte sie. Pia wusste nie, ob der Stalker sie nicht gerade beobachtete oder was für neue Pläne er schmiedete.

»Glaubst du, dass es ein Unfall war?«, fragte Rist, als sie später allein nebeneinander in der Teeküche standen. »Dass Rade an einer Kohlenmonoxidvergiftung gestorben ist, weil Cordula Goede ihn ›aus Notwehr‹ in der Futterkammer eingesperrt hat?«

»Es war vielleicht keine spontane Notwehr«, räumte Pia ein. »Aber sie hat das Leben ihrer Freundin und deren Tochter verteidigt. Der erste Schritt war, Petra Meyer Zuflucht zu gewähren. Was danach passiert ist, war quasi eine logische Folge davon.«

»Du verteidigst diese Frau?«

»Ich kann sie ein Stück weit verstehen.«

»Soll jemand anders hier weitermachen?«, fragte er.

Pia sah ihm in die Augen. Zweifelte er an ihrer Bereitschaft, den Täter zu überführen? »Nein. Wir ergänzen uns in dieser Vernehmung ganz gut, denke ich.«

»Fahr mir bloß nicht in die Parade!«

»Lass uns weitermachen«, sagte Pia.

Cordula Goede wirkte gefasst, als sie nach der Pause wieder im Vernehmungszimmer Platz nahm. Sie nippte an einem Kamillentee. Der Geruch nach Krankenhaus erfüllte den Raum. Nachdem Cordula Goede in der Pause um einen Kräutertee gebeten hatte, war Broders losgezogen und hatte noch einen uralten Teebeutel in den Tiefen seiner Schreibtischschublade gefunden.

Pia las noch einmal auszugsweise vor, wie Siegfried Rade laut dem Obduktionsbericht ums Leben gekommen war. »*Es konnte keinerlei äußere Gewalteinwirkung vor seinem Tod mehr festgestellt werden, was aber auch am Zustand des Leichnams liegt. Sicher ist jedoch, dass er an einer Kohlenmonoxidvergiftung starb.*« Pia blickte auf. »Schildern Sie uns bitte, wie es dazu gekommen ist, Frau Goede. Von Anfang an. Wir haben Zeit.«

Cordula Goede nickte und stellte den Teebecher ab. Sie erzählte noch einmal, wie Petra Meyer schwanger und nur mit einem Koffer und einer Reisetasche bei ihr eingezogen war. Wie sie die Geschichte verbreitet hatten, Evi sei zurückgekommen. Aber es ginge ihr nicht so gut, sie wolle niemanden sehen. »Ich half ihr, sich mithilfe von Evis Geburtsurkunde neue Papiere zu besorgen. Es war einfach, die Behörden waren nicht sehr kritisch. Die Kontaktlinse haben wir im Internet bestellt. Dazu noch Evis Kleidungsstil, eine Änderung der Frisur, eine etwas dunklere Haarfarbe … Nach Malins Geburt hat Petra sich langsam unter die Leute getraut. Ich habe ihr erklärt, wen sie meiden sollte. All jene, die Evi zu gut kannten. Unter anderem Hagen Eggerskamp.« Bei seinem Namen troff ihre Stimme vor Verachtung. »Es lief gut. Einige Nachbarn sagten zwar, Evi habe sich sehr verändert, doch Petra und ich entgegneten dann immer, es sei ja auch viel Zeit vergangen, und Evi habe viel erlebt. Sie sei so froh, wieder zu Hause zu sein, bla, bla, bla. Das, was die Leute so gern hören. Es lief alles wunderbar.«

»Was war mit Ihrer Schwester?«, fragte Rist. »Haben Sie auch an sie gedacht?«

»Natürlich. Ich werde Evi nie vergessen. Aber ich weiß nicht, in welchem Teil der Welt sie sich überhaupt befindet. Hat sie ihren Traum von Amerika oder Kanada wahr gemacht, oder sitzt sie nur in Kaiserslautern? Manchmal dachte ich schon, sie sei bloß ein Hirngespinst, und Petra sei meine richtige Schwester. Ich wusste ja nicht mal, ob Evi noch am Leben ist.«

»Sie *wussten* es nicht einmal?«, hakte Pia nach. »Dann wissen Sie es jetzt?«

Cordula sah sie erst erschrocken und dann feindselig an. »Kann ich es bitte auf meine eigene Art und Weise erzählen? Es ist schon schwer genug.«

»Sicher. Fahren Sie fort. Wir kommen später noch einmal darauf zurück.«

Cordula Goede seufzte. »Ich war froh, dass ich Petra und Malin helfen konnte. Meine Schwester Evi hatte sich seit ihrer Abreise nicht mehr bei mir gemeldet. Da habe ich mich auch nicht weiter verpflichtet gefühlt, einen Platz am heimischen Herd für sie warm zu halten. Ich rechnete sogar damit, dass Evi mein Vorgehen verstehen würde, wenn sie wüsste, worum es ging. Und wissen Sie was? Das alles wäre ja überhaupt nicht passiert, wenn die Polizei Petra geholfen hätte, sich gegen dieses Monster zur Wehr zu setzen.« Sie warf Pia und Rist einen vorwurfsvollen Blick zu. »Sie haben sie auf der Wache in Rostock immer nur hingehalten. Ihr gesagt, sie solle sich von ihm fernhalten, ihn nicht provozieren und alles aufschreiben, was er sich zuschulden kommen lässt. Man könne eventuell eine einstweilige Verfügung erwirken. Aber ob Siegfried Rade sich davon hätte aufhalten lassen? Er hat ihr mehrfach aufgelauert. Er hat sie gewürgt und ihr in den Bauch getreten. Er hat ihr gedroht, dass er sie niemals gehen lassen würde. Uns blieb einfach keine andere Wahl. *Er* hat uns keine gelassen, verstehen Sie? Wenn er Petra vergessen hätte, wenn er sie nur in Ruhe gelassen hätte, könnte er noch auf seiner Couch liegen und seinen allabendlichen Kasten Bier trinken. Aber er hat sie gesehen, als Petra mit Malin in Lübeck war. Es war ein verdammtes Pech. Sie hatte mit meinem VW-Bus an einer Tankstelle gehalten, Malin saß vorn in ihrem Kindersitz. Siegfried Rade stand an einer Tanksäule auf der anderen Seite und hat Petra gleich erkannt, doch sie hat es nicht bemerkt. Sie hat auch nicht mitbekommen, dass er ihr daraufhin bis nach Dörnitzfelde gefolgt ist. Im Dorf hat er sie dann wohl verloren. Aber er hat es nicht vergessen. Er ist wiedergekommen, hat im Ort herumgeschnüffelt, und so ist er schließlich zu uns auf den Hof gekommen.« Cordula hielt inne und starrte einen Moment aus dem Fenster.

»Woher wissen Sie das?«

»Er hat sich vor Petra damit gebrüstet. Hielt sich für besonders schlau.«

»Was ist passiert, nachdem er Petra Meyers Aufenthaltsort herausgefunden hatte?«

»Eines Abends stand er einfach vor unserer Tür. Ich war in meiner Töpferwerkstatt. Ich hatte Hunger und wollte mir eine Scheibe Brot schmieren und dann weiterarbeiten. Auf dem

Weg zum Haus sah ich ein fremdes Auto vor dem Carport. Als ich in die Küche trat, stand Rade direkt vor Petra. Sie hockte mit Malin in der Ecke neben dem Buffet, war in sich zusammengesunken und hatte die Arme schützend um ihr Kind gelegt. Petra wimmerte vor Angst. Erst konnte ich nicht sehen, was genau so Furcht einflößend war, dann schon. Rade hatte ein Küchenmesser in der Hand. Er hielt die Spitze an ihr Auge. Das Auge, mit der Kontaktlinse, das eigentlich blau war. Er reagierte nicht einmal, als ich eintrat. Ich sagte ihm, er solle sofort verschwinden, ich hätte schon die Polizei gerufen. ›Ach, bis die hier draußen auftauchen, habe ich schon alles erledigt‹, antwortete er sinngemäß. Er käme sie jetzt holen: Petra und sein kleines Mädchen. Er sei sehr verletzt, dass sie ihm sein Kind so lange vorenthalten habe. Aber er würde vielleicht Gnade vor Recht ergehen lassen … Als ich einen Schritt auf ihn zu machte, fuhr er zu mir herum und drohte mir mit dem Messer. Dann ist er unter wüsten Beschimpfungen und Androhungen gegangen. Da habe ich mir geschworen, dass er sie niemals bekommt. Dass ich etwas gegen ihn unternehmen werde.«

Cordula Goede atmete tief durch. »Ich schärfte Petra ein, von nun an die Haustür immer verschlossen zu halten, ebenso die Nebeneingangstür zur Küche. Wenn sie mit Malin draußen war, sollte sie mit ihr reingehen, sobald sich ein Auto näherte. Wir wollten wachsam sein. Er sollte uns nicht noch einmal überraschen können. Wenn er doch ins Haus käme, sollten sie sich oben in Petras Schlafzimmer einschließen und telefonisch um Hilfe rufen. Das war der Plan. Und von alldem, den Vorsichtsmaßnahmen und der Angst, sollte Malin natürlich nichts mitbekommen.«

Pia nickte. Das alles waren Gedanken, die sie nur allzu gut nachvollziehen konnte. »Haben Sie da auch die Fenster extra gesichert?«

»Ja. Als er dann wirklich auftauchte, war ich gerade im Gemüsegarten. Rade kam jedoch nicht ins Haus, wie er es wohl beabsichtigt hatte, weil tatsächlich abgeschlossen war. Petra hatte ihn rechtzeitig bemerkt und war nach oben gegangen, wie ich es ihr geraten hatte. Er verlangte von mir, ihn ins Haus zu lassen. Er bedrohte mich, doch ich lief weg. Ich wollte mich in der Töpferwerkstatt einschließen. Ich war nicht schnell genug. Er holte mich ein und folgte mir in die Werkstatt. Er wollte wissen, wo Petra und Malin sind. Ich sagte ihm, dass sie weggefahren seien. Doch ich sah dabei kurz zu der alten Futterkammer hinüber. Er fiel darauf herein und ging zur Kammer. Ich bat ihn, dem Kind nichts zu tun. Daraufhin dachte er wohl, Malin hätte sich dort drinnen versteckt, und er suchte nach ihr. Ich stieß die Tür von außen zu und schob den Riegel vor. Dann ...« Sie stockte. »Ich wollte Petra und Malin holen, um mit ihnen wegzufahren.«

»Warum haben Sie nicht die Polizei gerufen?«

»Ich hatte Angst, dass er sich befreit, bevor unser Dorfpolizist bei uns eintrifft. Und Petra sollte das sowieso nicht noch einmal durchmachen. Immer nur Anzeige erstatten, vermeintlich gute Tipps erhalten, die Ohnmacht der Polizei wieder vor Augen geführt bekommen. Ich war in dem Augenblick halb verrückt vor Angst. Der Kerl brüllte und wütete da drinnen. Ich wusste nicht, wie lange die alte Tür standhält. Ich lief in den Carport, startete den Wagen, der rückwärts darin stand. Ich wollte zum Haus fahren, um Petra und Malin dort einzusammeln. Dann hatte ich Angst, der Riegel könnte brechen, und bin noch mal in die Werkstatt gerannt. Ich habe den Motor laufen lassen, weil der alte Bus nicht mehr so zuverlässig anspringt. Ich habe versucht, die alte Werkbank vor die Tür zu schieben, doch sie war einfach zu schwer. Ich bekam sie nur zentimeterweise bewegt. Da bin ich rüber zum Haus gelaufen, um Petra und Malin zu holen. Ich vermute, dass er in der Zeit dort drinnen an den Abgasen erstickt ist.«

Broders schaute im Büro seines Kollegen Gerlach vorbei. »Wie lange brauchen die noch da drin? Pia und Rist sind schon stundenlang mit Cordula Goede im Vernehmungsraum.«

»Dann wird es wohl ein umfassendes Geständnis«, vermutete Gerlach.

»Oder die Goede redet sich aus allem heraus.«

»Du wirst es an ihren Gesichtern sehen, wenn sie fertig sind«, sagte Gerlach.

»Wie weit seid ihr mit dem Brandopfer in der Adlerstraße?«

»Noch nicht weit genug.«

»Haut mal rein. Wenn ihr den Täter habt, dann habt ihr auch Pias Stalker.«

»Wir sind dran, Broders. Doch hexen können wir auch nicht. Hast du nichts zu tun?«

»Ich warte auf einen Rückruf aus Italien.«

»Urlaubsplanung?«

»Ermittlungsarbeit. Ich habe doch das Foto eines Paares vor einem Tauchschiff im Gästezimmer der Goedes gefunden. Ich habe den Schiffsnamen ›Ginevra‹ daraufhin zusammen mit verschiedenen Stichwörtern wie ›Tauchen‹ und ›Schiff‹ im Internet gesucht und bin schließlich fündig geworden. Das Schiff gehört einer Tauchschule in Süditalien.«

»Und die sollen dich jetzt zurückrufen?« Gerlach klang skeptisch.

»Natürlich. Hörst du das? Ist das etwa schon mein Telefon?« Broders eilte nach nebenan in sein Büro.

Der Anrufer war ein Mann namens Alessandro Esposito. Er meldete sich von Marettimo, einer Sizilien vorgelagerten Insel, von der Broders bis zum heutigen Tag noch nie etwas gehört hatte. Ihm gehörte die Tauchschule, deren Tauchboot *Ginevra* auf dem Foto zu sehen war. Sein Mitarbeiter hatte ihm von einem Anruf der deutschen Polizei berichtet, und so hatte er sofort zurückgerufen. Broders und er verständigten sich mehr schlecht als recht auf Englisch, bis Broders der junge Kollege einfiel, der gerade im K2 seinen Dienst angetreten hatte und der fließend italienisch sprach, weil sein Vater Italiener war.

Mit Lorenzos Hilfe erfuhr Broders, dass Alessandro Esposito mit einer Deutschen namens Evi verheiratet war. Ein Volltreffer! Broders reckte eine Faust in die Höhe, als er das hörte. Esposito und Evi hatten sich vor drei Jahren in Australien beim Tauchen kennengelernt, waren dann in seine Heimat Italien gegangen und hatten eine Tauchschule eröffnet. Leider war die finanzielle Situation der neuen Firma sehr angespannt, unter anderem, weil die Konkurrenz so groß war. Als eine teure Reparatur an ihrem Schiff nötig wurde, hatte Evi sich entschlossen, einen Teil ihres Erbes von ihrer Schwester einzufordern. Die Entscheidung sei ihr schwergefallen, weil Evi den Kontakt zu ihrer Familie schon vor Jahren abgebrochen hatte, aber sie hatten keine andere Wahl. Evi, inzwischen Evi Esposito, sei über Palermo nach Hamburg geflogen. Von dort wollte sie seiner Kenntnis nach mit dem Zug weiter in ihre alte Heimat an der Ostsee reisen. Evi hatte vor, die Angelegenheit persönlich mit ihrer Schwester zu besprechen. Das letzte Mal habe er vor zweieinhalb Wochen von Evi gehört. Da hatte sie ihm gesagt, dass sie gut angekommen sei und alles wunschgemäß laufe. Sie brauche nur noch eine Weile, um den Verkauf eines Grundstücks abzuwickeln, damit sie von ihrer Schwester ihr Geld bekäme. Seitdem habe er nichts mehr von seiner Frau gehört. Ihr Handy sei tot. Er mache sich große Sorgen.

»Hat er gesagt, warum er nicht bei Evis Schwester angerufen hat, als seine Frau auf ihrem Handy nicht mehr erreichbar war?«, fragte Broders.

»Esposito meinte, er habe versucht, sie dort zu erreichen, aber es habe immer geheißen, er sei falsch verbunden. Jedenfalls, so weit er es auf Deutsch verstanden hat. Die Situation war sehr schwierig. Er war schon kurz davor, sich an die Polizei zu wenden, als wir angerufen haben. Nun befürchtet er natürlich das Schlimmste.«

»Was ja wohl auch eingetreten ist«, erwiderte Broders. Sie würden Alessandro Esposito eher früher als später sagen müssen, dass seine Frau tot und wahrscheinlich das Opfer eines Mordes geworden war. Doch zunächst mussten sie ganz sicher sein, was die Identität der Toten betraf.

»Kannst du ihn noch mal anrufen?«, bat Broders seinen Kollegen. »Wir benötigten noch Evi Espositos Mobiltelefonnummer und den dazugehörigen Provider. Mit den Verbindungsdaten von Evis Handy kommen wir sicherlich wieder einen Schritt weiter.« Und wir benötigen DNA-Material von Evi Esposito, überlegte er. Damit könnten sie die unbekannte Tote sicher identifizieren. Das war noch besser, als die DNA des Opfers mit der ihrer mutmaßlichen Schwester Cordula Goede zu vergleichen. Broders atmete tief aus. »Frag ihn bitte auch, ob seine Frau eine Tätowierung hat«, bat er Lorenzo zuletzt.

Nachdem sie wie zuvor alles vorab besprochen hatten, rief sein Kollege noch einmal in Italien an. Es folgte ein längerer Wortwechsel, dessen Lautstärke beständig zunahm. Als sein Kollege den Hörer auflegte, sah er geschafft aus. »Esposito sagt, dass seine Frau eine Tätowierung am rechten Fußknöchel hat. Ein kleines Seepferdchen.«

Nach Cordula Goedes Geständnis, Siegfried Rade in Notwehr in der Futterkammer eingesperrt zu haben, wo er an einer Kohlenmonoxidvergiftung gestorben war, unterbrachen sie die Vernehmung noch einmal. Cordula Goede beharrte darauf, dass es aufgrund einer Verkettung ungünstiger Umstände zu der Vergiftung gekommen war.

Pia ging in die Teeküche, um sich etwas zu trinken zu holen, und sprach mit Broders, der gerade Kaffee kochte. Danach zogen Rist und sie sich in sein Büro zurück, um das weitere Vorgehen abzustimmen. Pia riss das Fenster weit auf.

»Ich glaube dieser Frau kein Wort«, sagte Rist aufgebracht. »Wenn es nur ein Unfall war, dann hätten sie Rades Leiche nicht im Wald den Wildschweinen zum Fraß vorwerfen müssen!«

»Müssen nicht. Aber es ist denkbar, dass sie nach seinem Tod unter Schock standen. Dazu Petra Meyers Aversion gegen die Polizei ...«

»Das klingt ja, als würdest du sie verteidigen.«

»Nein. Ich versuche, alle Möglichkeiten in Betracht zu ziehen. Cordula Goede will reden. Sie wird uns schon noch die Wahrheit erzählen.«

»Na, bisher nimmt sie es damit aber nicht sehr genau.«

»Wir können alles, was sie uns über den Tatablauf sagt, später noch einmal mit Petra Meyers Darstellung abgleichen. Wenn ihre Geschichte erfunden ist, werden früher oder später Ungereimtheiten zwischen den beiden Aussagen auftauchen.«

»Sollen wir sie warten lassen und Petra Meyer vorher noch einmal herholen?«

Pia überlegte. »Nein.« Sie trank den letzten Rest aus ihrer Wasserflasche. »Geben wir Cordula Goede noch eine Chance, uns reinen Wein einzuschenken. Wie gesagt: Sie will reden. Ich habe eben noch mit Broders gesprochen. Er hat noch etwas für uns, das wir uns anhören sollten. Es könnte Frau Goede motivieren, uns die Wahrheit zu sagen.«

28. Kapitel

Eine halbe Stunde später, nachdem Broders sie über die beiden Telefonate mit Alessandro Esposito ins Bild gesetzt hatte, fuhren sie mit der Vernehmung fort.

»Wir werden das mit der Kohlenmonoxidbelastung in der Futterkammer überprüfen«, kündigte Rist an. »Dann wird sich zeigen, ob es reicht, den Motor Ihres Wagens im Carport laufen zu lassen, oder ob Sie nicht doch mit einem Schlauch nachgeholfen haben.«

»Es war genau so, wie ich es Ihnen gesagt habe«, erwiderte Cordula Goede. »Es war Notwehr, dass ich ihn eingesperrt habe, und sein Tod war ein Unfall.«

»Warum hat die Kammer keine Tür mehr?«, wollte Pia wissen.

Cordula zögerte. »Es sollte nie wieder jemand in dem geschlossenen Raum sein können, wenn im Carport ein Automotor läuft. Nicht auszudenken, wenn Malin oder eine von uns dort drinnen gewesen wäre.«

»Wo ist diese Tür jetzt?«

»Weg.«

»Ach, kommen Sie. Auf Ihrem Hof wird anscheinend alles aufbewahrt, aber eine massive Holztür ist einfach ›weg‹?«

»Ich habe sie klein gesägt und verbrannt.«

Es stimmte so weit. Pia erinnerte sich an ihre erste Begegnung mit Cordula Goede. Und sie hatten das Türschloss im Ofen der Töpferwerkstatt gefunden.

»Ist das nicht ein großer Aufwand, die Tür zu zerlegen und im Ofen zu verbrennen?«, hakte Rist nach.

»Es geht«, antwortete Cordula Goede.

»Warum haben Sie das getan?«

»Das habe ich Ihnen doch eben gesagt.«

»Sie sagten auch, Siegfried Rade habe getobt wie ein Berserker, als Sie die Tür hinter ihm geschlossen haben. Sicher hat er versucht herauszukommen. Er muss gehört haben, dass sie den Motor angelassen haben.« Pia sah Cordula Goede eindringlich an. »Nach Petra Meyers Aussage hatte Siegfried Goede einen aufbrausenden, gewalttätigen Charakter. Er wird sich nicht tatenlos damit abgefunden haben, dass Sie ihn eingesperrt haben.«

»Na und?«

»Was hat er getan, Frau Goede? Waren da vielleicht Spuren an der Tür? Kratzspuren? Blutspuren? Haut und Fingernagelreste, die Sie beseitigen mussten?«

Cordula Goede kniff die Augen zusammen. »Ich wollte nur vermeiden, dass noch mal jemand in dem Raum in Gefahr gerät.«

Obwohl ihr die Beschreibung von Siegfried Rades letzten Lebensminuten nahezugehen schien, knickte Cordula Goede noch nicht ein. Pia staunte über ihre mentale Stärke. Sie schenkte sich ein Glas Wasser ein, ließ sich Zeit und hoffte, dass Rist ihr nicht in die Parade fuhr. »Ich verstehe es immer noch nicht. Warum haben Sie die Tür zerlegt und verbrannt? Es wäre ausreichend gewesen, sie einfach nur auszuhängen oder den Riegel zu entfernen«, sagte Pia.

»Ich wollte sichergehen.«

»Oder Sie wollten die Spuren an der Tür vernichten, DNA-Spuren unter anderem. Spuren, die bewiesen hätten, dass Siegfried Rade bis vor seinem Tode versucht hat, aus der Kammer herauszukommen. Die sichtbaren Zeichen seines Überlebenskampfes. Sie müssen ihn doch auch rufen gehört haben.«

»Natürlich wollte er raus. Er war wie wild. Er hätte Malin

und Petra etwas Schlimmes angetan, wenn er nur gekonnt hätte. Ich wusste aber nicht, dass er da drinnen stirbt.«

»Was taten Sie, nachdem Sie den Riegel vorgelegt hatten?«

»Ich lief zum Carport und habe den VW-Bus angelassen.«

»Doch Sie sind nicht sofort losgefahren?«

»Das habe ich Ihnen doch alles schon erzählt. Ich hatte Angst, der Riegel würde diesem Kerl nicht lange standhalten. Dass er uns angreifen würde, wenn ich Petra und Malin aus dem Haus hole. Deshalb lief ich noch mal zurück in die Werkstatt.«

»Um was zu tun?«

»Ich habe versucht, noch die Werkbank vor die Tür zu schieben, aber sie war zu schwer. Da bin ich rausgelaufen, um meine Freundin und ihr Kind zu retten.«

»Und dann?«

»Ich lief ins Haus. Doch Petra wollte nicht weg.«

Pia und Rist sahen sie schweigend an.

»Siegfrieds Tod war ein Unfall«, wiederholte Cordula Goede müde.

»Sie müssen gehört haben, dass es mit einem Mal ganz ruhig wurde in der Kammer.«

»Nein. Ich war ja im Haus bei Petra und Malin.«

»Und die ganze Zeit über lief der Motor Ihres Wagens im Carport?« Rists Stimme troff vor Unglauben.

»Ich habe befürchtet, dass er kein zweites Mal anspringt. Der alte Motor hat seine Macken.«

»Kann das jemand bestätigen? Waren Sie damit in einer Werkstatt?«

»Petra kann das bezeugen«, sagte sie. Zum ersten Mal enthielt ihre Stimme eine Spur Unsicherheit.

»Was taten Sie, als Ihre Freundin den Hof nicht verlassen wollte?«

»Wir haben diskutiert.«

»Ach ja? Sie redeten miteinander, während im Carport der Motor lief, dessen Abgase Siegfried Rade erstickt haben.«

»Ich wollte ihn nicht töten.«

»Sie haben seinen Tod zumindest billigend in Kauf genommen«, stellte Rist fest. »Aber darüber, was genau Ihnen angelastet wird, wird ein Gericht entscheiden.«

»Es war ein Unfall«, beharrte sie.

Rist sah auf den Computerbildschirm. »Ich habe eben mal unsere Kriminaltechniker gefragt. Sie halten es für eher unwahrscheinlich, dass allein der laufende Motor im Carport in der Futterkammer so schnell zu Rades Tod geführt hat. Auch wenn sich der Auspuff in der Nähe des Lüftungsschachtes befand. Autoabgase enthalten einen hohen Anteil an Stickstoff und gasförmiges Wasser sowie einen Rest Sauerstoff. Die Dichte der Abgasmischung entspricht ungefähr der Dichte der Luft. Da jedoch die Abgase mit deutlich höherer Temperatur aus dem Auspuff kommen und es zudem ein kühler Tag war, sind die Autoabgase aufgestiegen, wo sie vom Wind im offenen Carport verwirbelt und verdünnt wurden. Es hängt ein bisschen davon ab, wie der Wind stand. Aber er müsste das Kohlenmonoxid schon direkt in die Abluftöffnung geweht haben ... Doch wie gesagt, es lässt sich ja nachprüfen.«

Cordula Goede schwieg.

Pia spielte ihren für heute letzten Trumpf aus: das Foto des Paares vor dem Tauchschiff. Sie erklärte Cordula Goede, wo sie es gefunden hatten.

Die Frau schüttelte abwehrend den Kopf. »Das ist nicht meine Schwester«, sagte sie.

»Wie können Sie sich da so sicher sein, wenn Sie sie so lange nicht mehr gesehen haben?«

»Ich kenne Sie schließlich. Das ist sie nicht.«

»In dem Raum, in dem wir dieses Foto in der Ritze der Gästecouch gefunden haben, haben wir auch einen Fingerabdruck auf dem Lichtschalter sichergestellt«, sagte Pia. »Er ist identisch mit einem Fingerabdruck der Toten vom Strand. Der Mann auf dem Foto neben dieser Frau ist übrigens Alessandro Esposito. Er betreibt zusammen mit seiner Ehefrau eine Tauchschule auf Marettimo, einer Insel in der Nähe von Sizilien. Mein Kollege hat eben mit ihm telefoniert. Er vermisst seine Frau. Sie ist Deutsche und heißt Evi Goede mit Mädchennamen.«

Cordula Goede starrte sie an. Sie nahm das Foto, das sie verächtlich auf den Tisch geworfen hatte, noch einmal zur Hand und betrachtete es lange. Pia hielt die Luft an. Es war fast greifbar, wie die Stimmung bei Cordula Goede umschlug. »Evi hat mich einfach verlassen«, sagte sie mit brüchiger Stimme. »Von einem Tag auf den anderen. Meine einzige Schwester. Sie hat sich nicht ein Mal bei mir gemeldet. Kein Brief, kein Anruf, nicht mal eine Postkarte. Und dann kam sie auf einmal wieder – weil sie das Geld aus ihrem Erbe haben wollte.« Cordulas Hände begannen zu zittern, und eine Träne lief ihre Wange hinab. »Aber ich habe meiner Schwester nichts angetan. Ich hätte Evi niemals ein Leid zufügen können. Ich habe sie geliebt.« Sie sah Pia direkt in die Augen. »Versprechen Sie mir, dass Sie ihren Mörder finden.«

Es war ein furchtbarer Abend, um noch einmal vor die Tür zu gehen. Dagmar war heute schon einmal bis auf die Haut nass geworden und hatte es allmählich satt. Sie hätte natürlich ihr Auto nehmen können, aber damit nur einmal quer über den Dorfplatz zu fahren war ihr dann doch lächerlich erschienen. Man hatte sie zur Sparsamkeit erzogen, und darauf war sie auch stolz. Der Regen kam wie immer beinahe waagerecht von vorn. Unter der Wucht einer besonders kräftigen Böe klappte ihr Regenschirm um und ließ sich nicht mehr in die ursprüngliche Position zwingen. Dagmars frisch gewachste Barbour-

Jacke hielt zwar obenherum den Regen ganz gut ab, doch ihre Hose wurde klitschnass, und auch die Kapuze schützte sie nicht wirklich. Triefend wie eine Katze stand sie vor Tatjanas und Werners Haustür. Was tat man nicht alles für seine Kinder?

Im Flur bildete sich auf den Terrakottafliesen sofort eine Pfütze unter Dagmars Füßen. Tatjana holte rasch einen Wischlappen und deutete dann auf Dagmars nasse Hosenbeine. »Willst du etwas von mir zum Anziehen haben, Süße?«, säuselte sie. »Du holst dir ja sonst den Tod.«

»So schnell sterbe ich schon nicht«, entgegnete Dagmar. Sie müsste sich ja vorher zehn Kilo herunterhungern, bis sie in Tatjanas Fummel hineinpasste. »Ich wollte auch gar nicht lange bleiben.« Sie hätte vielleicht besser nur anrufen sollen, doch Alma hatte so kurz vor ihrem Geburtstag die Ohren überall, und es sollte doch eine Überraschung für sie sein.

»Komm erst mal rein. Werner hat gerade mühevoll den Kamin angefeuert, was bei dieser Wetterlage ein echtes Kunststück ist. Und er schenkt uns bestimmt einen hübschen Bordeaux ein.«

Dagmar folgte ihr ins Wohnzimmer.

»Du gönnst uns doch ein Fläschchen aus dem neuen Weinkühlschrank, nicht wahr, Schatz?«, fragte Tatjana ihren Mann.

Werner, im adretten Feierabendlook in hellblauem Hemd, karamellfarbenem Pullover, Anzughose und Lederpantoffeln, eilte nach Dagmars Begrüßung – Küsschen rechts, Küsschen links – sofort los, um den exquisiten Wein zu holen.

»Ihr habt einen neuen Weinkühlschrank?«

»Ja. Zuerst hatten wir für Werners Weine – du weißt ja, er hat dieses Weingut in Umbrien, das ihn beliefert – den alten Kühlschrank aus der Küche in den Keller gestellt. Den hatten wir gegen einen energieeffizienten mit Eiswürfelbereiter ausgetauscht, ein Modell in Türkis. Ich erschrecke mich immer zu

Tode, wenn ich allein hier bin und plötzlich – klock! – wieder ein Eiswürfel in den Behälter fällt. Aber Paul liebt das Teil. Er trinkt seine Getränke nur noch mit Eiswürfeln. Doch nun brauchte Werner doch noch einen richtigen Weinkühlschrank für seine Schätze, und den alten Kühlschrank nutze ich nun für Torten und im Sommer für Getränke und so.«

So viel zum Thema »Energieeffizienz«. Dagmar war heute nicht danach, das Spiel mitzuspielen und mit Angaben über ihren Dampfdruckreiniger für die Fenster oder die brandneue Küchenmaschine zu kontern. »Habt ihr Neuigkeiten vom Goede-Hof?«, fragte sie stattdessen.

»Nein. Gibt es denn von da was Neues?«

»Ich bin vorhin zufällig mit dem Hund dort vorbeigegangen, und stell dir vor: Da stand ein Streifenwagen vor dem Haus.«

»Ups«, rief Tatjana erfreut.

Werner schenkte ihnen Wein ein und setzte sich mit übereinandergeschlagenen Beinen dazu. Die Frauen hatten sich auf dem weißen Ecksofa niedergelassen, während er den klassischen schwarzen Ledersessel bevorzugte.

»Werden die Schwestern jetzt von den Bullen beschützt oder bewacht?«, fragte Tatjana mit einem Augenzwinkern.

»Sie wohnen ja gar nicht so weit von dem Fundort des Toten im Wald entfernt. Und sie sind ganz allein ...« Dagmar überlief ein kleiner Schauder, nicht unangenehm. »Vielleicht sind sie da ja wirklich in Gefahr? Oder sie werden aus einem anderen Grund beobachtet.«

»Evi und Cordula sind zugegebenermaßen etwas seltsam, besonders Cordula. Aber sie sind sicherlich keine Mörderinnen«, sagte Werner. Er stand auf und betrachtete das knisternde Feuer, legte ein Scheit nach und arrangierte das Holz mit dem Schürhaken neu. Dagmar, die nahe am Kamin saß, wurde es langsam zu warm.

314

»Bist du eigentlich wegen der Wiese schon weitergekommen?«, fragte sie ihn. Das war der wahre Grund ihres Besuchs.

»Erstaunlicherweise ja. Cordula will jetzt verkaufen. Und der Preis passt auf einmal auch.«

»Alma hat bereits in einem Monat Geburtstag«, erinnerte Dagmar ihn. »Bis dahin ...«

»Ist das mit ihrem süßen Pferd denn schon alles klar?«, fragte Tatjana.

»Ja, sie verkaufen uns die kleine Stute. Und eine Freundin von Alma will ihren Wallach dazustellen. Hagen baut einen Offenstall auf die alte Obstwiese. Das macht uns dann nicht so viel Arbeit. Islandpferde sind robust. Und wir sind nicht mehr von den unverschämten Preisen im Reitverein abhängig.«

»Perfekt«, sagte Tatjana. »Cordula muss nur noch an Werner verkaufen. Sie ist immer noch ein bisschen misstrauisch, was wir mit der Wiese wollen. Werner hat ihr erklärt, es sei eine gute Geldanlage.« Sie kicherte und stupste ihren Mann, der wieder im Sessel saß, spielerisch gegen das Bein.

»Wieso? Stimmt ja auch«, antwortete er. »Grund und Boden kann sich nicht vermehren. Das ist zumindest wertstabil.«

»Hauptsache, Cordula weiß nicht, dass eigentlich wir die Wiese haben wollen. Dann würde sie bestimmt sofort einen Rückzieher machen«, sagte Dagmar.

»Das wird schon alles klappen.« Werner schenkte sich noch einmal nach. »Cordula scheint das Geld inzwischen dringend nötig zu haben.«

»Wann ist denn der Notartermin?«

»Übernächste Woche. Bis dahin haben wir alle Unterlagen zusammen, und das mit dem Notaranderkonto ist auch klar.«

Dagmar atmete auf. »Gut. Dann passt alles. Sobald der Vertrag unterschrieben ist, bekommt ihr eure Provision und die volle Summe des Kaufpreises überwiesen.«

»Auf zum Shopping-Wochenende nach New York!« Tatjana rieb sich die Hände. Ihre Armbänder klimperten.

»Mal schön langsam, da hab ich auch noch ein Wörtchen mitzureden«, sagte Werner.

»Eines verstehe ich immer noch nicht.« Tatjana legte den Kopf schief. Ihre schwarz umrandeten Augen schimmerten im Licht des Kaminfeuers rötlich. »Warum könnt ihr das Grundstück nicht selbst kaufen? Weshalb hasst Cordula euch so sehr?«

Der Scheiterhaufen im Kamin fiel rumpelnd und Funken sprühend in sich zusammen. Dagmar brach der Schweiß aus. »Ich muss jetzt gehen. Die anderen zu Hause warten schon.«

Pia und Rist hatten Cordula Goede und sich selbst eine Pause gegönnt, in der sie für alle Beteiligten etwas zu essen bestellten. Nach ihrem Eingeständnis, dass ihre Schwester Evi nach zwölf Jahren zu ihr zurückgekehrt war, um nach nur wenigen Tagen am Strand ihres Heimatortes ermordet zu werden, brauchte Cordula Goede ein wenig Ruhe.

Bei der Frage, ob Siegfried Rades Tod fahrlässig oder vorsätzlich verursacht worden war, kamen Pia und Rist vorerst nicht weiter. Sie mussten das Ergebnis der Kriminaltechnik abwarten, was deren Versuche zu der Kohlenmonoxidvergiftung betraf. Pia fragte sich, ob sie das je zweifelsfrei würden klären können. Selbst wenn es den Technikern gelang, die Bedingungen am Tag von Rades Tod halbwegs naturgetreu nachzustellen, würde wohl immer ein gewisser Zweifel bestehen bleiben. Es sei denn, Cordula gestand, dass sie Siegfrieds Tod in der ehemaligen Futterkammer vorsätzlich herbeigeführt hatte. Oder aber sie fanden den Schlauch, den sie möglicherweise verwendet hatte, um die Abgase in die Kammer zu leiten. Ein Abluftschlauch, wie man ihn für Dunstabzugshauben benutzte, wäre denkbar. Aber die Frauen hätten dieses Beweisstück ja wohl kaum aufgehoben, Sparsamkeit hin oder her? Pia notierte sich, dass sie in Baumärkten und Küchenstudios Erkundigungen einziehen sollten, ob Petra Meyer oder Evi Goede vor Kurzem einen Abluftschlauch gekauft hatten.

Was sie aber nach Möglichkeit noch an diesem Abend und notfalls bis in die Nacht hinein klären mussten, war, ob Cordula Goede und ihre Freundin Petra Meyer ein ausreichendes Motiv gehabt hatten, Evi Esposito umzubringen. Wenn sie jetzt zu lange warteten, hatte Cordula Goede genügend Zeit, alles zu durchdenken und sich eine Geschichte zurechtzulegen. Nachdem sie das bestellte Essen vom Pizzadienst verzehrt hatten, fuhren sie mit der Vernehmung fort.

Rist ließ sich in allen Einzelheiten schildern, wie Evi Esposito auf dem Goede-Hof angekommen war. Cordula Goede erzählte, wie ihre Schwester sich kurz vor ihrer Ankunft mit einem Anruf angekündigt und sich von ihr am Bahnhof in Lensahn hatte abholen lassen. Auf dem Rückweg nach Dörnitzfelde hatte Cordula ihr erläutert, dass jemand anders ihren Platz auf dem Hof als Evi Goede eingenommen hatte. Evi hatte nach anfänglichem Entsetzen angeblich recht verständnisvoll auf diese Neuigkeit reagiert, vor allem, nachdem sie Petra und Malin kennengelernt hatte. Sie hatte den beiden Frauen versichert, dass sie sich keine Sorgen zu machen brauchten. Sie habe nicht die Absicht, nach Deutschland zurückzukehren. Wenn sie es so wollten, sollten Cordula und Petra die Täuschung ruhig aufrechterhalten. Sie wolle nur ihr Erbteil ausbezahlt haben, um ihre Tauchschule vor dem Konkurs zu retten. Alessandro und sie hätten alles in dieses Unternehmen gesteckt, was sie je besessen hatten. Das Geschäft sei ihr Lebensinhalt. Sie wollten auf Marettimo von der Tauchschule leben, und sie hätte doch ein Recht auf ihren Anteil. Cordula erklärte, dass sie sich schnell geeinigt hätten, eine zum Hof gehörige Obstwiese zu verkaufen. Sie hätte sich bereits mit den Hoges auf einen guten Preis geeinigt. Evi hatte sich bereit erklärt, sich während ihres Aufenthaltes in Dörnitzfelde möglichst nicht im Ort zu zeigen, bis alles abgewickelt war, damit Petras Identitätsschwindel nicht aufflog. Evi wollte von den Leuten sowieso nichts mehr wissen, das habe sie alles lange hinter sich gelassen.

»Sie hat sich so toll mit Malin beschäftigt und uns so viel von ihrem neuen Leben erzählt. Ich war glücklich, Evi so gesund und munter wiederzusehen. Ich hatte doch immer befürchtet, dass sie gar nicht mehr am Leben ist, weil sie sich nie bei mir gemeldet hat. Oder dass es ihr sehr schlecht geht. Aber es ging ihr gut. Ich will wissen, wer ihr das angetan hat. Sie müssen den Täter finden!«

Cordula weinte jetzt. Pia schluckte und bemühte sich um professionellen Abstand. Es war ein Schicksal, das ihr naheging. Und die Vernehmung war noch nicht zu Ende. Sie mussten Cordula noch einmal in allen Einzelheiten zu Evis Todesumständen befragen. Es würde eine lange Nacht werden.

29. Kapitel

»Es war natürlich langweilig für Evi, immer nur bei uns im Haus zu sitzen«, berichtete Cordula. »Sie hat uns Bilder von der Insel Marettimo und von ihrem Haus dort gezeigt. Evi wollte möglichst schnell zurück zu ihrem Mann. Auf den Fotos sah alles so schön aus: eine kleine Insel mit einer einzigen Ortschaft. Weiße Häuser mit blauen Fensterläden und Türen, und das alles inmitten eines unglaublich blauen Meeres. Wir wollten sie sogar mal auf Marettimo besuchen, wenn Malin etwas älter ist.«

»Wie sah das praktisch aus? Die Zeit, die Evi bei Ihnen im Haus verbracht hat?«, fragte Pia.

»Nun ja … Wenn Petra Nachhilfeschüler dahatte, musste Evi oben oder im Gästezimmer sitzen und konnte nicht rauskommen. Manchmal ist sie dann auch spazieren gegangen, was nicht ganz ungefährlich war. Es war nicht leicht für meine Schwester, doch sie hat sich großartig verhalten. Evi hat nach ein paar Tagen dann allerdings auch kleinere Fahrradtouren unternommen. Sie ist einfach der Typ, *war* der Typ, der immer in Bewegung sein muss. Sie ging frühmorgens raus, wenn es noch dunkel war, oder abends. Wenn sie dabei mal jemanden traf, der sie von früher kannte, dann wäre das nicht so schlimm, dachten wir. Wir glaubten, die Täuschung trotz allem aufrechterhalten zu können.«

»Hat Evi denn mal jemanden getroffen?«

»Sie hat uns nichts dergleichen erzählt.«

»Berichten Sie uns bitte, was an dem Tag passiert ist, bevor sie starb.«

»Nichts Besonderes, soweit Petra und ich es mitbekommen haben. Evi war im Haus und hat einen Apfelkuchen gebacken, aus lauter Langeweile, wie sie gesagt hat. Petra war nachmittags mit Malin unterwegs, um ein paar Besorgungen zu machen. Ich hielt mich in der Töpferwerkstatt auf. Evi mochte die Werkstatt nicht, überhaupt nichts, was mit dem Landleben zu tun hat. Als ich abends reinkam, brachte Petra gerade Malin zu Bett. Wir haben zusammen Abendbrot gegessen. Es war alles wie an den Tagen zuvor auch. Vielleicht war Evi etwas schweigsamer als sonst. Ich dachte, sie habe Heimweh nach ihrem Mann und der schönen Insel. Das Wetter war seit Tagen so scheußlich. Alles versank im Matsch. Evi hat sich gegen halb acht ins Gästezimmer zurückgezogen. Wir haben nicht einmal gemerkt, dass sie noch weggegangen ist.« Cordula verstummte und starrte mit tränenblinden Augen vor sich hin.

»Und wann haben Sie festgestellt, dass Ihre Schwester nicht da ist beziehungsweise nicht zurückkam?«, fragte Pia sanft.

»Erst am nächsten Mittag. Evi schlief gern lange, immer schon. Wir haben sie im Gästezimmer in Ruhe gelassen.«

»Und dann?«

»Ich habe angeklopft und bei ihr reingeschaut. Sie war gar nicht da. Petra und ich dachten zuerst, sie sei schon wieder rausgegangen – obwohl es ja taghell war. Es wäre gefährlich gewesen, und wir machten uns Sorgen. Ich habe Angst gehabt, dass unser Schwindel auffliegt, anstatt mich um meine Schwester zu kümmern!«, stieß sie verzweifelt hervor.

»Was passierte dann?«, hakte Rist nach.

»Petra telefonierte mit der Mutter eines Nachhilfeschülers und erfuhr so von der unbekannten toten Frau am Strand«, berichtete Cordula. Sie starrte an ihnen vorbei. »Da wusste ich es.«

»Aber Sie haben sich nicht an die Polizei gewandt«, stellte

Rist fest. »Wir haben Sie befragt, doch Sie haben uns wissentlich verschwiegen, dass Ihre Schwester verschwunden ist.«

»Ich weiß, dass das unverzeihlich ist«, sagte Cordula. »Aber was hätte ich denn tun sollen?«

»Der Polizei helfen, den Mord aufzuklären«, antwortete Pia.

»Ich dachte, das schaffen Sie auch ohne mich«, erwiderte Cordula Goede trotzig.

»Spätestens als ich Sie wegen Evis Halskette zu der Identifizierung der Leiche nach Kiel begleitet habe, hätten Sie erkennen können, dass uns Ihre Unterstützung bei der Ermittlung eine wertvolle Hilfe gewesen wäre.«

»Ich weiß das. Glauben Sie mir, ich mache mir schon genug Vorwürfe – wegen allem.«

»So haben wir viel Zeit verloren«, entgegnete Rist. »Da ist es wohl ratsam, dass Sie nun vollkommen offen zu uns sind.«

»Ich sage Ihnen alles, was ich weiß.«

»Wo waren Sie an dem Abend, als Ihre Schwester ermordet wurde?«

»Zu Hause, wie ich es schon sagte. Ich habe gelesen.«

»Den ganzen Abend über?«

»Ja. Bitte glauben Sie mir doch!«

»Was wir glauben, ist unerheblich. Kann das jemand bezeugen?«, fragte Pia.

»Petra natürlich. Sie war ja dabei.«

»Was hat sie getan?«

»Ferngesehen.«

»Sie waren also die ganze Zeit über zusammen. Von dem Zeitpunkt, als Evi im Gästezimmer verschwand, bis, sagen wir, Mitternacht oder ein Uhr?«

»So lange natürlich nicht. Ich war müde und bin um zehn Uhr ins Bett gegangen.«

»Okay. Hier endet ihrer beider Alibi«, erklärte Rist.

»Keine von uns hat das Haus noch einmal verlassen«, behauptete Cordula Goede.

»Eines verstehe ich nicht«, sagte Pia. »Ab dem Moment, wo Siegfried Rade nicht mehr am Leben war, stellte er doch keine Gefahr mehr dar, weder für Petra Meyer noch für ihr Kind. Ist das richtig?«

Cordulas blasse Gesichtsfarbe wechselte in ein beunruhigendes Blaurot. »Was soll das?«

»Nach Siegfried Rades Tod bestand kein zwingender Grund mehr, Evis Anwesenheit zu verheimlichen, um Petras falsche Identität zu schützen.«

Cordula keuchte auf.

»Warum haben Sie trotzdem alles darangesetzt, den Schwindel aufrechtzuerhalten?«

»Ich … Petra und Malin sind doch meine Familie. Sie sind alles, was ich habe.«

Sie behielten Cordula Goede über Nacht im Polizeihochhaus, und am nächsten Morgen erließ der Richter einen Haftbefehl. Pia wunderte sich ein wenig über die Entscheidung, die mit Fluchtgefahr begründet wurde. Wahrscheinlich gaben die besonderen Umstände, die jahrelange Täuschung und die Auswanderung der Schwester, den Ausschlag. Der Richter hielt eine Flucht Cordula Goedes, um sich der Strafverfolgung zu entziehen, für denkbar. Petra Meyer hingegen sollte auf dem Goede-Hof bleiben, wo sie sich um ihre Tochter kümmern konnte. Ihr wurde lediglich auferlegt, sich nicht von dort zu entfernen, um für weitere Ermittlungen der Polizei jederzeit erreichbar zu sein.

Unterdessen waren Mitarbeiter des K6 noch einmal auf dem Goede-Hof, um Messungen mit dem VW-Bus im Carport und in der Futterkammer zu unternehmen. Die Wetterlage mit der vorherrschenden Windrichtung und Stärke entsprach in etwa der der angenommenen Tatzeit. Doch diesbezüglich mussten sie sich auf Cordula Goedes und Petra Meyers Angaben verlassen. Pia stellte sich vor, wie Petra Meyer jetzt zumute sein musste: Sie saß im Haus, während im Carport wieder und wieder der Motor des VW-Busses angeworfen und laufen gelassen wurde, wie an dem Tag, an dem Siegfried Rade gestorben war.

Parallel zu den Ermittlungen mussten sie auch in dem Fall des Stalkers endlich erfolgreich sein. Heute war Donnerstag. Am Samstag sollte Felix endlich zurückkommen. Pia konnte es kaum noch erwarten, ihren Sohn wieder bei sich zu haben. Gleichzeitig fürchtete sie, dass sie mit Hinnerk eine Lösung finden musste, damit zumindest Felix sicher wäre, sollte die Situation bis dahin noch nicht geklärt sein. Wie diese Lösung aussehen würde, nämlich dass ihr Sohn nach der Reise erst einmal weiterhin bei Mascha und Hinnerk blieb, schmerzte Pia zutiefst. Und diese Situation würde ihren Exfreund einmal mehr in seiner Meinung bestärken, dass ihr Beruf nicht gut für Felix sei. Heute, im Licht eines düsteren Januartags, an dem es kaum richtig hell wurde, hatte sie selbst Zweifel.

Pia sprang von ihrem Bürostuhl auf. Die Berichte über die Vernehmungen, die sie schreiben musste, konnten warten. Sie ging stattdessen hinüber in Gerlachs Büro. Juliane und er ermittelten immer noch im Mordfall Erwin Wenck. Wenn ihre Theorie stimmte, dass der Täter gleichzeitig der Stalker war, gab es in dieser Richtung hoffentlich endlich Neuigkeiten.

Sie traf nur Juliane in ihrem Büro an, die hastig ein paar Gegenstände hinter die Ordner schob, als Pia eintrat. Ein Fläschchen Nagellack fiel zu Boden, und Juliane kickte es unter ihren Schreibtisch.

»Heb es doch lieber auf, bevor jemand drauftritt«, sagte Pia.

»Ich hab das Zeug nur hier, um zwischendurch mal einen Fingernagel zu reparieren«, erklärte Juliane. »Wenn irgendwo ein bisschen Lack abblättert, sieht das immer gleich so ungepflegt aus.« Ihre Hände lagen auf der Tischplatte. Die Nägel leuchteten in frischem Auberginerot.

Pia nickte gleichgültig. »Habt ihr etwas Neues, Erwin Wencks Tod betreffend?«

»Wir haben die abschließenden Berichte der Spurensicherung und des Brandexperten sowie das Obduktionsergebnis erhalten. Im Prinzip bestätigt sich darin das, was wir ohnehin schon wussten. Dass es Brandstiftung war und dass Erwin Wenck auf dem Dachboden einen Schlag auf den Kopf erhielt und dann an einer Rauchvergiftung starb.«

»Wer hat ihm auf den Kopf geschlagen?«

»Der Hauptverdächtige ist derjenige, der sich auf dem Dachboden häuslich eingerichtet hatte. Nur mit Indizien wird es schwierig. Die meisten seiner Habseligkeiten sind verbrannt.«

»Bleibt es dabei, dass er einen Hund bei sich hatte?«

Juliane zog mit der flachen Hand einen Stoß Papiere zu sich heran. »Ein Kettenhalsband, diverse Blechdosen, in denen Hundefutter war«, berichtete sie. »Wegen des Feuers konnten leider keine Hundehaare und auch keine Haare oder Hautschuppen des Tatverdächtigen mehr sichergestellt werden. Die Fingerspuren im Treppenhaus gehören zum größten Teil den Bewohnern. Keine Treffer bei der Fingerabdruckidentifikation.«

»Er könnte bewusst nichts angefasst oder Handschuhe getragen haben. Im Januar ist das ja keine besonders auffällige Angewohnheit.«

»Ja, sicher. Es sieht zwar alles danach aus, als wäre dieser

Andreas Bick unser Hauptverdächtiger, schon wegen des Hundes. Was uns fehlt, sind echte Beweise.«

»Ist bei der Untersuchung meiner Jacke, die ich auf dem Friedhof anhatte, etwas herausgekommen?«

»Nein, es waren keine verwertbaren Spuren daran. Du bekommst sie demnächst wieder.«

»Habt ihr ein Bild von Andreas Bick herumgezeigt? In dem Haus in der Adlerstraße, in Dörnitz und auch dem Sohn meiner Freundin Susanne Herbold?«

Juliane nickte. »Natürlich haben wir das, aber ohne Ergebnis. In Dörnitz und in der Adlerstraße erinnert sich niemand, den Mann gesehen haben. Nicht einmal der Sohn deiner Freundin war sich vollkommen sicher. Doch die Fotos in den Kriminalakten sind ja auch ein Fall für sich.«

»Habt ihr einen Verdacht, wo Bick sich zurzeit aufhält?«

»Deiner Aussage nach war er ja gerade in Dörnitz an der Ostsee.«

Pia seufzte. Das lag schon wieder drei Tage zurück. »Doch es wird nach ihm gefahndet?«, wollte sie wissen.

»Natürlich, Pia. Glaub mir, wir tun, was wir können. Aber du weißt ja selbst, was im Augenblick hier los ist.«

Rist bezog wieder einmal am Whiteboard im Besprechungsraum Position. Seine Leute, all jene, die mit der Toten am Strand befasst waren, betrachteten das Porträt des Opfers, das nun in der Mitte der Fläche prangte und das auf Basis ihrer Schädelform entwickelt worden war.

Es sah ein bisschen unheimlich aus, war aber immer noch angenehmer anzuschauen als eines der Tatortfotos. *Evi Goede/ Esposito*, stand darunter. Ihr Opfer hatte endlich einen Namen, eine Geschichte und eine Familie erhalten.

Rund um das Bild notierte Rist alle Personen, die ein Motiv

gehabt haben könnten, sie zu ermorden. Es war eine ansehnliche Anzahl für eine Frau, die sich seit zwölf Jahren nicht mehr in ihrer Heimat hatte blicken lassen.

Cordula Goede, die ihrer Schwester ihr Erbteil auszahlen sollte. Die einen Hass auf ihre jahrelang verschwundene Schwester gehabt haben könnte. Die vielleicht versucht hatte, ihr Leben mit Petra und Malin zu schützen, denn für ihre Behauptung, dass Evi Esposito Petra Meyer nicht hatte bloßstellen wollen, hatten sie nur Cordulas und Petras Wort.

So rangierte auch Petra Meyer als Tatverdächtige direkt darunter. Sie hatte sich mit ihrem Kind auf dem Hof recht komfortabel eingerichtet, und die wahre Evi Goede hätte ihr eine Menge Schwierigkeiten machen können. Zu bedenken war jedoch, dass seit Siegfried Rades Tod einer Rückkehr Petra Meyers in ihr altes Leben eigentlich nichts mehr im Wege stand.

Als Nächstes notierte Rist denjenigen, der die Tote gefunden hatte. »Leute, die Leichen finden, sind immer suspekt«, sagte er, schrieb den Namen *Robert Jensen* an die Tafel und verband auch ihn mit dem der Toten.

»Was für ein Motiv könnte er haben?«, fragte Broders, um ein allgemeines Brainstorming in Gang zu setzen.

»Er könnte ihr Liebhaber gewesen sein. Sie hat früher oft in seinem Hotel gejobbt«, sagte Pia. »Ebenso, wie sie ein Verhältnis mit seinem Sohn Jesper gehabt haben könnte oder sogar mit beiden zur gleichen Zeit. Dadurch haben sowohl Robert als auch Stine Jensen ein Motiv. Hinzu kommt der ungeklärte Tod ihres Sohnes in Zusammenhang mit Evi Goedes Verschwinden kurz darauf. Die Eltern könnten vermuten oder sogar wissen, dass Evi damals den Unfallwagen gefahren hat.«

Rist schrieb Stine Jensens Namen neben den ihres Mannes, verband ihn mit dem des Opfers.

»Und die Tochter?«, fragte Kürschner. »Jessika Jensen.«

Broders nickte. »Damals war sie noch ein Kind, zwölf Jahre alt. Aber sie soll über den Tod ihres großen Bruders nie hinweggekommen sein. Unwahrscheinlich, doch zumindest denkbar, dass sie Evi Goede für die Schuldige hält.«

Rist notierte sie ebenfalls.

So gingen sie weiter vor. Werner und Tatjana Hoge kamen auf die Liste. Hauptsächlich weil sie in der Nähe des Goede-Hofes wohnten und Evi auch von früher kannten. Da war die Frage nach Evis damaligem Liebhaber, die noch nicht abschließend hatte geklärt werden können. Aus diesem Grund fügte Rist auch Dagmar und Hagen Eggerskamp der Liste hinzu. Ein Mord aus Leidenschaft, Eifersucht oder aufgrund von Erpressung kam infrage.

Die anderen Nachbarn oder Mitglieder der Jagdgesellschaft wiesen weniger Verbindungen zu den Goedes auf. Rist wollte seine Leute schon für weitere Befragungen einteilen, als Klaus Schindler sich das erste Mal an diesem Tag zu Wort meldete.

»Wir haben noch jemanden vergessen«, sagte er. »Einen der Nachbarn. Helge Osterloh. Es wird immerhin gemunkelt, dass er sich für Evi Goede ... äh, Petra Meyer interessiert.«

»Was wäre sein Motiv?«

»Also«, Schindler stand so hastig auf, dass sein Stuhl polternd umfiel. Umständlich stellte er ihn wieder auf. »Wenn er verliebt ist in Evi, ich meine natürlich Petra Meyer, dann könnte er wütend geworden sein, weil sie ihn zurückgewiesen hat. Er hat die echte Evi abends am Steilufer getroffen, ohne zu wissen, dass sie nicht diejenige ist, mit der er sonst als Evi Goede Kontakt hatte. Sie hat ihn abgewiesen, weil sie nicht wusste, wer er ist. Wäre doch ganz natürlich, dass sie dann abweisend reagiert. Und da ist er wütend geworden und hat rotgesehen.«

»Gewagte Theorie«, sagte Rist stirnrunzelnd. »Helge Osterloh hat oder wünscht sich eine Beziehung mit Petra Meyer, von der er denkt, dass sie Evi Goede ist. Er trifft am Strand im Dunkeln auf eine Frau, die so ähnlich aussieht wie seine Angebetete, aber sie kennt ihn nicht und will dementsprechend nichts von ihm wissen. Sie stößt ihn zurück, und er … verliert die Beherrschung. Aber das erklärt nicht die große Brutalität, mit der Evi Goedes Gesicht zerstört wurde.«

»Da ist noch etwas, das dagegenspricht: So furchtbar ähnlich sahen sich die Frauen gar nicht mehr«, gab Pia zu bedenken. »Wer Evi Goede von früher kannte, hat Petra Meyer nach Jahren der Abwesenheit vielleicht mit ihr verwechseln können. Aber im Vergleich zu Petra Meyer war Evi jetzt viel schlanker und deutlich durchtrainierter. Sie war außerdem noch ziemlich braun gebrannt, hatte sogar einen anderen Haarschnitt. Wie könnte Osterloh sie da verwechselt haben – seine Angebetete oder Geliebte?«

»Im Dunkeln wäre es vorstellbar«, beharrte Klaus Schindler.

»Es gibt noch eine andere Möglichkeit«, ergänzte Broders. »Petra Meyer hat Helge Osterloh alles über Evi Goede und ihre plötzliche und höchst ungelegene Rückkehr erzählt. Vielleicht wollte Evi nicht nur Geld, vielleicht wollte sie ihrer Schwester und der Frau, die ihre Identität geklaut hat, auch mächtig Ärger bereiten? Helge Osterloh bekommt es mit der Angst zu tun, dass er Petra Meyer dadurch verlieren könnte. Vielleicht glaubt er auch, sie verteidigen oder beschützen zu müssen? Falsch verstandene Ritterlichkeit? Jedenfalls stellt er Evi Goede wegen ihrer Pläne, Petra Meyer und ihre Schwester betreffend, am Strand zur Rede. Sie zeigt keinerlei Bereitschaft, von ihrem Vorhaben abzuweichen, und … er wird wütend und bringt sie um.«

»Schon gut, schon gut. Dieser Helge Osterloh wird auch noch einmal überprüft«, lenkte Rist ein. Er teilte seine Leute für die nächsten Befragungen ein.

Pia wartete, bis ihre Kollegen nach der Besprechung den Raum verlassen hatten.

»Was ist noch?«, fragte Rist schroff. Er war sichtlich gestresst. Kein Wunder, sie standen ja alle unter großer Anspannung. Evi Esposito war schon seit über zwei Wochen tot.

»Wir haben auf unserer Liste der Tatverdächtigen noch jemanden vergessen«, antwortete Pia.

»Ach ja? Warum hast du das nicht gesagt, als die anderen noch da waren?«

Pia blickte zur Tür. Sie war geschlossen. »Weil es jemand ist, der eben anwesend war«, erklärte sie.

30. Kapitel

Rist hörte sich Pias Argumentation mit unbewegter Miene an, stieß einen herzhaften Fluch aus und organisierte ein paar der anstehenden Befragungen noch einmal um. Jedenfalls soweit es Pia und ihn selbst betraf.

Pia fuhr zunächst wie abgesprochen mit Broders zu Dagmar Eggerskamp nach Dörnitzfelde, sollte dann aber später noch mit Manfred Rist einen weiteren Termin wahrnehmen.

Auf dem Hof der Eggerskamps angekommen, trafen sie Alma in Reithose, Stiefeln und gesteppter Weste vor dem Haus an. Sie hielt eine Reitgerte in der einen Hand, einen Korb mit Putzzeug in der anderen. Das Mädchen blieb stehen, als es die beiden Polizisten erblickte.

»Hallo, Alma. Wir sind hier, um noch einmal mit deiner Mutter zu sprechen«, begrüßte Pia sie.

»Mama ist nicht da«, sagte sie und schlug mit der Reitgerte gegen ihre Lederchaps.

»Ist dein Vater zu Hause?«

»Nee, auch nicht. Unsere Putzfrau ist aber noch da und passt auf, dass Viktor keinen Blödsinn macht.«

»Weißt du, wie wir deine Mutter erreichen können?«

»An ihr Handy geht sie nicht«, informierte Alma sie. »Ich hab es eben auch schon versucht, weil ich wissen wollte, wo meine grüne Reithose ist. Wahrscheinlich hört sie das Telefon in ihrer Handtasche mal wieder nicht.«

»Hast du eine Idee, wo sie hingefahren ist?«

»Sie wollte ins *Baltic Pride*, glaube ich.«

»Das ist doch eines der Hotels am Dörnitzer Strand?«

»Es ist *das* Hotel am Strand in Dörnitz«, erwiderte Alma. »Mama will Geschäftsbeziehungen dorthin aufbauen«, setzte sie hinzu.

»Wann ist deine Mutter denn losgefahren?«

»Vor 'ner Viertelstunde.«

Pia und Broders sahen einander an. Ihr Zeitplan war eng getaktet. Sie konnten ins *Baltic Pride* fahren und schauen, ob sie Dagmar Eggerskamp dort erwischten. Möglichst, bevor ihre Tochter sie telefonisch erreichte und ihr erzählte, dass die Polizei mit ihr sprechen wollte. Doch Alma sah so aus, als wäre sie im Geiste sowieso schon bei den Pferden, bei ihren Freundinnen oder sonst irgendwo, jedenfalls nicht bei ihrer Mutter.

Dagmar Eggerskamp hob erstaunt die Augenbrauen, als sie Pia und Broders in der Lobby des Hotels *Baltic Pride* erblickte. Sie verabschiedete sich gerade von einem hellblonden Mann in einem dunkelgrauen Anzug. Auch sie war formell gekleidet: ein Hosenanzug mit Bluse und Tuch im Ausschnitt, darüber ein langer Mantel. Ihr Haar glänzte im Licht der durch die hohe Fensterfront schräg einfallenden Sonnenstrahlen.

»Guten Tag, Frau Eggerskamp«, grüßte Pia sie, als diese schon mit einem kühlen Nicken an ihnen vorbeigehen wollte. »Ihre Tochter sagte uns, dass Sie hier sind. Wir müssen uns kurz mit Ihnen unterhalten.«

»Guten Tag! Sie sind meinetwegen hier? Was ist denn so furchtbar eilig?«

»Das erfahren Sie gleich.« Pia sah sich um. »Wir können hier nebenan ins Restaurant gehen. Da ist zurzeit niemand. Oder wir begleiten Sie nach Hause.«

Dagmar Eggerskamp blickte auf ihre Armbanduhr. »Das ist jetzt aber ganz ungünstig. Ich habe gleich noch einen Termin.«

»Es ist wichtig. Und es dauert nicht lange«, sagte Pia bestimmt.

Broders hielt ihr die Glastür zum Restaurant auf, und Dagmar Eggerskamp fügte sich mit einem kleinen Seufzer in ihr Schicksal. Sie nahmen direkt am Fenster mit Blick auf die Strandpromenade Platz und bestellten zwei Tassen Kaffee und ein Mineralwasser.

»Demnächst gibt es hier auch Brot und Kuchen aus Kruses Landbäckerei.« Dagmar Eggerskamp schlug die Beine übereinander. »Ob es einigen Leuten in Dörnitz nun passt oder nicht.« Im Licht des grauen Nachmittags sah sie erschöpft aus. In den feinen Linien um Augen und Mund hatte sich Make-up abgesetzt, das eine Spur zu dunkel war, und der tomatenrote Lippenstift harmonierte nicht mit ihren sonstigen Farben. Doch ihr Lächeln sagte, dass sie offensichtlich gerade recht erfolgreich verhandelt hatte und zufrieden mit sich war.

»Wir müssen noch einmal auf Ihr Alibi für den Abend und die Nacht zurückkommen, in der die Frau am Strand ermordet worden ist.« Broders nannte ihr das Datum.

»Gibt es denn etwas Neues?« Sie sah von einem zum anderen.

Sie waren am Ende der Besprechung übereingekommen, die Identität des Opfers offenzulegen. Broders erklärte Dagmar Eggerskamp, was sie über die tote Frau und die Identität Evi Goedes und Petra Meyers herausgefunden hatten.

Frau Eggerskamp blieb höchst unvorteilhaft der Mund offen stehen. »Was sagen Sie? Evi Goede ist gar nicht Evi Goede? Sie hat uns allen etwas vorgemacht? Und Evis eigene Schwester hat bei dieser Scharade mitgespielt? Das ist unglaublich!«

»Hatten Sie nie Zweifel an ihrer Identität?«

»Natürlich nicht. Ich dachte, dass die Zeit im Ausland Evi

schon etwas verändert hat. Aber ich war ja auch nie besonders eng mit ihr befreundet. Sie war zurückhaltend geworden, ganz im Gegensatz zu früher. Was ich, nur nebenbei bemerkt, ganz angenehm fand.«

»Hat jemand anders mal erwähnt, dass ihm Veränderungen an der neuen Evi Goede aufgefallen sind? Ihr Mann zum Beispiel?«

»Hagen?« Sie zog die Augenbrauen zusammen.

»Wir haben gehört, dass sich Ihr Ehemann früher recht gut mit Evi Goede verstanden hat.«

»Ach, diese Gerüchte nun wieder. Sie haben mal ein bisschen geflirtet. Hagen schäkert mit jeder Frau, die ihm gefällt. Und er ist da nicht sehr wählerisch. Aber das heißt nichts. Seit Evi oder, besser gesagt, die andere, die sich für sie ausgegeben hat, wieder da war, hat er sich gar nicht mehr für sie interessiert.«

»Woher wissen Sie das so genau?«, fragte Broders.

»Glauben Sie mir, ich weiß so einiges. Und was ich nicht weiß, weiß wer anders, der es mir dann schleunigst unter die Nase reibt.«

»Sie denken also nicht, dass Ihr Mann eine Beziehung zu der neuen Evi Goede alias Petra Meyer aufgenommen hatte?«

»Nein. Auf keinen Fall.«

»Und zu der echten Evi Goede, die kurz vor ihrem Tod hierher zurückgekehrt war?«

»Auch das nicht. Warum sollte er?«

»Weil sie sich früher einmal recht nahegestanden haben.«
Dagmar Eggerskamp schnaubte verächtlich.

»Oder sie haben sich getroffen, weil es einen konkreten Grund gab, aus dem sie miteinander sprechen wollten«, ergänzte Pia.

»Was für ein Grund sollte das wohl sein, nach einer halben Ewigkeit?«

»Das fragen wir Sie.« Pia lehnte sich scheinbar entspannt zurück.

»Ich weiß nichts darüber. Fragen Sie doch meinen Mann! Der muss es ja schließlich wissen.«

Sie ließen sich von ihr noch einmal ihr Alibi schildern. An dem besagten Abend war Dagmar Eggerskamp angeblich zu Hause gewesen. Sie hatte gekocht – »Bohnen, Birnen und Speck«, gleich für das Mittagessen am anderen Tag mit – und gegen neunzehn Uhr mit ihrem Mann und ihren Kindern gemeinsam zu Abend gegessen. Danach hatte sie Brot gebacken, um ein altes Rezept für ihr Sortiment auszuprobieren. Die Kinder waren nach oben in ihre Zimmer gegangen. Alma hatte noch für eine Klassenarbeit gelernt. Gegen halb neun Uhr hatte Dagmar Eggerskamp ihren Sohn Viktor zu Bett gebracht. Hagen war in der Scheune gewesen und hatte an seinem Oldtimer geschraubt. »Er ist gegen neun oder halb zehn Uhr zurück ins Haus gekommen, hat geduscht, wie ich sehr wohl hörte, da das untere Bad neben meinem Arbeitszimmer liegt, und sich dann im Wohnzimmer vor den Fernseher gesetzt.«

»Ist er um neun oder um halb zehn hereingekommen?«, fragte Pia.

Sie wischte einen Kekskrümel vom Tisch. »Ich schätze, es war eher neun als halb zehn. Ich habe meinen Mann gehört und etwas später dann auch gesehen, als er frisch geduscht vor dem Fernseher saß. Da war es einundzwanzig Uhr fünfundvierzig. Ich kam hinzu, als das *heute journal* begann.«

»Haben Sie das mit ihm zusammen geschaut?«

»Ja. Aber ich habe nebenbei in der Zeitung geblättert.«

»Erinnern Sie sich an eine Meldung an diesem Abend?«

»Natürlich nicht. Das ist zwei Wochen her. Das könnte niemand.«

»Stimmt«, sagte Pia. »Es hätte mich auch gewundert.«

»Sie haben beide kein richtiges Alibi«, stellte Pia fest, als sie wieder mit Broders im Auto saß. »Es ist alles butterweich und vage.«

»Das kommt, weil wir den genauen Tatzeitpunkt nicht kennen. Hagen hätte mit seiner Familie zu Abend essen und sich am Strand mit Evi treffen können, als er angeblich in der Scheune war. Danach hätte er duschen und sich wohlduftend seiner Frau zum *heute journal* präsentieren können. Sie hätte nach dem Essen ebenfalls Gelegenheit gehabt, zum Strand zu fahren. Es wäre ein bisschen gewagt gewesen, genau wie für ihn, weil er oder die Kinder ja nach ihr hätten rufen können. Wenn sie allerdings ihren Sohn pünktlich um halb neun Uhr ins Bett gebracht hat ...«

»Ich denke nicht, dass Viktor sich daran erinnern kann, an welchem Abend seine Mutter ihn wann ins Bett gebracht hat. Es sei denn, sie funktioniert wie ein Uhrwerk, und es ist immer exakt dieselbe Uhrzeit.«

»Aber für Dagmar Eggerskamp ist es schon schwieriger. Vor allem, weil angeblich nur ihr Mann geduscht hat.«

Pia lächelte schwach. »Denkst du an Blutspritzer?«

»Weniger. Da war ja die Tüte über dem Kopf des Opfers. Doch der Täter muss nach dem Mord nach Schweiß gestunken haben wie ein Iltis. Stress-Schweiß. Wäre das ihrem Mann nicht an ihr aufgefallen?«

Broders fuhr weiter zu den Hoges, setzte Pia aber zuvor am Polizeirevier von Dörnitz ab, wo sie sich mit Rist traf.

»Klaus Schindler ist gerade unterwegs«, informierte er sie. »Ein Ladendiebstahl. Der normale Polizeialltag geht ja auch weiter. Aber es gibt Neuigkeiten.«

»Her damit«, sagte Pia. Die Vernehmung von Dagmar Eggerskamp hatte sie auf eine ihr bisher nie gekannte Weise ausgelaugt. Vielleicht war es leise Enttäuschung über die Fehlbarkeit menschlicher Beziehungen? So viele freudig und mit Zuversicht eingegangene Partnerschaften und Ehen, die dann in Frust und Misstrauen versandeten ...

»Wir haben endlich die Verbindungsdaten von Evi Goedes Handy. Die der echten Evi Goede, wohlgemerkt. Ihr Provider hat sie uns gerade übermittelt. In der Zeit, als Evi Goede beziehungsweise Esposito hier in Dörnitz war, hatte sie mit drei für uns relevanten Telefonnummern Kontakt. Die erste ist die Festnetznummer der Eggerskamps. Ein Telefonat. Die nächste ist Hagen Eggerskamps Handynummer. Ein weiteres, kurzes Gespräch. Die letzte ist die private Festnetznummer unseres lieben Kollegen Klaus Schindler. Ein sehr kurzes und dann ein sehr langes Telefonat. Letzteres wurde am Tag ihres Todes geführt.«

31. Kapitel

»Ich hatte gehofft, dass ich mich täusche«, sagte Pia. »Es darf einfach keiner von uns gewesen sein.«

Rist nickte. »Trotz eines dramatischen Mangels an Alibis haben wir den Kreis der Verdächtigen jetzt immerhin auf zwei Personen reduziert. Hagen Eggerskamp oder leider Gottes Klaus Schindler. Ich habe Wilfried und Conrad schon Bescheid gegeben: Wenn sie Hagen Eggerskamp endlich gefunden haben, sollen sie ihn zur Vernehmung nach Lübeck mitnehmen und dort auf uns warten. Wenn er sich sträubt und es nicht anders geht, sollen sie ihn vorläufig festnehmen. Um unseren lieben Kollegen Schindler kümmern wir beide uns.«

»Wo soll sich Hagen Eggerskamp denn gerade aufhalten?« Das hatten sie Alma gar nicht gefragt, fiel Pia nun auf.

»Er war seit heute Morgen in seiner Bäckerei im Büro. Aber dort ist er nicht mehr.«

»Zu Hause war er auch nicht. Jedenfalls hat seine Tochter uns das gesagt, und sein Auto stand nicht vor dem Haus.«

»Ich weiß. Hoffen wir mal, dass er sich noch nicht abgesetzt hat. Wenn wir ihn in einer Stunde nicht gefunden haben, lasse ich offiziell nach ihm fahnden.«

»Und was ist mit Klaus Schindler?«

»Von Evi Goedes Telefonaten mal abgesehen, für die es natürlich auch eine harmlose Erklärung geben kann, haben wir da nicht viel mehr als deine Beobachtung, dass Klaus Schindler damals eine besondere Beziehung zu ihr hatte.«

»Es ist die Art und Weise, wie er über sie gesprochen hat. Irgendwie andächtig. Und er hat die Halskette der Toten wiedererkannt, und das, nachdem er sie zwölf Jahre lang nicht gesehen hatte.«

»Das alles muss aber nichts heißen.«

»Klaus war nicht offen zu uns. Selbst wenn er zunächst geglaubt hat, dass Evi Goede vor zwei Jahren zurückgekehrt ist ... Wenn hier am Strand eine Frau umgebracht wird, die Evi vom Körperbau und den Haaren her ähnlich sieht, die ihre Kette trägt und deren Leiche von Robert Jensen gefunden wird – von dem Vater des jungen Mannes, der getötet wurde, kurz bevor Evi Goede für eine lange Zeit verschwunden war –, dann hätte er diese Zusammenhänge im Laufe unserer Ermittlung mal erwähnen müssen. Ganz zu schweigen davon, dass er schrecklich überrascht tat, als ich in seiner Gegenwart die falsche Evi Goede enttarnte. Dabei hatte er an dem Tag, an dem die echte Evi Goede starb, zweimal mit ihr telefoniert. Irgendetwas stimmt da ganz und gar nicht.«

»Wo du recht hast ...«

»Und das ist noch nicht alles.« Pia war jetzt richtig in Fahrt. »Klaus mochte nicht nur die junge Evi Goede sehr gern; er war auch maßgeblich an den Ermittlungen zu Jesper Jensens Tod beteiligt – einer Ermittlung, die nie zum Täter geführt hat.«

»Ja, die Sache stinkt«, räumte Rist ein.

»Und wie, nach Vertuschung oder aber schlampigen Ermittlungen. Ich wünschte, es wäre anders.«

»Irgendwelche Vorschläge?«

Pia sah ihn erstaunt an. Rist war in letzter Zeit ungewöhnlich umgänglich. Er konnte auch anders, wie sie von ihrer Zusammenarbeit bei früheren Fällen wusste. Was war los mit ihm? Doch dies war nicht der Zeitpunkt, darüber nachzudenken. »Ich würde jetzt reingehen«, sagte sie.

»Was?«

»In sein Haus. Wir sollten mal mit seinem Vater reden. Mit

Erich Schindler. Der war seinerzeit angeblich ebenfalls Polizist.«

Sie parkten Rists Wagen, den Schindler ja kannte, ein Stück vom Haus entfernt. Drei Stufen führten zur Haustür. Seitlich war eine Rampe aus Edelstahl angebaut, über die man auch mit einem Rollstuhl oder Rollator den Eingang erreichen konnte. Die braunen Kunststoffjalousien des schmalbrüstigen Siedlungshauses mit dem Satteldach waren halb heruntergelassen, die Blumen in den Kästen auf den Fensterbänken zu schwarzen Tentakeln erfroren.

»Sein Vater ist vierundachtzig«, sagte Pia leise zu Rist, bevor sie an der Tür klingelte. »Ich weiß nicht, wie fit er noch ist.«

»Wir werden sehen.« Ein Summen erklang, und Manfred Rist drückte die Tür auf.

Pia fühlte sich wie eine Verräterin.

Sie betraten einen schmalen Flur, von dem mehrere Türen abgingen. Links führte eine steile Holztreppe ins Obergeschoss. Pia und Rist gingen ein paar Schritte ins Haus hinein und riefen nach Erich Schindler. Die Luft war abgestanden. Es roch ungelüftet, nach altem Mittagessen und ungewaschener Kleidung. Die Tür zum Wohnzimmer war nur angelehnt. Pia klopfte an und öffnete sie. Erich Schindler saß in einem Rollstuhl am Fenster. Die Gardine und die Topfpflanzen auf der Fensterbank waren beiseitegeschoben, wohl, damit er die Straße besser im Auge behalten konnte. Wegen der halb heruntergelassenen Jalousien war es recht dunkel im Zimmer. Neben dem Rollstuhl stand eine Leselampe und spendete gelbliches Licht.

Erich Schindler sah sie erwartungsvoll an. Auf einem Beistelltisch lagen mehrere Fernbedienungen; mit einer von ihnen hatte er eben wohl auch die Haustür geöffnet.

Klaus Schindlers Vater hatte schneeweißes, dünnes Haar, ein schmales Gesicht mit einer gebogenen Nase und struppige Augenbrauen, unter denen hervor er seine Besucher angriffslustig anfunkelte. »Mein Sohn sagt, ich soll nicht jeden Hans oder Franz ins Haus lassen. Aber ich komme um vor Langeweile. Werde ich nur ausgeraubt, oder sind Sie hier, um meinem nutzlosen Leben endlich ein Ende zu bereiten?«

»Weder noch.« Pia zog ihren Polizeiausweis hervor und stellte Rist und sich vor. »Wir sind Kollegen von der Bezirkskriminalinspektion Lübeck und ermitteln in zwei Mordfällen in Dörnitz und Umgebung. Wir haben ein paar Fragen an Sie, Herr Schindler.«

»Schade. Ich bin übrigens der Senior. Schindler senior, aber das sieht man wohl.« Sein Auflachen ging in einen bellenden Husten über. »Wenn ihr zu zweit antanzt, ist das ja nicht nur ein Höflichkeitsbesuch«, fügte er hinzu, als der Anfall vorbei war. »Es geht also um die beiden Mordfälle. Mein Sohn erzählt leider nicht so viel, aber die Zeitungen sind ja voll davon.«

»Dürfen wir uns setzen?«

»Oh, bitte sehr.« Er deutete mit einer spöttischen Geste auf die Couch, die mit Decken und Kissen überladen war und sich in der dunkelsten Ecke des Wohnzimmers befand. Rist und Pia zogen sich je einen Stuhl vom Esstisch heran. Die waren zwar sicher unbequem, doch so konnten sie sich wenigstens auf Augenhöhe mit Erich Schindler unterhalten. Immerhin, sein Verstand schien so scharf wie ein gewetztes Messer zu sein, was ihrem Vorhaben zuträglich war.

Pia und Rist gaben Erich Schindler einen groben Überblick, worum es ihnen ging. Er nahm jedes Detail der Ermittlungen begierig auf. Ab und zu streute er bissige Kommentare über die Bewohner von Dörnitz und Dörnitzfelde ein. Schnell war klar, dass er eher mit Pia kooperieren würde als mit Rist. Der war so schlau, sich entsprechend zurückzunehmen und ihr weitestgehend die Gesprächsführung zu überlassen. Der ehemalige Polizist wiegte den Kopf, als Pia erzählte, was es mit dem Identitätsschwindel der Goede-Schwestern auf sich hatte.

»Faustdick!«, sagte er krächzend. »Die Evi hatte es schon immer faustdick hinter den Ohren! Die Männer haben sich von ihrem feschen Äußeren täuschen lassen. Die wusste, wie sie bekommt, was sie will. Ihre ältere Schwester, die arme Cordula, hatte nie eine Chance. Wirklich schade, dass es ein so böses Ende mit der Evi genommen hat. Tz, tz. Was genau wollt ihr denn nun von mir wissen? Ich sitze hier zwar nur nutzlos und an den blöden Stuhl gefesselt herum, aber im Oberstübchen bin ich noch recht klar. Mein Sohn sagt zwar immer, ich bringe alles durcheinander, doch das liegt nur daran, dass in meinem Leben nichts Aufregendes mehr passiert. Was früher war, da kann mir keiner etwas vormachen. Das ist alles hier drin abgespeichert.« Er tippte sich mit einem krummen Zeigefinger an den Kopf.

»Wir haben ein paar Fragen zu den früheren Ermittlungen zu Jesper Jensens Tod«, sagte Pia. »Waren Sie darin involviert?«

»Leider nicht mehr. Da hatte mein Junior schon übernommen. Und der hat's verbockt.«

Pia tastete sich langsam an die Ereignisse von vor zwölf Jahren heran. Schindler war erstaunlich gut informiert.

»Mein Sohn hat gedacht, er könnte alle Fahrzeuge überprüfen, die hier im Umkreis für den Unfall infrage kamen. Von Anfang an hieß es, es müsse ein Hiesiger gewesen sein. Wegen der recht abgelegenen Strecke und vor allem wegen der Jahreszeit und der Uhrzeit. Klaus hat sich mächtig ins Zeug gelegt, doch er hat das Entscheidende übersehen.«

Pia wunderte sich, dass der alte Schindler in ihrer Gegenwart so schlecht über seinen Sohn sprach. Rein menschlich gesehen empörte es sie. Sie vermutete, dass Erich Schindler es hasste, von seinem »Junior«, dem er sich offensichtlich überlegen fühlte, abhängig zu sein. Wahrscheinlich zog er deshalb über dessen Fähigkeiten als Polizist her. Doch für ihr Vorhaben war sein Verhalten natürlich von Vorteil. »Was ich den alten Akten entnehmen konnte, zeugte von einer professionellen und gründlichen Bearbeitung des Falls«, erwiderte sie. Sie provozierte ihn ganz bewusst.

»Papier ist geduldig«, stieß er hervor. »Aber wenn die Leute aus Dörnitz oder der Umgebung ein Problem hatten, haben sie sich noch immer an mich, den alten Schindler, gewandt, und nicht an den jungen, der noch grün hinter den Ohren war. Bis über beide grüne Ohren verliebt in Evi Goede noch dazu.«

»Er war damals in Evi Goede verliebt?«

»Das hat er Ihnen wohl nicht gesagt.« Erich Schindler schnaufte. »Klaus war verknallt wie ein Schuljunge, aber sie wollte nichts von ihm wissen. Evi Goede hatte nämlich große Pläne. Sie hat sich da unter anderem lieber an den Hagen Eggerskamp gehalten. Aber das war wohl eine schlechte Wahl.«

»Weshalb?«

Er winkte ab. »Der war doch frisch verheiratet mit der Kruse-Tochter, die eine ganze Bäckerei geerbt hat. Erzählen Sie mir nicht, Ihnen wären nicht überall die Filialen von denen aufgefallen. Und Evi hatte nichts. Hier oben sagt man: ›Schönheit vergeht, Hektar besteht!‹«

»Kommen wir mal zur Gegenwart. Evi Goede ist nach Dörnitzfelde zurückgekommen. Wir haben festgestellt, dass sie kurz vor ihrem Tod hier angerufen hat«, sagte Pia. »Auf dem Festnetz.«

»Ach, ach, so weit seid ihr auch schon. Die Technik heutzutage. Früher, da war das alles viel schwieriger. Heute guckt ihr in eure Computer, und schon ist ein Fall gelöst, oder?«

»Wohl kaum.« Pia beugte sich vor. »Was wollte Evi Goede, als sie hier angerufen hat?«

»Sie wollte mich sprechen.«

Pia straffte sich. »Sie und nicht Ihren Sohn?«

»Das erstaunt euch wohl, was? Ja, mich.«

»Was wollte sie?«

Schindler rollte ein Stück zurück und tastete nach einem leeren Porzellanbecher auf dem Beistelltisch. »Ich hab Durst. Das Reden strengt mich an. Ich hätte gern einen starken Kaffee, damit ich euer Verhör überhaupt durchstehen kann.« Er grinste schief. »Das sind ja CIA-Methoden. Ihr findet alles Nötige für den Kaffee in meiner Küche.« Er hielt Pia mit seiner blassen, knotigen Hand den Becher entgegen.

Sie rührte sich nicht, sondern sah ihren Vorgesetzten an.

Rist blickte von ihr zu Schindler und wieder zurück. Er verzog das Gesicht, schnappte sich den Kaffeebecher und erhob sich federnd. »Wie ihr meint. Ich weiß aber nicht, ob der wirklich genießbar sein wird.« Er verzog sich in die Küche.

Schindler beobachtete das amüsiert. »Was bin ich froh, dass ich da raus bin. Diese neuen Sitten, sogar bei der Polizei, das wäre nichts für mich.«

»Ja, die Zeiten ändern sich. Wenigstens ein bisschen. Warum hat Evi Goede nun hier angerufen, Herr Schindler?«

»Sie wollte von mir wissen, was mit Hagens altem Mercedes passiert ist. Das ist sein ganzer Stolz, wissen Sie? Ein 220er SE Coupé. Baujahr 1961 in Metallicblau mit cognacfarbenen Ledersitzen. Damals konnte man noch richtige Autos bauen.«

»Was genau hat es mit Hagen Eggerskamps altem Mercedes auf sich?«

»Oh, alles und nichts. Ich erzähle Ihnen jetzt mal, was ich denke. Ist aber ohne jede Gewähr.« Er beugte sich verschwörerisch vor. »An dem Abend, als Jesper Jensen ums Leben gekommen ist, war Hagen Eggerskamp zu Hause, wie es hieß.

Seine Frau hat das ausgesagt, obwohl sie angeblich mit Migräne im Bett lag. Sie hätte es gehört, wenn er eines ihrer beiden Autos bewegt hätte, sagte sie. Das Schlafzimmerfenster der Eggerskamps geht zum Carport hinaus, und jedes noch so schwache Geräusch hat ihr wohl eine Schmerzattacke beschert. Außerdem führten sie beide ein Fahrtenbuch, weil sie ihre Autos zum Teil von der Steuer absetzen. Sie sagte, eine Unstimmigkeit bei den Kilometerangaben wäre ihr aufgefallen. Meine Theorie ist, dass Hagen Eggerskamp damals die Gunst der Stunde nutzte. Seine Frau lag krank im Bett. Er fuhr seinen geliebten Oldtimer aus der Scheune, der zu dem Zeitpunkt nicht einmal angemeldet war, und holte Evi zu einer Spritztour ab. Ein Schäferstündchen im Auto oder anderswo. Ist doch nett. Sie mussten sich allerdings beeilen, damit Hagens Frau nichts mitbekommt. Auf dem Rückweg ist Hagen wohl zu schnell mit dem alten Auto gefahren. Es war Schietwetter. Da konnte er Jesper Jensen auf dem Fahrrad, noch dazu ohne Licht, leicht übersehen. Der Wagen hat den Jungen erfasst; Jesper blieb leblos und schwer verletzt am Straßenrand liegen. Doch Hagen ist einfach weitergefahren. Der Oldtimer war zu dem Zeitpunkt weder zugelassen noch versichert. Und Dagmar durfte keinesfalls erfahren, dass Hagen sie nach Strich und Faden betrog.« Schindler lehnte sich erschöpft zurück.

»Gab es dafür Beweise?«

Zu Pias Erstaunen nickte er schwach. »Hagen verließ sich auf mich.« Seine Stimme troff vor Verachtung für Hagen, wohl wegen dessen Vertrauen ihm gegenüber, vielleicht aber auch für sich selbst. »Er fragte mich, wo er seinen Mercedes am besten verstecken könne. Wo mein Sohn Klaus nicht sofort danach suchen würde, bis Gras über die Sache gewachsen wäre.« Er schnaufte. »So war das hier damals in gewissen Kreisen: Wenn es hart auf hart kam, war auf ein paar Leute immer Verlass.«

Rist trat wieder hinzu und reichte Schindler einen Becher mit Kaffee. Er setzte sich zu ihnen, nicht ohne Pia einen genervten Blick zuzuwerfen.

Schindler roch an dem Gebräu und nickte zufrieden.

»MTL«, sagte Rist. »Macht Tote lustig.«

»Genau so hab ich es gern.« Erich Schindler schlürfte langsam, fasste sich an die linke Brust. »Da pocht die alte Pumpe wieder.«

»Sie als ehemaliger Polizist haben Hagen Eggerskamp dabei geholfen, mit dieser Straftat davonzukommen?«, fragte Pia eisig.

»Ach, Kindchen! Die Heizung hier im Haus war kurz davor, den Geist aufzugeben, und wir brauchten neue Fenster. Sie wissen doch selbst, wie viel wir Polizisten verdienen. Und außerdem war es ein verdammter Unfall. Ich hab Hagen nur gesagt, wo mein Sohn schon gesucht hatte und wo nicht. Was Hagen dann mit seinem Auto gemacht hat, war seine Sache. Inzwischen ist der Wagen komplett restauriert, und die alte Kiste fährt wieder. Hagen hängt eben daran. Aber sein Herz bedingungslos an Dinge oder Menschen zu verlieren ist ja bekanntlich nicht sehr bekömmlich.«

»Was haben Sie Evi Goede denn nun gesagt, als sie Sie angerufen hat?«

»Die Wahrheit. Dass der Wagen inzwischen wieder topfit ist und Hagen ihn regelmäßig für seine Spritztouren nutzt. In meinem Alter macht es keinen Spaß mehr, für andere zu lügen. Bringt einem ja nichts mehr.«

»Und wie hat sie reagiert?«

»Sie meinte doch tatsächlich, dass es für alle Beteiligten besser gewesen wäre, wenn die Wahrheit damals ans Licht gekommen wäre. Es machte ihr immer noch zu schaffen, dass sie Hagen nicht an die Polizei verraten hat. Sie sagte mir, die Schuldgefühle hätten ihr angeblich das Leben ruiniert.« Er schnaubte. »Und dann fragte sie mich, ob man die Unfallspuren an dem Mercedes wohl immer noch nachweisen könnte, auch bei einem restaurierten Auto. So wie alte Fahrgestellnummern, die wieder lesbar gemacht werden können, wenn sie weggefeilt wurden.« Er schüttelte den Kopf und sackte ein Stück in sich zusammen.

»Was hatte Evi Goede vor?«, fragte Pia. »Wollte sie nach der langen Zeit zur Polizei gehen? Oder wollte sie Hagen Eggerskamp erpressen?«

»Keine Ahnung«, antwortete Schindler müde. »Wen interessieren die alten Geschichten eigentlich noch?«

»Es geht hier um eine laufende Mordermittlung«, sagte Rist.

»Ich glaube nicht, dass ausgerechnet Hagen Eggerskamp die Evi ermordet hat.« Erich Schindlers Augenlider flatterten.

»Warum nicht?«

Ein Schlüssel drehte sich im Schloss, und im Flur erklangen Schritte.

»Weil ... er ist ein verdammter Feigling.«

»Was ist denn hier los?« Klaus Schindler betrat in Polizeiuniform das Wohnzimmer. Er sah besorgt von seinem Vater zu Pia und Rist und wieder zurück. »Ist etwas mit dir, Vati?«

»Wir hatten nur ein paar Fragen.« Pia erhob sich. »Ich fürchte, das war recht anstrengend.«

Klaus eilte zu seinem Vater und ging vor ihm in die Hocke. Der winkte seinen Sohn jedoch weg wie ein lästiges Insekt. »Alles in bester Ordnung, Junge. Deine finsteren Geheimnisse sind bei mir sicher.« Er grinste gequält.

Klaus Schindler richtete sich wieder auf. »Was soll das? Was hat er gesagt?«, fragte er Pia. »Ihr könnt doch nicht so einfach ...«

»Wir besprechen das auf dem Revier.« Rist stand ebenfalls auf. »Los geht's.«

»Warum haben Sie es uns jetzt erzählt?«, wollte Pia von

346

Erich Schindler wissen. »Dass Sie geholfen haben, eine Straftat zu vertuschen.«

Er zuckte mit den Schultern. »Was soll's? Ich weiß, dass meine Tage gezählt sind. Mich wird man nicht mehr zur Rechenschaft ziehen. Und ich bekomme nur noch selten Damenbesuch. Sie haben so nett gefragt.« Er entblößte beim Grinsen seine langen Zähne.

32. Kapitel

Zurück auf dem Revier, telefonierte Rist mit einigen seiner Mitarbeiter, wobei sich seine Miene stetig verfinsterte. Immerhin, ihr Kollege Klaus Schindler war fürs Erste entlastet, da sein Vater und nicht er selbst vor ihrem Tod mit Evi Goede telefoniert hatte. Es sei denn, dieser Gedanke ging Pia kurz durch den Kopf, Erich Schindler hatte gelogen, um seinen Sohn zu entlasten. Er war ein alter Fuchs. Diese Möglichkeit durften sie nicht vollständig außer Acht lassen. Rist schrieb Hagen Eggerskamp zur gezielten Fahndung aus. Eggerskamp war nicht in der Bäckerei, nicht bei sich zu Hause, und niemand aus seinem persönlichen Umfeld konnte oder wollte der Polizei sagen, wo er sich aufhielt. Zudem stand sein Oldtimer, der Mercedes, nicht an seinem üblichen Platz in der Scheune auf dem Hof der Eggerskamps.

Dagmar Eggerskamp beharrte darauf, dass ihr Mann sicher nur eine kleine Ausfahrt unternehme. »Das macht er manchmal, wenn ihm im Geschäft oder zu Hause alles zu viel wird.« Hagen Eggerskamp ging auch nicht an sein Telefon. Es stellte sich heraus, dass er sein Handy in seinem Büro in der Schreibtischschublade hatte liegen lassen.

Zehn Minuten später meldete eine Polizeistreife aus Lübeck, dass ihnen der beschriebene Wagen, ein blauer Mercedes 220 SE Coupé, in der Posener Straße aufgefallen sei. Das war jedoch ein paar Minuten vor dem Eingang der Fahndungsmeldung gewesen. Die Kollegen wollten versuchen, das Auto wiederzufinden.

Rist fluchte, als er das hörte. Sie waren so dicht dran gewesen, aber Eggerskamp war ihnen doch wieder entwischt. »Was zum Teufel will der Mann in Lübeck?«, fragte er Pia.

Sie telefonierte gerade eine Liste mit Hagen Eggerskamps Kontakten in der Stadt ab, die seine Frau ihnen gemailt hatte. Pia sah auf. »Vielleicht hat Eggerskamp auch nur irgendeinen harmlosen Termin in Lübeck, den er wahrnehmen will.«

»Dann hätte er doch sein normales Auto genommen.«

»Nicht unbedingt.« Pia dachte an Lars' Landrover, den er manchmal fuhr, wenn er frustriert war oder eine Abwechslung brauchte. »Aber ich vermute, dass Hagen Eggerskamp den Mercedes irgendwo loswerden will. Er kann sich schließlich nicht sicher sein, ob Fachleute eventuelle Unfallspuren auch noch nach so langer Zeit und den entsprechenden Reparaturen nachweisen können. Der alte Wagen ist womöglich der entscheidende Beweis für seine Schuld an Jesper Jensens Tod.«

»Tja, wo wird man am besten ein so auffälliges Auto los?«, überlegte Rist laut.

»Auf einem Schrottplatz? In einer angemieteten Garage oder Halle? Auf dem Hof eines Bekannten? Und wenn man absolut verzweifelt ist, in einem tiefen Gewässer ... Hagen Eggerskamp könnte auch versuchen, seinen Oldtimer an einen Händler zu verkaufen, der ihn schnellstmöglich ins Ausland verschifft. Die Posener Straße liegt im Hafengebiet.«

Sie veranlassten, dass leer stehende Hallen, Schrottplätze, Garagen, kleinere Autohändler und Autowerkstätten in der weiteren Umgebung der Posener Straße kontrolliert wurden. Dann fuhren Pia und Rist ebenfalls zurück nach Lübeck.

Als sie im Kommissariat eintrafen, war Hagen Eggerskamp immer noch nicht aufgefunden worden. Die Polizisten, denen sein oder ein ähnlicher Wagen aufgefallen war, meldeten, dass sie das Fahrzeug seitdem nicht mehr gesehen hatten.

Pia studierte noch einmal eine Übersichtskarte der Stadt, die im Besprechungsraum hing. »Wo will er hin? Wo will er bloß hin?«, murmelte sie. Dass er sich im Stadtgebiet bewegte, ließ vermuten, dass er nicht vorhatte, weiter wegzufahren. Er schien sich nicht ins Ausland absetzen zu wollen oder Ähnliches. Hagen Eggerskamp musste ein Ziel in Lübeck ansteuern, das entweder mit dem verräterischen Auto oder aber mit einem persönlichen Motiv zusammenhing.

»Wissen wir schon, ob Eggerskamp einen Strafverteidiger in der Stadt kennt?«, wollte sie von Rist wissen.

Er schüttelte den Kopf. »Ich telefoniere gleich noch mal mit seiner Frau. Diese Möglichkeit wäre ja nicht die schlechteste. Wenn er zu einem Anwalt fährt, will er sich wahrscheinlich stellen.«

»Die Posener Straße ist aber nicht gerade für ihre hohe Anwaltsdichte bekannt«, gab Pia zu bedenken. »Wenn er in Bad Schwartau von der Autobahn abgefahren ist, könnte er sich über die Posener Straße jedoch auch auf die Altstadt zubewegen.« Pia deutete auf den Stadtplan. »Es ist nur ein kleiner Umweg. Vielleicht hat er gehofft, auf dem Weg um diese Uhrzeit schneller zu seinem Ziel zu kommen als über die viel befahrene Schwartauer Allee. Von dort kommt man über die Eric-Warburg-Brücke in Richtung St. Gertrud oder in die Innenstadt.«

»Man kommt von dort überallhin«, sagte Rist. »Sogar in die Justizvollzugsanstalt Lauerhof.«

Die Erwähnung des Gefängnisses brachte Pia auf eine Idee. »Ich denke nicht, dass er es damit so eilig hat. Kann ich kurzfristig mit Cordula Goede sprechen? Sie ist doch in Untersuchungshaft. Wie schnell können wir das arrangieren?«

»Wenn es eine Idee ist, die uns weiterbringt, sollte das recht zügig zu bewerkstelligen sein«, antwortete Rist. »Aber was willst du denn von der?«

Pia erläuterte es ihm.

Rist schüttelte den Kopf. »Also, ich weiß nicht. Kommt mir sehr weit hergeholt vor. Ist das nicht so ein Frauen-Ding?«

»Solange die anderen Maßnahmen nicht zum Erfolg führen, müssen wir wohl oder übel nach jedem Strohhalm greifen.«

»Schon gut. Warte!« Er musste wirklich verzweifelt sein.

Während Pia mit Cordula Goede sprach, fanden Kollegen von der Schutzpolizei Hagen Eggerskamps Wagen in einer Seitenstraße auf dem Gelände eines Autoexporteurs, der Gebrauchtwagen nach Afrika verschiffte. Obwohl er hinter einem Container stand, war der gepflegte alte Mercedes zwischen den normalen Gebrauchtwagen nicht zu übersehen gewesen. Der Händler konnte einen gültigen Kaufvertrag vorweisen und sagte, dass Hagen Eggerskamp vor einer halben Stunde mit einem Taxi den Hof verlassen habe. Er konnte sogar das Taxiunternehmen nennen.

Rist informierte Pia über diese Entwicklung. »Und was hast du?«, fragte er sie. »Ich hoffe, gute Neuigkeiten. Immerhin hab ich mich für dein Gespräch mit der Goede ganz schön weit aus dem Fenster gelehnt.«

»Cordula Goede sagt, ihre Schwester habe ihr damals wenig über ihr Liebesleben und ihr Verhältnis mit Hagen Eggerskamp erzählt.«

»Na toll.«

»Aber an ein paar Einzelheiten hat sie sich doch noch erinnert. Evi hat sich tatsächlich während der Zeit, in der sie Cordula nach dem Tod ihres Vaters mit dem Hof geholfen hat, oft in Lübeck aufgehalten. Sie war manchmal lange fort, auch bis in die späten Abendstunden. Evi hat ihrer Schwester gegenüber zum Beispiel erwähnt, dass sie in irgendwelchen schicken Restaurants essen gewesen war. Cordula hatte sich gefragt, wie Evi sich das überhaupt leisten könne.«

»Du denkst an heimliche Treffen mit Hagen Eggerskamp?«

»Das würde passen.«

»Okay. Falls Eggerskamp gerade irgendwo dort ist und fürstlich speist, um den Erinnerungen an Evi nachzuhängen und um seine letzten Stunden in Freiheit auszukosten, werden wir ihn dort finden. Dir ist aber klar, Pia, dass mir Polizeikräfte an anderer Stelle fehlen, wenn ich sie zu den Nobelrestaurants Lübecks jage.«

»Das Risiko gehe ich ein«, erwiderte Pia zuversichtlicher, als sie sich fühlte. »Doch vergiss auch die Strafverteidiger in der Umgegend nicht.«

Aber Hagen Eggerskamp war weder in den genannten Restaurants noch bei Anwälten zu finden. Auch erinnerte sich niemand, ihn dort in letzter Zeit gesehen zu haben. Fest stand dagegen inzwischen, dass er nach dem Verkauf seines geliebten Oldtimers mit einem Taxi in die Lübecker Altstadt gefahren war, sich am Koberg hatte absetzen lassen und dann im Gewühl der Innenstadt verschwunden war.

Am Koberg? Da war etwas, das Pia stutzen ließ. Eine Erinnerung. Sie wusste, dass sich irgendetwas in den hinteren Windungen ihres Gehirns verborgen hielt, das ihnen bei den Ermittlungen weiterhelfen konnte. Hagen Eggerskamp und die Frauen. Seine Verführermasche. Das kalte Mondlicht am Waldrand in der Nacht. Das Mondlicht ... wie auf dem Gemälde *Mondnacht, Schiffe auf der Reede* von Caspar David Friedrich.

Sie griff wieder zum Telefonhörer.

»Museum Behnhaus Drägerhaus«, meldete sich eine männliche Stimme.

Pia stellte sich vor. »Ich habe eine Frage zu Ihrer Gemäldesammlung.«

»Worum geht es denn?«

»Haben Sie das Gemälde *Mondnacht, Schiffe auf der Reede* von Caspar David Friedrich ausgestellt?«

»Ja, haben wir.«

»Ich suche einen Mann, der zur Fahndung ausgeschrieben ist, und der sich vielleicht gerade das besagte Bild oder auch andere Gemälde bei Ihnen ansieht.«

Sie hörte den Mann am anderen Ende der Leitung hüsteln. »Was sagen Sie da? Muss ich mir Sorgen machen?«

»Nein, solange Sie nichts unternehmen, besteht wohl kein Anlass zur Sorge. Ich denke nicht, dass der Mann gefährlich ist.« Sie beschrieb, wie Hagen Eggerskamp aussah.

»Schon möglich, dass der hier ist«, antwortete er zögernd. »Aber es ist gerade recht voll hier. Ich kann es nicht mit Sicherheit sagen. Was soll ich denn jetzt tun?«

»Gar nichts. Wir kommen.«

Das Museum Behnhaus Drägerhaus war in zwei Lübecker Stadtpalais des achtzehnten Jahrhunderts in der Königstraße untergebracht, nur wenige Gehminuten vom Koberg entfernt und schräg gegenüber der Jakobikirche. Es beherbergte in seiner Gemäldesammlung das Werk, das Hagen Eggerskamp nach der Wildschweinjagd im Wald Pia gegenüber erwähnt hatte. Zwar war die Chance, dass sich Eggerskamp ausgerechnet dort aufhielt, gering, doch es war eine Möglichkeit, der Pia nachgehen wollte.

Sie erreichten das Museum gleichzeitig mit einem Streifenwagen, den Rist angefordert hatte. Falls sich Pias Annahme bewahrheiten sollte und Eggerskamp tatsächlich dort war, wollte Rist ein Mobiles Einsatzkommando anfordern, das ihre Zielperson beim Verlassen des Gebäudes festnahm.

Der Museumsmitarbeiter am Telefon hatte recht gehabt: Für einen gewöhnlichen Donnerstagnachmittag war es recht voll, doch die meisten Besucher bewegten sich schon langsam in Richtung Ausgang.

Pia saß mit einem seiner Kollegen, der zuvor durch alle Ausstellungsräume gegangen war, um Hagen Eggerskamp ausfindig zu machen, in einem Büro. »Da steht ein Mann auf der Galerie, neben dem Durchgang zum Blauen Salon. Er sieht sich das Gemälde *Damenbildnis* an.« Er beschrieb den Mann.

»Das könnte derjenige sein, den wir suchen.«

»Ist Hagen Eggerskamp hier?« Rist tauchte in der offenen Tür auf.

»Ja. Wahrscheinlich schon.« Bei dem Gedanken daran, dass sie mit ihrer Vermutung richtiglag, beschleunigte sich Pias Herzschlag. Es war doch immer wieder schön, wenn sich Arbeitshypothesen als zutreffend herausstellten.

»Soll ich Sie zu ihm führen?«, fragte der Museumsangestellte bereitwillig. Er war anscheinend einem bisschen Aufregung und Abenteuer in seinem Job nicht abgeneigt.

»Vorerst wollen wir nur die Lage sondieren«, antwortete Rist. Und zu Pia sagte er: »Hier drinnen passiert gar nichts. Zu viele Leute. Wir werden den Moment abpassen, wenn Hagen Eggerskamp das Museum verlässt. Das ist für die Museumsbesucher und -angestellten weniger gefährlich. Wie viele Ausgänge gibt es?«, fragte er den Mann vor dem Bildschirm.

»Eigentlich nur den Haupteingang. Aber es führt eine Terrassentür in den Museumsgarten.«

»Kommt man von dort aus weiter?«

»Nein, der Garten ist von einer Mauer umgeben, und die einzige Pforte ist abgeschlossen.«

»Dann schnappen wir ihn uns beim Hinausgehen.« Rist lief ein Stück den Gang hinunter, um zu telefonieren. Pia blieb sitzen und studierte den Lageplan des Museums, den man vor ihr ausgebreitet hatte. »Was ist dort oben, wo Sie den Mann gesehen haben? Dieses *Damenbildnis*, wie sieht es aus?«

»Ein Porträt einer hübschen jungen Frau, allerdings dem damaligen Zeitgeschmack entsprechend.«

»Hat sie braunes Haar und braune Augen?«

»Woher wissen Sie das?«

»Es war nur so eine Vermutung.« Hagen Eggerskamp musste sich in einer seltsamen Stimmung befinden, wenn es ihn ausgerechnet jetzt hierher zog. Und je mehr die Person, die festgenommen werden sollte, unter Stress stand, desto gefährlicher wurde es.

»Kann man sich von der Galerie hinunterstürzen?«, fragte Pia.

»Möglich wär's«, sagte der Museumsmitarbeiter. »Ich glaube aber, dass das bisher noch niemand versucht hat.«

Rist trat wieder ins Büro. »Eggerskamp kommt die Treppe herunter.«

»Sind unsere Leute schon in Position?«

»Verdammt, nein! Es steht bisher nur ein Streifenwagen vor der Tür. Und es sind viel zu viele Museumsbesucher in der Halle, die wir nicht in Gefahr bringen dürfen. Wir wissen nicht einmal, ob Eggerskamp vielleicht bewaffnet ist. Immerhin ist er Jäger.«

Pia erhob sich, ging zur Tür und schaute in Richtung Halle. Sie konnte Hagen Eggerskamp durch den Türspalt sehen. Er wirkte inmitten der anderen Museumsbesucher seltsam verloren. Erst hielt er auf den Ausgang zu, doch dann blieb er abrupt stehen. Durch die Fenster hinter dem Museumsshop war Blaulicht zu sehen.

»Mist!«, rief Pia leise aus.

Der Museumsmitarbeiter hinter ihr fuhr beinahe senkrecht aus seinem Stuhl. Hagen Eggerskamp brauchte anscheinend einen Moment, um zu realisieren, was das Polizeiaufgebot vor dem Gebäude bedeutete. Er sah sich nervös um. Dann ging er erst langsam, schließlich immer schneller quer durch die Halle in Richtung der Terrassentür, die in den Museumsgarten führte.

Pia drückte die Tür auf und folgte ihm. Sie hörte Rist etwas hinter sich herrufen, aber sie war auf Hagen Eggerskamp fokussiert. Jetzt, da sie ihn beinahe hatten, sollte er ihnen nicht entkommen. Sie bewegte sich im Slalom zwischen den Museumsbesuchern hindurch. Die Glastür, die hinausführte, stand jetzt offen. Pia betrat die Terrasse und blickte in den beinahe dunklen Museumsgarten. Die einzigen Lichtquellen waren zwei Scheinwerfer am Haus und die Lampen in den Museumsräumen, deren Schein durch die Fenster nach draußen fiel. Dahinter versank der Innenhof mit den ausgestellten Skulpturen in Finsternis.

Pia musste einen Moment warten, bis sich ihre Augen an die neuen Lichtverhältnisse gewöhnt hatten. Sie wollte nur feststellen, wohin Hagen Eggerskamp lief, damit das Mobile Einsatzkommando es leichter hatte, ihn zu fassen. Sie wollte ihn gar nicht allein stellen. Nur, wo war er?

33. Kapitel

Der Museumsgarten erstreckte sich lang und schmal bis zu einer Mauer und einem Pavillon am rechten hinteren Ende. Eggerskamp war zuerst dorthin gelaufen. Als er merkte, dass er von da nicht weiterkam, wandte er sich an der Mauer nach links. Pia verlor ihn aus den Augen, weil das Grundstück, das sich im hinteren Teil um eine rechteckige Rasenfläche erweiterte, im Schatten hoher Bäume lag. Pia, die noch im Scheinwerferlicht stand, duckte sich hinter eine Skulptur, damit Eggerskamp sie nicht gleich sah, sollte er zum Gebäude zurückschauen.

Die von dem Museumsmitarbeiter erwähnte Pforte lag links von Pia und war hoffentlich tatsächlich abgeschlossen. Hagen Eggerskamp tauchte aus der Dunkelheit auf und rüttelte daran. Vergeblich. Er wich weiter nach links aus und stemmte sich an der etwa brusthohen Mauer hoch.

Pia war bei ihm, als er das rechte Bein schon hinübergeschwungen hatte. Er war beweglicher und kräftiger, als sie es ihm bei seiner massigen Statur zugetraut hatte. Sie forderte ihn laut rufend auf zurückzubleiben, doch er wälzte sich mit einem Stöhnen über die Mauer. Pia bekam zwar seinen Arm zu fassen, aber als Eggerskamp auf der anderen Seite hinunterfiel, konnte sie ihn nicht halten. Er schrie heiser auf.

Hinter der Mauer des Museumsgartens befand sich ein weiterer weitläufiger Hinterhof, der jedoch nicht vollständig abgeschlossen war. Von dort aus konnte Eggerskamp in verschiedene Richtungen entkommen, und wäre bald in dem Gewirr der verwinkelten Altstadtgassen untergetaucht. Das konnte sie nicht zulassen. Pia stemmte sich ebenfalls an der Mauer hoch und sah hinüber. Hagen Eggerskamp war auf der anderen Seite in sich zusammengesackt.

Sie kletterte hinüber, landete neben ihm und wich ein Stück zurück, falls er sie angreifen wollte. Doch er kauerte fluchend am Boden und umfasste mit beiden Händen sein linkes Knie.

Mit schmerzverzerrtem Gesicht sah er zu ihr auf. »Verdammt, Sie schon wieder! Das hätte ich mir denken können.«

Sie zog ihre Waffe. »Wenn Sie einfach stehen geblieben wären, hätten Sie sich diesen Sturz ersparen können.«

Er hatte offenbar nicht damit gerechnet, dass der Boden auf der anderen Seite der Mauer tiefer lag als der im Museumsgarten. Außerdem war er uneben. Hinter der Mauer befand sich ein kleiner Absatz, der ihm wohl zum Verhängnis geworden war.

»Schon gut, schon gut. Ich laufe nicht mehr weg«, murrte er. »Ich bin zu alt für so 'n Scheiß!« Er kam schwer atmend hoch, zuckte zusammen und umfasste sofort wieder sein Knie. Pia zog seine Arme nach hinten, legte ihm Handschließen an und informierte ihn über seine Rechte. »Sie sind festgenommen, Herr Eggerskamp.«

»Das mit Evi war 'n Fehler«, sagte er, als er wieder mehr Luft bekam.

»Das denke ich auch.« Sie musste ihre Wut auf ihn zügeln. Wut war nie hilfreich. »Sie können sich später noch ausführlich darüber auslassen. Jetzt halten Sie besser den Mund.« Pia sah sich nach Rist und den anderen Kollegen um.

Wo blieben sie denn alle?

»Erich Schindler hat mich übrigens angerufen, nachdem Sie bei ihm waren, um mich zu warnen, dass die Polizei jetzt Bescheid weiß. Ich hätte nie gedacht, dass der alte Knochen mal reden würde.«

»Vielleicht hat er doch ein Gewissen?« Pia zuckte mit den

Schultern. Jenseits der Mauer erklangen Stimmen. Manfred Rist tauchte als dunkler Schatten hinter der Gitterpforte auf.

»Wo ist Eggerskamp?«

»Wir machen gerade zusammen ein kleines Picknick. Er hat sich sein Knie verletzt.«

»Die Leute hier holen den Schlüssel für die Pforte. Kann noch einen Moment dauern.«

»Wir warten.« Pia wandte sich wieder zu dem Festgenommenen um.

Die Hände auf dem Rücken, lehnte er an einem Baumstamm, wohl um das verletzte Bein zu schonen. Sein Gesicht glänzte vor Schweiß. »Sie glauben offenbar, dass ich Evi umgebracht habe. Sie denken, ich habe die Frau, die ich geliebt habe, ermordet!« Er stieß einen Laut irgendwo zwischen Lachen und Weinen aus. »Ich habe Evi nicht getötet. Sie war schon tot. Ich meinte doch eben nur, dass es ein Fehler war, heute noch einmal herzukommen.«

Ich sollte besser nicht mit ihm reden, ermahnte sich Pia. Nicht jetzt. Doch ihre Neugierde war stärker. »Warum sind Sie überhaupt ins Museum gekommen?«

»Evi. Ich wollte ihr Gesicht noch einmal sehen. Wir haben das Bild damals zusammen entdeckt. Die Frau auf einem Gemälde da oben sieht ihr ähnlich. Ich habe kein Foto von Evi. Es war reine Sentimentalität.«

»Nachdem Sie sie umgebracht haben.«

»Das war ich nicht!«

»Und wie war das bei Jesper Jensen?«

»Das war ein schrecklicher Unfall.«

»Warum haben Sie dann vorhin Ihren alten Wagen verkauft?«, fragte Pia.

»Es hängen zu viele Erinnerungen daran. Evi und ich sind damals oft damit weggefahren. In ein Hotel oder einfach in die Natur. Wenn ich mit meinem anderen Auto unterwegs war, hat

Dagmar über das Fahrtenbuch doch alles kontrolliert. Der Oldtimer war und ist mein Stückchen Freiheit.«

»Das Jesper Jensen zum Verhängnis geworden ist.«

»Herrgott, das war wirklich ein schrecklicher Unfall!«

»Mag sein. Aber Fahrerflucht ist ein Verbrechen. Wenn Sie und Evi Goede sich um den Jungen gekümmert hätten, hätte er vielleicht überlebt.«

»Unsinn!«, sagte er aufgebracht. »Er war schon tot. Wir hätten ihm niemals helfen können. Was sollte es also bringen, dass wir auch noch in Schwierigkeiten geraten?«

»Ist Evi Goede deshalb fortgegangen?«, fragte Pia. »Weil sie nicht mit der Schuld leben konnte?«

»Sie wäre sowieso weggegangen. Sie gehörte nicht nach Dörnitzfelde.« Eggerskamps Stimme zitterte. »Und ich hab auch nie geglaubt, dass sie vor zwei Jahren einfach so zurück-gekommen und wieder bei ihrer Schwester eingezogen ist. Das war nicht Evi.«

»Sie haben den Schwindel von Anfang an durchschaut?«

»Ziemlich schnell jedenfalls. Ich kannte Evi zu gut. Außer-dem habe ich diese andere Frau, die sich für sie ausgegeben hat, einmal ohne farbige Kontaktlinse auf dem Goede-Hof ange-troffen. Eines ihrer Augen ist blau. Diese Frau hatte wohl ihre Gründe, sich für Evi auszugeben, mit dem kleinen Kind und so. Wir haben uns stillschweigend geeinigt, dass ich nichts sage.«

»Warum?«

»Ich hatte immer Angst, dass Evi zurückkommt und ihr Gewissen erleichtert, was den Unfall angeht. Durch die andere Frau an ihrem Platz schien mir die Gefahr geringer zu sein. Cordula hätte doch nicht zugelassen, dass alles auffliegt.«

»Aber Evi kehrte zurück.«

»Unglücklicherweise ja. Sie rief mich an, wollte mich am Strand treffen, doch ich kam zu spät. Da lag sie schon da. Sie war tot.«

Pia musterte ihn. »Und dann? Haben Sie ihr Gesicht zerstört?«

Er sah ihr mit einem gequälten Blick in die Augen. Es fröstelte sie, doch das mochte auch an der kalten Januarluft und dem feinen Regen liegen, der dunstig zwischen den Häusern lag.

»Ich war in Panik. Ich dachte, wenn keiner weiß, dass die Tote die echte Evi ist, dann würde uns niemand mit dem ganzen Schlamassel in Verbindung bringen.«

»Uns? Sprechen Sie jetzt von sich und Ihrer Frau?«, fragte Pia perplex.

»Sie war so eifersüchtig auf Evi. Dabei weiß ich nicht einmal, wie sie es überhaupt herausgefunden hat.«

Pia hörte einen Schlüsselbund klimpern. »Was hat Ihre Frau herausgefunden?«

»Dass Evi wieder da ist. Dass sie nach so langer Zeit zurückgekommen ist. Es konnte ja nichts Gutes dabei herauskommen. Das hätte Evi doch wissen müssen ...«

Er verstummte, als die Pforte aufging und sich ihnen mehrere uniformierte Polizeibeamte näherten, dicht gefolgt von Manfred Rist. Die Kollegen brachten Hagen Eggerskamp ins Zentralgewahrsam im Polizeihochhaus. Pia berichtete Rist, was der Festgenommene ihr erzählt hatte.

»Dagmar Eggerskamp?«, fragte der ebenso ungläubig. »Jetzt versucht er, die Schuld auf seine Frau abzuwälzen?«

Pia hob die Schultern. »Er sagt, dass er Evi nicht umgebracht hat. Aber er hat zugegeben, nach ihrem Tod ihr Gesicht unkenntlich gemacht zu haben.«

»Wer's glaubt«, erwiderte Rist. Und nach einer Pause fügte er hinzu: »Wir holen seine Frau auch nach Lübeck, um sie zu vernehmen. Dann wird sich das Chaos hoffentlich bald klären.«

»Ich muss heute Abend noch mal nach Dörnitz fahren, um

meine restlichen Sachen aus dem Hotel zu holen«, informierte Pia ihn, bevor er sie sofort weiter einplante. »Ich möchte ab heute wieder in meiner Wohnung übernachten. Am Wochenende kommt mein Sohn aus dem Urlaub zurück.«

»Okay, dann fahr besser gleich. Und wundere dich nicht, wenn nachher vor deiner Tür Polizeibeamte in Zivil stehen.«

»Bekomme ich jetzt doch Personenschutz?«

»Anscheinend ja. Ich hab es eben erst erfahren.«

»Wer hat denn da seine Meinung geändert?«

»Es kommt von weiter oben. Nun ja. Es wird ja wohl auch nicht mehr lange dauern, bis wir deinen Stalker geschnappt haben. Deswegen lässt sich diese Maßnahme jetzt vertreten.«

Wie optimistisch!, dachte Pia. Vielleicht waren Conrad und Juliane im Fall des Toten auf dem Dachboden inzwischen doch weitergekommen. Standen sie da tatsächlich kurz vor einer Festnahme?

Der Eingangsbereich des Hotels leuchtete einladend in der Dunkelheit. Pia betrat die Lobby und traf Jessika Jensen an der Rezeption an.

»Wie schade, dass Sie uns wieder verlassen«, sagte sie, als sie hörte, dass Pia auschecken wollte. »Ich habe mich irgendwie schon daran gewöhnt, die Polizei im Haus zu haben.«

»Sind Ihre Eltern auch da?«

»Mein Vater ist in der Küche. Meine Mutter ist heute Abend zu einer Tupperparty eingeladen. Oder war es eine Dessousparty?« Sie zwinkerte.

»Irgendwie muss man sich an langen Winterabenden ja die Zeit vertreiben«, sagte Pia.

»Ja, das Wetter und die Dunkelheit nerven mich auch langsam. Aber wir haben bald Ende Januar. Danach geht es wieder bergauf.« Jessika drehte sich um, nahm den Schlüssel zu Pias

Appartement vom Brett, zögerte aber, ihn ihr zu überreichen. »Dass Sie wieder abreisen – bedeutet das, dass Sie die beiden Mordfälle aufgeklärt haben?«

»Die Ermittlungen dauern noch an«, antwortete Pia. »Doch ich muss nicht mehr unbedingt vor Ort sein.«

»Stimmt es, dass Sie nach Hagen Eggerskamp fahnden?«

»Dazu darf ich nichts sagen.«

»Ja, natürlich. Das verstehe ich. Es ist nur …«

»Wollen Sie mir noch etwas mitteilen, das mit den Ermittlungen in Zusammenhang steht?« Pia nahm den Schlüssel entgegen.

»Ich? Nein, ich weiß nichts.«

Pia beschloss, der jungen Frau eine Brücke zu bauen. »Falls Ihnen doch noch etwas einfällt: Ich komm gleich noch mal hier vorbei, um Tschüss zu sagen«, erklärte sie.

Als sie mit ihrem Gepäck wieder an der Rezeption auftauchte, schien Jessika einen Entschluss gefasst zu haben. »Da ist doch noch etwas«, sagte sie.

»Möchten Sie hier mit mir reden, oder wollen wir lieber ins Büro gehen? Ich kann Sie auch mit nach Lübeck nehmen.«

»Nein, nein. Ich glaube nicht, dass es wichtig ist. Aber ich möchte mich später nicht schuldig fühlen müssen, weil ich etwas vor der Polizei verheimlicht habe, verstehen Sie?«

»Klar. Um was geht es denn?«

»Es tut mir leid, dass ich Sie wegen Jesper angelogen habe. Ich mach das nur noch ganz selten, dass ich Leuten von meinem Bruder erzähle, als lebte er noch. Ich fühle mich dann einen Augenblick lang besser und glaube selbst, was ich da sage. Das ist der einzige Grund.«

»Im Zuge einer Mordermittlung war die Idee vielleicht nicht ganz so gut«, sagte Pia. »Aber ich kann verstehen, dass es schwer für Sie ist. Und die Wahrheit ist ja letztlich doch noch ans Licht gekommen.«

»Ja.« Jessika nagte an ihrer Unterlippe. »Da ist aber noch etwas. Kennen Sie Jespers Bank?«

»Nein.«

»Draußen, hinter den Garagen, steht eine Holzbank. Jesper hat sie selbst gebaut. Die Bank war ein Projekt während eines Praktikums. Sie steht da, weil man von dort oben einen tollen Blick auf die Ostsee hat ... oder, besser, hatte, bevor dort alles so hoch zugewuchert ist. Mein Vater hat damals einen kleinen Gedenkstein für Jesper neben der Bank aufgestellt. Seitdem nennen wir den Platz nur noch ›Jespers Bank‹. Ich bin auch manchmal dort, wenn ich an ihn denken muss. Und neulich abends ...«

Pia nickte aufmunternd, als Jessika nicht gleich weitersprach.

»Es lag eine weiße Lilie vor dem Gedenkstein. Ganz frisch. Ich habe sie in die Mülltonne geworfen, damit meine Mutter sie nicht sieht.«

»Warum?«

»Mama hasst weiße Lilien.«

»Wann genau war das?«

»An dem Dienstag.«

»Der Dienstagabend, bevor Ihr Vater die Tote am Strand gefunden hat.«

»Ich glaube ja.«

»Und von wem war die Blume?«

Ein Blutstropfen sickerte aus Jessikas Unterlippe. »Keine Ahnung. Ich weiß es nicht.« Sie befühlte die Stelle mit dem Finger und sah das Blut. Pia reichte ihr ein Papiertaschentuch aus ihrer Jackentasche.

»Warum denken Sie, dass ich das wissen sollte?«

»Ich hab die Geschichte von dem Identitätsschwindel gehört. Dass eine andere Frau sich für Evi ausgegeben hat. Wenn man es endlich weiß, ist es so was von logisch. Das erklärt einfach alles. Ihr seltsames Verhalten, meine ich. Seit Evi zurückgekommen war, schwanger und so, hat sie immer so getan, als würde sie uns nicht besonders gut kennen. Als würde sie sich nicht einmal richtig an uns erinnern! Dabei war sie früher so oft hier im Hotel. Für meine Eltern ist sie beinahe wie eine zweite Tochter gewesen. Und sie hat sich toll mit Jesper verstanden. Doch schon nach seinem Tod war sie wie ausgewechselt. Sie ist nicht mal zu seiner Beerdigung gekommen. Es war irgendwie verletzend, wie sie uns ignoriert hat, nach allem, was passiert war, verstehen Sie? Und nachdem sie angeblich nach Hause zurückgekehrt war, war Evi kein einziges Mal hier, um mit uns zu sprechen. Dass es eine fremde Frau war, die sich nur für Evi ausgegeben hat, das erklärt einfach alles.«

»Und die weiße Lilie? Sie haben eine Vermutung, von wem die war, oder?«

»Die Tote am Strand soll doch die echte Evi gewesen sein.«

»Denken Sie, sie hat die Blume vorher dorthin gelegt?«

Jessika sah zur Seite, nickte aber.

»Sie vermuten, dass Evi Goede die Blume dorthin gelegt hat?«, vergewisserte Pia sich.

»Ja. Es passt irgendwie zu ihr. Zu der echten Evi, meine ich. Und sie kannte die Bank ja gut.«

»Hätte sie nicht wissen müssen, dass Ihre Mutter keine weißen Lilien mag, wenn sie Sie alle so gut kannte?«

»Das kam ja erst hinterher. Meine Mutter mochte nach der Beerdigung keine weißen Lilien mehr. Der Sarg war voll davon.«

»Wann genau haben Sie die Blume gefunden?«

Jessikas betupfte mit dem Papiertaschentuch ihre Unterlippe, die nicht zu bluten aufhörte. »Ich kam am Dienstagabend nach der Arbeit und dem Sport nach Hause. Ich spiele

Volleyball im Verein. Es muss kurz nach acht Uhr gewesen sein. Ich bin zu Jespers Bank gegangen, weil ich nach dem Training an ihn denken musste. Das passiert mir manchmal. Ich wollte mich einen Moment dorthin setzen und mich wieder einkriegen, bevor meine Eltern oder irgendwelche Hotelgäste mich so aufgewühlt sahen. Und da lag diese verdammte Blume vor dem Stein. Wäre sie nicht weiß gewesen, dann hätte ich sie im Dunkeln vermutlich gar nicht gesehen. Ich hab sie gleich draußen in die Mülltonne geworfen und bin dann reingegangen.«

»Und die Blume war wirklich ganz frisch? Oder könnte sie schon länger dort gelegen haben?«

»Nein, sie war frisch, denke ich.«

»Danke, dass Sie es mir erzählt haben.« Die Aussage erschien ihr wichtig, obwohl Pia noch nicht ganz verstand, was sie bedeutete. »Wir werden sicherlich noch einmal darauf zurückkommen.«

»Ist okay«, sagte Jessika. »Und gute Heimfahrt!«

Noch ganz in Gedanken versunken, ging Pia zu ihrem Auto und lud ihre Sachen in den Kofferraum. Verspätet fiel ihr ein, dass sie nicht darauf geachtet hatte, ob ihr jemand auflauerte. Sie schaute sich um, doch es war niemand zu sehen. Wie leichtsinnig von ihr. Pia schüttelte über sich selbst den Kopf.

Jessikas Beschreibung nach befand sich Jespers Bank hinter der letzten Garage. Pia ging in Richtung Terrasse. Während das Licht, das aus der Küche fiel, einen Teil des Weges ausleuchtete, war es hinter der Garage zwischen den Bäumen und Büschen stockdunkel. Pia bog ein paar Zweige zur Seite. Der Lichtstrahl ihres Handys fiel auf eine grob gezimmerte Holzbank, Jespers Bank. Dahinter befand sich der Gedenkstein, den Jessika beschrieben hatte. Ein kleiner Findling. Die Seite mit der Inschrift war zwar feucht, aber sauber gewischt. Es stand nur der Name *Jesper* darauf; ein Geburts- und oder Todesdatum war nicht in den Stein gemeißelt.

Wenn Jessika die Wahrheit sagte, dann war die Lilie relativ kurz vor Evis Ermordung dort abgelegt worden. Von Evi selbst? Oder von ihrem Mörder? Angenommen, die Blume stammte von Evi. Evi Esposito war zuvor nach zwölf Jahren der Abwesenheit aus Italien hier eingetroffen. Wieder in ihrem Heimatort zu sein hatte wahrscheinlich eine Menge Erinnerungen geweckt, auch an Jesper und seine Familie. Und an den Unfall und die Fahrerflucht, an der sie beteiligt gewesen war, weil sie in Hagen Eggerskamps Auto gesessen hatte. Die Schuldgefühle waren bestimmt wieder hochgekommen.

Pia stellte sich vor, dass Evi heimlich hierhergekommen war und die Blume für Jesper abgelegt hatte. Sie sah die Szene vor sich, wie Evi dabei den Stein mit der Inschrift sauber wischte. Pia erinnerte sich an den braungrünen Schmutz am rechten Jackenärmel der Toten. Das war es! Evi musste hier gewesen sein. Nach ihrem Zwischenstopp bei Jespers Bank war sie weiter zur Steilküste gefahren oder gegangen, um sich mit Hagen Eggerskamp zu treffen, mit dem sie vorher telefoniert hatte. Doch wie war sie ohne ein Auto von Dörnitzfelde überhaupt hierhergekommen? Mit Cordulas Fahrrad, das seitdem vermisst wurde? Von hier oben führte eine steile Treppe zum Strand hinunter. Hatte sie das Fahrrad hinuntergetragen? Wohl kaum. Oder war sie einen Umweg gefahren und hatte den Weg hintenherum genommen? Oder – und bei diesem Gedanken beschleunigte sich Pias Herzschlag – hatte sie das Fahrrad, das seitdem verschwunden war, etwa hier oben stehen lassen?

Und dann? Pia blickte von der Bank zum Hotelgebäude. Sie saß geschützt im Dunkeln. Man konnte sie von drinnen nicht sehen. Ungefähr zur gleichen Uhrzeit wie sie heute war vermutlich auch Evi Esposito hier gewesen. Auch Evi hatte niemand erkennen können. Aber vielleicht war sie schon vorher beobachtet worden, als sie das Fahrrad zu den Garagen geschoben und dort abgestellt hatte.

Pia ging die wenigen Schritte zurück in Richtung Hotel. Klar und deutlich konnte sie durch die breite Fensterfront Robert Jensen in der Hotelküche hantieren sehen. Neben den Fenstern befand sich eine Tür. Ein Nebeneingang, der wohl für die Anlieferungen von Lebensmitteln und gelegentliche Zigarettenpausen der Mitarbeiter genutzt wurde. Pia stellte sich vor, dass Robert Jensen Evi gesehen hatte, bevor oder nachdem sie die Blume abgelegt hatte. Es hieß, dass Evi Goede Dörnitz relativ bald nach Jespers Tod verlassen hatte. Hinzu kam die Geschichte, die Jessika ihr eben erzählt hatte: dass Evi sich nach dem Unglück der Familie Jensen gegenüber distanziert verhalten hatte. Dass sie nicht einmal zur Trauerfeier erschienen war. War Robert Jensen daraufhin herausgekommen, um Evi Goede zur Rede zu stellen? Pia fröstelte im kühlen Abendwind. War Jensen Evi zum Steilufer gefolgt?

34. Kapitel

Wo aber war das Fahrrad? Cordula vermisste ihr Trekkingrad. Also war die Wahrscheinlichkeit hoch, dass Evi es sich ausgeliehen hatte. Pia ging um die Garagen herum. Sie leuchtete in ein Fenster, doch der Innenraum war zu vollgestellt und auch zu dunkel, um etwas erkennen zu können. Sie brauchte einen Durchsuchungsbeschluss für die Garagen und das Hotelgelände. Die Spurensicherung sollte Proben von der Oberfläche des Gedenksteins nehmen, damit sie sie mit dem Schmutz auf Evi Espositos Jackenärmel vergleichen konnten. Pia zog ihr Telefon hervor, um Rist zu informieren. Hinter ihr erklangen Schritte.

»Frau Korittki, was machen Sie denn hier?« Sie fuhr herum. Robert Jensen stand nur noch wenige Zentimeter von ihr entfernt. An seiner Kochbekleidung haftete der Geruch nach gedünstetem Fisch und Bratkartoffeln.

»Ich wollte mich noch von Ihnen verabschieden, bevor ich nach Hause fahre«, sagte sie.

»Hinter den Garagen?«

»Ich habe gerade noch mit einem Kollegen telefoniert. Vorne am Auto hatte ich kein Netz«, log sie.

»Kommen Sie doch mit in die Küche. Oder reicht Ihre Zeit dafür nicht mehr aus?«

»Doch. Klar.« Sie wollte raus aus dieser dunklen Ecke, ins Licht und in die Nähe anderer Menschen.

»Haben Sie Ihren Kollegen erreicht?«

»Ja. Er kommt gleich her.« Die zweite Lüge, dachte Pia, während sie neben dem massigen Mann herging.

»Warum?«

»Was?«

Robert Jensen baute sich vor ihr auf und versperrte ihr den Weg. »Warum haben Sie Ihrem Kollegen gesagt, er solle herkommen?«

»Ich habe eben von Jespers Bank erfahren. Das ist ein neuer Aspekt in der Ermittlung.« Pia sah an ihm vorbei zur Küche. Sie war leer. Niemand ahnte, dass sie hier draußen war.

»Ja, Jespers Bank. Sie ist für uns Hilfe und Fluch zugleich. Weil sie uns ständig an das erinnert, was passiert ist. Wenn man so etwas nicht erlebt hat, kann man es nicht nachvollziehen. So einen Verlust. Man glaubt, den Verstand zu verlieren. Haben Sie Kinder?«

Pia schluckte. »Ja, einen Sohn.«

»Aha. Aber Sie können es trotzdem nicht verstehen. Als ich Evi neulich Abend von der Küche aus gesehen habe, wie sie mit dieser Blume in der Hand zur Bank ging, um nach zwölf Jahren zum ersten Mal wieder an Jesper zu denken, da musste ich einfach mit ihr reden. Ich wollte wissen, warum sie sich nach seinem Tod so gleichgültig verhalten hat. Ich bin zu ihr raus- und zur Bank gelaufen, doch sie war schon weg. Aber ich hab mir gedacht, dass sie in Richtung Jachthafen will. Es war schon immer ein beliebter Treffpunkt, der Strand dort hinten und die Wiese oberhalb des Jachthafens. Ich bin die Treppe hinuntergelaufen, und auf der Promenade hatte ich Evi beinahe eingeholt. Aber ich habe Abstand gehalten. Ich wollte sie zu einem günstigen Zeitpunkt zur Rede stellen.«

»Sie wollten Sie zur Rede stellen?« Hatte Robert Jensen tatsächlich vor, hier und jetzt den Mord an Evi Goede zu gestehen? Im Dunkeln hinter seinem Hotel? Pia sah aus dem Augenwinkel, dass jemand die Küche betreten hatte.

»Sie müssen keine Angst vor mir haben«, sagte er. Er war

ihrem Blick gefolgt. »Ich bin kein Mörder. Ich tue Ihnen nichts. Es ist einfach passiert.«

»Was ist passiert?«, fragte Pia mit trockenem Mund.

»Evi bemerkte mich erst, als wir uns auf der Wiese da oben gegenüberstanden. Ich wollte sie nur fragen, warum sie uns so im Stich gelassen hat. Wir waren doch alle gut befreundet gewesen. Doch sie war nervös. Und sie war so verändert. Inzwischen weiß ich, dass sich all die Jahre eine andere Frau für sie ausgegeben hatte. Die echte Evi hat jedenfalls wie früher einfach drauflosgeplappert. Sie hat mir erzählt, wie das alles damals passiert ist. Dass sie dabei war, als Hagen Eggerskamp meinen Sohn angefahren hat. Dass er nicht einmal angehalten hat und sie ihn nicht daran gehindert hat, Fahrerflucht zu begehen. Sie dachte angeblich, dass gleich bestimmt jemand vorbeikommen würde, der Jesper helfen würde. Dass es nicht so schlimm sein konnte. Sie hat mir gestanden, dass sie es uns zwölf Jahre lang verschwiegen hat. Evi war schuld daran, dass ich die ganze Zeit über mit Hagen geredet habe, als wäre nichts geschehen. Ich habe für seine Jägerstammtische gekocht und einige seiner Familienfeiern ausgerichtet, und dabei ist er der Mörder meines Sohnes!«

Pia wusste, sie sollte hier abbrechen, doch Robert Jensen redete einfach weiter. Und sie wollte endlich erfahren, was passiert war.

»Evi stand vor mir und sagte mir ins Gesicht, dass sie es die ganze Zeit gewusst hatte. Dass sie dabei gewesen war!« Er dachte nicht mehr daran, seine Stimme zu senken, sondern wurde immer lauter. »Evi hätte meinen Sohn retten können. Aber stattdessen ist sie abgehauen. Und dann kommt sie einfach so wieder zurück und denkt, dass wir ihr verzeihen. ›Es ist doch schon so lange her‹, hat sie gesagt. Als würde das irgendetwas ändern. Ich war wütend, weil sie so gar nichts begriffen hat. Ich habe sie von mir weggestoßen, und sie stürzte ...

stürzte so unglücklich auf einen Stein, dass sie ... Evi war wohl sofort tot«, schloss er düster.

»Papa, was machst du hier draußen?« Jessika stand mit einem Mal auf der Stufe vor der Nebeneingangstür.

»Ich rede nur noch ein wenig mit Frau Korittki. Geh wieder rein, Schätzchen. Schau bitte mal nach dem Braten.«

Jessika kam langsam auf Pia und ihren Vater zu. »Tut mir leid. Aber ich habe zugehört. Das stimmt doch nicht, Papa, oder? Du warst das nicht. Hagen hat Evi umgebracht.«

»Es war ein Unfall«, sagte Pia zu der jungen Frau. »Gehen Sie bitte wieder rein.«

Jessika schüttelte den Kopf. »Ich muss das jetzt wissen. Du hast Evi nichts angetan, Papa, oder?«

»Ich hab sie nur aus Versehen gestoßen, es war wirklich ein Unfall. Aber wenn ich das leugne, bin ich nicht besser als Evi und Hagen selbst«, sagte Robert Jensen. »Ich muss reinen Tisch machen, Jessie.«

»Nein!« Jessika stürzte auf Pia zu. Die Klinge des Kochmessers sah Pia erst, als ein scharfer Schmerz in ihren linken Unterarm fuhr. Jessika griff sie mit einem Messer an. Die Hand mit dem Kochmesser schnellte wieder nach vorn. Pia sprang zur Seite. Robert Jensen wollte dazwischengehen, und die lange Klinge verletzte seine ausgestreckte Hand. Er schrie auf, doch er griff trotzdem nach dem Handgelenk seiner Tochter, um sie von weiteren Attacken abzuhalten. Jessika wehrte sich, nahm das Messer in die linke Hand und stürzte wieder in Pias Richtung.

»Jessika, lassen Sie das Messer fallen!«, rief Pia. Sie griff unter ihre Jacke nach ihrer Waffe.

»Bitte nicht schießen!«, schrie Robert entsetzt. »Lass das Messer fallen, Jessie!« Blut quoll zwischen Jensens Fingern hervor und tropfte auf den Kies.

Jessikas Augen weiteten sich, als sie die Waffe auf sich

gerichtet sah. Pias verletzter Arm brannte. Die junge Frau verharrte in der Bewegung.

»Jessie, bitte!«, flehte ihr Vater.

»Ach, Papa.« Das Kochmesser fiel mit einem Klirren zu Boden.

Pia merkte erst, wie angestrengt sie war, als sie um halb elf Uhr abends in ihrer Wohnung in der Adlerstraße ankam. Robert Jensen befand sich im Polizeizentralgewahrsam in Lübeck, seine Tochter Jessika in der Psychiatrischen Klinik des Universitätsklinikums. An der Uniklinik war auch Pias Arm versorgt worden. Es war nicht viel mehr als ein Kratzer, doch der Schreck über den Messerangriff saß ihr noch in den Knochen. Überhaupt, dieser Fall ging ihr an die Nieren. Doch vielleicht lag es auch nur daran, dass sie so hungrig war.

Ihr erster Weg führte sie in die Küche. Dort stand sie ratlos vor dem Kühlschrank, nicht mehr in der Lage, eine Entscheidung zu treffen, geschweige denn etwas zuzubereiten oder gar zu kochen.

Immerhin hatte ein Polizeibeamter in Zivil sie vor dem Haus begrüßt. Er würde zusammen mit einem Kollegen das Gebäude im Auge behalten, für den Fall, dass Andreas Bick auftauchen sollte. Pia vermutete, dass Marten hinter dieser Aktion steckte, wenn Rist sie sich schon nicht auf die Fahne schrieb. Letztendlich war es Pia egal. Hauptsache, sie konnte heute Nacht ungestört schlafen. Weiter wollte sie im Moment nicht denken.

Ihr letzter Kanten Brot war verschimmelt, die Milch sauer geworden, und der Käse sah auch nicht mehr vertrauenerweckend aus. Letztlich entschied sich Pia für ein gerade abgelaufenes Joghurt und streute sich eine Handvoll von Felix' Frühstücksflocken darüber. Sie kaute noch, als Marten anrief.

»Bei dir alles in Ordnung, Pia?«, fragte er auf die ihm eigene Art ohne eine Begrüßung oder weitere Einleitung.

»Alles gut, Marten. Ich habe jetzt Polizeischutz vor dem Haus. Aber das weißt du vermutlich schon.«

»Ja. Ich hab gerade mit denen geredet.«

»Du bist hier?«

»Ich stehe vor deiner Haustür. Ich wollte noch etwas mit dir besprechen. Darf ich hochkommen?«

»Wenn es dich nicht stört, dass ich esse, dir aber nichts weiter anbieten kann, weil ich gerade die letzten Reste vernichte.«

»Keine Sorge. Also, ich komme jetzt rauf.«

Pia verdrehte die Augen. Sie unterdrückte den Impuls, ins Bad zu laufen, um sich zu kämmen oder andere Verschönerungsmaßnahmen zu ergreifen. Es reichte schon, dass ihr Puls sich beschleunigte.

Marten war offensichtlich genauso ratlos wie sie, wie er mit ihr umgehen sollte. Er musterte sie, und als das Schweigen unangenehm wurde, sah er sich um. »Tolles Haus, schöne Wohnung. Aber deine alte Wohnung im Gängeviertel war irgendwie was Besonderes. Vermisst du sie?«

»Es geht.« Pia deutete nach links. »Komm rein. Wir müssen nicht im Flur rumstehen. Möchtest du etwas trinken?«

»Nur ein Wasser.«

»Was willst du mit mir besprechen?«, fragte Pia, als sie sich zu ihm ins Wohnzimmer setzte und wieder nach ihrem Joghurt griff.

»Ich hab gehört, du hast heute einen Volltreffer gelandet. Eine überraschende Festnahme mit einem Geständnis des Täters.«

»Erstens war es Glück, zweitens ist das Geständnis noch nicht in trockenen Tüchern, und drittens ist der Fall moralisch für mich nicht eindeutig. Ich habe kein gutes Gefühl.«

»Klingt kompliziert.«

»Kann man so sagen.«

»Iss doch erst mal auf. Vielleicht hilft das.«

Sie schüttelte den Kopf. »Der Fall ist besonders übel. Zu viele Verlierer. Eigentlich nur Verlierer«, sagte sie, als sie die leere Schüssel abstellte. »Und was wolltest du nun mit mir besprechen, Marten?«

»Wir haben Andreas Bick aufgespürt, ihn aber wieder verloren. Das wollte ich dir mitteilen. Er hatte sich in Gothmund versteckt. Du kennst das Fischerdorf bestimmt. Bick hatte es sich in einem der Wochenendhäuser gemütlich gemacht, nachdem er dort eingebrochen war. Einem Nachbarn fiel auf, dass die Fensterläden ständig geschlossen waren und trotzdem Rauch aus dem Kamin aufstieg. Der Besitzer des Hauses hatte dem Nachbarn Bescheid gesagt, dass er einige Zeit nicht dort sein würde. Als auch noch ein großer Hund allein durch alle Gärten lief und dort sein Geschäft verrichtete, ist der Nachbar hinübergegangen und hat geklingelt. Bick hat ihm geöffnet und wollte ihm weismachen, er wäre ein Bekannter des Hausbesitzers und dürfte dort wohnen. Der Nachbar hat daraufhin den Besitzer kontaktiert. Als der Schwindel aufflog und die Schutzpolizei nach dem Rechten sah, war Bick leider schon verschwunden. Er hat ein Auto geklaut, einen alten Golf, ihn aber in der Nähe des Lübecker Hauptbahnhofs stehen lassen, voll mit Müll von irgendwelchem Fastfood.«

»Bitte sprich nicht von Essen«, bat Pia.

»Bick ist wieder in Lübeck. Wir sind also nicht viel weiter als vorher.«

»Schade«, sagte Pia. »Er hätte sich ja auch nach Hamburg, Rio oder Tokio absetzen können. Schön wär's.«

Wieder klingelte ihr Telefon. Was wollten an diesem Abend nur alle von ihr? Es war Lars. Sofort meldete sich ihr schlechtes Gewissen. Sie nickte Marten zu, stand auf und ging in Richtung Fenster. »Hallo, Lars, wie geht es dir?«, fragte sie leicht beklommen.

»Gut. Ich bin gerade mit einem Kunden asiatisch essen gewesen und musste dabei an dich denken. Dem Kunden war es nämlich viel zu scharf.«

»Bitte sprich nicht von Essen«, bat Pia auch ihn.

»Ich bin jetzt auf dem Rückweg. Soll ich noch bei dir vorbeikommen?«

Pia schluckte. »Oh, das wäre wunderbar.« Sie sah Marten an, der sie mit unbewegter Miene musterte. Er könnte wenigstens so tun, als hörte er nicht zu. »Aber heute Abend geht es nicht, Lars. Zumindest nicht jetzt gleich. Vielleicht später?«

»Pia, es ist beinahe elf Uhr. Morgen ist ein ganz normaler Arbeitstag. Was heißt denn ›später‹?«

Sie wollte nicht riskieren, dass die beiden sich auch nur im Treppenhaus über den Weg liefen. »Ich hab noch zu tun«, sagte sie lahm. »Es geht um diesen verdammten Stalker. Können wir morgen reden?«

»Wie du meinst«, kam es kühl zurück.

Mist! »Ich ruf dich an.«

»Pass auf dich auf«, erwiderte Lars, bevor er das Gespräch beendete.

»Dein Freund?«, wollte Marten wissen.

»Ja«, sagte Pia mit mehr Gewissheit in der Stimme, als sie momentan fühlte. Die letzten Tage hatte sie sich Lars gegenüber schrecklich benommen. Es nur auf den Stress zu schieben war etwas zu einfach. Sie räusperte sich. »Also, du hast doch bestimmt einen Plan, wie wir in Bezug auf Bick weiter vorgehen.«

Marten zog die Augenbrauen hoch. »Ach so, ja, natürlich. Wir können ihm eine Falle stellen. Er soll denken, dass er Zugriff auf dich hat und seinen Auftrag ausführen kann.«

»Du meinst mit ›Zugriff‹ was? Dass er mich vergewaltigen

und umbringen kann?« Es sollte sachlich und abgeklärt klingen, aber ihre Stimme bebte.

»Was immer Albrecht Lohse ihm aufgetragen hat«, bestätigte Marten.

»Ich bin also der Köder«, sagte Pia.

»Du musst das nicht tun«, erwiderte Marten. »Aber wir wollen dem doch ein Ende bereiten. Und du wirst nicht in Gefahr sein, versprochen.«

Pia dachte an Felix. Sie wollte ihn hier bei sich haben, doch dazu musste Andreas Bick erst verhaftet worden sein. »Was meinst du, wird dieses ›Projekt‹ vor Samstagnachmittag abgeschlossen sein?«, fragte sie.

»Das liegt an Bick. Doch ich denke schon.«

»Dann machen wir es so.«

Nachdem sie alles besprochen hatten, erhob Marten sich. Als sie im Flur standen, sah er sie noch einmal prüfend an. »Wo ist deine Dienstwaffe?«

Pia errötete. Sie hätte sie wegschließen müssen, als sie die Wohnung betreten hatte, doch sie hatte das Schulterhalfter im Schlafzimmer abgelegt, und die Pistole lag offen herum. »In meinem Schlafzimmer.«

»Hab sie griffbereit oder schließ sie weg«, sagte Marten nun auch.

»Das ist mir schon klar«, entgegnete Pia scharf.

Er drückte ihr einen kleinen Gegenstand in die Hand. »Wenn du mit dem hier über Funk einen stillen Alarm auslöst, sind unsere Leute innerhalb weniger Minuten bei dir.«

»Ein Notruf-Signalgeber, wie für Senioren?«

»Für Arbeitsplätze mit besonderer Gefährdung wie Forensik, Haftanstalten, Psychiatrie oder bei erhöhter Unfallgefahr, wenn der Arbeitsplatz zeitweise nicht in Ruf- und Sichtweite von Kollegen liegt«, zitierte er. »Trifft doch weitestgehend zu.«

Sie betrachtete den Signalgeber. »Ich komme mir blöd damit vor.«

»Besser blöd als tot, oder? Denk dabei an deinen Sohn, Pia.« Er sah sie mit einem seltsamen Blick an.

»Okay, ich weiß deinen Einsatz zu schätzen«, antwortete sie, bevor er das Thema »Felix« vertiefen konnte. »Gute Nacht, Marten.«

Er blieb dicht vor ihr stehen und blickte ihr in die Augen. Bestimmt bemerkte er die Ader, die an ihrem Hals pulsierte. Fühle ich mich noch zu ihm hingezogen?, fragte Pia sich. Nach all den Jahren? Er legte ihr seine warme Hand auf die Schulter, dicht an ihrem Hals. Sie konnte den ihr immer noch vertrauten Geruch seiner Haut riechen. Die Hand glitt ein Stück höher. Seine Finger berührten ihren Haaransatz, und sie bekam eine Gänsehaut.

»Vergiss es, Marten«, sagte sie leise. »Ich bin über dich hinweg.« In dem Moment, in dem sie es aussprach, merkte Pia, dass es die Wahrheit war. Sie war erleichtert darüber, aber auch ein wenig traurig.

Sie konnte seinen Blick nicht recht deuten, doch Martens Mundwinkel hoben sich kaum wahrnehmbar, und er zog seine Hand wieder weg. »Schlaf gut, Pia.«

35. Kapitel

Die Nacht verlief ruhig. Als Pia aufwachte, dämmerte es bereits. Einerseits war sie froh über den ungestörten, tiefen Schlaf, denn sie war todmüde gewesen. Jetzt ging es ihr eindeutig besser. Andererseits war sie enttäuscht, weil Bick ihnen immer noch nicht ins Netz gegangen war. Sie war dieses Katz-und-Maus-Spiel, bei dem ihr die Rolle der Maus zukam, leid. Nach einem schnellen Frühstück beim Bäcker um die Ecke traf sie frühzeitig zur Dienstbesprechung im Polizeihochhaus ein. Anschließend bereitete sie mit Rist zusammen die Vernehmung von Robert Jensen vor, während Broders und Conrad Wohlert sich schon einmal mit den Vorbereitungen für Hagen Eggerskamps Vernehmung befassten. Gegen ihn wurde wegen Fahrerflucht im Fall »Jesper Jensen« weiter ermittelt.

Robert Jensen erschien sehr gefasst, beinahe fatalistisch zu seiner Vernehmung. Die Tatsache, dass der Tod seines Sohnes nach zwölf Jahren endlich aufgeklärt werden würde, schien ihm mehr Genugtuung zu bereiten, als ihn die Anschuldigungen gegen ihn in Bezug auf Evi Goedes Tod beunruhigten. Er bereute, dass er sie gestoßen hatte. Er hatte ihren Tod nicht gewollt – und das glaubte Pia ihm sogar. Doch den Verrat ihrer Freundschaft verzieh er Evi nicht. Dass sie Jesper nicht geholfen hatte, dass sie von Anfang an gewusst hatte, was mit seinem Sohn geschehen war, und darüber geschwiegen hatte. Sie war einfach davongelaufen – Hagen Eggerskamp zuliebe.

Da die Spuren am Tatort, die auf Robert Jensen wiesen, geringe Beweiskraft hatten – er hatte die Leiche am nächsten Morgen ja auch »entdeckt« und sogar angefasst –, würde die

Schmierspur am Ärmel des Opfers, mit dem Evi höchstwahrscheinlich den Gedenkstein an Jespers Bank abgewischt hatte, ein wichtiges Indiz gegen ihn werden. Zeigte sie doch, dass sich Evi vor ihrem Tod in der Nähe des Hotels aufgehalten hatte, im Sichtbereich von Robert Jensens Küche.

Die Durchsuchung der Hotelgaragen, die in den Morgenstunden stattgefunden hatte, hatte Cordula Goedes vermisstes Fahrrad zutage gefördert. Es war ein weißes Trekkingrad, das Jensen in einer vollgestellten Garage hinter ein paar Kartons versteckt hatte. »Ich hätte Cordula das Rad ja später, wenn die Polizei sich nicht mehr in meinem Hotel herumtreibt, zurückgegeben«, behauptete Jensen mit einem vorwurfsvollen Blick auf Pia.

Im Laufe der Vernehmung beschlich sie das Gefühl, dass Robert Jensen früher oder später hatte gefasst werden wollen. Die Schuldgefühle wegen Evis Tod hätte er wohl nicht mehr lange ertragen können.

Vor allem anderen machte er sich Sorgen um seine Frau, die zurzeit den Hotelbetrieb allein stemmen musste, und um seine Tochter Jessika. »Es ist alles Hagens Schuld«, sagte er in bitterem Tonfall. »Er hat uns mit seinem Egoismus ins Unglück gestürzt. Uns alle. Evi und Cordula Goede, seine eigene Familie, mich, meine Frau und meine Tochter ... Ich will nur noch, dass er seine gerechte Strafe bekommt. Und dass Jessie wieder gesund wird«, setzte er hinzu. »Sie wird doch wieder gesund, oder?«

»Hagen Eggerskamps Tat ist unter Umständen schon verjährt. Es hängt von dem zu erwartenden Strafmaß ab«, sagte Pia, nachdem die erste Vernehmung von Robert Jensen beendet und er hinausgeführt worden war. Sie stand mit einem frischen Becher Kaffee am Fenster und sah in den Regen hinaus. »Doch die Leute in seinem Umfeld, Nachbarn und Freunde, werden sich ihr eigenes Urteil bilden. Robert Jensen hat in gewisser Weise recht: Seit Jespers Tod lief bei den Jensens alles aus dem Ruder. Und auch die Schwestern Goede waren indirekt betroffen. Der Unfall, Eggerskamps Fahrerflucht mit Todesfolge, war der Grund dafür, dass Evi fortgegangen ist. Und wäre Evi Goede nicht weggegangen, hätte Cordula Petra Meyer nicht bei sich aufgenommen. Und dann hätte sie auch Siegfried Rade nicht getötet.« Pia drehte sich um. »Hat sich eigentlich schon herausgestellt, ob die Kohlenmonoxidvergiftung von Siegfried Rade nicht doch ein Unfall gewesen sein kann?«, fragte sie Rist.

»Möglich ist es. Unsere Leute haben die Situation im Carport und in der Futterkammer mit und ohne einen Schlauch für die Abgase nachgestellt. Die Wahrscheinlichkeit, dass eine tödliche Menge Kohlenmonoxid ohne die Zuhilfenahme eines Schlauchs in die Kammer gelangt ist, ist zwar recht gering, doch sie besteht. Es kann ein vorsätzlicher Mord gewesen sein oder aber ein tragischer Unfall.«

»Und in gewisser Weise war es auch Notwehr.« Pia stellte den leeren Becher ab. »Ich bin nur froh, dass ich das nicht entscheiden muss.«

Am Freitagnachmittag meldete sich Hinnerk bei Pia und kündigte ihre Ankunft auf dem Hamburger Flughafen für Samstagnachmittag an. Pias Herz machte einen freudigen Hüpfer bei der Aussicht, Felix nun bald wiederzusehen. Sie würde mit ihm »Mensch ärgere dich nicht« spielen, so lange er wollte. Auf den Gedanken daran, wie sie sich zusammen mit ihrem Sohn in ihrer Wohnung aufhalten würde, folgte jäh die Ernüchterung. Wenn Andreas Bick morgen immer noch auf freiem Fuß war, würde sie wohl oder übel eine Entscheidung treffen müssen, was Felix' Sicherheit anbelangte. Sie brachte es nicht über sich,

Hinnerk jetzt schon davon zu erzählen, doch sie wusste, dass das Wohlergehen ihres Sohnes in jedem Fall Vorrang vor ihren Wünschen haben musste.

Im Kommissariat war es inzwischen deutlich ruhiger geworden. Sie erinnerte sich an ihr Versprechen vom Vorabend und wählte nach kurzem Überlegen Lars' Nummer. »Hey, ich bin für heute hier fertig.«

»Wirklich kein Mörder mehr zu fangen? Bist du dir ganz sicher, Pia?«

»Für heute klinke ich mich da mal aus.«

Er lachte leise.

Sie atmete erleichtert aus. »Tut mir leid, dass es gestern Abend nicht geklappt hat. Ich hab dich vermisst.«

»Wirklich?«

Es war wohl doch nicht ganz in Ordnung. »Ich weiß, dass in letzter Zeit einiges schiefgelaufen ist.«

»Ja, das finde ich auch.«

»Sehen wir uns heute Abend?«

»Wir können es versuchen«, antwortete er. »Willst du nach der Arbeit herkommen?«

»Ich fahre vorher nur kurz nach Hause und ziehe mich um. Es war ein harter Tag. Wollen wir zusammen essen? Soll ich etwas mitbringen?«

»Nein, brauchst du nicht. Komm einfach her.«

Nach dem Gespräch atmete Pia tief durch. Ein Treffen war ein Anfang. Sie hatte wirklich etwas wiedergutzumachen. Allein das geplante gemeinsame Frühstück bei *Frøken Wildhagen*, zu dem es ihretwegen gar nicht erst gekommen war. Warum hatte sie nicht gleich einen neuen Termin mit Lars vereinbart? Hatte sie sich so schrecklich benommen, wie ihr Gewissen es ihr suggerierte? Die vergangenen zwei Wochen waren schlimm gewesen. Sie musste das klären. Hoffentlich kam ihnen heute Abend nichts dazwischen.

Bevor Pia das Kommissariat verließ, erwartete sie noch eine Überraschung. Marten rief sie an und teilte ihr recht kühl, aber mit vor Genugtuung bebender Stimme mit, dass Andreas Bick vor ihrem Haus in der Adlerstraße festgenommen worden sei. Sie hörte förmlich das Poltern, als ihr der sprichwörtliche Stein vom Herzen fiel.

»Wirklich? Das sind ja tolle Neuigkeiten. Was genau ist denn passiert?«

»Na ja. Da waren ja die zwei Beamten in Zivil, die die ganze Zeit über dein Haus beobachtet haben. Bick hat vor ungefähr einer halben Stunde versucht, ins Nachbarhaus zu gelangen. Er hatte seinen Hund bei sich. Andreas Bick wollte wohl von dort über einen der Balkons in deine Wohnung einsteigen, da dein Hauseingang ja überwacht wurde. Oder er plante, über den Keller zu dir hinüberzugelangen. Wusstest du, dass euer Keller durch eine Verbindungstür von dem des Nachbarhauses aus zu erreichen ist?«

»Nein.«

»Bick war mit Einbruchswerkzeug und einem Einhandmesser bewaffnet. Noch verweigert er die Aussage, aber wir werden uns nachher noch einmal mit ihm befassen.«

»Wo ist meine Pistole? Hatte er die auch bei sich?«

»Nein.« Marten zögerte. »Vielleicht hat er sie verkauft. Die bringt auf dem Schwarzmarkt eine Menge Geld ein.«

»Hm. Soll ich gleich dazukommen, wenn er vernommen wird?«, fragte sie widerstrebend.

»Nein, Pia. Falls die dich für eine Gegenüberstellung brauchen, melden sie sich bei dir.«

»Ich denke nicht, dass ich ihn identifizieren kann. Auf dem Friedhof habe ich nicht viel gesehen. Doch ich kenne seine Stimme.«

»Ich sage Bescheid, wenn sie dich brauchen. Aber die Identifizierung werden die wohl auch so hinbekommen.«

»Gibt es Schwierigkeiten?«

»Bick hat sich die Fingerkuppen verätzt, seit er aus dem Knast raus ist. Und er verhält sich nicht gerade kooperativ.«

»Okay. Und danke, Marten. Das sind mal richtig gute Neuigkeiten«, sagte sie. »Ich bin erleichtert, besonders, weil Felix morgen aus dem Urlaub zurückkommt.«

»Na, dann passt es ja«, erwiderte er. »Und du musst mir nicht danken. Immerhin stehe ich ja auch auf der Liste.«

»Auf Lohses Liste?«

»Genau.«

»Es ist also noch nicht vorbei.« Die Erinnerung daran, dass Andreas Bick nur in Mark Albrecht Lohses Auftrag gehandelt hatte, kehrte zurück. »Nicht endgültig.« Doch Pia wollte sich die spontane Erleichterung nicht mit weiterführenden Gedanken verderben. Sie war lange genug angespannt und besorgt gewesen.

Sie fuhr nach Hause, um zu duschen und sich umzuziehen und dann den Abend mit Lars zu verbringen. Er würde bestimmt auch erleichtert sein zu hören, dass das Stalker-Thema damit erst einmal vom Tisch war.

In ihrer Wohnung angekommen, schloss Pia als Erstes ihre neue Waffe ein. Sie hatte sie noch einmal mitgenommen, würde sie jedoch ab morgen wieder auf der Dienststelle aufbewahren. Wo ihre alte Pistole wohl abgeblieben war? Der Gedanke, dass eines Tages vielleicht jemand durch ihre Dienstwaffe zu Schaden kam, war unerträglich.

Die Wohnung erschien ihr leer und öde. Morgen würde mit Felix endlich wieder mehr Leben hier einkehren. Das wurde auch wirklich Zeit. Pia zog sich aus und stellte sich unter die Dusche. Sie seifte sich ein, shampoonierte ihr Haar und schloss die Augen, als das Wasser über ihren Kopf lief. Als sie den Wasserstrahl abstellte und nach ihrem Handtuch griff, stutzte sie. Da war ein Knacken draußen zu hören gewesen. Als wäre jemand Schweres auf das Bodenbrett im Flur getreten, das beim Darüberlaufen stets ein Geräusch verursachte.

Sie horchte. Da. Noch einmal. Es kam tatsächlich von jenseits der Badezimmertür. Ihr erster Gedanke war, die Tür schnell abzuschließen, doch sie hatte den Schlüssel neulich abgezogen und in die Küchenschublade gelegt, weil sie Angst gehabt hatte, Felix könne sich im Bad einschließen und die Tür allein nicht mehr aufbekommen.

War wirklich jemand in ihrer Wohnung? Oder spielten ihre Nerven ihr jetzt einen Streich? Das waren bestimmt nur harmlose Geräusche aus einer der Nachbarwohnungen. Pia war trotzdem beunruhigt. Kein Wunder, nach allem, was in letzter Zeit in ihrem Leben passiert war. Sie sollte einfach nachsehen.

Da war es wieder, das Knarren. Es kam eindeutig aus ihrer eigenen Wohnung, nicht sehr weit von der Badezimmertür entfernt. War Andreas Bick da draußen? Aber Marten hatte doch gesagt, dass sie Bick festgenommen hätten. Er war sich sicher gewesen. Wie konnte das sein? Hatten sie ihn überhaupt schon sicher identifiziert, ohne die Möglichkeit, Fingerabdrücke zu vergleichen? Angenommen, der Festgenommene war gar nicht Bick, und der versuchte Einbruch ins Nachbarhaus war ein Trick von ihm gewesen, um später ungehindert in ihre Wohnung zu gelangen. Hatte er jemand anders in das Haus nebenan »vorgeschickt«, ihn bewusst festnehmen lassen, wohl wissend, dass die Beamten, die sie beschützen sollten, dann abgezogen werden würden? Sie hatten den Festgenommenen doch hoffentlich mit einem Foto aus der Kriminalakte verglichen? Was hatte Juliane noch gesagt? Dass diese Fotos in den Akten immer ein Fall für sich seien ... Pia war sich auf einmal nicht mehr sicher, dass sie den Richtigen erwischt hatten. Dann war Bick womöglich schon vor ihrer Ankunft hier gewesen. Und sie hatte sich sicher gefühlt und beim Nachhausekommen nicht mehr jeden Winkel kontrolliert.

Pia war nur kurz in ihrem Schlafzimmer gewesen und hatte in der Küche ein Glas Wasser getrunken. Andreas Bick konnte derweil in Felix' Zimmer oder im Wohnzimmer gewartet haben. Oder er hatte sich im Schlafzimmerschrank oder in der Küche hinter der Tür versteckt. Möglicherweise stand er jetzt mit der gestohlenen Dienstwaffe in der Hand auf der anderen Seite der Badezimmertür. Und sie hatte nichts als das Handtuch, das sie gerade um sich geschlungen hatte.

Das Fenster im Bad war winzig. Es hatte keinen Sinn, dorthinaus um Hilfe zu rufen oder irgendwelche Zeichen zu geben. Niemand würde sie hören oder sehen. Nicht einmal ihr Telefon war greifbar. Pia hatte es manches Mal insgeheim belächelt, dass Lars sein Handy meistens sogar mit ins Badezimmer nahm. Ein Spleen von ihm. Ihres lag gut sichtbar auf der Kommode im Flur. Nüchtern betrachtet hatte sie außer ihrem Nagelnecessaire, das sie im Spiegelschrank aufbewahrte, nichts, mit dem sie sich verteidigen konnte. Nicht einmal Haarspray, da sie keines benutzte, und auch keine andere Sprühflasche. Der Strahl, der aus ihrem Duschkopf kam, war zwar warm, aber nicht heiß genug, um ihn gegen einen Angreifer einzusetzen. Und einen Wasserschaden zu verursachen, um auf sich aufmerksam zu machen, würde entschieden zu lange dauern.

Nur in das Handtuch gewickelt und mit den nassen Haaren, zitterte Pia. Dort draußen stand vermutlich Andreas Bick, und zwar mit ihrer Waffe. Zusätzlich hatte er in ihrem Werkzeugkoffer oder in dem Messerblock in der Küche die freie Auswahl. Und sie hatte nichts.

36. Kapitel

Pia blieb nicht viel Zeit. Sie drehte das Wasser in der Dusche wieder auf und warf ein großes Handtuch über die durchsichtige Seitenwand. Vor dem geöffneten Badezimmerschrank zögerte sie kurz bei der Entscheidung zwischen der Nagelfeile und dem Nagelknipser, bis ihr die Haarschneideschere ins Auge fiel. Pia verteilte ihre Haarspülung und einen Becher voll Wasser auf dem Fußboden und stellte sich mit der Schere in der Hand hinter die Badezimmertür. Keine Sekunde zu früh. Der Türgriff senkte sich. Die Tür schwang beinahe geräuschlos auf.

»Komm rein, Feigling!«, provozierte Pia den Eindringling. »Oder traust du dich nicht?«

»Pia«, sagte er. »Igitt. Was für eine Schweinerei du hier veranstaltet hast! Du solltest beim Duschen besser aufpassen.«

Sie erkannte die Stimme; sie hatte sie auf dem Friedhof gehört. Und Bick hatte bemerkt, dass der Fußboden nass und seifig war. Mist.

»Bist du nackt?«, fragte er.

Pia wurde wütend, was immerhin besser war, als vor Angst wie gelähmt zu sein. »Sieh doch nach, du Spinner!«

»Natürlich bist du nackt. Du hast ja bis eben geduscht. Das ist gut.« Seine Stimme klang rau. »Ich soll Albrecht ein Foto von dir schicken, wenn ich mit dir fertig bin. Per WhatsApp.« Er lachte leise.

Pia reagierte instinktiv. Sie griff nach der Flasche mit der Handseife, die auf dem Waschbeckenrand stand, und schleuderte sie gegen die Tür der Duschkabine. Als sie eine Bewegung hinter der offen stehenden Badezimmertür wahrnahm, warf sie sich von innen dagegen. Sie fühlte den Widerstand, als das Türblatt gegen Bick stieß.

Er schrie auf, glitt aus und stürzte. Sie sah ihn vor sich auf den glitschigen Fliesen auf allen vieren. Die Pistole, die er ihr auf dem Friedhof in Dörnitz gestohlen hatte, rutschte ein Stück über den Boden bis unter die Toilette, doch Pia reichte nicht heran. Bick war trotz seiner Körpermasse schnell und durchtrainiert wie ein Straßenkämpfer. Er drehte sich zu ihr um und stierte sie absolut mitleidlos an. Als er grinste, entblößte er große, ebenmäßige Zähne. Er wollte sich aufrichten, um sich auf sie zu stürzen, doch seine Schuhsohlen verloren auf dem glitschigen Boden erneut den Halt. Als er versuchte, sich rückwärts abzustützen, trat Pia ihm mit aller Kraft gegen die Brust, sodass er zurückschleuderte und mit dem Kopf gegen den Waschbeckenrand prallte. Ein hässliches, hohles »Tock«, erklang.

Bick ging zu Boden, ohne den Versuch zu unternehmen, sich abzufangen. Auf der weißen Keramik des Waschbeckens sah Pia blutige Schlieren. Ein heiseres Aufschluchzen drang aus ihrer Kehle. Sie hob die Schere. Einen Moment schwebten die Klingen über der Brust ihres Angreifers in der Luft.

Er rührte sich nicht. Pia musste über ihn klettern, um nach draußen in den Flur zu gelangen. Sie traute sich nicht, denn sie fürchtete, dass Bick jeden Augenblick wieder zu sich kommen könnte. Kopfwunden bluteten immer stark, auch wenn die Verletzung nur leicht war. Was, wenn er sie am Bein zu fassen bekam oder nach ihrer Pistole griff, die schräg hinter ihm lag? Pia zählte in Gedanken bis drei. Er bewegte sich immer noch nicht, aber er atmete, und seine Augenlider zuckten. Pia ließ die Hand mit der Schere ein wenig sinken.

So sah er also aus. Ein x-beliebiges Gesicht. Welchen bekannten Fußballspieler hatte Susannes Sohn nur gemeint, als er gesagt hatte, er sähe dem Stalker ähnlich?

Pia rief die Einsatzleitstelle an, um Notarzt und Rettungswagen zu rufen und um die Kollegen bei der Polizei zu informieren. Als Pia mit Marten telefonierte, um ihn über den Vorfall zu unterrichten, kochte ihre Wut noch einmal hoch. Andreas Bick, der ja angeblich in Haft sitzen sollte, lag bewusstlos, blutend und mit Handschließen gefesselt in ihrem Badezimmer.

»Pia?« Marten klang überrascht, aber auch erwartungsvoll.

Sie war so aufgebracht, dass ihr zunächst die Worte fehlten. Das ist der Schock, dachte sie. Der setzt immer erst später ein. »Er ist in meiner Wohnung«, sagte sie nur, denn ihr Gehirn war wie leer gefegt.

»Was erzählst du da? Wer ist wo?«

»Andreas Bick ist hier. Er hat bei mir zu Hause auf mich gewartet. Ihr habt den Falschen verhaftet. Deine Leute sind zu früh abgezogen worden.«

Eine kleine Pause entstand. Dann fragte Marten mit gepresster Stimme: »Und was genau ist passiert? Bist du okay, Pia? Geht es dir gut?«

»Ich glaub schon. Und Bick lebt zum Glück auch noch. Ich habe ihn jetzt im Badezimmer eingeschlossen.« Sie erzählte Marten, wie alles abgelaufen war.

Nun zeigte er doch Emotionen. Er fluchte. »Dieser Mistkerl! Er hat uns reingelegt. Er hat also jemanden mit seinem Hund und etwas Einbruchswerkzeug vorgeschickt, der sich an seiner Stelle vor deinem Nachbarhaus festnehmen lassen sollte. Und die Kollegen sind darauf reingefallen.«

»Er hat sich offenbar den Richtigen dafür ausgesucht. Aber dass keine Fingerspuren verglichen werden konnten, hätte uns skeptisch machen müssen.« Pia sah an sich hinunter, auf den Schaum und die Blutschlieren an ihren Händen und Beinen. »Doch hinterher ist man immer schlauer.« Ihr wurde flau. Sie ließ sich an der Tür des Küchenschranks zu Boden gleiten und legte den Kopf auf die Knie.

Ich kann ihm das unmöglich erzählen, dachte Pia, als sie mit einiger Verspätung vor Lars' Tür stand. Er muss ja denken, ich sei eine Mischung aus Lara Croft und der Blondine aus *Psycho*, die in der Dusche ermordet wird.

Lars ließ sie herein. »Hi, Pia«, sagte er kühl. »Du bist spät dran. Das versprochene Essen ist schon etwas länger fertig.«

»Oh, das riecht toll. Lasagne? Ich sterbe für ein Stück Lasagne.«

»Sie ist beinahe verbrannt. Es ist gleich halb neun.«

»Hast du meine Nachricht nicht bekommen, dass ich etwas später komme? Im Job hatte sich kurzfristig noch was Neues ergeben, um das ich mich kümmern musste.«

»Ist das nicht immer so?«

Sie musterte ihn, sein leicht angehobenes Kinn, die angespannte Haltung. Er war sauer auf sie, und das wohl zu Recht. Und gerade jetzt wollte sie eigentlich nichts mehr, als von ihm in den Arm genommen zu werden. Sie holte tief Luft. »Andreas Bick, der hinter mir her war, ist endlich verhaftet worden.«

»Das ist gut«, antwortete Lars vorsichtig. Er öffnete den Ofen und hob eine dampfende Form heraus. Seinen Bewegungen, selbst der Haltung seiner breiten Schultern sah Pia die mühsam gezügelte Wut auf sie an. Ihr wurde ein wenig mulmig zumute.

»Habt ihr denn jetzt genug gegen ihn in der Hand?« Lars stellte die noch köchelnde Lasagne auf einem Brett auf dem Tisch ab. »Sonst ist er doch in null Komma nichts wieder draußen, und alles geht von vorne los.«

»Oh, in diesem Fall wird er wohl verurteilt werden.«

»Meinst du? Ja?«, fragte er. Und etwas versöhnlicher: »Möchtest du ein Glas Wein?«

Man bietet seiner Freundin doch keinen Wein an, wenn man

gleich mit ihr Schluss machen will. Oder doch? Sie sollte besser einen klaren Kopf behalten. »Hast du erst mal ein Wasser für mich?«

Als sie endlich aßen, ging es Pia ein wenig besser. Die Lasagne war Lars gut gelungen. Wo überall verborgene Talente schlummerten. Er hatte ihr ein Wasser eingeschenkt und trank selbst ein Glas Rotwein zum Essen. Dann noch eines. Viel zu schnell, wie ihr schien. Lars hatte anscheinend noch lange nicht alles gesagt, was ihm auf dem Herzen lag.

Als sie aufgegessen hatten, lehnte er sich zurück und sah sie mit schräg gelegtem Kopf an. »Was war denn nun wirklich los, Pia? Du bist ein bisschen blass um die Nase.«

»Immer noch?« Sie fasste sich ins Gesicht. Ihre Nasenspitze war eiskalt. »Ich dachte eigentlich, es ginge mir schon wieder besser.«

Sein Blick fiel auf das breite Pflaster an ihrem Unterarm. »Was hast du denn da gemacht?«

»Das ist nur ein Kratzer.« Sie schob den Ärmel wieder darüber.

»Ach, wirklich? Tut es noch weh?«

»Ein bisschen.«

»Du zitterst ja.«

»Nur ein paar Nachwehen des Schocks«, murmelte sie. »Es geht gleich wieder.«

»Was denn zum Teufel für ein Schock?«, fragte er mit scharfer Stimme.

Sie erzählte ihm, was passiert war. In knappen Worten zwar, doch ohne ein Detail auszulassen. Mit einem unguten Druckgefühl in der Brust beobachtete sie, wie sich während ihrer Schilderung wechselnde Emotionen auf seinem Gesicht widerspiegelten, Angst, Entsetzen und Wut. Als sie zu der Stelle kam, an der sie Marten angerufen hatte, wurden seine Augen schmal. Lars stand auf, ging ein paar Schritte und blieb dann neben der Kühlgefrierkombination stehen. »Und warum hast du *mich* nicht angerufen?«

»Ich hab befürchtet, dass du wegen dieses Vorfalls sauer sein würdest. Und ich konnte es in dem Moment auch nicht mit wenigen Worten erklären. Der Anruf bei Marten Unruh war rein beruflich. Marten ist mein Ansprechpartner, was den Fall ›Andreas Bick‹ angeht.« Es war nicht ganz die Wahrheit, aber fast.

Lars sah sie durchdringend an, schüttelte dann den Kopf. »Verdammt, Pia!« Unvermittelt schlug er mit der Faust gegen die Edelstahltür, sodass der Inhalt des Kühlschranks schepperte. Pia fuhr zusammen. Lars rieb sich die Hand. Dann betrachteten sie beide verwundert die Beule in dem matten Edelstahl.

»Das ist aber dünnes Blech«, kommentierte Lars den Schaden. »Dabei hat der Kühlschrank richtig Geld gekostet.« Er zuckte mit einem abschließenden Blick darauf mit den Schultern. Dann sah er Pia an. »Tut mir leid. Ich wollte dich nicht erschrecken. Doch das musste jetzt irgendwie raus.«

»Bist du wegen Marten oder wegen des Stalkers wütend?«, fragte sie vorsichtig.

»Wegen beiden. Nein, keine Ahnung. Aber verstehst du das? Dass es verdammt schwer für mich ist, immer wieder zu ertragen, wie du in deinem Beruf in Gefahr gerätst?«

Sie nickte, noch irritiert von seinem spontanen Wutausbruch.

»Hast du dich sehr erschreckt?«

»Es geht. Doch wenn dir so was öfter passiert, wird es teuer.«

»Ich hasse es, wenn du in Gefahr bist.« Lars kam zum Tisch, trat hinter sie und legte die Hände auf ihren Kopf. Sein Griff war fest und warm und irgendwie sehr beruhigend. Pia schloss die Augen.

Er strich langsam ihr Haar zurück, atmete tief durch. »Ich liebe dich, Pia. Ich will nicht, dass dir etwas zustößt. Oder Felix. Es ist wirklich verdammt schwer für mich.«

Sein Verständnis und die Liebeserklärung waren in diesem Zustand zu viel für sie. Sie schluckte. »Es tut mir leid, dass du das alles aushalten musst.«

»Aber was das Zu-spät-zum-Essen-Kommen angeht...« Sie hörte in seiner ernsten Stimme nun einen amüsierten Unterton heraus. »Das kann ich dir in Anbetracht der besonderen Umstände gerade noch verzeihen.«

Der Raum war sonnengelb gestrichen. Auf dem gerahmten Kalenderblatt an der Wand war ein Segelschiff abgebildet. Die knittrigen lindgrünen Vorhänge waren ausgeblichen, und durch das Fenster ohne Fenstergriff konnte sie, wenn sie den Hals etwas reckte, einen Parkplatz sehen, der von kahlen Bäumen umstanden war. Der Himmel darüber war gleichmäßig grau. Sie war in Lübeck, in einem Krankenhaus. In einer geschlossenen Abteilung. Eine Richterin hatte kurz mit ihr gesprochen und dann verfügt, dass sie über das Wochenende hierbleiben sollte. Man hatte es ihr genauer erklärt, aber Jessika hatte so ein wattiges Gefühl im Kopf und konnte keinen Gedanken lange festhalten.

»Denken Sie viel an Ihren Bruder?«, fragte ihr Gegenüber.

»Natürlich. Wussten Sie, dass er Radrennprofi ist? Das war schon immer sein Traum. Er hat mir oft gesagt, dass es in Erfüllung geht, wenn man etwas ganz doll will und alles dafür tut.«

»Und bei ihm hat das geklappt?«

»Ja, das hat es. Er hat schon als Junge sehr hart trainiert. Papa hat ihm gesagt, er darf nicht mit dem Rennrad im Dunkeln fahren. Das hat ja kein Licht. Aber Jesper meinte immer, dass er schon auf sich aufpasst. Und er ist sehr talentiert. Wissen Sie, dass er mir jedes Mal sofort als Erstes schreibt, egal, wo auf der Welt er gerade ist?«

»Ihr Kontakt zueinander ist sehr eng.«

»Oh ja! Nicht nur wie der zwischen Bruder und Schwester. Er ist mehr als das, mein bester Kumpel, verstehen Sie? Vielleicht, weil unsere Eltern mit ihrem Hotel immer so wenig Zeit für uns Kinder hatten. Wir sind allerbeste Freunde. Freundschaft ist das Wichtigste.«

»Wichtiger als Liebe?«

Jessika überlegte einen Augenblick. »Nun ja, das ist schwierig. Liebe ist auch wichtig, besonders, wenn man Kinder will.« Sie krauste die Nase. »Aber richtige Freundschaft währt ewig. Man kann sich jederzeit aufeinander verlassen, und beide Freunde tun alles, damit es dem anderen gut geht.«

»Wirklich alles?«

»Auf irgendetwas im Leben muss man sich doch verlassen können!« Sie klang jetzt ein wenig ärgerlich. »Ich kann mich hundertprozentig auf Jesper verlassen. Das muss so sein. Evi, also die neue Evi, konnte sich zum Beispiel auf Cordula verlassen, als sie von ihrem Exfreund bedroht wurde. Hagen konnte sich auf die echte Evi verlassen. Sie hat ihn nicht verraten. Dagmar konnte sich auf Hagen verlassen.« Sie zwinkerte verwirrt. »Das hat man mir wenigstens so erklärt, wegen Evis Gesicht. Hagen hat es unkenntlich gemacht. Er wollte Dagmar schützen, weil er dachte, sie hätte Evi umgebracht. Schrecklich, nicht? Jedenfalls kann ich mich auch auf Jesper verlassen. Er wird mich bald hier aus dem Krankenhaus abholen. Freundschaft und Loyalität. Darum geht es doch im Leben.«

Ihr Gegenüber nickte und schrieb etwas in ein dunkelgrünes Buch. Jessika hörte draußen auf dem Gang Schritte, die sich näherten und vor der Tür verharrten.

»Was schreiben Sie da auf?«, wollte Jessika wissen.

»Freundschaft und Loyalität gehen über alles«, erwiderte ihr Gegenüber. »Wirklich über alles.«

»Gut, dass Sie das begriffen haben.« Sie nickte zufrieden. Es war nun alles klar und leicht in ihrem Kopf. Jessika legte die Hände in den Schoß und schaute aus dem Fenster. Nicht mehr lange, dann würde Jesper in seinem neuen BMW auf dem Parkplatz da unten vorfahren, um sie abzuholen. Er würde zu ihr hochschauen und winken, und dann, immer zwei Stufen auf einmal nehmend, die Treppe herauflaufen. Er würde sie mit nach Australien oder Amerika oder Südafrika nehmen. Das hatte er ihr versprochen.

Die Tür öffnete sich, und zwei Pfleger traten ein. »Frau Jensen?«, fragte der eine.

»Ich warte. Stören Sie mich jetzt bitte nicht.«

»Mit wem haben Sie denn da eben gesprochen?«

Jessika lächelte nur.

Nachwort der Autorin

Die Handlung dieses Romans ist frei erfunden. Ähnlichkeiten der handelnden Figuren mit lebenden oder toten Personen sind zufällig und nicht von mir beabsichtigt.

Ostseejagd ist inzwischen der zwölfte Fall um Kriminalkommissarin Pia Korittki, und ein Ende der Serie ist noch nicht in Sicht. Viele wunderbare Menschen haben wieder daran mitgewirkt, und ich bin euch allen sehr dankbar.

Auch für *Ostseejagd* habe ich viel recherchiert: Meine Fragen zum Thema »Jagd« haben mir Sabine Bockwoldt und Stefan Tuschmann vom Jagdgeschäft Peter Bockwoldt in Oldenburg beantwortet. Konrad Siebler hat mir Auskunft über die Arbeit von Bewährungshelfern gegeben, und Anja Stemmann, meine Trainerin, hat passende Yogaübungen für meine Figuren für mich herausgesucht. Fehler, die sich möglicherweise trotzdem in den Text eingeschlichen haben, gehen ausschließlich zu meinen Lasten. Mein Sohn Linus hat mir bei meinen Recherchen in der malerischen Hansestadt Rostock geholfen, und Dr. Katrin Wildhagen ist damit einverstanden, dass eine wichtige Szene des Romans in ihrem schönen und gemütlichen Café *Frøken Wildhagen* in Lübeck spielt. Mein Dank gilt auch meiner langjährigen und stets hilfreichen Testleserin Britta Langsdorff und meinen Lektorinnen Karin Schmidt und Dorothee Cabras, die mit ihrem Wissen, Engagement und ihrer Begeisterung für Pias neuen Fall zum Entstehen von *Ostseejagd* beigetragen haben. Ebenso danke ich dem tollen und engagierten Team vom Lübbe Verlag, das es wieder einmal geschafft hat, dass alles läuft, der Krimi ein vielversprechendes

Cover hat und das Buch hoffentlich wieder so gut präsentiert in den Buchhandlungen ausliegen wird. Ich danke den Buchhändlern und Buchhändlerinnen, die meine Ostseekrimis unermüdlich empfehlen und verkaufen, und den Lesern und Leserinnen, die mir schon so lange die Treue halten. Tja, und ohne meine liebe Familie, die mich allzeit unterstützt, wäre es auch alles nichts.

Vielen lieben Dank!

»Heute back ich, morgen brau ich, übermorgen hol ich der Nachbarin ihr Kind«

Eva Almstädt
OSTSEETOD
Pia Korittkis elfter Fall
Kriminalroman
416 Seiten
ISBN 978-3-404-17341-9

In einem kleinen Dorf an der Ostsee verschwindet ein elfjähriges Mädchen. Die groß angelegte Suchaktion bleibt erfolglos; angeheizt durch Gerüchte formiert sich eine Bürgerwehr. Kurz darauf wird im Wald die Leiche eines Mannes gefunden – Mord, wie sich herausstellt. Welche Verbindung besteht zwischen dem Toten und dem verschwundenen Kind? War der Tote Laras Entführer? Kommissarin Pia Korittki, selbst Mutter, weiß, dass jede Sekunde zählt. Und dann ist plötzlich ein zweites Mädchen verschwunden ...

Bastei Lübbe

the
PUCKER UP
pact

CONTENTS